"十三五"国家重点图书出版规划项目

| 当代中国文学批评史丛书 |

张江 主编

当代中国戏剧批评史

傅 谨 著

中国社会科学出版社

图书在版编目(CIP)数据

当代中国戏剧批评史/傅谨著.—北京：中国社会科学出版社，2019.9（2021.4重印）

（当代中国文学批评史）

ISBN 978-7-5203-5202-4

Ⅰ.①当… Ⅱ.①傅… Ⅲ.①戏剧评论—文学批评史—中国—1949-2015 Ⅳ.①I207.309

中国版本图书馆 CIP 数据核字（2019）第 216304 号

出 版 人	赵剑英
项目统筹	王 茵 张 潜
责任编辑	张 潜
责任校对	王丽媛
责任印制	王 超

出　　版	中国社会科学出版社
社　　址	北京鼓楼西大街甲158号
邮　　编	100720
网　　址	http://www.csspw.cn
发 行 部	010-84083685
门 市 部	010-84029450
经　　销	新华书店及其他书店

印刷装订	北京君升印刷有限公司
版　　次	2019年9月第1版
印　　次	2021年4月第2次印刷

开　　本	710×1000 1/16
印　　张	30.25
字　　数	338千字
定　　价	148.00元

凡购买中国社会科学出版社图书，如有质量问题请与本社营销中心联系调换
电话：010-84083683

版权所有　侵权必究

总　　序

　　经过各位专家学者四年多的努力,这套"当代中国文学批评史"终于在中华人民共和国成立70周年之际问世了。编著这套丛书,在于对1949年特别是改革开放以来的当代中国文学批评发展史,从各个不同的侧面进行回顾和研究,总结经验教训,为当下及今后文学批评的发展提供借鉴,推动中国文学艺术走上高峰之路。

　　70年来,中国文学批评从自我封闭到对外开放,从体系构建到自主创新,经历了曲折而辉煌的不平凡发展历程。从中国文学批评发展的主流看,我们似乎可以概括为"新开端、新变化、新时期、新世纪、新时代"这样一些时段,并对这些时段分别进行分析研究。我们也可以确定诗歌、散文、小说、戏剧等各种文学体裁,分述针对这些文学体裁进行文学批评的历史。我们还可以把文学与艺术交叉形成的一些新艺术门类考虑进来,考察文学批评活动是如何进入这些复杂的文学现象之中的。文学批评研究是一个理论群,涉及批评对象、批评方法、批评者身份、批评目的等,包含十分丰富的内容。我们编写这套丛书,就是要积极面对这种复杂性,以更为宽阔的视野，尽可能收纳更多内容，期待对70年中国文学批评做比较全面的评述和总结。

相比理论著作的撰写，历史著作的写作有很大不同。历史著作要展现一个过程，归纳出一些有规律性的东西；而理论著作要通过逻辑推理的展开，阐明一些道理或原则。写70年的文学批评史，就是要将一些历史事件，历史上出现的观念、思潮、理论，放回历史语境之中来考察，再从中看到历史是如何演进过来的。

20世纪50年代初，中国出现了社会主义建设的高潮，同时也出现了建设社会主义新文化的要求。当时，文化建设是以对旧文化进行批判为背景进行的，因此，理论的指导特别重要。以革命的理论为指导，通过文艺批评，改造旧文艺，建立新文艺，是当时文化建设的中心任务。

在这一大背景之下，当时的文学理论是以毛泽东的《新民主主义论》和《在延安文艺座谈会上的讲话》等著作及其他领导人的著作和讲话提出的文学思想、方针和政策为主体形成的。在中华人民共和国成立之前，毛泽东文艺思想是马克思主义普遍真理与当时中国革命根据地文艺实践相结合的产物。中华人民共和国成立后，中国共产党及其领导的人民政权，面临着比革命战争时期更为复杂的情况，面临着让新的文艺思想占领文艺批评领域，以及在大学课堂里讲授新的文学理论的任务。基于这一需要，我们在当时引进了许多苏联的文学理论，包括苏联的文论教材体系。

20世纪50年代中期以后，形成了理论和批评建设的热潮，当时所倡导的文艺上的"百花齐放"、学术上的"百家争鸣"，使文艺批评的理论和实践建设都有了长足的发展。50年代的文艺争鸣，以及当时出现的一些关于"现实主义"的批评观念，都是极其宝贵的。但是，这些积极探索在"文化大革命"时期遭到错误的批判。改革开放后，文艺批评展现出前所未有的活力，对新时期文艺的繁荣发展起到了推动和引领的作用。在此后的一些年，随着国外一些文学批评理论的引入，中国的文学批评又有了新的变化。一方面，引进国外的文学理论和批评方法，给中国的文艺理论批评注入了新的活力，另一方面，也出现了用国外理论剪裁中国文艺，使之成为西方理论注脚的现象。一些引进的理论不仅不能帮助我们更好地进行有效的文艺评论，反而扭曲中国的文艺，或者将文艺现象抽离，成为理论的空转。在这种情况下，回到文艺本身，构建立足于本土经验的文艺批评理论，就显得尤为迫切和重要。

今天，站在一个重要的历史节点之上，回顾历史，我们可以感慨、感叹、感动，但更重要的，是要有所感悟。中国人讲"以史为鉴"，历史要成为当下的"资治通鉴"。研究历史，要照亮当下，指引未来。努力创建新时代中国文论话语体系，应该是我们今天的中心任务。

构建新时代中国文论话语体系，要坚持实践性。理论要与实践结合，特别是与批评结合。文学理论要指导文学批评，文学批评要在文学理论的指导下进行。由此更进一步，要发展批评的理论。这种批评的理论，不是实用批评手册，而是关于批评的深层理论思考。这种批评的理论，也不寻求在各种文学体裁和各门艺术中普遍适用，而是在研究它们各自的特殊性的基础上，寻求其相通性。从实践中来，形成理论之后，再回到实践中接受检验。

构建新时代中国文论话语体系，要本着"古为今用，洋为中用"的方针，吸收一切对我们有用的理论资源。但是，这绝不是照搬照抄、简单套用。我们曾经用古代文论和西方文论来阐释当代的文艺实践，从历史上看，这样做在当时似乎也有一定的合理性。黑格尔说，凡是现实的都是合乎理性的。从这个意义上，也可以说上述做法曾有其特定历史语境下的合理性。但是，黑格尔还说，一切合乎理性的东西都是应当实现出来的。古代文论不能完全符合当代中国的文艺实际，西方文论更不能很好地符合当代中国的实际。我们必须在吸取多方资源的基础上，立足中国实际，推进理论创新，用新时代的新理论，阐释和指导当代中国的文艺实践，包括中国文艺批评实践。

构建新时代中国文论话语体系，是与中华人民共和国成立70年特别是改革开放40多年来理论建设的努力一脉相承的。这也是我们编辑这套"当代中国文学批评史"的初衷。冯友兰先生在谈到哲学史时，曾区分了"照着讲"和"接着讲"。对于历史事实，对于历史上的重要人物的思想，我们要"照着讲"，不要讲错了，歪曲了前人的思想。但仅仅是"照着讲"还不行，照着讲完了，还需要"接着讲"。历史的车轮滚滚向前，我们要面对新情况、进行新总结、讲出新话来。反过来看，"接着讲"与"照着讲"也是一种承续关系。历史不能隔断，只有反思历史，才能展望未来。

中国特色社会主义进入了新时代。习近平总书记在《在文艺工作座谈会上的讲话》中指出,要用"历史的、人民的、艺术的、美学的观点评判作品",这对文学批评提出了新的要求,确立了新的标准。我们要守正创新、不离大道,在新的时代,创新发展文学批评理论,助力中国文艺走向繁荣昌盛。

张　江

2019 年 9 月

前　言

中国戏剧成熟于两宋年间，至今走过了近千年历程。戏剧批评与戏剧发展总是相伴而生的，在中国戏剧发展的不同阶段，戏剧批评都有其关注对象，体现了鲜明的时代特征并且与戏剧本体的发展进程密切相关。

20世纪上半叶的革命进程，对中国戏剧的传统地位和原有格局产生了根本性影响。现代教育体系进入中国，现代文学在文化艺术领域逐渐成为主流和西方文学艺术的引进，都直接导致了传统戏剧的内在价值产生剧烈畸变。千百年来，传统戏剧（包括评书、弹词等与戏剧高度相关的曲艺）的经典叙述方式，既源于中国人的话语习惯，同时更是形塑民族共同拥有的世界观和人生观的重要工具，而在改变了的时代，这样的叙述模式不仅不复具有唯一性，更遭遇新的叙述模式的挑战。这一时期的戏剧批评就在很大程度上反映了这一挑战，但是1949年的社会变革，才让中国戏剧批评模式与形态产生了质的和根本的变化。

1949年以来的70年里，戏剧的浮沉是社会文化发展的风向标，戏剧批评的发展变异，同样折射出当代社会文化领域多变的动向。

不同年代的戏剧批评有不同的风貌，它们有如蜿蜒曲折的山峦河流，亦似色彩浓淡变幻的长轴画卷，令人目不暇给。我们就从1949年进入这段历程。

目　　录

第一章　戏剧理论新体系建构 (1)

第一节　"移步"和"换形" (2)
　　一　时间开始了 (2)
　　二　剧目的甄别 (13)
　　三　"移步"与"换形" (22)

第二节　人民性与新人的塑造 (34)
　　一　禁戏和开放的博弈 (34)
　　二　"忠孝节义"和"人民性" (43)
　　三　塑造"社会主义新人" (59)

第三节　从"洋教条"到民族化 (80)
　　一　"洋教条" (80)
　　二　编导制的引进 (91)
　　三　传统戏与现实主义 (107)

第四节　历史与历史剧 (122)
　　一　"反历史主义" (122)
　　二　《蔡文姬》与翻案戏 (139)

三　古为今用的《卧薪尝胆》……………………（155）

第二章　政治与艺术的博弈……………………（173）

第一节　"毒草"……………………（173）
　　一　《李慧娘》和"鬼戏"……………………（173）
　　二　姚文元的《海瑞罢官》批判……………………（186）
　　三　"四条汉子"与文艺黑线……………………（197）
　　四　新的"毒草"不断出现……………………（213）

第二节　样板戏与"三突出"……………………（218）
　　一　"大写十三年"……………………（218）
　　二　京剧革命……………………（231）
　　三　"三突出"……………………（237）

第三节　现实题材与传统手法……………………（244）
　　一　表演理论的探索……………………（244）
　　二　戏曲音乐的探索与变化……………………（257）
　　三　样板戏的移植与改编……………………（272）

第三章　先锋与探索……………………（289）

第一节　拨乱反正……………………（289）
　　一　《报春花》……………………（290）
　　二　《大风歌》……………………（312）
　　三　传统戏的回归……………………（320）

第二节　探索戏剧与现代性……………………（330）

一　实验戏剧 ………………………………………（330）
　　二　《绝对信号》和车站 …………………………（347）
　　三　当代社会的反思 ………………………………（357）
　　四　张继青和晓艇 …………………………………（376）
第三节　戏剧危机和生存之道 ………………………（385）
　　一　"戏剧危机" ……………………………………（385）
　　二　小剧场运动 ……………………………………（398）
　　三　小百花和《西厢记》 …………………………（413）

尾声　重建戏剧价值体系 …………………………（424）
　　一　戏剧命运的讨论 ………………………………（424）
　　二　濒危剧种与非遗 ………………………………（434）
　　三　孟京辉和孟冰 …………………………………（446）
　　四　传统戏剧的新生命 ……………………………（457）

参考文献 ……………………………………………（468）

后　记 ………………………………………………（470）

第一章　戏剧理论新体系建构

1949年成立的中华人民共和国政府，是中国社会和文化领域发生巨变的标志。这个东方古老国度建立的新政权，格外注重"社会文化改造者"这样的自我身份定位。戏剧领域所出现的各种变化，无疑是新政权这一精神取向的自然组成部分。当代戏剧批评就是在这样的背景下展开的，它固然离不开对当代戏剧的整体乃至具体作品的优劣高下的判断、认识与评价，但是毫无疑问，批评的主体与主要方向，已经不复从戏剧本体出发。我们更可看到的是从新的社会需求乃至新的意识形态建构角度出发，对戏剧传统的全面、深入的批判性分析和解读，并且通过这一过程，努力用全新的戏剧观念与理论置换中国戏剧的价值体系，改变甚至再造戏剧这个影响深广的文化系统及其背后的生态。这一强大的社会政治动机，对中国当代戏剧批评具有明显的支配作用；而当戏剧批评获得了强大的政治与政策支撑时，对戏剧创作演出也就变得更具影响。中国当代戏剧批评史，就以这样的姿态拉开了序幕。

第一节 "移步"和"换形"

一 时间开始了

1949年,一直以从事文学理论批评著称的胡风发表了一篇题为"时间开始了"的长诗,用文学的方式宣告了一个新时代的到来。正如这首一时产生巨大影响的长诗标题所示,1949年建立的中华人民共和国政权,要让历史以崭新的形态重新开始,这个时代从开端就表现出要与中国漫长的传统社会决裂的鲜明姿态。20世纪40年代末中国社会发生的翻天覆地的变化,不只是通常意义上的"改朝换代",更涉及中国社会几乎所有方面,其中也包括历史上从未因政权更迭而受到冲击的戏剧领域。

尽管中国有悠久的戏剧传统,但是新中国那些从延安、上海或者从其他城市汇聚北京的戏剧理论家和实践者,并不满足于只是续写这部历史,相反,他们决心让中国戏剧重起炉灶,走全新的道路。他们满怀激情,同时也充满自信,以前所未有的雄心壮志,要创造超越以往任何时期的全新戏剧,并且坚信这一理想很快就能够成为现实。新中国的缔造者们有理由这样想,这个政权试图对社会承担的义务是空前的,尤其是在涉及人们精神生活的文化和艺术领域,它比以往任何一个时期都更强调艺术对人们精神世界的影响,戏剧的功能首当其冲。基于人类历史上一种全新的理想主义信念,他们决定要对艺术实施全方位的管理与控制,尤其是通过新颖的公共政策手段，引导戏剧的发展，使之成为社会发展的正面力量。因此，在戏剧领域颁布和实施的政策措施，毫无疑问将成为中国当代社会在文化发展领域重要且核心的力量。这是当代中国出现许多全新的戏剧理念和戏剧政策的主要动力，也令当代中国戏剧批评出现了全新的景象。

中国当代戏剧批评与此前历朝历代的戏剧批评最为关键的区别，就是政治理念对戏剧批评产生了前所未有的支配作用，因而当代戏剧批评的历程，是以新政府对戏剧的全面关注与主导拉开帷幕的。新政府所有关于戏剧方面的努力，其核心就是要建构一个有关戏剧的全新的理论与价值体系，并在此基础上，实现对戏剧的全面改造，这一努力，在很大程度上影响甚至支配了20世纪40年代末到50年代初的戏剧批评。在努力建构新的意识形态共同体的过程中，对传统戏剧的改造，是新政府最为重要的文化目标，在一定的意义上，它的重要性甚至超过创作新的、更符合新政权意识形态导向的作品。在政府强力主导下，全国各地逐渐开展了规模空前的"戏改"运动，它的主要内容，是要通过"改人、改戏、改制"三个重要方面，全面改造中国传统戏剧。而这样的改造，实际上更应该说是一次戏剧的"再造"。戏剧批评在其中起到了最为关键的作用。

"戏改"从1949年就开始全面推进。然而新政府对戏剧领域的特殊关注，甚至比中华人民共和国政府成立更早。1948年11月13日，《人民日报》发表了一则有关"华北戏剧音乐工作委员会"成立的消息，报道指：

华北人民政府为进一步发展新的戏剧音乐运动，有计划有步骤的改革旧剧，加强对广大群众的思想教育，根据华北文艺工作者会议的提议，特在教育部内成立华北戏剧音乐工作委员会，以主持华北戏剧音乐的指导工作，聘任马彦祥、杨绍萱、贺绿汀、李伯钊、陈荒煤、周巍峙、丁里、孟波、阿甲、舒强、李焕之等十一同志为委员，马彦祥同志为主任委员，下分编审、研究、联络等组。现该会已筹备就绪，正式成立，会址设石家庄市。目前工作重点：第一为旧剧编审工作，即以石家庄的旧剧演出节目为基础，订出编审计划，拟于十一月底以前公布第一批审定的平剧节目单，以后继续按照既定计划，审查与改编各种旧剧。第二是开展今冬明春的群众文艺工作，积极发展新的戏剧音乐运动，现正积极征求反映华北解放区当前中心工作对群众有教育意义的各种戏剧音乐作品，广为介绍，并定于明年春节后奖励其中比较优秀的作品，该会并已开始征集各种戏剧音乐作品，进行调查研究工作。①

华北人民政府貌似次年成立的中华人民共和国政府的雏形，所以这个戏剧音乐委员会可以看作即将成立的文化部相关机构的前身；实际上委员会所聘任的所有委员，多数都在一年后成立的新政府里担任相关文化领域的要职。最初成立的中华全国戏曲改进委员会就是在华北文艺工作委员会旧剧处基础上成立的，旧剧处的首任

---

① 《改革旧剧发展剧运　华北戏剧音乐工作委员会成立》，《人民日报》1948年11月13日。

处长由周扬担任。如上所述，华北戏剧音乐工作委员会成立之初，就把当时尚称"平剧"的京剧的剧目审定与改编作为工作重心，并且准备由此为开端，逐渐将这一工作推向其他地区。而华北《人民日报》同日也在第1版为这篇报道配发专论《有计划有步骤地进行旧剧改革工作》，这篇代表未来的新政府对传统戏剧之态度的专论，明确将"旧剧改革"当作最为重要而迫切的文化工作和政治任务。这里所称的"旧剧"，偶尔用于指称当时还称为"平剧"的京剧，在更多场合，则用于泛指所有传统戏剧表演样式，包括各地的地方戏曲剧种。这篇专论开宗明义便指出：

> 旧剧必须改革。在华北解放区，据初步调查，有平剧、河北梆子、评戏、各路山西梆子、秦腔、秧歌、柳子调、老调、丝弦、高调、道情等二十余种，它们绝大部分还是旧的封建的内容，没有经过一定的必要的改造。在农村中，虽然新型的农村剧团已经相当普遍，虽然农民喜欢看新戏，自己还会演新戏，但广大农民对旧戏还是喜爱的，每逢赶集赶庙唱旧戏的时候，观众十分拥挤，有的竟从数十里以外赶来看戏，成为农民生活中的重大事件。在城市中，旧剧更经常保持相当固定的观众，石家庄一处就有六七个旧剧院，每天观众达万人。各种旧剧中，又以平剧流行最广，影响最大。我们虽然对于平剧及其他各种旧剧进行了若干改革的工作，但这个工作是做得非常不够的。旧剧的各种节目，往往不受限制、不加批判地，任其到处上演，在广大群众的思想中传播

毒素，这种现象，是与新民主主义文化建设的方向相违反的，是必须改变的。现在人民解放战争胜利形势飞跃发展，大城市相继被解放，旧剧改革的任务便更急迫地提到我们面前，需要我们认真地加以解决。①

这篇专论所体现的基本思路，一年之后成了新政府在全国各地推行的戏剧施政方针。除了其中使用的"旧剧"这种称谓很快就被置换为更中性的"戏曲"一词以外，对传统戏剧的彻底改造，迅速成为政府文化领域的工作重心。很显然，正在准备全面接管这个国家的筹建中的新政府对戏剧领域的管理既有很强的责任感，也有清晰的认识。在文化主管部门眼里，戏曲（其实还有曲艺）属于"旧文艺"范畴，它们虽可继续存在，但是正如上述专论有关"旧剧必须改革"的清晰表述那样，传统艺术最需要和最迫切需要解决的问题，就是"改进"。

新政府围绕这一目标成立了多家相关机构，以具体推动落实这些措施。中国文学艺术联合会在筹办与成立之初，制定了成立专门的戏曲改进会的计划，② 中华人民共和国政府成立的第二天，"中华

---

① 《有计划有步骤地进行旧剧改革工作》，《人民日报》1948年11月13日。
② 在1949年7月2—19日召开的第一次全国文学艺术工作者代表大会上成立的中华全国文学艺术工作者联合会中，戏剧界与其他所有艺术门类明显不同，拥有两个团体会员。文联第一次全委会的决议中有这样的表述："通过全国文学、音乐、舞蹈、美术、戏剧、电影等协会及戏剧改革协会与曲艺改进会等为全国文联的会员。"其中"戏剧改革协会"疑为笔误，正式的名称是"戏曲改进委员会"。见中华全国文学艺术工作者代表大会宣传处编《中华全国文学艺术工作者代表大会纪念文集》，新华书店发行，1950年版，第139页。

全国戏曲改进委员会"在北京正式成立，共和国政府设立"戏曲改进局"，中华全国戏曲改进委员会主任委员田汉受命担任1949年11月1日成立的政务院文教委员会戏曲改进局首任局长。如同这些政府部门与机构的名称所示，无论是戏曲改进局，还是戏曲改进委员会，都将在全国范围内推进"戏改"作为最主要的工作。1950年7月重新组建、改由周扬担任主任的文化部戏曲改进委员会，其职能同样是为"开展全国戏曲改革工作"提供意见："（一）审定戏曲改进局所提出的修改与编写的剧本。（二）对戏曲改进工作的计划、政策及有关事项向文化部提出建议。"①

1949年之后的数年里，国家在戏剧领域陆续成立的这一系列政府机构与行业组织，都是为了有效地领导与推进历史形成的传统戏剧之改进工作，其核心显然是对传统戏剧实施大规模和全面的改造。1950年12月，全国戏曲工作会议召开，会议通过了"关于戏曲改进工作向文化部的建议"；1951年5月5日，政务院颁布了有关戏曲改革的重要指示，更明确地提出了有关"戏改"的基本原则与方针：

> 戏曲应以发扬人民新的爱国主义精神，鼓舞人民在革命斗争与生产劳动中的英雄主义为首要任务。凡宣传反抗侵略、反抗压迫、爱祖国、爱自由、爱劳动、表扬人民正义及其善良性格的戏曲应予以鼓励和推广，反之，凡鼓吹封建奴隶道德、鼓

---

① 《中央人民政府文化部成立戏曲改进委员会——确立戏曲节目审定标准》，新华社1950年7月27日电讯。

吹野蛮恐怖或猥亵淫毒行为，丑化与侮辱劳动人民的戏曲应加以反对。①

全面开展与推进戏曲改进工作，既是新政府的政策，同时更是一种新的戏剧观念的生成与实践。回到1948年11月《人民日报》的专论，这篇重要文献揭示了这种新的戏剧思想和理念的具体呈现与表述，而解读这篇文章，实为理解此后一系列与当代戏剧发展关系十分密切的政策措施之关键。其中的重点在于，新政府对传统戏剧"绝大部分还是旧的封建的内容，没有经过一定的必要的改造"的整体判断是非常直接且清晰的，全方位地改造"旧剧"的必要性和迫切性，就暗含在这样的判断中。因此，1951年，政务院发布关于"戏改"工作著名的"五·五指示"，再一次明确指出，"目前戏曲改革工作应以主要力量审定流行最广的旧有剧目，对其中的不良内容和不良表演方法进行必要的和适当的修改。必须革除有重要毒害的思想内容，并应在表演方法上，删除各种野蛮的、恐怖的、猥亵的、奴化的、侮辱自己民族的、反爱国主义的成份"②。

这一"有计划有步骤"的大规模的改造工作，首要的前提，是要建设一整套行之有效的标准，对大量流传甚广的传统剧目给予准确和恰当的甄别。

政务院的"五·五指示"开宗明义地指出，全国各地的"戏

---

① 《政务院关于戏曲改革工作的指示》（1951年5月5日），《人民日报》1951年5月7日。
② 同上。

改"工作推进"工作中亦存在若干缺点,最主要的是审定剧目缺乏统一标准",因此,如何甄别剧目,鼓励哪些剧目、批评哪些剧目、改造哪些剧目和禁止上演哪些剧目,都需要有这样一套有理论依据的标准。

实际上,全国性大规模的"戏改"还没有开始,如何制定甄别与审定剧目的标准,就已经成为新中国戏剧的谋划者们优先考虑的问题。早在1948年《人民日报》有关华北戏剧音乐工作委员会的专论中,剧目甄别就已经受到特殊关注。它通过正反两类有代表性的剧目,对于用以甄别数以万计的传统戏剧剧目的标准,其中包括"旧剧"有可能"在广大群众传播"的"毒素"究竟是什么等一系列重要问题,首次提供了标准答案:

> 改革旧剧的第一步工作,应该是审定旧剧目,分清好坏。首先,我们必须确定审查的标准。我们要以对人民的有利或有害决定取舍。对人民有利或者利多害少的,则加以发扬和推广,或者去弊取利而加以若干修改;对人民绝对有害或害多利少的,则应加以禁演或大大修改。在现有旧剧内容中,大体上可以分成有利有害与无害三大类,应具体研究,分别对待。
>
> 第一,是有利的部分,这是旧剧遗产的合理部分,必须加以发扬。这包括一切表现反抗封建压迫,反抗贪官污吏的(如《反徐州》《打渔杀家》等),歌颂民族气节的(如《苏武牧羊》《史可法守扬州》等),暴露与讽刺统治阶级内部关系的(如《四进士》《贺后骂殿》等),反对恶霸行为的(如《费德

功》《问樵》），以及反对家庭压迫，歌颂婚姻自主，急公好义，勤俭起家的剧目。

第二，是无害的部分，如很多历史故事戏（如《群英会》《古城会》《萧何月夜追韩信》等），对群众虽无多大益处，但也无害处，从这些戏里还可获得不少历史知识与历史教训，启发与增加我们的智慧。

第三，有害的部分，包括一切提倡封建压迫奴隶道德的（如《九更天》《翠屏山》等），提倡民族失节的（如《四郎探母》），提倡迷信愚昧的（如舞台上神鬼出现，强调宣传神仙是人生主宰者等等，至于一般神话故事，如孙悟空大闹天宫的戏，则是可以演的），以及一切提倡淫乱享乐与色情的（如《游龙戏凤》《醉酒》等），这些戏应该加以禁演或经过重大修改后方准演出。①

在这里，我们看到"表现反抗封建压迫，反抗贪官污吏""歌颂民族气节""暴露与讽刺统治阶级内部关系""反对恶霸行为""反对家庭压迫，歌颂婚姻自主，急公好义，勤俭起家"等思想倾向获得了充分肯定，而"提倡封建压迫奴隶道德""提倡民族失节""提倡迷信愚昧""提倡淫乱享乐与色情"则是要坚决反对的思想倾向。

《人民日报》1948年11月有关华北戏剧音乐工作委员会的专论

---

① 《有计划有步骤地进行旧剧改革工作》，《人民日报》1948年11月13日。

发表时，中共中央宣传文化领域负责人周扬已经在物色戏剧部门的负责人，他委托当年在上海时的老朋友田汉思考戏剧行业的具体政策。田汉在给周扬的长篇回信里，就这一问题做了非常详尽的回复。他认为，传统剧目的"禁"和"准"，"暂时不必做太硬性的规定，而先搞通我们自己的思想，统一我们自己的看法，那是很要紧的"，因为比起指出哪些戏可演或该禁，更重要的是明确提出禁或准的原则，"专论倘使有缺点，那便是单止告诉我们哪些旧剧'有害'，哪些是'无害'，哪些是'无益'，而没有提出判断'害''益'的'明确的原则'"。至于这里所说的"原则"，田汉认为，新时代的戏剧应该是"新民主主义民族的、科学的、民主的（人民大众的）内容，民族歌舞剧的形式"①。田汉第一次完整、全面地阐述了这个时代将要实施的戏剧方针的核心内容，这几乎可以看成是他在出任新政府戏剧领域掌门人前所做的考试答卷。看来他的这份试卷得分很高，这一观点提出两年后，他以戏曲改进局局长和中国戏剧家协会主席的身份，又一次重复了这一具有纲领性的主张：

> 戏曲审查的主要目的在于从新民主主义民族的、科学的、人民大众的立场评价旧戏曲，辨别其对人民的利或害以为褒贬取舍。②

---

① 田汉：《怎样做戏改工作——给周扬同志的十封信》，《人民戏剧》创刊号，1950年4月。
② 田汉：《为爱国主义的人民新戏曲而奋斗——1950年12月1日在全国戏曲工作会议上的报告》，《人民戏剧》1951年第6期。

这时，田汉的言论不再只是他作为一位戏剧家的个人见解，也不再是给周扬的私人信件，而是国家戏剧主管部门的声音。

从《人民日报》专论到田汉提出的戏剧审查原则，可以解读出新政权对戏剧所应该出现的变化，尤其是希望新戏剧遵循的"新民主主义文化建设的方向"的清晰表述和具体所指。然而，如果回到半个世纪之前就不难发现，这些观点并不完全是这个时代特有的新思想和新见解，我们很容易联想起建立了这个新政权的中国共产党的创始人之一陈独秀写于1904年的《论戏曲》，并且可以在两者中看到明显的传承关系，甚至具体观点和所举的具体例子都有相同或相似之处。在《论戏曲》中，陈独秀首先肯定戏剧对社会是"有益"的，同时也指出，传统戏剧必须在五个方面加以改良：一、宜多编有益风化之戏；二、采用新法；三、不可演神仙鬼怪之戏；四、不可演淫戏；五、除富贵功名之俗套。① 其中，基于道德风化角度建议严厉禁止包含淫秽色情内容的剧目及表演、基于科学精神建议禁止那些涉及"迷信"的超现实的神魔鬼怪形象在戏剧中大量出现，在陈独秀的文章和1948年《人民日报》的专论里，有着一脉相承的精神关联。而《有计划有步骤地进行旧剧改革工作》一文中建议"禁演或经过重大修改后方准演出"的"提倡民族失节"的剧目，实际上早在清末民初就已经有论者提出强烈的批评，至少文中作为代表的京剧《四郎探母》，它所遭遇的批评贯穿了整个20世

---

① 陈独秀：《论戏曲》，该文最早发表于安徽《俗话报》1904年第11期，署名三爱，1905年以文言在《新小说》第2卷第2期重新发表，并被收入阿英编《晚清文学丛钞·小说戏曲研究卷》。

纪。至于将所有传统剧目分为"有利""无害"和"有害"三类，是可以在民国年间的地方政府政令中找到很多先例的，比如20世纪30年代初广西省政府颁布的"戏剧审查通则"，就将所有剧目按剧情分为"准演""改良""禁演"三类，明确要求"各种戏剧、影片，如有下列情形之一者，得令禁演或改良。一、含有侮辱中华民族之意味者；二、以宣传共产主义或鼓吹阶级斗争为中心者；三、以诲淫诲盗、妨害风化、公安为中心者；四、以神怪荒诞、催眠一般观众，使能发生带有危险性之宗教迷信者"①。其中第一款所指"侮辱中华民族之意味"完全可以用《四郎探母》为标本；唯有第二款才体现了国共两党的意识形态对立。

因此我们可以在这里看到历史的延续，至少"有益风化"的理念和对色情淫乱的否定，绝非始于20世纪，而其中最基本的善恶之分也可以从传统社会中找到某些依据；陈独秀提出的"不可演神仙鬼怪之戏"的建议，显然基于崇尚科学的新思想，这也是20世纪上半叶新文化运动以来逐渐得到认可的新观念。这些重要的思想与观念，不能说没有历史的惯性。

时间开始了，时间也仍在延续。

二 剧目的甄别

"戏改"工作中提出和倡导的各种观念，并不难找到它们的历

---

① 《广西省政府修正戏剧审查通则训令》［民国二十三年（1934）二月十七日］，见《中国戏曲志·广西卷》，中国ISBN中心1995年版，第627页。

史脉络，但当代中国的戏剧批评主导理念，绝不是新文化运动的重复。从陈独秀的《论戏曲》到新中国所颁布的诸多涉及传统戏剧评价的文献之间，存在许多看似细微却十分重要的区别。抽象地提出几条有关剧目甄别的原则是容易的，然而在实际的剧目甄别过程中，我们会发现情况远远不是如此简单。而只有通过具体作品的分析，将那些涉及"戏改"的理论和原则转化为具体的甄别框架，才有可能真正让新的戏剧观念深入人心，并且成为戏剧领域占据支配地位的新的价值坐标。

　　文化部戏曲改进委员会有关"戏改"的决议提出，在"戏改"工作和剧目审查中，要特别注意划分戏剧作品中的"神话"与"迷信"之间的界限。笼统地指出戏剧作品中"神仙鬼怪"形象明显有"反科学"精神是容易的，但假如简单化地用这样的理由，将所有包含各类超验形象的作品统统逐出舞台，必然使相当多优秀作品遭遇池鱼之殃，传统戏剧里将会有一大批优秀作品不得不被划入禁演范围内。防止以"科学"的名义将所有涉及超验世界的戏剧作品统统逐出舞台，是制定剧目甄别标准中需要解决的重要问题，将各种"神话"与"迷信"小心翼翼地区分开来，是一个极具智慧的解决办法。全国戏曲工作会议给文化部提交的建议中这样说：

> 民间传说中的戏曲常常采取神话剧形式，如白蛇故事、水母故事、梁山伯祝英台故事、西游故事等代表了中国戏曲想象最丰富、形象最美丽的一面。在修改此类戏曲时应注意保存此

种人类童年时代的美,不当轻易破坏。①

虽然这只是理论上的区分,实际的操作过程中,要在神话与迷信之间划出一条清晰的界限,并且为之找到有说服力且可以具体操作的简单易行的原则,并非易事。因此,20世纪50年代初的戏剧批评家仍然面临艰难的挑战。

《人民戏剧》杂志曾刊登一封读者来信,这位读者满怀疑惑地指出,全国戏曲会演上演出的越剧《梁山伯和祝英台》里,梁山伯死后祝英台"哭坟",坟墓裂开,祝英台跳进后墓又合上了,最后两位主人公化为蝴蝶;湖南花鼓戏《刘海砍樵》说一个狐狸精爱上了一位樵夫,于是化为少女并和刘海结了婚。这样的情节岂不是迷信吗?《人民戏剧》之所以刊登这封读者来信,是因为类似的疑惑绝不只限于个别观众,而且也不限于个别地区,甚至相当部分正在执行"戏改"政策的干部,实际上完全无法把握这两者间的区别。《白蛇传》在全国很多地区都曾经遭到禁演,有些地区在"戏改"时,索性将它改写为人间男女的爱情故事,以避免其中的迷信成分。更有甚者,戏剧人物在剧中喊一声"天哪",也被视为迷信。

在全国戏曲会演过程中,有关这一问题的争论就已经展开。为此《人民戏剧》编辑部特请学者戴不凡作答,戴不凡是这样阐述的:"神话戏和迷信戏都是通过类似神怪的形象,来向人说明某种道理;但两者对待命运的态度是完全不同的。神怪戏是鼓励人民摆

---

① 全国戏曲工作会议《关于戏曲改进工作向文化部的建议》,见中国戏曲学院编《戏曲政策学习参考资料(供内部参考用)》,未正式出版。

脱命运的支配；迷信是宣扬'听天由命'一类的反动思想；它们的区别是很显然的。"他还进一步分析，《梁祝》的结局之所以是神话而不是迷信，是由于两位主人公的化蝶所表现的是"人民不屈服于命运支配的反抗精神和乐观情绪"，因而具有积极意义；同样，《刘海砍樵》表现的一位狐狸精变成的女性是贫穷的农村女性的化身，她出于爱情大胆地选择对象，冲破了婚姻必须要听从"父母之命，媒妁之言"的封建制度，具有强烈的反抗精神，而且也不同于那种宣扬"婚姻缘定"的宿命观点。戴不凡总结说：

> 我们不能因为一个戏中有神怪出现，就认为是迷信戏，如果这个戏表现了不为命运所支配，像《刘海砍樵》那样，那还是神话戏。我们也不能因为一个戏中有神道仙佛，就认为是神话戏，像《滑油山》它所表现的是轮回报应，要人相信命运，所以它被列入迷信戏。①

最后，戴不凡还特地说明，其中仍有些剧目，如《白蛇传》，虽是神话，却也仍带有一些迷信成分，"我们不要因为它是神话而忽略了它的迷信成分；也不能因为它多少带有迷信色彩而否定它不是神话。我们应该善于鉴别——用它对命运的态度来鉴别"②。

在此之前，田汉曾经从另一种相似却显然不同的角度，提出他有关区别神话和迷信的方法。他说，因为"不少的神话都是古代人

---

① 戴不凡：《神话与迷信的区别》，《剧本》1952年第12期。
② 同上。

民对于自然现象之天真幻想，或对旧社会的抗议和对理想世界的追求。这种神话是对新社会不但无害而且有益的。只有写阴曹地府循环报应来恐吓人民那才是有害的"①。戴不凡用对待命运的态度区别神话与迷信，田汉用对新社会是否有害或有益区分神话与迷信，从论证方法上不能说完美，然而他们代表的是一种共同的努力，就是避免所有具有超验色彩与形象的戏剧作品都被打入冷宫。这一出发点和20世纪初以陈独秀为代表的新文化运动领袖一概反对戏剧中大量描述"神仙鬼怪"的"科学立场"，当然有明显不同，质言之，戴不凡和田汉都没有拘泥于自然科学的视野，更愿意从戏剧作为给观众提供精神熏陶及娱乐的立场评价与判断作品。

在"戏改"和剧目审定过程中，还有另一类需要特别关注的剧目。传统戏剧中有大量情爱题材作品，其中不仅包括中国戏剧文学史上一些最重要的经典作品，还有更多民间流传的演出剧目。这些剧目无论是在文学描写上，还是在舞台表演中，其实很难完全避免某种程度的色情成分，因此，每个时代都有戏剧批评家对此提出严厉的指责。然而，描写两性之间的情爱的作品是如此之受欢迎，任何指责都不能真正阻止它们风行。从新政权的意识形态取向上看，它们并没有必须继续存在的理由，但戏剧理论家们显然并不赞成完全禁绝这类深受观众欢迎的题材，因此就需要对它有所分辨。要正确和准确地评价这类剧目具有一定的难度，田汉提出了一种智慧的解决办法，那就是对这类剧目应该"区分恋爱和淫乱"。田汉指出，

---

① 田汉：《为爱国主义的人民新戏曲而奋斗——1950年12月1日在全国戏曲工作会议上的报告》，《人民戏剧》1951年第6期。

"写男女相爱悦的戏,例如通过男女关系揭破封建压迫的《西厢记》,是不应反对的,但故意把这些戏演成淫亵下流,迎合观众低级趣味,才是应当反对的。因为那样客观上散播了封建毒素,模糊了观众对男女问题的健康的认识"①。这样的区分微妙且重要,然而真正要分辨恋爱和淫乱,剧本与舞台表演两个层面都十分重要。在某些场合,被视为色情的剧目是由于剧本直接有性的描写,而不是因为表演的缘故。但假如涉及那些有较高文学成就的经典剧目,戏剧批评家通常会给予格外的宽容。如田汉提及的《西厢记》,女主人公崔莺莺自荐枕席的行为,在不同年代经常受到强烈的指责,何迟依然认为这出戏里所描写的是爱情而非淫荡,他是这样解释的:

> 虽然这些戏里也有些关于性的笔墨,例如莺莺竟自带了"枕衾"去会张生之类,但这也难怪莺莺,假如她和张生不造成既成事实来个"先斩后奏"的话,婚姻是不会成功的。实在也是出于不得已而为之。在封建社会里(不是今天)一个相国小姐能做出这样事来,的确是一件浑身是胆的勇敢行为。这是不能用"淫荡"二字来污辱莺莺的。②

何迟并举民歌里一些大胆描写情爱的句子为例,认为那类情歌

---

① 田汉:《为爱国主义的人民新戏曲而奋斗——1950年12月1日在全国戏曲工作会议上的报告》,《人民戏剧》1951年第6期。
② 何迟:《神话、恋爱、历史人物》,《天津市第一届戏曲导演学习班讲稿汇编》第1辑,天津市文化局1956年编印,内部发行,第65页。

第一章 戏剧理论新体系建构

或表现"得不到爱情权利的女人的悲哀",或表现"大胆泼辣的农民妇女,对旧礼教的蔑视与反抗",这些都是爱情而不是淫荡。他通过传统戏剧作品的一系列人物形象具体指出了爱情与淫荡的区别:

> "恋爱"与"淫乱"的区别,在男权社会我们应先从对待女人的态度上面来看。"恋爱"表现在对待女人的态度上是尊重的、平等的、忠诚的、文明的。而"淫乱"表现在对待女人的态度上,则是占有的、玩弄的、虚伪的、野蛮的。这种区别还表现在内在感情上面。恋爱的感悟是深刻的、健康的、充实的、持久的,因而能鼓励人们热爱生活,给人以力量。而"淫乱"的"感情"则是浮浅的、不健康的、空虚的、暂时的,因而能腐蚀人的生命力,给人以颓废和消沉。因此我们坚决反对"淫乱",而主张正确的恋爱。①

这样的辨析不仅没有拘泥于抽象的教条,也不是表面化地只从描写两性关系的字句层面做道德判断,从人性角度的分析有理有据,体现出这个时代的戏剧批评家少有的冷静与客观。

当然,在这个时代的"戏改"和剧目甄别审定工作中,更重要的是新的意识形态观念的引进。这个中国历史上前所未有的新的无产阶级政权,要站在人民的立场、以阶级分析为基础,重新评价以

---

① 何迟:《神话、恋爱、历史人物》,《天津市第一届戏曲导演学习班讲稿汇编》第1辑,天津市文化局1956年编印,内部发行,第68页。

往的所有文化艺术，其中当然也包括戏剧。以阶级分析为基础的社会认知，在某种意义上是新中国政权的合法性最重要的基础，基于这一鲜明且全新的政治立场和与之相适应的思想观念，历史上许多人物和故事的是非善恶，都需要重新认识。

这一思想观念表现在戏剧领域，就是华北《人民日报》专论特别提出的禁演"提倡封建压迫奴隶道德"的剧目的建议，这是当代中国崭新且关键性的戏剧批评命题。田汉在全国戏曲工作会议上的报告，更是把戏剧作品中宣扬"封建奴隶道德"和"有丑化和侮辱劳动人民的语言和动作"，作为必须予以改正的要点。

在某种意义上，这是1949年成立的新政府的戏剧政策与此前任何时代的政府和主流意识形态对戏剧的认识与评价最为本质的差异。田汉在提及"修改旧剧的步骤"时，特别强调要对那些传统剧目"进行必要的消毒，即抛弃其有害于人民的腐朽的、落后的部分，如鼓吹奴才思想的、残酷、恐怖、野蛮、落后的部分，而保存和吸取其有利于人民的健康的、进步的部分"。因此，一批在戏剧史上从未受到过道德质疑、甚至被认为极具正面教化意义的剧作，成为禁演的对象，完全颠覆了戏剧艺术家们的认识。比如《南天门》《一捧雪》等剧目，因为表现仆人挺身而出替代主人牺牲，比如《三娘教子》等剧目因为表现三夫人为教育和抚养亡夫留下的孩子而拒绝改嫁，这些剧目所表现的思想内容从来都是积极与正面的，但是按新的意识形态标准，它们被认为是在弘扬"奴隶道德"，歌颂"奴才思想"。推而广之，那些表现忠臣义士的作品，包括描写"清官"的作品，主人公们的行为也被认为是"处心积虑地维护封建阶级的统治"。历史上诸多农民起义事件，因其破坏了社会的稳定和民众安宁的生活，因此被看成犯上作乱的"流寇"，名剧《铁冠图》就是由于把李自成及手下将领写成这样的"流寇"，被认为是"丑化"了农民起义英雄；尤其是那些表现落草为寇的梁山好汉等英雄仍然"心系朝廷"、期盼招安的作品，更被指是在"污蔑农民起义领袖"，因为这些英雄本应该是被统治阶级压迫的农民阶级觉醒与反抗的代表，如果他们还以归顺朝廷为最终理想，那岂不是太缺乏起码的阶级觉悟、胸怀？这种农民起义领袖如何能够成为普通民众的楷模？假如连梁山好汉这样的农民起义领袖也无条件地尊奉皇帝无上的权威，受压迫、受剥削的农民阶级的反抗又从何谈起？当然，传统剧目还经常用丑行扮演身份低微的小人物，这些人物多数都是为观众提供笑料的角色，难免有庸俗逗乐的言行举止，这样的描写与表现，被认为丑化了劳动人民，必须纠正。这些都是当时的戏剧批评中经常听到的声音。

在戏剧作品的评价与判断中确立"人民"的立场，这是中国当代戏剧批评在其初创阶段最重要的理论建设目标。1949 年始，这一思想立场的确立对当代戏剧发展产生深刻影响，无论是传统剧目的甄别和修改，还是新剧目的创作，"反抗黑暗的旧社会"，都是戏剧批评领域极重要的关键词。以古代社会生活为题材的作品，要描写那个社会里底层民众对统治阶级的激烈的、不妥协的反抗；以现代社会生活为题材的作品，要以中国共产党领导下的劳动人民对反动派的反抗为轴心。这类新剧目的大量出现，20 世纪 50 年代繁荣的戏剧批评的推动功不可没，在此时，戏剧批评发挥了空前的作用。

众所周知,"民主"和"科学"是20世纪初新文化运动的两个最核心的关键词,1949年之后,为确立人民在历史上和在当下生活中的主体地位,它们在戏剧批评中的重要地位,开始逐渐让位给"人民"这个重要的政治学范畴。在一定意义上,这个年代的戏剧批评对神话与迷信的分辨,校正了在戏剧领域机械地运用自然科学的是非观念的非艺术的狭隘观念;小心翼翼地区分爱情与淫乱,保证了古代传奇和地方大戏里大部分情爱题材作品得以继续演出。同时更重要的是,以阶级分析为核心的社会学批评迅速崛起,不仅对相当数量的剧作的命运产生深刻影响,更催生一大批新剧目的诞生。

三 "移步"与"换形"

1949年是中国戏剧批评的一道分水岭,因为从这一年起,戏剧批评不再只是戏剧领域内部的讨论与评鉴,政府开始前所未有地发挥主导戏剧发展的作用。因而,戏剧批评不再只是专业化的戏剧批评家的工作,批评家除了对戏剧作品的艺术层面提供独立的判断和见解,更重要的任务是肩负政府对戏剧的要求之阐释者角色,而且政府的要求,远不限于呼吁戏剧承担社会道德教化功能。一种新的意识形态诉求,强有力地介入戏剧创作与演出过程,中国戏剧及其批评也因此进入一个新阶段。相应地,戏剧批评领域出现了一批具有突出影响的新人,他们承接了从马克思主义创始人到列宁的思想理论资源，并且借此建构了完整且崭新的戏剧理论话语，迅速占据了戏剧批评界的主导地位。

这个新的批评群体及其拥有的批评模式，显然迥异于中国传统戏剧所凭借的那个价值体系，因而它的建构过程，必然要与中国原有的戏剧体系发生程度不等的冲撞。但是最令人意想不到的是，第一次尖锐的冲撞，居然因京剧表演艺术家梅兰芳和记者的一次谈话而发。

1949年9月召开的中华全国文学艺术界代表大会（以下简称"文代会"），是中国当代文艺领域第一次全国范围的大规模的艺术家聚会，京剧表演艺术大师梅兰芳是参加会议的戏剧界代表中最引人注目的人物。梅兰芳是中国现代戏剧的代表人物，然而从1949年起，他的社会角色与身份发生了翻天覆地的变化，他不仅参加第一次文代会，当选为新成立的中华全国戏剧工作者协会副主席，接着作为"旧剧"界的代表参加了第一次全国政治协商会议，与国家领导人一起共商国是。如果说从20世纪30年代初和余叔岩共同创办国剧学会时起，他在中国戏剧界尤其是在传统戏剧领域的领袖地位已经获得公认，那么，只有到1949年年底，他才拥有了与其艺术成就和影响相称的政治地位。

然而，梅兰芳同样必须面对"戏改"。他显然有他自己的观点和理解，全国政协会议结束后，他从北京返回上海，途中顺便在天津演出。他在接受《进步日报》记者张颂甲采访时，对当时正渐次展开的"戏改"运动委婉地表达了不同看法。梅兰芳在他这篇重要访谈中指出，京剧的内容或许是需要改革的，但是要慢慢来，可以

"移步"但不能"换形"。他说道:"京剧改革又岂是一桩轻而易举的事!……我以为,京剧艺术的思想改造和技术改革最好不要混为一谈。后者在原则上应该让他保留下来,而前者也要经过充分的准备和慎重的考虑,再行修改,这样才不会发生错误。因为京剧是一种古典艺术,有几千年的传统,因此,我们修改起来,就更得慎重些。不然的话,就一定会生硬、勉强。""俗话说,'移步换形',今天的戏剧改革工作却要做到'移步'而不'换形'。"① 梅兰芳强调京剧作为"古典艺术"的特性,坚持传统戏剧的古典特征应该予以充分肯定和保留。而且,他还专门引用了苏联作家西蒙诺夫对京剧的评价与认识,指出京剧在技术上的特点不应该因"戏改"而丧失。至于剧目的创作,他同样提出了自己的看法,一方面他充分肯定在题材与内容的选择上,要注重其积极意义,剔除不健康的部分,然而他更强调的是戏剧的舞台呈现,比如故事的穿插和场面的安排等,他认为这是一项"纯技术上的工作",必须由"内行"来完成。1949年11月3日,他的谈话在《进步日报》公开发表,《进步日报》的前身就是著名的《大公报》,在民国年间,这是一份几乎可与《申报》相提并论的著名报纸。

梅兰芳并不是戏剧理论家或批评家,然而他在长期的戏剧表演实践中积累了丰富的经验,并且有他视角独特的思考。当梅兰芳在天津面对记者提出他有关"戏改"应注重"移步而不换形"之原则的观点时,并不是一时的突发奇想或率性之论。其实在多年前,梅

---

① 张颂甲:《四十年前的一桩戏剧公案——梅兰芳发表"移步不换形"主张之始末》,《戏剧报》1988年第5期。

兰芳对京剧的前途已经表达过极类似的看法。早在1935年他访问苏联回国后接受官方的中央通讯社记者专访时，就特别指出京剧应该保存其形式而改造其内容，不能按西洋戏剧的艺术思想加以改造，否则就会丧失自身的特性。他明确指出："京剧若取消其原有形式，而换以西洋形式，则将不成为京剧矣。"[①] 同样，就在赴天津之前的几个月，梅兰芳在全国第一次文代会上做了一个非常低调的发言，其中涉及"戏改"问题时他说道：

> 我在戏剧界已经工作了四十几年了，没有什么大的贡献，真是惭愧得很。此次在会上听到各位首长、专家对于我们所演的戏剧这样重视，并且提出了各种改革意见，本人尤其觉得兴奋。
>
> 讲到改良戏剧，本人在这二十年当中时时刻刻都在尽我的微薄的力量推动，但限于环境，只能一步一步慢慢的做。
>
> ……
>
> 这次在会中听到各位先生的高论，更感觉到我们所演的戏剧的内容有进一步改革的必要。不过这种工作相当艰巨，一方面要改革内容，配合当前为人民服务的任务，一方面又要保存技术的精华，不致失传。关于这两点希望人民政府和文艺领导机关指导协助使我们得到正确的路线，使这千百年来遗留下的文化遗产能够发扬光大，在新民主主义旗帜下，在毛主席领导

[①] 《梅兰芳昨晚抵京——九日来京筹备出演义务戏，谓保存形式改进内容》，《中央日报》1935年9月4日。

下,真正达到为人民服务的目的。这是兰芳跟本界工作者所希望实现的事。①

他发言字斟句酌,但是对"戏改"的保留态度,始终十分明确且坚定。他在承认传统戏剧需要有所改革的前提下,同时特别指出要"保存技术的精华",其倾向性非常之清晰。这与其后他接受天津《进步日报》记者采访时所谈的戏曲改革应该把思想内容与技术区分开来,应该"经过充分的准备和慎重的考虑,再行修改"的意见如出一辙。面对大规模声势浩大的"戏改",梅兰芳选择在天津而不是北京公开表达他有关京剧和时代之关系的持续多年的观点,或许并不见得经过深思熟虑,但更重要的是,他对这一思想有了新的、更系统、也更形象的表述。

梅兰芳大约想不到,他关于"戏改"的这些话,掀起了一场轩然大波。1935年他类似的谈话刊登在《中央日报》时,并未产生任何波澜;而且,为了强化他呵护传统的立场的合法性,他显然是有意地引用了苏联专家西蒙诺夫的话,来为自己的观点背书。但此时的情况完全不同了,梅兰芳的观点的锋芒所对,是一批刚刚掌握了戏剧界的话语权的理论家,他们不仅从事戏剧评论,更担负了这场改革的领导重任。从19世纪末始,戏剧评论就开始成为一种新的文体,但数十年来,评论家从未拥有像1949年之后北京的戏剧评论家群体那样的权力与责任,他们的意见也很少对演员产生过什么实际

---

① 梅兰芳:《我们所演的戏剧有进一步改革的必要》,载中华全国文学艺术工作者代表大会宣传处编《中华全国文学艺术工作者代表大会纪念文集》,第390—391页。

压力。然而，此时正在信心满满地推动"戏改"的戏剧理论和评论家，初试啼声便所向披靡，从他们正在推进的戏曲改进角度看，梅兰芳的讲话是不可接受的，因为，梅兰芳实质上是"在宣扬改良主义的观点，与京剧革命的精神不相容"①。他们对梅兰芳"移步不换形"的讲话的激烈批评与反弹，转化为中宣部领导的意见，通过天津市文化局传递给了梅兰芳。②面对这一他始料未及的强烈反弹，梅兰芳不得不延宕在天津，静观事态的变化。这场冲突，通过多方折冲，终于以一种较和缓的方式得以平息，1949年11月27日下午，由天津市剧协专门召开一个"旧剧改革座谈会"，梅兰芳在会上做了公开讲话，修正了他当初的意见，他以变相检讨的方式说道：

---

① 张颂甲：《四十年前的一桩戏剧公案——梅兰芳发表"移步不换形"主张之始末》，《戏剧报》1988年第5期。

② 根据马少波的回忆，是他向陆定一报告了梅兰芳的谈话，且提出拟通过一次小型座谈会让梅改口的具体建议，获得陆首肯后衔命于11月8日赴天津，圆满解决了这一事件。马少波：《戏曲改革漫记——关于所谓梅兰芳提出"移步不换形"的真相》（连载），《中国京剧》2006年第7期。他的回忆与张颂甲有出入，按张的说法，报道发表后，"大约过了五六天，事起突然。天津市文化局局长阿英（钱杏邨）、副局长孟波同志把我找到局里。他们态度严肃地问我这篇访问记产生的过程。我据实以告。阿英同志告诉我，这篇访问记发表后，在北京文艺界引起轩然大波。一些名家认为，梅兰芳先生在京剧改革上主张'移步而不换形'是在宣扬改良主义的观点，与京剧革命精神不相容，他们已经写出几篇批判文章，要见之于报端。后来，中央考虑到梅先生是戏剧界的一面旗帜，在全国人民心目中很有影响，对他的批评要慎重，于是才把有关材料转到中共天津市委，请市委书记、市长黄敬和市委文教部部长黄松龄同志处理。为此，天津市文化局两位局长找我来，调查了解有关情况"。几天后，阿英给张颂甲电话，并且和张一同去梅的寓所，向梅通报拟召开座谈会的决定。按张说，举行座谈会是天津市委的决定，而非如马所说，他在面见陆定一时已经提出这一建议。马说有诸多不合情理之处，事实上这次座谈会迟至27号才召开，假如马8号去天津并与梅兰芳、阿英及黄敬谈妥并交代召开座谈会的方案，梅兰芳就无须在天津延宕那么长时间。且11月8日，天津戏曲界上千人集会欢迎梅兰芳，未见马少波参加的记载。因此，张说似更为可信。马少波的回忆文章，常有将年久的史事揽在自己身上的现象，姑且看作他年事已高，记忆难免和事实有出入吧。

关于剧本的内容和形式的问题，我在来天津之初，发表过"移步而不换形"的意见。后来和田汉、阿英、阿甲、马少波诸先生研究的结果，觉得我那意见是不对的。我现在对这个问题的理解是，形式与内容的不可分割，内容决定形式，"移步必然换形"。譬如唱腔、身段和内心感情的一致，人物性格的一致，人物性格和阶级关系的一致，这样才能准确地表现出戏剧的主题思想。我所讲的"一致"是合理的意思，并不是说一种内容只许一种形式、一种手法来表现，这是我最近学习的一个进步。①

在这次座谈会上，所有参与者的发言都针对梅兰芳的"移步不换形"的观点表达了明确的且有针对性的反对意见。南开大学教授华粹深指出，戏剧的"形式和内容不可孤立，应当同时改进。以旧剧的内容来论，自然大部分是含有封建毒素的，而形式上有问题的也并不少。如果只注重内容，而忽略了形式，也是不对的"。天津的戏改干部方纪则指出："京剧必须改革。这种改革不仅限于内容，同时一定及于形式。因为京剧的有些表现方法不仅不能表现现代人的生活和感情，同时也不能表现古人的生活和感情；特别是在我们用新的观点来处理历史通材的时候，古人的生活和感情也一定不会像现在京剧中所表现的那样了。因此京剧内容改革进入到一定深度的时候，形式也一定发生变化。"而且他认为："京剧改革，首先当

---

① 张颂甲、王恺增：《向旧剧改革前途迈进——记梅兰芳离津前夕津市戏曲工作者协会邀集的旧剧座谈会》，《进步日报》1949年11月30日。

然是为了使它成为有效的教育人民的工具，同时也为了使京剧从僵化的形式中解放出来，进一步提高和发展。这不是使京剧消灭，而是使之新生。"座谈会的主持人阿英在论述了"旧艺人的思想改造"之后，对梅兰芳发表在《进步日报》上的谈话做了明确回应，他说："内容和形式是统一的，移步也必然换形……内容变了，表现的形式必然的跟着变，步移了形也就自然而然的换了，你就是要勉强统一也是不可能的。"①

针对梅兰芳"移步不换形"的观点的这些批评意见，几乎不约而同地将争论的重心放置在戏剧内容与形式的关系上，强调两者之间相互作用的关联，然而事实上梅兰芳所指不是、至少主要不是这一问题，他只是以尊重京剧的表演艺术，或者用他更委婉的说法称是表演的"技术"层面的特色为由，希望"戏改"尽可能不要触动或较少触动传统戏剧的基本架构，至少给传统戏剧的生存与发展，留下起码的空间。他这样想并不是没有理由的，从20世纪30年代相继访问美国和苏联获得巨大的世界声望后，他特别专注并钟爱的保留剧目里，按照"戏改"的基本原则，很少是可以原封不动继续上演的，除了《打渔杀家》外，几乎都存在这样那样的致命缺陷。他最擅长演出的《霸王别姬》《贵妃醉酒》等，表现的是封建帝王的娇妻美妾的感情生活；《天女散花》宣扬宗教；《御碑亭》倡导女性守节；他在美国演出时最受欢迎的剧目之一《刺虎》，更因为扮演替崇祯皇帝报仇而手刃李自成手下重要将领"一只虎"的节烈宫

---

① 张颂甲、王恺增：《向旧剧改革前途迈进——记梅兰芳离津前夕津市戏曲工作者协会邀集的旧剧座谈会》，《进步日报》1949年11月30日。

女贞娥，明显不适合新中国戏剧要"歌颂农民起义英雄"的基本原则。他一直通过舞台形象与表演身段努力张扬的古典女性之美，更无法用来表现"新时代的女性"。因此，梅兰芳所说的"移步不换形"的"形"，断然不只是戏剧中与"内容"相对应的所谓"形式"，也不止于表演的"技术"，实际上，他试图维护的，首先是20世纪以来的传统戏剧发展进程中他一直努力彰显的古典美学精神，其次，或还有另外一个重要方面，就是"戏改"的主导权。梅兰芳强调"戏改"要把"思想内容"和"技术改革"分开讨论，就是希望在涉及"技术"的层面时，更多地让内行的艺人们参与甚至主导。

  而针对梅兰芳的批评，远远不只是报端所披露的这些。梅兰芳称他的新见解是"后来和田汉、阿英、阿甲、马少波诸先生研究的结果"，如果我们深入探究这些未公开的"研究"的具体内容，就不难明白他忽而改口在座谈会上公开自我否定的原因。除了阿英等人在这次座谈会上见诸报章的发言之外，目前所知的有马彦祥给梅兰芳的未曾发出的长信和阿甲当年写就而尚未发表的文稿。许多年后我们可以从阿甲的学生们为他选编的戏剧论集里，读到阿甲风格凌厉的文章，尤其是直指梅兰芳的观点之实质，他指出梅兰芳的主要错误在于："1. 把改造旧艺人和改造旧技术分开；2. 把改造形式和改造内容分开；3. 把新形式的理想和目前的实践分开。"[①] 而马彦祥的长信在简单的客套之后，立刻从京剧的思想内容与形式的关

---

① 李春熹选编：《阿甲戏剧论集》，中国戏剧出版社2005年版，第20页。

系，指出两者的相互关联，直接反驳梅有关"不必混为一谈"之说。他认为戏曲是那种"思想内容已经陈腐落后，而艺术形式尚为群众所熟悉，仍有相当的吸引力"的艺术形式，并引证毛泽东的观点给予反驳：

> 关于这一问题的毛泽东思想是非常明确的：（一）"中国封建时代统治阶级的文学艺术，直到今天还有颇大的势力"。（二）"没落时期一切剥削阶级文学的共通特点就是其反动政治内容与其艺术形式的矛盾。"无产阶级是一切传统文化最明智的继承者，"哪怕是封建阶级与资产阶级的东西也必须借鉴"。但"借鉴"并非"代替"，而是排斥封建艺术的反动政治性，"只批判地吸收其艺术性"。但封建艺术形式京剧也是非常庞杂而原始的东西，其完整统一还赶不上昆剧。以京剧眼前这一套技术形式，殊不足以胜任愉快表现新的思想感情，而常常不免成为新思想新感情的桎梏，所以毛主席主张"推陈出新"。在旧形式加进新内容而同时坚定地适当地改造旧形式。这样旧形式到了我们手里，给了改造，加进了新内容，就变成革命的为人民的了。把新内容加进旧形式，使它起质的变化，把反革命的反人民的东西，变为革命的为人民服务的东西。同时改造并丰富旧形式，使它适合表现新的内容和新的思想感情而不致成为它的桎梏，这便是旧京剧的形式与内容尖锐矛盾的合理克服。这样，旧剧才不再是没落的时期剥削阶级的文艺，而是作

为人民艺术有力一环的新京剧。①

他的信里甚至暗示梅兰芳之所以反对京剧的改革，是由于这位京剧史上曾经的改革者，想让京剧改革的步伐到他这里为止，意欲阻止后人继续改革。

这些文章锋芒毕露，剑拔弩张。它们没有公开发表，说明有关部门对在这样的时机公开发表批评梅兰芳的系列文章是否合适是有疑虑的，用如此激烈的方式公开反驳梅兰芳，很容易把他推到"戏改"运动的对立面。然而，当阿甲说梅兰芳的谈话的实质之一是要把"改造旧艺人和改造旧技术分开"时，他或许确实看到了问题的关键。在"戏改"中艺人是否有资格分享主导权，在承认传统戏剧的"思想内容"应该按照他所说的那些戏剧批评家的意见加以改正的前提下，"技术改革"的问题是否应该或可以由艺人处理；进而言之，数十万艺人在"戏改"中究竟是改的对象还是改的主体，都是那个时代必须面对的重大问题。梅兰芳既有作为传统戏剧艺人之象征的地位，由他提出这一问题，实有充分的合理性。

梅兰芳因为他对《进步日报》记者的谈话引起激烈的反弹，不得不改变南下的计划，滞留天津近一个月，一直到他在1949年11月27日天津市戏曲工作者协会召集的座谈会上公开承认"移步必

---

① 引自马少波《戏曲改革漫记——关于所谓梅兰芳提出"移步不换形"的真相》（连载），《中国京剧》2006年第11期。马少波文章里引用的是马彦祥给梅兰芳的信件的副本，但他没有解释这封信为何没有送给梅兰芳，以及为何会有一个完整的副本在他手上。

须换形"之后，才启程回沪，这可能是他一生中遭遇的最大的坎坷。不过在这场争论中，梅兰芳并不是彻底的输家。

在梅兰芳提及的那些对访谈有异议的"诸先生"里，只有阿英公开发表了他的见解，但我们可以理解，他的发言代表了包括田汉在内的多位文化部门领导的意见。至少从字面上看，他们与梅兰芳之间的分歧，并不像阿甲未公开发表的文章那样尖锐地直指核心，争论的焦点基本局限于有关京剧改革过程中的所谓"内容与形式"的关系这一特殊层面。参与争论的双方当然都清楚，在"内容与形式"背后还有更深层次的内涵。梅兰芳虽然公开接受了"移步必须换形"的表述，但还有更重要的问题需要解决，那就是在如何"移步"、如何"换形"的背后，还有由谁来负责和具体实施"移步"和"换形"，究竟是由戏剧评论家还是由戏曲艺人来担任"步"和"形"应该如何"移"与"换"的主导者。而田汉、马彦祥、阿甲等人同样面临新的语境，既然他们的身份已经从一般的戏剧理论家和批评家转而成为承担政府文化管理之职责的官员，那么，他们的争辩文章就不只是在一般地与对方平等地讨论理论上的是非，而是可能对整个行业的发展产生巨大影响的政策阐释。因而，理论上的是非分辨固然重要，还必须顾及如何稳妥地推进戏曲改进这一大政方针。尤其是在新的批评话语体系建构之初，过于强势的批评，显然会导致甚至激化艺人们对"戏改"的消极情绪，最终的结果就是导致"戏改"出现"欲速则不达"的结果。

所以，这次没有硝烟的交锋，结果其实是双赢的。国家所制定与颁布的有关"戏改"的方针政策，开始反复强调对艺人要坚持

"团结"和"教育"相结合的原则,要更多倾听和尊重艺人们的意见,甚至明确提出要"依靠旧艺人"。政务院"五·五指示"更明确要求参加"戏改"的新文艺工作者"与戏曲艺人互相学习、密切合作,共同修改与编写剧本,改进戏曲音乐与舞台艺术"①。这些新的表述出现,说明梅兰芳提出有关"移步不换形"的观点,并不是毫无意义的。

1949年年底发生的这场有关"移步不换形"的戏剧纷争之所以最后以这种妥协的方式静悄悄地落幕,在当局方面而言固然不无政治和统一战线的考虑,但是在戏剧领域内部,更有传统积淀深厚的中国戏剧在声势浩大的"戏改"面前面临接续和传承的危机时的自我保护的要求。这场纷争及其结局,对20世纪50年代之后的中国戏剧发展产生了十分深刻的影响。

第二节 人民性与新人的塑造

一 禁戏和开放的博弈

"戏改"虽然涉及传统戏剧几乎所有方面,但其中与戏剧批评关系最为密切的显然是剧目的评价,以及基于这一评价颁布和执行的行政措施。1949年3月东北文协创办的《戏曲新报》在沈阳创刊,主编是当年在延安平剧院参与了《三打祝家庄》创作演出的李

---

① 《政务院关于戏曲改革工作的指示》(1951年5月5日),《人民日报》1951年5月7日。

纶。从创刊号开始，她撰写的《应禁演的和可上演的旧剧剧目及其说明》就在其上连载，她在文中提出，应该禁演《青石山》《伐子都》《蝴蝶杯》《虹霓关》《花田错》《汾河湾》《铡美案》《纺棉花》等一百多出重要的京剧剧目。① 她的文章并不只代表个人，在某种意义上是东北新政府的官方意见，假如依照这一方案实施，并推及其他剧种，传统戏剧无疑要遭受毁灭性的打击。

李纶有关禁戏的建议，在当时具有很大的代表性和典型性。从东北开始，在"戏改"过程中，各地都不同程度地存在大量禁演传统剧目的现象。1949年刚解放时，杭州市"戏改"领导部门就要求艺人们所有宫闱戏都不要上演，只演民间故事，并且因某剧团上演《马寡妇开店》，强令其停演一天，并登报声明悔过。北平军管会下令禁演的55出剧目，看似数量比东北稍少，但是力度同样很大，且一度为各地纷纷仿效。1949年新中国成立，其后中国社会必然经历大规模的"暴风骤雨"式的变革，在戏剧领域，李纶所代表的就是这样的倾向，它当然会导致戏剧领域的巨大动荡。并不是所有人都希望和愿意发生这样剧烈的动荡，对这种倾向的批评与校正，几乎马上就随之展开。如果只看到有关禁戏的理论和实践，看不到在这一时期还存在阻止禁戏、力主开放的思想观念，就无法理解和领会"戏改"的复杂性。

无论是东北地区的禁戏目录，还是北平军管会的55出禁戏，从一开始就充满争议。在这里我们看到明显的两极化的现象，一方

---

① 《中国戏曲志·辽宁卷》，中国ISBN中心1994年版，第32页。

面，实际从事戏改工作的干部们纷纷抱怨政策过于宽松，有太多有违新社会政治思想与道德理念的传统剧目没有被明令禁演；另一方面，1950年开始，在中央政府及代表了中央戏剧管治部门意见的戏剧批评家们那里，在各类有关"戏改"的总结、报告和报道中，几乎每次都提及对各地"戏改"工作中禁戏过多、过严、过滥的检讨与批评。我们一方面可以通过这些文献清楚地看到，当时禁戏过度的现象是非常普遍的，另一方面还可以通过这些文献，看到试图矫正这一现象的努力。

1952年11月初全国戏曲工作会议召开，《人民日报》为此发表社论《正确对待祖国的戏曲遗产》。社论严厉批评了各地"不少戏曲工作干部长时期不提高自己的政策水平、思想水平与文艺修养，经常以不可容忍的粗暴态度对待戏曲遗产。他们对民族戏曲的优良传统，对民族戏曲中强烈的人民性和现实主义精神毫不理解；相反地，往往借口其中含有封建性而一概加以否定，甚至公然违反中央人民政府政务院《关于戏曲改革工作的指示》，不经任何请示而随便采用禁演和各种变相禁演的办法，使艺人生活发生困难，引起群众的不满。他们在修改或改编剧本的时候，不是和艺人密切合作审慎从事，而是听凭主观的一知半解，对群众中流传已久的历史故事、民间传说，采取轻举妄动的态度，随便窜改，因而经常发生反历史主义和反艺术的错误，破坏了历史的真实和艺术的完整"。

这篇重要社论批评各地戏改干部"粗暴"，有意识地将其错误局限于"工作态度"的层面，尽管轻描淡写，毕竟指出了这一倾向的错误。客观地说，戏改工作中的错误倾向的性质，绝不只是干部们的"方法"与"态度"不妥当,而是路线方向上根本性的错误。1951年河北省给中央的汇报中,就是用"以行政命令禁演的过左情绪"检讨该省戏改工作中的失误的,而从内容看,所涉及的错误确实不限于工作态度:

> 特别以单纯行政命令禁演的现象表现的最为严重,有的把原有的剧团解散,把戏箱拆毁,有的不准剧团入境,这些生硬的排斥现象都是这种过左的情绪支持下产生的。节目的审查多数地区是各自为政,有的以北平解放初期文管会公布的五十五出戏为基本禁演节目,更有自行下令批禁节目,规定批审制度,或在节目上给予一定范围等,形成严重脱离歪曲改革意义的混乱现象。经过今年利用各种机会普遍深入地向下贯彻戏改方针政策后,若以粗暴的命令主义方法去限制不良节目的演出是不解决问题的,但仍有少数地区变态禁演,如井陉文教科仍在采用送审批准制度,邢台专署有的县领导上对解禁的精神理解的尚不够全面,对《西游记》一概否定(这些戏过去禁过,现在又演了),新河县苏田村,以影响生产为理由,不批准演戏,群众为给学校捐钱,要求演戏,也没批准。①

河北省在报告里列举了上述现象,希望予以纠正的动机十分明确。有类似计划的不只是河北。山东省相关部门在"戏改"工作总

---

① 《中国戏曲志·河北卷》,文化艺术出版社1990年版,第779—780页。

结报告中，对 1949 年后一段时间里禁戏标准含混不清的现象和禁戏之得失，有诸多反省，并且认为因标准含混，直接导致了各地禁戏过多：

> 过去在农村中，除了《三打祝家庄》《逼上梁山》《闯王进京》这些革命团体编写的剧以外，只有像《打渔杀家》这类的旧戏才能演。其他的戏如果演出，干部会以群众代表资格提出质问："演这类的戏有什么意义。"各城市禁演的旧戏，也没有一定的标准，济南军管会文教部所暂定的禁演节目，等到北京军管会 55 出禁演节目出来以后，即以北京的标准进行。青岛市关于禁演节目，是先严而后宽。徐州则是禁演二百余出。即是在同一地区，也是意见纷纷。有的主张从严，有的主张从宽。①

1950 年 8 月在上海召开的华东戏曲改革干部大会上，我们同样可以看到相关的讨论。根据该次会议的报道，禁戏多少才合适的问题是会议意见最为分歧且与会者最关注的话题。有相当多的意见，认为"戏改"工作中最突出的问题就是"左"的偏向，其中又主要表现在禁戏过多过滥上，但同时也指出，因一度禁戏过多导致另一个极端的现象也是存在的："就整个华东来讲，漫无标准的禁戏是比较普遍的现象。自然也有许多城市正确地执行了中央的政策，但个别地方却用行政命令禁演了几十出、上百出乃至二百多出的旧

---

① 《山东省戏曲改革工作总结》，《新戏曲》1950 年第 1 期。

戏。乱禁，当然是错误的；但禁了之后，不加善后，全部又开禁，依旧让它自流，也是不对的。有一个城市，根据封建的、迷信的、神话、风花雪月的四标准，曾经禁演了大批的戏；一旦发觉了错误，便又全部开禁，听任老本子的《大劈棺》《纺棉花》又回到舞台上来。"① 大量禁戏的负面结果，最直接的影响就是导致演出市场凋敝，艺人生活困难，更深远的影响还有，当大多数传统经典剧目都被看成是不宜演出的"坏戏"时，戏剧的继续发展就失去了坚实的基础与必要的前提，更遑论繁荣。如此大范围的禁戏，从情理上当然无法为多数艺人和观众理解与接受，然而假如出于妥协的考虑，完全放弃禁戏的努力，显然也不为当时的戏剧政策所容。

"戏改"部门总是在禁与放之间摇摆不定，关键在于对大量的传统剧目，缺乏一整套可供实际部门具体操作的评定标准。尽管戏剧理论家们在有关爱情与色情、迷信与神话的微妙区分上做了许多值得充分肯定的辨析，避免了更多剧目被打入禁戏名单，但是除这两类之外还有无数剧目，它们面临的问题并没有得到解决。而建立这样的标准并非一日之功，1949年以后各地普遍存在的禁戏过多、过严的现象，一方面当然像《人民日报》的社论《正确对待祖国的戏曲遗产》所批评的那样，是由于基层戏改干部普遍存在对传统"粗暴"的态度，但是另一方面，实在也是因为戏改工作的推进，根本等不及这一复杂的艺术标准问世。1950年，全国戏曲改进委员会只能提出另一个一刀切的建议，将禁戏的权限

---

① 音波：《华东戏曲改革干部大会师》，《新戏曲》1950年第1期。

收归中央人民政府，不允许地方政府擅自禁戏。这仍然是运用行政手段解决艺术问题的权宜之计，而且也并没有真正得到执行，但是从当时的情况看，这也许是最有可能保障戏剧继续生存发展的政策导向。

文化部接纳了这一建议，并通令全国，各地方政府假如发现某一剧目必须禁止上演，要事先上报文化部戏改局，获得批复同意后才可以实施禁演措施。1950—1952年，文化部根据各地提出的建议，一共只批复了26出剧目的禁演请求，涉及京剧、昆曲、川剧、评剧等多个剧种。无论是相对于数以万计的传统剧目，还是相对于李纶和北平军管处的禁演目录而言，这都是一个极小的数字，可见戏曲改进委员会将禁戏权限收归中央的建议，确有大幅度减缩禁演剧目范围的动机；然而，各地禁戏的实际情况，却并不见完全受这一政策的支配。虽然按文化部的明确要求，各地方政府与"戏改"部门不得明令禁演某些戏曲剧目，然而他们依然有足够多的手段，限制甚至禁止一些剧目的上演。或者说，即使地方政府"不禁"某些剧目，并不等于艺人就"能演"它们。比如说，通过"劝说"剧团和艺人"自动停演"的方法，就经常被各地政府采用；在另一些场合，因为报刊上发表了某人的批评文章，所针对的剧目就被束之高阁。

戏剧批评在此时意外地成为导致许多传统剧目被禁演的原因。正如张庚后来总结这一现象时所说："用行政命令禁戏，大家知道是不好的，但思想里实在认为传统剧目中糟粕太多，因此用个人名义著文批判成了一个时期的风气，而写这些文章的人都是在戏曲工作中的权威,他们的意见就差不多等于行政命令了。"① 《戏剧报》1956年的一篇社论也曾经批评这样的现象,称之为"婉转的粗暴",是"一言以毙之"②。张庚还指出:"这种思想不仅表现在剧目问题上,表演艺术、戏曲音乐、舞台美术、培养后代各方面都有表现,其特点是对于传统的艺术并没有作仔细的分析研究,只是首先从清除落后事物的主观动机上予以审查,大部分予以否定。"③ 而戏剧批评中这些否定性意见,极易发生持久的影响,传统剧目一旦遭受批评而停止演出,就很难恢复上演。尽管绝大多数批评者的初衷,都未必意在要禁绝被批评的剧目上演,然而这些公开发表的批评通常都被认为代表了政府主管部门的意志(有违政府意志的批评文章也确实很难公开发表),艺人们深知应该尽量采纳这些批评意见,但是要想在短时期内将相关剧目改到可以被接受的程度,并非易事。从中央下令收回禁戏权限之后,各地在舞台上消失了的传统剧目,很少真正是因行政命令而被禁演的,相当多流传很广、深受民众喜爱的优秀剧目,或因未及修改,或被认为难以修改,或只是由于所流传地区的"戏改"干部能力水平有所欠缺,就一直被束之高阁。中央早就明令不允许地方擅自禁戏,真正能够上演的剧目依然并不丰富,就是由于在这一特定时期,公开发表的否定性的戏剧评论,有时就相当于甚至等同于政府的禁戏令。所以,将禁戏的权限收归中

---

① 张庚:《反对用教条主义的态度来"改革"戏曲》,《文艺报》1956年第18期。
② 参见《戏剧报》社论《发掘整理遗产,丰富上演剧目》,《戏剧报》1956年第7期。
③ 同上。

央，演出剧目却并没有变得更丰富，这与戏剧批评的功能被畸形放大有直接关联。戏剧批评本应该百花齐放，批评家有自己的见解、包括对剧目有异议，原来都是再正常不过的现象，然而当批评不幸拥有类似于政策的效应时，批评的后果就变得难以预料。尤其是政府主管部门未能在理论上清晰地阐明哪些戏应该禁，哪些戏不应该禁时，戏剧批评家是否秉持正确与客观的立场，反而显得无足轻重。

20世纪50年代初的戏改，一直处于禁戏与开放的博弈过程中，然而那些力主开放的行动，却并没有改变上演剧目如此之少的现象，这有助于我们理解戏剧批评在这个历史时期对戏剧发展的影响。而戏剧界面临的问题确实非常严重，正如陕西省戏改部门在1956年的一份总结报告中所指出的那样：

> 我们的现实生活是壮丽无比的，我们祖国的历史是灿烂悠久的，戏曲遗产也是丰富多彩的。这一切给了我们戏曲创作、改编、整理的取材，提供了极其广阔活动范围；可是解放以来，我们的舞台上演节目都不够丰富，取材范围是窄狭的。这种情况和我们的现实与历史，都是不相称的。曾经有一个时期，我们的上演节目，几乎都成了一个主题。当时有人提了这样两付对联。其一是："推开红楼，待月西厢，织女牛郎白蛇传；张羽煮海，陈姑赶船，梁祝哀史劈华山。"其二是："赵晓兰，小女婿，刘巧儿告状；梁秋燕，罗汉钱，小二黑结婚。"①

---

① 大会研究处：《谈谈陕西省几年来戏曲剧本的创作与改编整理问题》，《陕西省第一届戏剧观摩大会纪念刊》（1956年），第290—291页。

这样的现象，已经比"翻开报纸不用看，梁祝西厢白蛇传"缓和了很多，然而观众和艺人依然报以辛辣讽刺。观众与艺人中普遍弥漫着的反感情绪，最好不过地说明了基于"人民的立场"禁演大部分传统戏的思想观念和戏剧批评之不得人心，也说明假如不打破这一意识形态禁锢，戏剧界就无法克服剧目贫乏的困难，让戏剧演出回归常态。

二 "忠孝节义"和"人民性"

1949—1957年的这段时间里，戏剧评论意外成为决定戏剧发展的关键因素，但这并不是戏剧批评本身出现了什么变化，而是因为戏剧发展的社会基础与格局发生了变化。同时还要看到戏剧理论与评论界在这一时期所起的两方面作用，批评畸变为禁令固然是一端，但还有另一端，那就是对盲目禁戏的警惕与反思。

如前所述，各地禁戏"过左"的现象，根子在禁戏标准的模糊。如何评价传统戏剧，不仅是戏剧发展领域最为核心的理论问题，同时更具有迫切性。因为戏剧领域突然陷入前所未有的困难局面，让人们逐渐意识到，对待传统剧目的态度，实为这个行业振兴与否的关键。那种认为只要简单地去除传统剧本中的糟粕、取其精华，并且编写大量新剧本，就可以满足民众戏剧欣赏的需求，就可以让"戏改"轻而易举地取得成功，并且让戏剧事业繁荣发展的人，实在是太天真了。杨绍萱很客观地谈到这一点：

这次戏曲革命在历史上来得极为突然，工作缺乏准备。从创造新剧本来说，今人应该胜于古人，而在事实上剧作品远未追上元明两代；从修改旧剧本来说，大批旧剧本中属于中国意识形态史的一部分，只有通过历史科学和社会科学的研究，才能适当的理解，才能把有关于中国历史事迹的故事，处理到通于科学并精于艺术的历史剧，在这一点上显然缺乏准备。因此之故，仓促地来处理中国旧剧问题，仓促地修改旧剧本，在思想内容上难免粗枝大叶，在艺术形式上难免生吞活剥，结果使观众看来，就可能有今不如古，新不如旧之感。

因此，以为掌握了新的思想观念，在此基础上对传统剧目做一番修改、完善，就足以营造戏剧领域新的繁荣局面的浪漫计划，在理论上看似轻便可行，在实践上却不断在遭遇明显的挫败。

令人感到欣慰的是，担负"戏改"重任的戏剧理论家和政府主管部门从一开始就已经意识到，简单化地通过行政手段禁演某些剧目的政策方向并不合适，但是，究竟应该如何调整，却依然遭遇理论上的困境。针对各地不同程度地存在的在禁戏方面漫无标准和禁戏过多、导致"演出剧目贫乏"的现象，从1950年开始，从中央到地方，就已经纷纷有人提出调整戏剧政策的意见和建议，这些意见与建议的依据，多数却一直只能停留于表面化的具体措施上。它们的出发点，多半是希望避免因大量传统剧目无法上演而导致艺人生活陷入贫困，或者指出群众看戏需求得不到满足，容易引发各种意见。这些从经济或民生的角度讨论某些具体的传统剧目是否可以上演或应该上演，而回避传统剧目的衡量与评价、避而不谈这些剧目在政治上和意识形态层面上的"好"与"坏"这一关键的论述，当然是苍白无力的。尽管中央三令五申，各地的"戏改"干部在具体面对戏剧演出时，仍然相当普遍地采取种种方法变相禁戏，就是由于禁戏本身有意识形态的强有力的支撑，而与之相反的反对禁戏的理由，却非常勉强与软弱。既然站在"人民"的立场上评价与判断戏剧乃至于所有艺术活动和社会现象，是新的中国政权最核心的存在基础，依此推论，禁戏的理由当然要比开放的理由更为强有力，更符合这一新的价值体系，实际情况也是如此，禁戏总是比开放更显得理直气壮。

因此，要想真正解决"演出剧目贫乏"的现象，只能从意识形态角度入手，如何才能更合理地认识"人民的立场"与传统戏剧的关系，才是问题的关键。对传统戏剧整体上的重新评价，只有在这样的基础上才有可能。这是该时期试图推动更开放的通情达理戏剧政策的理论家与批评家面临的最大挑战，但我们仍可看到他们艰难的应对。

1956年，何迟在天津市戏曲导演学习班上的讲座上，曾经以多位传统剧目里的"公子小姐"的爱情为例，细心地指出他们身上的优良品质，认为他们"是好的"，这些塑造了他们爱情生活的剧目也是"好的"。这一分析与判断具有特殊的时代意义。1949年以后的一段时间里，有不少戏剧批评家在审视传统剧目时，首先分析戏剧人物的社会身份，看他们是"统治阶级"还是"被统治阶级"，在此基础上判断他们是"好人"还是"坏人"，是应该赞美还是应该否定。根据这样的评价标准,传统戏剧中绝大多数正面人物都应该毫不犹豫地划归"坏人"一类中。传统社会里能够按照新社会的政治标准可以划入"好人"的历史人物,实在是非常之有限,即使延安时期创作演出的《逼上梁山》和《三打祝家庄》之类描写梁山好汉的作品,从阶级分析的角度看,也不见得都可以纳入"好人"之列。换言之,传统剧目中那些作为正面人物歌颂与赞美的戏剧主人公,绝大部分都只能归之于"统治阶级"的人物。假如机械地运用阶级分析的方法衡量与评价,那么,他们只能是"坏人",必须给予坚决的批判与揭露,指出他们的"反动本质",即使他们偶有善举,那也只能是"虚伪"的。何迟的讲座提出了调整与修正当代戏剧批评价值观念的一个重要思路,即应该以戏剧人物的行为而非他们的社会身份或家族富裕程度,判断其道德上的"好"和"坏"。当然,这样的转变并不是由他一个人完成的,甚至他也并不是这一转变中起决定性作用的批评家,只是很少有人像他这样,用普通民众熟悉的且如此直白的语言,突破了简单化的阶级分析方法,回到艺术与情感本身评价戏剧人物及戏剧作品。

何迟用最通俗易懂的语言为传统戏里的某些"公子小姐"仗义执言,不仅意在突破以阶级成分区分人的"好"与"坏"的思想观念,还隐隐地包括了对那种将世界上所有人都区分为"好人"和"坏人"的两极判断的突破,如果说那些无疑应归属于"统治阶级"的人物,也可以有其"好"的行为和感情、思想,那么,"好人"和"坏人"的两分法就很难再成为戏剧批评的工具。

因此,如何评价与运用阶级分析方法本身,才是触及问题实质的环节，而只有通过这样的途径，才有可能实现最重要也最根本的突破。1956年张庚在全国第一次戏曲剧目会议上的专题报告《打破清规戒律，端正衡量戏曲剧目的标准》，是从根本上解决有关争议的重要文献。张庚的报告从"正确地理解传统戏曲剧目的思想意义"入手，阐述了对"人民性"这一范畴的准确理解，试图用这个经过重新阐释的概念，取代或置换阶级分析的理念。他指出："衡量剧目，往往着重分析其中的人民性，这是必要的，而且是重要的。但因对于人民性的理解很不明确，就产生了各种不正确不全面的看法。"这类"不全面不正确的看法"，首先就是有关人物阶级性的分析与理解，他指出，"关于人物的阶级性方面，有这样简单化的看法，认为既是统治阶级，其中就不会有好人，但如果是劳动人民，其中就决不会有坏人了。这就是所谓唯成份论的说法……衡量一个剧目中有无人民性不能单单抓住其中所肯定或否定的人物的阶级成份或社会成份来加以强调，那种不问具体情况，认为只要写了好的劳动人民，丑化了统治阶级就是有人民性，反之就没有人民性的标准是完全片面的，因而也是完全错误的"。

张庚指出：

> 我们都看过《秦香莲》和《十五贯》，并且承认这些戏很好，人民性很强。但我们也听说过曾经有人对《秦香莲》中的包公提出非议，认为包公是统治阶级，肯定包公就是肯定统治阶级。这个意见虽然现在已经不大提了，类似的意见在别的戏中也还是存在，比方关于《琵琶记》中的蔡伯喈，有人就觉得

一定要改成十足的坏人，一定要他马踏赵五娘。因为他已经爬上统治阶级的地位去了，而统治阶级中是没有好人的。也有人根据这一点就断定《琵琶记》是没有人民性的。

另一方面，认为凡是劳动人民，甚至是爱压迫的人都必须是好人，否则也被认为是没有人民性的。川剧的《御河桥》是一个很受观众欢迎的戏，可是有些人认为二奶奶反而压过了大奶奶，并且做了很多坏事，这是"违反人民性"的。他们硬要把何宝珠改成二奶奶的女儿，是二奶奶受大奶奶的压迫；而作为封建统治阶级的何太傅，只是脑子里有封建思想是不够的，必须要改成卖女求荣的坏蛋，认为只有这样才发扬了人民性。粤剧《红楼二尤》也是一个较好的戏，这个戏里把王熙凤的狠毒突出地刻划出来，引起了观众强烈憎恨。可是偏偏有人认为对王熙凤也要有所同情，因为王熙凤是女人，而女人是受压迫的。

有好多的丑角戏被人目为坏戏，因为说它们都是"歪曲劳动人民的形象，侮辱劳动人民的"，比方京剧里的戏《时迁偷鸡》等现在都不大演了，因为时迁既是农民走廊中的一个英雄，就不应当去偷鸡，偷鸡是"有损英雄形象"的。川剧、粤剧中间都有很多丑角戏，很多都是受群众欢迎的，但现在都因为上述的缘故演得很少。①

张庚的文章里多次提到"人民性"这个术语，它也是苏联文艺

---

① 张庚：《正确地理解传统戏曲剧目的思想意义》，《文艺报》1956年第13期。

理论中最为常见的重要范畴。"人民性"这个范畴在苏联的提出,固然有其特殊的背景,但是1949年以后田汉代表文化部戏改局提出必须坚持站在"人民大众的立场"上这一戏剧工作最基本的指导方针时起,是否具有"人民性",就被当成在思想立场上判断戏剧作品是否被允许继续存在的核心标准之一。然而正如张庚指出的那样,在1949年以后的一段时间里,这一标准的实际运用的效果并不理想,而且,它恰恰就是导致大部分传统剧目无法上演的根本原因。如果说神话与迷信、恋爱与淫乱之间的区别曾经得到较好的解释,那么"人民性"则涉及更具意识形态性质的领域,远比这两个问题严肃而敏感。

在以阶级分析和阶级斗争为主轴的历史与现实叙述中,"人民"所代表的积极与正义的内涵,始终都非常之清晰而明确。1949年之后大量传统剧目的命运,恰与此紧密相关,支持对大量传统剧目的禁令的理论原则,就是按照阶级斗争的历史叙述坚持"人民的立场"。张庚和他的批评家同伴们对这一概念做了重新梳理,给了它更泛化的理解。当张庚用《秦香莲》和《十五贯》阐释"人民性"这个特定的艺术学范畴时,他所强调的是"人民性"的历史内涵,强调符合人民利益、表达了人民心声、审美理想与情感取向的艺术作品,就具有"人民性"。他说:

> "人民性"并不是如有些人所理解的那么狭隘,只从正面来反映阶级的基本矛盾;也不如有些人所理解的那么简单,必须把任何统治阶级人物描写成坏人,而将每一个劳动人民描写

成好人；更不是如有些人所理解的那么片面，认为只要其中有了某些带封建色彩的字样或情节就是反人民的。人民性在一个剧目中的表现，是那贯串全剧的思想、感情、愿望、见解、态度属于人民，为人民着想，替人民说话。至于所采取的是什么方式，运用的是什么题材，那是另外的问题。

沈达人曾经指出：

在20世纪50年代，戏曲界的理论批评工作者写文章，常用"人民性"这个语词。它来自苏联文艺理论，是由列宁奠定理论基础的。列宁曾对蔡特金说："艺术是属于人民的，它必须在广大劳动人民群众的底层有其最深厚的根基，它必须为这些群众所了解和爱好。它必须结合这些群众的感情、思想和意志，并提高它们"（蔡特金《回忆列宁》）。张庚先生在自己的文章中，把列宁为"人民性"所做的阐释通俗地表述为："贯串全剧的思想、感情、愿望、见解、态度属于人民，为人民着想，替人民说话"的戏曲剧目，就是有"人民性"的戏。又说：表达了"对老百姓有利的思想、看法、意见"，"为老百姓、被压迫者、被剥削者说话的剧本，都是有人民性的"。我就是依据先生对"人民性"的表述，写成《包公戏的人民性》这篇文章的。现在回忆起来，这篇文章的主要内容是讲：戏曲中的包公已经有异于北宋时代的"关节不到，有阎罗包老"的包拯，是老百姓在戏曲中创造的理想人物。他不徇私情，不畏权势，毅然铡掉欺压、残害老百姓的皇亲国戚、贪官污吏，是为老百姓说话、为老百姓办事的清官。①

如果"人民性"可以被这样理解与运用，那么不仅大量传统戏完全应该获得正面的评价，而且人类历史上那些千古流传的经典作品，都获得了存在的合法性。就像苏俄时期的艺术理论家们巧妙地运用"人民性"这个范畴，让一大批帝俄时代的文学艺术杰作继续成为苏维埃文学艺术传统的基础以及有机组成部分一样——"人民性"这个范畴在苏联的提出，具有明确的针对性，它所针对的就是以"未来派"为代表的所谓"无产阶级文化派"所宣扬的"把普希金和托尔斯泰从社会主义的轮船上扔下去"的割断历史的文学艺术观念。这一极其重要和有特定内涵的范畴，在 20 世纪 50 年代初的中国戏剧领域又一次发挥了特殊作用。从实际效果看，运用"人民性"这一范畴，对"人民的立场"的重新阐释，重新认识中国历史上留下的大量优秀戏剧作品与"人民的立场"的关系，恰是这一时期重新评价传统戏剧时十分重要也非常迫切的新的理论工具。因此，张庚是这样说的：

> 中国的戏曲，因为长期在人民群众中发展，它的人民性是十分丰富的，它提供了许多富于人民性的典型人物。因此戏曲作为封建时代人民创造的艺术，走向社会主义时代而成为它的

---

① 沈达人：《张庚同志诞辰 100 周年纪念》，《文艺报》2011 年 12 月 16 日。

艺术是并不困难的。在旧时代的舞台上，那些具有丰富人民性的典型还蒙着许多尘垢，变得晦暗不明，或者被歪曲了，或者夹杂着一些糟粕。我们只要打扫灰尘，清除糟粕，端正歪曲，就能使这些人民性的典型发出社会主义艺术的光辉来。在很多场合，这种整理工作是并不难的，有时甚至主要只是表演艺术的问题。中国戏曲的这种人民性的特点，我们必须予以充分估价。①

不过，当张庚说对传统剧目的清理并不困难时，我们有理由相信，这一说法更大程度上是为了缓和人们的担忧，因为事实上经过数年的实践，"打扫灰尘，清除糟粕，端正歪曲"的难度，各级戏改干部早就已经有深切的体会，相信张庚也非常了解。然而更温和地对待传统戏剧，从更积极的角度评价传统剧目，这才是张庚的用意所在。

其中最重要的评价之一，就是应该如何看待传统戏剧中大量的"清官戏"。而对"清官戏"的重新评价中，最具有代表性的，就是如何评价包公戏。

如果机械地从阶级分析的角度看，以包公为代表的"清官"不仅是"统治阶级"集团中的人物，而且他们所作所为比起那些贪官污吏，更符合"统治阶级"的价值观念和基本要求，因而在历史上从来都获得正面的且很高的评价。正因为如此，有关"清官戏"的

---

① 张庚：《反对用教条主义的态度来"改革"戏曲》，《文艺报》1956年第18期。

评价，包括这类剧目的禁演与开放，一直都十分敏感。张庚是从理论上勇敢地给予大量"清官戏"以积极和正面评价的最重要的戏剧评论家，在中国戏剧历史上，最为家喻户晓的包公戏，就是《秦香莲》，因此，张庚的讨论就从这部戏开始。

包拯是宋代著名的清官，在宋元年间就已经成为公案类戏剧作品中最受欢迎的主人公，在元杂剧里有多部作品以他为主角，使之成为中国戏剧史上影响最为深远的艺术形象之一。明清两代，尤其是在各地的地方剧种里，以《秦香莲》为代表的包公戏家喻户晓，受到普遍的欢迎与肯定。《秦香莲》集中了中国戏剧史上两个最重要的母题，一是负心，二是清官。而这两个重要的母题在戏剧中又是相互交织的。

从中国现存最早的南戏剧本《张协状元》开始，负心就是戏剧中最常见的题材之一，故事的一般模式，是原本出于寒门（或家道中落）的男主人公，在贤妻或路遇的小姐（包括委身于他后便不肯接客的青楼女子）帮助下刻苦攻读诗书，进京赶考得中状元，一旦发迹即入赘豪门，于是狠心地抛弃结发妻子或贫困时相守相助的女性。这类题材之所以受到普遍欢迎，正是由于戏剧家在基本的情感立场与道德取向上，始终是与占人口绝大多数的底层民众和弱势群体相一致的，而且它也完全符合传统社会的基本价值观。由于这些负心的男性主人公都身居高位，与他们所背弃和女性主人公恰好处于社会的两个截然不同的阶层，而从这些作品的立场看，它们大多坚定地站在受压迫、受欺凌和无端被抛弃的女性一边，对她们倾注了极大的同情；同时，在道义上和道德上，作品无不强烈控诉背义负心的男主人公，所以，这样的取向既是它们在历史上深受民众喜爱的主要原因，看似也还算符合新时代阶级分析的要义。

然而戏剧和它的观众不只需要借作品揭露强者对弱者的欺凌而满足自己廉价的同情心，还需要通过扬善惩恶的戏剧结局，体现正义的彰显和更积极的社会价值理念。换言之，人们所需要于戏剧的，不仅是对受委屈的女主人公的同情和对那些一朝发迹立刻变脸的负心男子的痛恨与谴责，还希望了解这样的好人和坏人究竟会有怎样的下场，天道往还，人们愿意和相信这世上善与恶是有报应的，而且，这报应就应该在当下。这是《秦香莲》另一母题的意义，作品需要通过清官主持正义实现这一目标，清官就是这种社会理想的艺术化身。在许多传统戏剧作品里，那些不畏权势不徇私情的公正廉明的清官，他们主张正义，给予负心男儿严厉的惩戒。

如果说对负心的谴责代表了被压迫被剥夺的底层民众的心声的话，清官作为正义化身的出现，在1949年之后却引起了巨大争议。从阶级分析的角度看，历史上所有官吏，无论是清官还是贪官，毫无疑问都属于统治阶级的组成部分，他们和人民恰构成了阶级对立的两端；而且，如果所有人的思想和行为都是由其阶级属性所决定的，那么，即使是清官，既然他们属于统治阶级中的一员，就不可能真正清正廉明，更不可能站在和他们对立的人民一边，为人民申冤。更具理论色彩的看法是，这些剧目把清官塑造成了劳动人民的救星和恩人，让民众将解放与翻身的希望寄托在这些"青天大老爷"身上，让人们觉得社会中虽有罪恶但仍有希望，表面上看起来是同情底层民众的，实际上却更具欺骗性和迷惑性。因此，在某种意义上，清官甚至比起贪官更坏，清官戏也就成为麻醉人民的利器。

对清官戏的这种政治化解读，似乎很有道理。清官戏的政治取向之所以引发剧烈争议，就是由于它们完全不符合阶级分析的教义；然而要把这样的剧目都说成是"坏戏"，确实又很难说服艺人与广大民众。所以"戏改"干部们对这类戏是否可以继续演出，在很长一段时间里，都难以把握。而涉及政治上的争议时，最安全的措施就是搁置或放纵，确实在很多地方，或者是严厉禁止清官戏的上演，或者是无视这些剧目的存在，这就是禁戏中"漫无标准"最典型的案例。1956年浙江昆剧团改编自朱素臣传奇作品《十五贯》的同名昆曲剧目刚刚上演时，就有人在《杭州日报》发表评论，质疑它在政治上的立场，因为在这出戏里，最后为受屈的苏戌娟、熊友兰洗清不白之冤的是况钟，正是因为他不愿意顺从上意和接受现成的答案，经过再度勘察发现了杀死屠户尤葫芦的真凶，况钟当然是统治阶级的一员，作品该把这样的人物塑造成正面形象，把沉冤得雪完全归功于他的清明正直，从阶级分析的角度看，当然有足够的理由展开批评。"人民性"范畴的重新运用，为中国当代戏剧找到了一条特殊的通道，让大量传统剧目获得了在新时代存在的理由，同时也避免了历史的断裂。

许多年后，周扬在回忆文章里感慨地写道：

> 1950年，在全国戏曲工作会议上，有人提出"戏曲要百花齐放"，就是要让各种地方戏都得到发展。毛泽东同志非常欣

赏"百花齐放"这个提法，认为这是反映了广大群众和艺人的意愿和利益的，就采用了这个口号。1951年毛泽东同志为新创办的中国戏曲研究院题词，就用了"百花齐放，推陈出新"八个字。1956年"百花齐放"又和"百家争鸣"连接起来。这样，"百花齐放，推陈出新"和"百花齐放，百家争鸣"，就成为我们文化工作的长期的根本性的指导方针。戏曲工作也是在这个指导方针之下进行的。因此京剧和地方戏，都得到了前所未有的新的发展。许多经过改革的地方戏，面貌焕然一新，特别给人们以清新、活泼、健康的感觉。戏曲改革工作是很有成绩的。毛泽东同志在和我们的一次谈话中说到，我们中国没有犯过像苏联十月革命后的"无产阶级文化派"那样的错误。他们对待过去文化遗产采取全盘否定的虚无主义的态度，指望依靠少数所谓"无产阶级文化专家"来制造"无产阶级文化"。列宁坚决地反对了这种错误思潮，认为无产阶级文化不能离开当前政治，不能割断历史传统，不能靠少数专家闭门造车来炮制。解放后，我们中国没有犯这种错误，没有对传统文化采取虚无主义态度，这无疑是正确的。①

就像当年在苏联，"人民性"的概念曾经被用于纠正"无产阶级文化派"的偏执一样，它也在中国戏剧的传统接续中起了显而易见的积极作用。张庚对传统剧目所做的新的评价及其新的批评框

---

① 周扬：《进一步改革和发展戏曲艺术》，《文艺研究》1981年第3期。

架，在全国戏剧领域产生了非常大的影响。然而，中国当代戏剧发展并不是一帆风顺的，张庚在1956年提出要重新理解"人民性"这一范畴时，绝不会想到数年后他会遭遇一场有组织的批判。

1960年，中国戏剧家协会的机关刊物《戏剧报》在不到一年的时间里连续发表了多达15篇文章，对他当年为传统戏里大量弘扬"忠孝节义"的剧目辩解而发难。这些文章主要针对的是张庚在全国戏曲剧目会议上的发言，张庚这样说：

> 忠、孝、节、义这类名词里所包含的实质，固然有封建性的一面，但也不是没有人民性的一面。我们必须注意到这样的事实：在封建时代，虽然统治阶级利用这些东西来进行统治，但人民也利用这些来进行反抗。秦香莲在"闯宫"那场戏中骂陈世美仍是骂他"不忠不孝不仁不义"，《琵琶记》中张大公骂蔡伯喈也是骂他"三不孝"。至于《杨家将》《精忠记》这类戏的人民性，正是表现在那与"奸"尖锐对比起来的"忠"。我们分析剧本时切忌从字面出发，从概念出发，一定要分析这些字句、概念后面所形象地表现出来的实在东西，从观众那里得到的实际效果……如果不懂得这条道理，就容易从字面出发，从概念出发，去否定很多具有人民性内容的戏。①

张庚通过这些论述，指出传统社会被普遍接受的"忠孝节义"

---

① 张庚：《正确地理解传统戏曲剧目的思想意义》，《文艺报》1956年第18期。

这些道德观念在新的时代依然有其价值，它们是具有"人民性"的，至少"不是没有人民性的一面"的。这一观点具有明显的针对性，显然旨在矫正此前数年的"戏改"运动中激烈批判传统戏剧里存在的封建社会道德导致的严重后果。张庚有关传统剧目中的"忠孝节义"的积极意义的论述，令人联想起十多年前林语堂和田汉相关的论点。抗战胜利后，林语堂曾经撰文指出，尽管受西方文化影响的新文人们痛斥传统文化里的"忠孝节义的思想有毒"，然而，恰恰是深受"忠孝节义"的传统观念熏陶的普通民众，成了抗战的中坚力量；对此颇不以为然的田汉在一次讲演中同样强调传统的忠孝节义观念的价值与合理性，只不过当他因此得到"提倡旧道德"的褒奖时，深感意外。① 田汉把这两件事情放在一起，试图说明以"忠孝节义"为主要内涵的"旧道德"，或许并非真如新文化运动所渲染的那样是新时代的人们避之唯恐不及的洪水猛兽。他虽然没有像张庚那样正面强调其合理价值，却从另一个角度，不经意地揭示了道德的连续性。

在20世纪60年代初的这场批判中，张庚的观点完全被丑化了。在署名"朱卓群"的数篇批评文章陆续发表的无形鼓励下，批判渐渐升温，在《戏剧报》1960年第1、第2、第5期连续发表了他的三篇文章。《戏剧报》1960年第8期发表署名"南开大学中文系地方戏研究小组"的文章《阶级界限不容抹煞——评张庚同志对色情凶杀戏的错误观点》和金志翰的文章《要不要马克思主义的文艺批

---

① 田汉：《忠孝节义及其他》，原载《云南日报》1943年12月5日，引自《田汉全集》第18卷，花山文艺出版社2000年版，第555—561页。

评标准》时,火药味已经很浓,并且从"忠孝节义也有人民性"的观点进一步扩大到张庚对戏曲艺术规律的研究,以及他在一篇名为"反对用教条主义的态度来'改革'戏曲"的文章里对"戏改"态度鲜明的反思,更指他是在有意混淆"人民性"和"封建性",抹杀阶级界限。只不过如张庚后来抱怨的那样,批评者完全无视他的申辩,并且肆意曲解他的观点,早就毫无一般学术争鸣的规范可言。

其实这并不奇怪,《戏剧报》1960年发表的这一系列文章,代表了"大跃进"背景下新的戏剧政策。正像张庚当年为"忠孝节义"辩护并不仅仅是他的个人见解,其背后实代表了政府让戏剧政策更显宽松的努力一样。1960年由《戏剧报》发动的对张庚有组织的责难,意味着戏剧政策发生了重大改变,然而对于戏剧界大多数从业人员而言,这一变化的实际结果一时还不明显,其实张庚自己对此也未必十分清楚。其中一个有意味的迹象,就是张庚仍在认真撰写和发表文章与批判者争论,他希望那些对他的观点提出尖锐且不留余地的批判者仔细阅读他的文章,希望杂志编辑留意他文章里所表达的真实意思,并且要求论争对象注意逻辑性,某些他已经承认了错误的观点,就没有必要大张旗鼓地继续予以批判,等等,这些多少显得书生意气的想法,都说明作为被批判者的张庚,并不认为那些批评文章的背后有特殊的政治支持。

三 塑造"社会主义新人"

20世纪50年代,提出与运用"人民性"这一范畴的不只有张庚等倾向较开放的戏剧政策的批评家,并不是所有人都愿意从历史的维度阐释它的意义,表面化的理解当然也所在多有。

通过戏剧批评保证戏剧发展不偏离"人民立场",无论如何都是相当主流的看法。但是如何在戏剧作品里具体地体现"人民"立场,完全可以有或表面或深刻的理解。让"人民群众"在戏剧作品里出现,当然是最直接的方式。既然要在戏剧里表现人民群众的存在,尤其是表现人民在历史发展中的决定性作用,因此在新剧目创作和传统戏改编时,最容易想到的就是从群众场面入手,因为群众场面人物众多,最能够形象地体现"群众"这个政治术语的本来意思。延安时期受到毛泽东高度评价的《逼上梁山》,在创作时就曾经为群众角色的安排及其戏剧功能的实现反复斟酌,多次修改。1949年以后,是否在传统戏里加入劳动人民形象以及如何发挥戏里群众的功能,被上升到"对劳动人民群众应有的认识和对劳动人民群众应有的态度问题"的政治高度,很显然地在戏剧领域形成了一定的压力。

戏剧领域的这一新动向,既是一种新的戏剧理论观念的直接结果,同时也迅速引起多位敏锐的戏剧批评家的注意,他们很快捕捉到这一现象,并且为戏剧中的群众场面的大量出现叫好。其中最具代表性的是署名黄雨秋的文章,他指出:"群众上场而且是很多的群众到达舞台之上,乃是新剧的特点之一……一般的来说,新京剧里面群众多,群众场面多,正是今天人民革命胜利在旧的文艺、旧戏领域里获得了同样胜利的一个成就。"① 既然群众角色与场面的大

---

① 黄雨秋:《谈新剧中的"群众"问题》,《新戏曲》1950年第3期。

量出现具有这样的政治意义,在一个时期,在传统戏的改编和新剧目的创作演出中,加入大量的群众角色,就成为一种普遍且流行的戏剧手法。

但是戏剧毕竟不是团体操,大批群众角色的上场,从戏剧学的角度看具有相当的困难。不过,黄雨秋还是强调这一表现手法是不容忽视的:

> 劳动人民群众正确的形象在舞台上的出现是一个进步,也是一个革命,也是人民的一个胜利。……要表现历史上真实的人物,真实的史实,不但缺少不了劳动人民群众,而且他还一定是重要角色,或是主要角色,以角色来说,那就是历史上劳动人民的领袖或者是代表人物。在新剧当中并不完全是"清一色"的群众,有许多戏也是以群众的典型来代表群众的,至于多少的问题,应该是看需要;要斗争,决不能是一人、二人或者是三人;要起义,也不能就是上四个龙套能了事,要正面表现群众,而数量上够不上"群"的时候,又怎么的表现呢?①

有关群众角色的争议,不仅与戏剧创作和欣赏的实际需求相矛盾,而且也因必然大幅度增加剧团演员,给演出团体带来难以承受的重负。尤其是在演员数量剧增的同时,群众角色的增加并不能促进票房收入,因此这种完全出于理论空想的建议,至少对那个年代

---

① 黄雨秋:《谈新剧中的"群众"问题》,《新戏曲》1950 年第 3 期。

仍需要借助经营收入谋生的戏剧行业而言是无法接受的。更何况仅仅通过大量群众演员的上场在戏剧作品里体现"人民性"立场，实在过于表面化了，反而容易让人们忽略更重要的方面，那就是作品体现的思想观念与价值取向。因而相关的讨论迅速消歇，戏剧人物的塑造很快回到戏剧本身。

每个时代的戏剧人物的塑造，在某种程度上都受传统的制约与影响，是传统的当代延伸。因此，如何评价传统戏剧领域历史题材剧目中的主要代表人物，曾经是这一领域戏剧批评的核心话题。如何评价广泛流传的经典剧目里早就为民众所熟悉甚至肯定的戏剧人物，直接关系到有哪些剧目和多少剧目被允许继续上演，因而是关系到1949年之后中国戏剧领域繁荣与否的重要问题，但文化部门关心的不只有传统戏，因为传统戏无论如何都不能满足新社会的需要，所以戏剧批评家们更关心的是在戏剧舞台上有大量新创剧目，通过这些剧目塑造越来越多的新型戏剧人物。最初甚至有批评家提出，要完全用新创作的戏剧作品里的"新人"彻底取代传统戏剧及其所塑造的戏剧人物形象。当然，这种割裂历史脉络的意图很快就被更宽容和开放的方针政策和戏剧观所取代，允许传统戏剧继续存在，并且承认传统戏剧中的那些深受民众喜爱的戏剧人物同样有其在新社会存在的价值的思想观念，逐渐为更多批评家普遍接受，然而在这表面上的平衡面前，"社会主义新人"的塑造，无疑是最令人兴奋的。

现有的大量历史题材戏曲剧目在整体上获得了批评家的认可，却并不意味着有关它们的负面评价已经完全消失，在这些无疑多数以帝王将相、才子佳人为主人公的剧目里,如何通过戏剧的方式体现劳动人民的历史作用,就成为批评家们新的呼吁。如前所述,最初的一段时间里,戏剧评论家非常关心的,就是如何让戏剧中的群众角色的形象变得越来越清晰,然而,毫无疑问地,塑造"社会主义新人"迅速进入新社会戏剧创作领域的关注中心,在这一方面取得的成绩,更是评论家们所关注的重点。

诚然,不同的戏剧样式面临的问题并不完全一样,戏曲与话剧的境遇和历史脉络有很大的差异。在传统戏剧领域,大量演出团体每天上演的剧目,多半源于千百年来那些家喻户晓的故事,其中的主要人物基本定型,要有新的戏剧人物,只能通过尽可能地丰富与塑造剧中的群众角色来完成,话剧界的情况则完全不同。1950年北京人民艺术剧院成立,同时各地纷纷出现由军队文工团转制而来的话剧团,这些几乎全新的话剧表演团体,完全没有所谓"传统戏",更没有剧目的积累。尽管话剧从20世纪初叶传入中国后,数十年里创作演出了相当大数量的剧目,然而新成立的话剧表演团体基本上无意继续上演这些剧目。同样,军队文工团当年在战争环境下创作演出的剧目,也未必适宜继续演出。因此,话剧舞台上的剧目和人物,几乎都是全新的。新剧目完全没有任何负担,完全可以在一张白纸上塑造"社会主义新人",描写新社会涌现出的先进人物和英雄形象,就顺理成章地成为话剧创作的任务。那么,在戏剧评论家看来,该时期话剧所塑造的戏剧人物,与理想化的"社会主义新人"的吻合度究竟有多高?

看起来,塑造社会主义新人的任务并不轻松,1949年开始,尽管每年都有相当多新的话剧作品出现,但其中所塑造的戏剧人物,很少称得上成功。1956年,文化部在北京举办了第一届全国话剧会演。会演从1955年9月开始筹备,1956年3月1日正式开幕,4月5日举行闭幕式,41个话剧团共上演了50多个剧目。在这次全国性的话剧会演中,组织者所编辑的会刊上刊登了多位会演参加者的感慨,其中有关人物塑造方面的困难,一直是非常突出的话题。而塑造新人的困难,其实包含两方面的原因。其一,这一时期新的话剧剧本中塑造的人物,很少具有鲜明的个性,会刊首次刊登的理论探讨性质的文章就指出:"某些作者至今似乎还没有解决艺术作品究竟应该是写人还是写事的问题,他们笔下的人物常常是政策条文的传声筒;有些作品也写了人物,但作者往往忽视人物性格的个性化,或者仅仅赋予人物某些外在的特征,因而这一人物和那一人物,同一人物的不同时期,都看不出不同的地方来。另外,有些剧本不敢大胆地尖锐地揭示矛盾和冲突,即使提出了冲突,但还没等展开,却又被不适时宜简单地给解决了,因而不能通过矛盾和冲突,深化人物的性格。"[①] 作品里大量出现公式化、概念化的人物形象,是这一时期戏剧新剧目创作中的普遍现象。其二,在舞台表演中,人物的言语行动的概念化和表面化。洪本仁看了话剧《万水千山》后,特地写了一段话,借题发挥以倾诉剧团演员的顾虑,他指出:"扮演先进人物,刻画英雄形象,创造同时代的社会主义新人,的确是诱惑着每一个演员的心灵。不少演员为能够扮演他(她)们

---

① 张:《交流什么经验,讨论什么问题?》,载第一届全国话剧观摩演出会筹备委员会编《首届话剧会演会刊》第8期,1956年3月23日印行。

而感到内心的激动喜悦,他们不仅决心演好角色,而且要学习角色的先进思想品质。但是在我们团里,却有着更多的演员同志为没能演好英雄人物而苦恼,所苦恼的一个共同问题就是怎样能使英雄人物不概念化不生硬,而是一个亲切的活的形象。"① 他的感慨,实有相当大的普遍性。

如果说传统戏曲通过"戏改"在逐步解决如何在戏剧中增加劳动人民的角色,让底层民众在古代题材戏剧作品中有更多的存在感,借此体现"人民创造历史"的理念的话,那么,在话剧领域,"社会主义新人"形象的塑造如何突破公式化概念化的模式,是话剧创作一开始就遭遇的最大的难题。1956年的《戏剧报》曾经连续几期刊登文章,集中讨论"努力创造同时代人的光辉形象"问题,在解释这一讨论的缘起时,编辑部一方面指出"在舞台上创造同时代人的光辉形象,不仅是一个重要的艺术任务,而且是一个严肃的光荣的政治任务",同时也坦承:

> 我们的演员们(当然也包括剧作家和导演们),这些年来为了完成这个光荣的任务,是非常努力的。近年来在我们的舞台上也出现过一些比较成功的,使人难忘的英雄形象,久久地激动着人们的心灵,鼓舞着人们去英勇地战斗;可是总的来看,还是十分不能令人满意的。在我们的舞台上,仍然大量地活动着这样的"英雄"人物:高声大气的说教者、夸夸其谈

---

① 洪本仁:《看万水千山后的收获》,载第一届全国话剧观摩演出会筹备委员会编《首届话剧会演会刊》第12期,1956年3月7日印行。

者、枯燥无味的人、僵硬地端着"架子"的人、板着面孔的人、或者随时随刻都笑哈哈的人。①

就在全国话剧会演的同时,《戏剧报》及时就戏剧新人形象的创造展开了讨论,演员江俊在总结他的演出感受时说,当时话剧舞台上的正面形象"普遍存在着贫弱干枯、苍白无力的现象"②。《戏剧报》刊登的系列文章,尖锐地指出了这一普遍存在的问题。如果把1949年看成话剧发展的新阶段,这个新时代的话剧创作其实才刚刚启动,但我们看到的是,仅仅几年时间,固定且僵化的套路就已经迅速形成,说明这一时期的戏剧,在创作指导思想上确实存在极严重的问题。在首届话剧会演时期发表的诸多评论文章里,如何"突破老一套"同样是最受关注的话题,以至于会刊特别发表署名何金的"来论",呼吁批评家要更多关注和肯定那些对"老一套"有突破的作品。他指出:

> 首先,应该热情地肯定那些力图突破老一套的新生的东西。但有些同志对这点注意不够,肯定的也不够。而往往对那些尚未完全突破老一套的地方却非常敏感,批评也很尖锐。这不是说不能批评缺点,只是说,倘使把注意力集中在缺点的一面,就势必忽略那优点的一面。就会妨害我们学到更多的东西。事

---

① 滨:《一个光荣的任务》,《戏剧报》1956年第2期。从内文看,该文类似于编辑部的编者按语。

② 江俊:《失败和成功的经验》,《戏剧报》1956年第3期。

实上也是这样的，应该说，这次会演中有许多剧目和某些剧目的一部分，在突破公式化、概念化方面做了可贵的尝试。例如：久经考验的《万水千山》的编剧、表演和导演，老舍先生的新作《西望长安》的表演和导演，《瓦斯问题》的编导和导演，都有着突破公式化和概念化的积极企图；《在激流中》互助组员参观合作社，《扬子江边》靳贵群的演讲，以及《归来》《纠纷》等，在突破公式化和概念化方面都取得了一定的成功。①

由此可见，经过数年实践，尤其是经历1956年首届全国话剧会演上众多话剧新作品的集中展示，戏剧批评界越来越清醒地意识到，话剧创作中人物塑造和题材内容方面的公式化、概念化现象，也即文中所称的"老一套"的现象，已经成为制约戏剧创作演出水平提高的门槛，他们对此产生越来越强烈的不满，并且很自然地将之作为戏剧批评针对的焦点。但是这样的关注，要转化成为创作者积极改进的实践却并不容易。在某种意义上说，公式化、概念化的现象，几乎是与戏剧作品里塑造"社会主义新人"，尤其是先进人物和英雄形象的要求相伴而生的，对戏剧创作基于政治思想和意识形态的要求置于所有剧本作者和导演、演员面前时，创作的自由空间其实很小。但是在那个年代，并没有多少戏剧批评家有可能直接且深刻地揭示这一现象出现的原因，更遑论认真深入地寻找其根源

---

① 何金：《对进一步深入学习和讨论的几点意见》，载第一届全国话剧观摩演出会筹备委员会编《首届话剧会演会刊》第28期，1956年3月25日印行。

与提出改进的建议。

全国话剧会演由于一次性、集中地展示了数十部话剧新作品，戏剧新人形象的重复与单调，更易于让话剧创作界有强烈的触动。戏剧批评的意见与建议也起了明显的推动作用，促使戏剧创作者们努力思考，如何让工农兵形象显得更富于生机，舞台上陆续开始出现一些稍具活力和感染力的新人形象。田汉1960年在中国戏剧家协会第二次全体会议上的主题报告欣慰地谈到了这一改变：

> 建国以后，工农兵劳动人民以正面的英雄的形象大量登场了。但在起初，作者和演员们受着世界观和生活感情的限制，写工农兵和演工农兵还不太像工农兵，正如毛泽东同志所说，"衣服是劳动人民，面孔却是小资产阶级知识分子"。经过这些年来的锻炼，我们已较能集中地典型地刻画工农兵的形象了。①

田汉代表中国戏剧家协会所作的这份报告，特别强调了从1949年到1960年这"十一年来用传统戏曲形式表现英雄的群众的时代，反映社会主义大跃进，表现工农兵生活"所取得的丰硕成就，他用了相当大的篇幅，论述"工农兵及其干部以革命者的英雄形象登上了舞台"的时代意义，尤其是在涉及话剧创作时，更是把新人物塑造看成最为突出的成就。

然而，要在戏剧作品中塑造更鲜活的人物的道路，注定要有曲

---

① 田汉：《建国十一年来戏剧战线的斗争和它的新任务》，载《田汉全集》第16卷，花山文艺出版社2000年版，第165页。

折。田汉当然清楚地知道,在"塑造新的英雄人物"的问题上,戏剧界是有不同看法的,所以他在报告里把它放在首要的位置加以论述:

> 我们要不要写英雄人物呢,这应该是不成问题的。但,不,有问题!有人说:人类心灵是复杂的,有善有恶,有光明面有阴暗面,两者在灵魂深处不断地斗争着。因此天下不存在无"疵"的人,不存在真正足以供人效法的英雄人物。那些大公无私,舍己为人的具有共产主义道德品质的英雄形象,照他们看都是不真实的;不合乎"人性"的。似乎只有写那些内心动摇、人格分裂的人物才是真实的。这当然是企图瓦解我们士气的帝国主义文化帮凶们——现代修正主义者们的谬论。
>
> 这些人们不只拿他们所谓"写真实"做武器来攻击我们的剧作的政治倾向性,而且根本否认戏剧艺术以及整个文艺的教育作用。他们主张爱怎么写就怎么写,不要看什么政治目的。其实这就是他们不可告人的政治目的。有的人还把"生活"作掩护,认为忠实于生活就不能有革命思想倾向性,有的人还公然提倡工农兵以外为资产阶级服务的所谓"第四种剧本"。歌颂追求资产阶级个性解放的安那奇式的女子"布谷鸟",那就完全脱离毛泽东同志的文艺方向,走到资产阶级腐朽堕落的泥坑里去了。①

---

① 田汉:《建国十一年来戏剧战线的斗争和它的新任务》,载《田汉全集》第16卷,花山文艺出版社2000年版,第190页。

他一方面肯定 1949 年以来写"社会主义新人"的成绩，同时又非常明确地批判了从"写真实"的角度出发，用人性化的方式描写英雄人物的所谓"第四种剧本"。他突然把这一人物塑造的差异提升到阶级分歧的高度，尖锐指出，"第四种剧本"其实是"为资产阶级服务的"，毫不犹豫地拒绝了这类作品的存在。他对"第四种剧本"的激烈批判，是话剧领域在戏剧人物塑造方面的一次重大论争。

"第四种剧本"这一称谓，最初出自《南京日报》刊登的一篇署名黎弘的评论文章，作者以此命名 1956 年发表并演出的《布谷鸟又叫了》《同甘共苦》等几部明显致力于突破公式化、概念化倾向的话剧作品，并给予正面和积极的评价。杨履方编剧的《布谷鸟又叫了》，最初由作者所在的前线话剧团和上海人民艺术剧院（佐临导演）演出，并且在《剧本》月刊 1957 年 1 月号发表；《同甘共苦》1956 年首先由华南话剧团演出，后由中央实验话剧院（孙维世导演）演出并且在当年 10 月份的《剧本》月刊发表，看起来，它们都是得到肯定并产生了全国性影响的作品。这篇以"第四种剧本"为题的评论文章一开头便指出：

> 记得有人说过这样的话，我们的话剧舞台上只有工农兵三种剧本。工人剧本：先进思想和保守思想的斗争；农民剧本：入社和不入社的斗争；部队剧本：我军和敌人的军事斗争，除此而外，再找不出第四种剧本了。这话虽说得有些刻薄，却也道出了公式概念统治舞台时期的一定情况。观众、批评家、剧

作者自己都忍不住提出这样的问题，到底我们能不能写出不属于上面三个框子的第四种剧本呢？①

作者之所以对《布谷鸟又叫了》给予褒扬，首先是由于该剧在人物塑造和题材选择上，突破了"只有工农兵三种剧本"的框架。尽管这篇文章本身并没有产生什么影响，但是它的标题"第四种剧本"却不胫而走，意外地成为流行词汇。而有关《布谷鸟又叫了》和《同甘共苦》等剧本的讨论，很自然地就演变为对所谓"第四种剧本"的讨论。这一讨论的背景，当然是针对"社会主义新人"塑造展开的，经过全国话剧会演，话剧界对戏剧题材、主题和人物塑造方面的雷同现象深有感触，渴望有所突破，找到公式化、概念化地塑造"工农兵"之外的更有戏剧价值的创作途径。因此，1957年有关"第四种剧本"的讨论，最初是希望用戏剧批评的方式，帮助戏剧家们努力挣脱狭隘的政治观念的束缚。有评论家甚至用"久旱逢甘霖，他乡遇故知"形容《同甘共苦》的出现，因为它不再只是"把主题放在某个政策措施该不该执行，某种工作或技术方法是否正确的不休争论"，它"讨论的是人对生活与事业的态度，是人与人间关系的态度，人的命运，是对人的社会和道德责任的研究"②。让戏剧人物向现实生活中的人的形态回归，让人物描写向人性回归，不是依据意识形态教条，而是依据日常生活的模样描写人物与

---

① 黎弘：《第四种剧本》，《南京日报》1957年6月11日。转引自伊兵《论"第四种剧本"》，《戏剧报》1960年第4期。

② 鲁煤：《对同甘共苦的初步理解》，《戏剧报》1957年第1期。

安排戏剧情节内容，这些本应该是那个年代通行的"现实主义"创作最基本的原则，然而在实际的创作过程中，却显得如此困难。因为"第四种剧本"的出现并且有了这样的命名，戏剧批评家们终于找到一个很好的机会，通过对它们的肯定，为话剧的创作表演拓宽道路。诚然，《布谷鸟又叫了》和《同甘共苦》等剧本都远远谈不上完美无缺，在相关批评文章里，也并不讳言它们还有许多不足。比如这些戏里的人物、情节与主题，不同的评论家的评价分歧有时甚至是相当大的，但无论如何，他们都在通过这些讨论，让话剧创作走到更符合艺术规律的道路上来。

遗憾的是，这场对"第四种剧本"充分肯定、高度评价前提下的热烈讨论，很快就遭到迎头一击。

1958年第12期《剧本》杂志上，发表了姚文元针对《布谷鸟又叫了》的署名批评文章，他激烈地批评该剧，认为它虽然反映的是"伟大的农业合作化运动汹涌澎湃的年代，是我国农村社会主义和资本主义两条道路决战的一年"，然而"全部剧本找不到两条道路斗争的影子。因此，首先在根本思想上，作品是缺少'时代的气息'，没有反映出我们社会发展在那个时期的'本质'"。但姚文的重点还不是对《布谷鸟又叫了》的批评，更重要的是，他同时用非常严厉且高度政治化的言辞，指责为该剧叫好的戏剧评论文章以及评论家。姚文元的文章说：

> 资产阶级的评论家们为了宣传资产阶级的思想，便把适合于他们观念形态的作品评价很高，把歪曲叫做"真实"和"生

动"；无产阶级在艺术领域中当然要维护自己的路线，繁荣社会主义、共产主义文学，彻底粉碎资产阶级的文学，因而在评价艺术品上就有着不断的阶级斗争。毛主席不是提醒我们说，阶级斗争还存在，资产阶级、封建阶级思想不会消失得那么快吗，可惜有的同志总不深刻地去领会。

……

我不想用更严格的词汇，只希望不少热烈赞扬这个戏的评论家们，也能够同时从政治思想上思索一下这方面的问题。到底用王必好这个形象、以组织的身份出现的一个"满口新名词"的形象，来作为农村封建残余的代表，是否真实，是否正确，是否典型。①

他说他"不想用更严格的词汇"，却影射赞扬包括《布谷鸟又叫了》在内的"第四种剧本"的批评是"资产阶级"的。几乎与此同时，《戏剧报》发表了署名覃柯的文章《评〈布谷鸟又叫了〉及其评论》，文章引述了上海西郊农民对这个戏的不满以及他"听说"的河南商丘县委领导对该剧的尖锐批评，分析了该剧在思想倾向上的"严重问题"后，也把矛头对准了高度评价该剧的批评家，认为"这部作品一经出现，就受到许多评论者的赞扬，这并不是偶

---

① 姚文元：《从什么标准来评价作品的思想性——对〈布谷鸟又叫了〉一剧的一些不同的意见》，《剧本》1958年第12期。根据《布谷鸟又叫了》作者回忆，姚文元之所以写这篇措辞极其激烈的批评文章，是由于当时的华东大区书记柯庆施看了该剧后提出了严厉批评。见杨履方《为实现四个现代化而叫吧——兼评姚文元〈对《布谷鸟又叫了》一剧的一些不同的意见〉》，《上海戏剧》1979年第1期。

然的。我们只要回顾一下 1957 年春天的那种'气候',就可以明白了"。他特别指黎弘高度评价《布谷鸟又叫了》的文章《第四种剧本》,表面上是在"赞扬这个戏既不是重大题材,又没有长篇大论的思想斗争",实质是在"诬蔑我们的话剧舞台上只有工农兵三种剧本,所表现的矛盾冲突又都是一个公式的","借着对该剧捧场而最露骨的表现出反党思想"①。

姚文元和覃柯的文章,将原本只是对以《布谷鸟又叫了》为中心的几部话剧的题材选择和人物塑造的讨论,转置于反右派运动的特殊语境下,既是 1958 年夏天的政治大环境在戏剧界的投影,也完全改变了评论的话语方式,有关戏剧人物塑造的讨论,在这里被描述成阶级斗争的战场。同时,话剧《洞箫横吹》也进入到被批判的对象之列。1959 年之后,批判进一步升级,姚文元的长文《论陈恭敏同志的"思想原则"和"美学原则"》等一系列的文章,批评的矛头直接转向 1959 年 3 月仍然撰写文章、试图用戏剧分析的方法给予这类剧本正面评价的陈恭敏,而且,只要仍站在肯定甚至同情"第四种剧本"的立场上的评论家,都无不成为批判对象,"第四种剧本"则被看成是对社会主义的"诬蔑"和站在敌对立场上的"攻击",争论已经完全从戏剧层面转到政治和意识形态层面。

在这样的背景下,戏剧界所有重要的官员和评论家都纷纷表态。如果今人觉得姚文元的文章是在无限上纲的话,那不妨读一读另一位著名的戏剧批评家伊兵的文章,他以率先提出"第四种剧

---

① 覃柯:《评〈布谷鸟又叫了〉及其评论》,《戏剧报》1958 年第 22 期。

本"这一称谓的黎弘的文章为批评对象:

> 黎弘的文章的副题是"评《布谷鸟又叫了》",是为这个剧本和《同甘共苦》的同时出现而欢呼的。它的主题是"第四种剧本",这就是说作者写这篇文章的目的不光是为这两个剧本捧场。醉翁之意不在酒,而在把这两个剧本作为法宝,祭起来打杀以无产阶级的立场观点表现工农兵生活和斗争的剧本,以为资产阶级戏剧艺术的复辟鸣锣喝道。①

曾经发表诸多充分肯定"第四种剧本"的文章的戏剧媒体,此时改而一窝蜂地发表文章,一边倒地批评这些剧本和曾经对这些剧本以肯定的文章。而且批评进一步扩大,在"社会主义新人"塑造过程中,无论是正面描写追求个性表达的主人公还是描写有各种缺点的干部的剧作,都成为批判的靶子。在1960年召开的中国戏剧家协会第二次代表大会上,多位戏剧界与文化界的领导人在报告里表达了他们对这类创作的愤怒,尽管在一两年前,他们还屡屡表示非常喜欢、肯定和鼓励对公式化、概念化的创作的突破。阳翰笙在会上特别针对这一问题做了总结:

> 在我们话剧队伍当中,一些具有严重资产阶级思想的人,他们处处以他们的资产阶级文艺观点来和我们对立,散布他们

---

① 伊兵:《论"第四种剧本"》,《戏剧报》1960年第4期。

的思想影响，企图把我们的话剧艺术引向资产阶级的道路上去。他们口头上虽不敢公开反对为工农兵服务，但是在解放初期，他们劈头先问"可不可以写小资产阶级知识分子？"谁说过不可以写？问题的中心是既要为工农兵服务，首先是写工农兵，演工农兵。我们正处在中国几千年来空前未有的人民当家作主的时代，工农兵在党的领导下改造着旧世界，缔造着新世界，他们是世界的未来。在我们今天的生活当中，任何一件有意义的事情，都离不开工农兵的劳动和斗争，我们的话剧艺术既有便于表现现代人民生活的长处，要为工农兵服务，首先是站在无产阶级和人民大众的立场，大写特写工农兵，大演特演工农兵……但是如果是站在资产阶级立场宣扬资产阶级和小资产阶级知识分子的思想感情，去麻痹工农兵，那我们是要进行批判和斗争的。实际上，那些发问的人，并不是真正愿意和工农兵结合，彻底改造自己的世界观，而是站在资产阶级立场，想使小资产阶级知识分子的人物、思想、感情霸占着话剧舞台，而不肯让位给工农兵。①

无论是姚文元、伊兵还是阳翰笙，他们都强调是否写工农兵和如何塑造工农兵形象，体现了剧作家的"立场"，他们毫不犹豫地用"资产阶级"或"小资产阶级"思想来定义"第四种剧本"，他们并未将剧本的讨论局限于戏剧人物的描写，而直接将其上升到是

---

① 阳翰笙：《在战斗中成长的话剧艺术——在中国戏剧家协会第二次代表大会上的发言》，《戏剧报》1960年第16期。

否允许"工农兵"占领戏剧舞台以及如何塑造先进人物、英雄形象的高度。

如前所述,有关"第四种剧本"的批评话语的出现,原本只是鼓励并倡导一种平实的观点,认为戏剧可以且需要在塑造英雄人物形象之外,注重塑造普通人的形象,同时认为这可以成为对英雄人物塑造的脸谱化和概念化倾向的一种修正。但一旦这一观点受到了官方的批判,相关的思想观点,就逐渐被一一波及。此前,赵寻曾经在《站在斗争的前列》等系列评论文章里,提出要允许剧作家在作品里对现实社会中存在的一些问题提出批评意见,要允许批评有错误思想的领导干部。他更指出,剧本需要写出人的复杂性和丰富性,而不是用"先进人物"和"落后人物"两分法的设定去框限人物的塑造描写,他认为应该允许并且鼓励戏剧家发现并描写落后的人物和社会中的消极现象,因为"先进与落后,积极与消极,新与旧,都是彼此矛盾而又互相依存的两个方面,去其一面,另一面就不突出,不生动,也不真实"。他甚至设想可以从失败中塑造英雄人物,他在剧本《还乡记》里将这一观点转化为戏剧实践,剧中一位老革命痛苦、忧虑,沉浸在不幸的爱情给他带来的精神折磨中。在对"第四种剧本"的批评高潮中,他的这些观点及其相关的戏剧创作一并受到激烈批评。有人质疑他"为什么偏偏要把老红军描写成这个样子呢……赵寻同志很重视人的意识的复杂性,不错,我们并不赞成简单地对待人物,对人物需要有很好的艺术处理,使其性格突出、鲜明。但是断不能因强调性格的复杂化而模糊了阶级界限,混淆了大是大非,把正面人物写成反面人物,我们的责任在于创造、树立代表工人阶级思想感情的各种正面人物,成为大家学习的榜样"①。覃柯的一篇署名文章甚至指出:"他所散布的修正主义的文艺观点如果得逞,那么我们就会在资产阶级面前解除武装,我们的文学艺术就会放弃反映人民内部矛盾的重要方面,这结果当然不利于无产阶级,因此也一定会被帝国主义和资产阶级所欢迎,事情难道不正是这样吗?"②

"第四种剧本"受到连续两年的批评,剧本作者和赵寻等评论家都遭受不同形式的处分。两年后政治局势发生了变化,中央文化部、中国戏剧家协会在广州召开的全国话剧、歌剧、儿童剧创作座谈会的第一天,周恩来总理做了《关于知识分子的报告》。会上,陈毅也作了长篇报告,他认为应该取消"资产阶级知识分子"的帽子,呼吁给作家选择题材的自由、创造艺术风格的自由、探讨艺术问题的自由,并且对戏剧批评及写悲剧等问题,发表了重要意见。会议对《布谷鸟又叫了》《同甘共苦》和《洞箫横吹》这三部一度受批判的话剧新作给予重新肯定。林默涵代表中宣部正式宣布为这几部受批判的剧作平反,并专门召见了杨履方和陈恭敏,向这两位一度成为批判焦点的剧作家和戏剧理论家表示关切和抚慰。田汉在会上的讲话,就戏剧作品中的人物塑造提出的观点,更显客观与中性。他说:

---

① 中国戏剧家协会湖北省分会:《按照毛泽东思想发展戏剧事业——在中国戏剧家协会第二次代表大会上的发言》,大会材料,未公开出版。
② 覃柯:《与赵寻同志辩论》,《戏剧报》1960年第1期。

> 要努力创造出具有鲜明性格的英雄人物。每个戏都要创造有性格的人物，有的不一定都是英雄人物。平凡的人，反面人物都也可以成为戏的主角。曾国藩也可以写个戏，如能深入发掘此人的性格，写好了也很了不起。英雄能不能写缺点、能不能哭，这些问题都可以讨论。①

有关"第四种剧本"过山车式的争论，至此似乎暂时告一段落了。不仅这几个剧本重新获得上演与再版的机会，其他的戏剧家也暂时无须提心吊胆，生怕戏剧人物的描写与评价不得当，动辄就被提升到阶级斗争的高度。而在有关"第四种剧本"的多次反复的争论中，戏曲界也并不是纯粹的看客，即使不是在描写"社会主义新人"，对传统戏里的古代人物的描写应该如何评价，也可以有更客观的认识。尤其是涉及戏曲现代戏如何继承传统经典剧目的人物塑造方面经验，理论的复杂性更显突出。如果说1950年前后出现的以《白毛女》《赤叶河》为代表的"解放戏"还没有涉及"社会主义新人"的创造的话，随之而来的现实题材剧目创作演出，仍然必须小心翼翼地处理准确把握戏曲中的人物形象的难题。但是相对而言，戏曲艺术家们有更丰富的传统技法可资借鉴，较少碰触有关"新人"的理解，既然批评家们可以更宽容地认识与评价传统戏的人物描写与塑造，对新作品里的人物与情节安排，也就不至于太过苛刻。

---

① 田汉：《在全国话剧、歌剧、儿童剧创作座谈会上的讲话》，载《田汉全集》第16卷，花山文艺出版社2000年版，第259页。

第三节 从"洋教条"到民族化

一 "洋教条"

如果说大规模的"戏改"是20世纪50年代对中国戏剧创作演出影响最大的事件,那么,另一件事情可能同样影响深远,甚至对中国戏剧批评与理论影响更为直接,那就是从1953年开始,政府聘请一批苏联专家前来指导中国戏剧。他们从苏联带来了各种各样中国戏剧家们熟悉的或陌生的理论、观点和建议,在此后很长一段时间里,都对中国戏剧创作、演出和批评产生了不可低估的巨大影响。

受苏联政府委派,在莫斯科艺术剧院工作长达三十年的普·乌·列斯里率专家团来到中国,列斯里作为中央戏剧学院顾问,为中央戏剧学院开办了导演干部训练班。列斯里"是斯坦尼斯拉夫斯基和聂米洛维奇-丹钦科亲手培养的学生,他到中国来的任务,就是把他们和他们的学生的导演和表演的艺术创造经验传播给中国戏剧工作者"[①]。同一时期或稍后来中国指导戏剧的苏联专家,还有另一位表演教师库里涅夫,舞美专家A. B. 雷科夫,以及在上海戏剧学院担任表演师资进修班教师的专家叶·康·列普柯夫斯卡娅等。

---

① 张拓:《我们是怎样学习斯坦尼斯拉夫斯基体系的——记中央戏剧学院导演干部训练班在苏联戏剧专家普·乌·列斯里的教导下两年来的学习》,《戏剧报》1956年第4期。

第一章　戏剧理论新体系建构

按照计划，导演干部训练班招收全国各地经文化部门推荐的学员，集中两年时间，由列斯里等专家亲自授课，系统学习斯坦尼斯拉夫斯基的导演、表演理论。这些学员里有相当多都是各地在戏剧工作中已经有相当成就的干部，其中包括北京人民艺术剧院副院长欧阳山尊、军委总政文工团副团长史行等一直从事话剧和文工团工作的重要干部，还有在戏曲领域非常有成就的阿甲、李紫贵等，阿甲当时在中国戏曲研究院担任艺术处处长，而李紫贵已经是很受欢迎的戏曲导演。干训班一共招收了25名学员，所有专业课程都严格按照苏联高等戏剧学校所规定的"导演学"和"表演技巧教学大纲"进行。但由于训练班的学习时间所限，苏联高等戏剧院校规定应在五年里完成的全部教学内容，只能缩短在两年内完成。这个干部训练班对当代中国戏剧发展产生了重要影响，该班所培养的学员中，很多骨干在此后的数十年，成了全国各地从中央到地方文化部门的业务领导和话剧院团负责人，而且这一代人形成的那种迥异于传统的全新的戏剧观念，也通过他们群体与个体的力量，在很大程度上掌握了中国戏剧数十年的命脉，支配着中国戏剧的走向。

但是，苏联专家以及斯坦尼体系影响所及并不只限于话剧界，这些在话剧界很有成就的专家不仅奉命指导中国的话剧创作，同时也肩负指导整个中国戏剧界的"重任"，而其影响所及，确实不同程度地覆盖了整个中国各剧种。

在政治上，全方位地向苏联学习的风潮席卷全国各领域，戏剧也不能例外。在这样的大背景下，与苏联所在的西方话剧表现方法和形式截然不同中国传统戏曲，难免受到剧烈的冲击。用艺术上的

"先进"与"落后"定义话剧与戏曲的现象，一时在中国戏剧界非常之流行。张庚一针见血地指出了这一现象在艺术界的普遍存在：

> 根据一种"理论"，认为西洋的文化是资产阶级的文化，比起中国的封建文化来，绝对是科学的、先进的，至少苏联的社会主义文化是如此，因此中国戏曲一切都是落后的。打击乐落后，因为苏联和西洋都没有这么运用打击乐器的，要改革戏曲就必须废除打击乐，代以西洋管弦乐。戏曲中分各行角色也落后，因为外国也没有，所以必须废"行"。戏曲的歌舞结合也落后，必须改造成西洋的歌剧是歌剧、舞剧是舞剧的形式才算进步。他如发声必学西洋，表演必废程式之类，都是在这种思想指导之下的理论。①

这种观念在实践上必然遭遇困境，当一门艺术完全舍弃其千百年历程中积累下来的表现手段，艺人原有的技术优势不复存在，艺术成就也无从附丽，甚至连存在价值都变得充满疑问。这就已经不是在"改进"而是在摧毁这门艺术了，但是如何表述对这种摧毁的抗议，却需要有很高的政治智慧与学术技巧。

张庚是这方面的高手，针对这些"理论"，张庚指出在戏曲工作中存在严重的教条主义思想。他把这些称之为"洋教条"，认为用生吞活剥的方式接受与引进斯坦尼理论，产生的后果十分严重。

---

① 张庚：《反对用教条主义的态度来"改革"戏曲》，《文艺报》1956 年第 18 期。

他找到的是一种极好的表达,至于在那些更具体的问题上,自然有其他戏剧专家展开他们的阐述。阿甲从戏曲表演方面提出了对这类"洋教条"的反感与抗议:

> 近年来,在对待戏曲表演艺术如何提高这一问题上,存在着这样的一种情况:即是许多同志运用斯坦尼斯拉夫斯基的戏剧理论来解决我国戏曲表演艺术问题,这原来是一件好事,可是学习这种先进经验时,不是从中国的戏曲实际出发,而是从教条出发。本来是想借此剔除掺杂在戏曲表演艺术中形式主义的东西的,由于错误地对待这个问题,结果是连戏曲的表现形式也被反对了……具体运用在戏曲艺术上,就要求演员在排戏、在表演的时候,反对运用"程式",认为一个戏的形式,一个角色的性格外形,只能在排演场中在导演的启发下,根据角色的体会自自然然地产生出来……在这种只要有了内心体验、技术自然相应而生的理论指导下,当导演的和当演员的就不必去研究戏曲艺术的表演特点和它一整套的舞台规律,演员也更不必练功。①

如前所述,在各种"洋教条"占据了戏剧表演理论的支配性地位时,戏曲表演所运用的各类程式,经常被批评为是"形式主义"

---

① 阿甲:《生活的真实和戏曲表演艺术的真实——谈舞台程式中关于分场、时间空间的特殊处理等问题》,载《阿甲论戏曲表导演艺术》,文化艺术出版社2014年版,第3—4页。

的艺术手法。阿甲是这一时期最重要的表演理论家，他对戏曲表演艺术的真实和生活真实之间关系的深入研究与探索，较好地平衡了斯坦尼表演理论与中国传统戏剧表演规律之间的关系，为苏联洋教条笼罩下的传统戏剧表演，开拓了一条生路。

对这种"洋教条"更具体的反对的呼声，源于各地实际从事戏曲创作演出的剧团干部和演员，因为他们受影响最大，或者说，受害最深。除了表演方面以外，苏联音乐理论对戏曲音乐的影响，也非常之大，而且，"戏改"干部里有不少曾经受过一定西方音乐教育的知识分子，他们最容易接受用西方"先进"的音乐理论改造戏曲的观念。这种"改造"的理论前提，首先是认为"很多地方戏曲原有的音乐（主要是唱腔）常常不适于表现新人物的情绪，不能满足新内容的要求"①，因而在音乐方面，"洋教条"的危害最为明显。有评论家用东北地区的"四不像"比喻戏曲音乐在"洋教条"的指导下经历改造后形成的作品：

> 用洋嗓子唱土戏，用管弦乐队代替"场面"（戏曲乐队），用根据和声学、对位法作的乐曲代替曲牌，用指挥棒代替锣鼓点子，用芭蕾舞改变台步、身段，用自己还没有学通的"斯坦尼斯拉夫斯基体系"来"指导"唱念做打，手眼身法步……这种情况在湖北的楚剧、江西的采茶戏、河南的豫剧及其他剧种都发生过。②

---

① 何慧：《谈戏曲音乐表现现代生活的问题》，《戏剧报》1956 年第 3 期。
② 屠岸：《四不像》，《戏剧报》1956 年第 9 期。

这位有洞见的批评家指出，很多剧团之所以会把戏曲音乐改造成这种"四不像"，其思想动机，就是要用所谓"先进"的音乐艺术来"改造"传统的、"落后的"戏曲音乐，让中国流传百年的民间传统艺术摆脱"原始状态"。他责问道："只要是西洋的，就一定先进；而民族的，就一定落后；这不知是谁创立的理论？"而且，"如果民族遗产都被弄成'四不像'，我们还有什么悠久的文化？还有什么伟大的传统？如果不停止这种'改造'的话，那我们的民族也有变成'四不像'的危险"①。通过一系列理性的讨论，在戏曲音乐领域，批评家们对那种机械和简单化地搬用西洋音乐以"改造"戏曲的观点有了越来越深刻的认识，多数戏曲音乐批评家都逐渐清晰地明白："地方戏曲尽可以吸收和借鉴新歌剧甚至西洋歌剧的长处来丰富和发展自己的剧种，但决不能按照新歌剧或西洋歌剧的样式来改造我们的地方戏曲。我们也只有按照地方戏曲自己的特点和规律来改革和发展它，才不至于走上错误的道路。"②

就在张庚、阿甲对戏曲领域各类"洋教条"泛滥的现象提出旗帜鲜明的批评后的一段时间里，类似的观点和文章，成为当时一道亮丽的风景线。署名亦立的文章也指出：

> 由于一些在地方戏曲剧团里工作的干部，不尊重戏曲的优秀传统，认为地方戏如果不按照新歌剧的一套去"改造"，就不能存在和发展，于是，有些地方戏就出现了一些奇怪的现象。

---

① 屠岸：《四不像》，《戏剧报》1956 年第 9 期。
② 何慧：《谈戏曲音乐表现现代生活的问题》，《戏剧报》1956 年第 3 期。

例如，江苏省扬剧团原来都是用民族乐队伴奏的，现在大部分已经改用小提琴等西洋乐器了，只剩下四件中国乐器夹在这个乐队中间，聊以装点门面。上海越剧院的《西厢记》，作曲家把越剧的基本曲调都改掉了，新创造的基本调是吕剧、评剧、越剧的混合物，只是那个拖腔还是越剧调。上海人民沪剧团演出的《翠岗红旗》是"百尺高竿，更进一步"，干脆全部作曲，放弃了原来沪剧的基本调，用几个兄弟剧种的曲调和沪剧曲调拼拼凑凑，完全失去了沪剧的风味，连沪剧演员都不敢承认这是沪剧了。①

各种所谓的"洋教条"，其中尤为突出的是要求建立轮换剧目演出制。根据苏联专家列斯里的建议，中国青年艺术剧院1954年11月18日率先开始实施剧目轮换演出制。随之，文化部要求全国各地的剧团尤其是话剧团迅速推行这一"科学的、进步的"演出制度，提前制订演出计划，一个剧目演出数场后改演另一剧目，一段时间后再重新安排演出。数月之内，全国就有数十家剧院团纷纷开始执行这一制度。实施剧目轮换演出制度的本意，不仅涉及演出本身，还意在帮助剧院建立保留剧目，这一建议相对于当时的话剧团是有其实际意义与针对性的。因为各地话剧团基本上还在延续当年文工团的运行模式，仅满足于创作紧跟政策的作品以敷宣传之需，上演数场之后一旦有了新的政策需要宣传，就再排新戏。这样的运

---

① 亦立：《奇怪的现象》，《戏剧报》1956年第10期。

行方式决定了剧团不会有剧目积累,而为特定政策宣教服务的剧目,时过境迁之后也不可能再有观众。如果是为了改变话剧团普遍存在的这种急功近利的创作方法,实施剧目轮换制度当然是有意义的,但遗憾的是这一制度的引进与推行,最主要的原因并不是中国的实际需要,而是由于它是苏联正在实施的,因而被冠以"进步"的光环。

如果仅仅从演出剧目的安排看,剧目轮换上演制度,本是剧团与观众的互动中自然形成的一种演出经营习惯。这种方式比较适宜于城市剧场,却不适宜于乡村地区,在这里,剧团为满足相对有限的观众的欣赏需求时,不可能让一台戏演出多场,更合适的方式是每天换戏,著名的戏曲艺人经常声称连演多少天"不翻头",以示其拿手的剧目之丰富。但是,在城市剧场环境中,由于每天可以面对不同的观众,优秀剧目连续演出的经营模式也并不违反艺术与市场规律,上海的商业剧场里经常炫耀某戏连续多少天观者如堵,不得不"拉铁门"阻止观众入内。列斯里的提倡并不是通常意义上的"不翻头",其实也看不出有反对"拉铁门"的意思。他只是建议按固定时间制度化地"翻头"演出,这样既保持观众的新鲜感,也有利于剧院保留剧目的建设,诚然不是个坏主意。附带着还迎合了当时要让演员保持和延长"艺术的青春"的呼声,意即演员每天演出,太过疲累,艺术生命将迅速消耗殆尽,所以要给演员腾出休息的时间。但是剧团面对的演出环境千差万别,尤其是戏曲剧团的演出多半是流动性的,基层话剧团的演出同样如此,这一建议假如只针对城市里定点演出的少数大型话剧团，或有其合理性，它当然也能有效地纠正民国期间话剧经营的弊病。如吴雪所说：

> 剧目的轮换上演制度，原是我国传统戏曲，根据观众的欣赏习惯、演员的创作规律、剧目的建设经验，自然形成的，而且是行之有效的。我国解放前的话剧则不然，它受到种种限制和商业化的影响：那时候，无固定的剧场，演员的流动性也很大，剧团抓着一个好戏，就演到没有人看了才罢手，既无长远目标，更谈不到剧场艺术建设的规划，完全是采取割韭菜，吃一茬割一茬的办法。①

其实，诸多强调要推行剧目轮换演出制度的文章，都强调这本是戏曲原有的方法，然而从苏联专家的角度提出的建议，却具有比传统习惯更强大得多的力量。《戏剧报》从1955年起连续发表多篇要求推行剧目轮换演出制度的文章，这些文章首先关注的是这一制度的政治定性：

> 话剧演出的剧目轮换演出制，在苏联社会主义社会里，莫斯科艺术剧院创始人——斯坦尼斯拉夫斯基和聂米洛维奇·丹钦科——有意识地创立这种优良的演出制度，肯定了剧目轮换演出的优越性。几十年来，他们的经验告诉我们，这种演出制

---

① 吴雪：《坚持剧目轮换上演制度》，《戏剧报》1961年第4期。

第一章 戏剧理论新体系建构

度是完全符合新社会的人民对文化生活的需要，而且使剧院能保留很多优秀的剧目和培养大批的优秀的演员艺术家。①

由于这一演出制度具有特殊的政治内涵，所以文章要求"全国各戏曲院（团）应首先巩固原有的剧目轮换演出制。已经放弃这种演出制度的戏曲团体，应重新建立剧目轮换演出制。同时也应该向苏联戏剧界的先进经验学习"。而《戏剧报》在编发这组文章时所加的按语非常明确地提出："我们希望全国具有一定条件的剧团——首先是国营戏曲剧团和大城市的话剧团努力克服困难，坚决地来推行这种良好的上演制度。"②

当这一来自苏联专家的建议成为国家意志，向全国各剧团普遍推广时，只是强调这是"科学的、进步的"制度，并未考虑到不同剧院之间极大的差异。而各地话剧团只能被动照搬大型剧院团定点演出时形成的经营模式，由此产生的连锁反应让人深感不安：

> 最突出的问题就是有些剧院、剧团试行这些制度以来，平均的上座率急剧下降；天津话剧团从以往八、九成的平均上座率降到五成左右；江西话剧团开始在南昌实行时，也有类似现象。上座率的下降，严重地影响了演出效果和企业收入。其次，某些人数较少的话剧团实行了这一制度以后，舞台部门的

---

① 史民：《为推行剧目轮换演出制度而奋斗》，《戏剧报》1955 年第 1 期。
② 史民：《为推行剧目轮换演出制度而奋斗》之编者按语，《戏剧报》1955 年第 1 期。

工作显得特别紧张、忙乱，影响了舞台工作人员和演员的健康和演出质量。①

其实更严重的问题还在于剧目本身，因为20世纪50年代的话剧团，面临的最大的困难并不是有太多的优秀剧目因长期得不到上演的机会而被迫流失，而是极缺少能够吸引观众的优秀剧目。关注演员的艺术生命，不能让优秀的主要演员太过疲累，诚然也是充满人情味和同情心的好建议，然而优秀的、有能力担任主演并吸引观众进入剧场的演员毕竟是有限的，机械地实施轮换剧目上演制度，让不同的演员分别有担任主演上场的机会，表面上看当然是让优秀的主演有了休息的时间，但是观众对表演水平是有要求的，硬要让观众不熟悉、不认可的演员担纲主演，青年演员得到了锻炼机会，但观众的要求却被忽略了，上座率的下降就是理所当然的结果。所以，当中国青年艺术剧院院长吴雪总结剧目轮换演出制度的经验与教训时说："第一，不一定每个剧目都要一天一换，可以在不同的情况下，根据不同的剧目和观众的要求，有的两天一换，有的三天一换，有的五天一换，有的七天一换，甚至可以半月一换，总之不要一演到底，不再加工，演过就扔，像狗熊掰棒子一样。"② 他的看法当然是符合实际的。

这些源于戏剧创作演出实践的批评意见，从不同角度构成了"洋教条"的多样面貌，并且让我们看到在20世纪50年代，中国

---

① 李汉飞：《关于剧目轮换演出制的一些问题》，《戏剧报》1956年第1期。
② 吴雪：《坚持剧目轮换上演制度》，《戏剧报》1961年第4期。

的戏剧政策是如何听命于一批对中国戏剧的传统和特点几乎完全无所知晓的外国专家的"指导"的,不过问题不在于这些确实真诚地在"帮助"和"指导"中国戏剧的苏联专家,而在于政策制定者是否对他们的意见有所甄别。所幸我们的戏剧理论家和批评家们并没有随波逐流,正由于他们从理论上和实践中提出了对于不加分辨地推行这些"洋教条"的现象的不满,才使得中国戏剧没有完全被这些"教条"所支配,终究能够不同程度地保留下那些优秀的遗产和合理的制度。

二 编导制的引进

20世纪50年代初的戏剧批评并不是凭空出现的,甚至也主要不是在中国传统的戏剧批评资源的滋养下出现的。这个时代的戏剧批评家多数接受了西方近代以来形成的一整套戏剧观念,并且努力要根据这一理论框架改造中国戏剧,在这一过程中,无法回避的外来影响,不仅使中国的戏剧批评因此进入一个全新的时代,对戏剧创作演出形成的冲击更为巨大。

新的戏剧观念不仅涉及大量与意识形态相关的问题,在舞台表现这一戏剧艺术领域内,同样有许多理论和实践上的差异。1949年之后戏剧领域逐渐形成的许多新观念中,要在戏剧创作演出中全面推行"导演制"或"编导制",是那个时代戏剧批评家们非常之普遍的看法。新政府的戏剧管理部门以后人难以想象的热情与力度,试图在全国各地的戏剧院团推行导演制。在这里,导演制并不只意味着一种新的剧目创作流程，它是被看成让中国传统戏剧"进步"的重要途径的。越剧名家袁雪芬就因为较早在她的戏班里实行"编导制"而被看成是"进步"的戏曲表演艺术家。但是"导演制"的推进面临最大的困难在于，戏曲历史上并没有职业导演，不仅最初被认为可以承担导演这一职责的人，所接受的完全是西方话剧的理论与观念，而且所有关乎导演的理论都是从苏联或其他欧美国家引进的。这样的导演在戏剧创作演出中起决定性的主导作用时，演员的主动性与创造性空间，一定会受到极大的压抑。因而如果在戏曲界还没有任何艺术准备的背景下就强行推行导演制，它破坏的不仅是中国一直以来由演员担任戏剧创造活动主体的传统，而且更将从根本上瓦解演员的技术优势。因此，从抽象的戏剧理论出发，"导演制"的推动似乎是势在必行的，然而从现实的戏剧演出生态看，仓促地将"演员的戏剧"变为"导演的戏剧"，必定付出巨大代价。所以，推进导演制的讨论，内在地就包含了如何认识中国传统戏剧表演之价值与魅力的讨论。

在"戏改"的大背景下，政府所有关于艺术领域的新设想，都有可能通过行政手段加以推广。各地纷纷举办的艺人讲习班上，如北京市文委组织的第一期旧剧演员学习班，有关旧剧改革的报告中就专门列有洪深的讲座，题目就是"导演的作用"。如同田汉所说，在文化管理部门的工作内容里，戏曲导演制度的建立，是"戏改工作中极重要的新的问题"，他明确指出："旧中国戏曲看人不看戏，于今要大家看戏不看人。人的条件当然始终关系着戏的成败，但应当是戏中的人，即与戏紧密结合的人而不是离开戏的人，也不是单看某一突出的个人而当是演员整体,不是单看演员的演技而是整个舞台工作的浑然一致。凡此是改革戏曲的重要纲目,也是它成功的保障,要做到这样便须建立有效的导演制度。"①

因此,根据文化部戏曲改进局的计划,北京的《新戏曲》月刊于1950年下半年召集了在京的主要的戏剧名家,召开了有关如何建立新的导演制度的座谈会。马彦祥在会上阐述了召开这个座谈会的缘起。

> 今天《新戏曲》月刊请各位同志来举行这个座谈会,主要是因为几个月来,我们收到的各地戏改工作的汇报材料一致认为要提高目前新戏曲演出的水平,必须迅速建立健全的导演制度。由于过去戏曲界在这方面的缺乏经验,这一制度的建立必然会有许多困难。
>
> ……
>
> 目前在一般的剧团或班社里要建立导演制度是有许多困难的,首先是演员们对导演的认识不够。过去他们排戏,不过是按照戏本所写的分分场子,按按锣鼓点,把演员的上下场弄清楚了,把某剧该按什么腔调弄妥当了,使戏能够一场一场演出,这就算尽了排戏的能事。至于某处应该如何表演,一概由演员自己解决,好在旧剧全是套子,不妨随意袭用;"角儿"们如果想要突出一点,他尽可以根据自己的条件任意创造。他们已经

---

① 《如何建立新的导演制度座谈会记录》,《新戏曲》1950年第2期。

这样做了多少年，每个演员都觉得非常合适，现在要实行新的导演制度，这一制度恰好又正是为了纠正过去这种作风而设的。这就不是一件容易的事，首先需要演员们对导演有新的认识，认识导演工作不仅仅是过去排戏先生说场子的工作，这样才能建立导演的威信和职权，也才能发挥导演真正的作用。①

如马彦祥所说，在全国各地的剧团尤其是戏曲剧团内全面推行并建立导演制度的设想，其目的是"提高新戏曲的舞台艺术的水平"，而且他们对建立导演制度有可能迅速且明显提高戏曲舞台艺术水平、至少是提升新剧目创作水平深信不疑。然而这样的观念并不容易说服数百年来一直有自己成熟的表演体系和戏班架构的戏曲界艺人们，实际上包括参会的田汉、杨绍萱、周贻白等专家都明白，虽然传统戏班里并没有专职的导演这一称呼，但是传统戏曲自有其排戏和演戏成熟的模式和习惯，历史上无数优秀的剧目和杰出表演艺术家，就是这些模式与习惯之功能最好的证明。翁偶虹具体阐述了京剧历史上类似于导演的工作：

我曾写过相当多的剧本，知道从先排戏也是有分工的，但是主角任导演，后台管事再说零碎。还有的"打鼓佬"也当导演，请他给按锣鼓，由他决定剧本命运。这种分工式的导演，也是各找各的"俏头"，结果是主角至上。②

---

① 《如何建立新的导演制度座谈会记录》，《新戏曲》1950 年第 2 期。
② 同上。

第一章 戏剧理论新体系建构

新的戏剧观念的引进，需要说服艺人们放弃原有的创作模式和习惯，并非易事，更困难的是如何让人们相信这种新的制度有助于创作出更受观众欢迎的剧目，更有利于戏剧的生存与发展。尤其是当新的"导演中心"的艺术制度对原来的"角儿中心制"形成冲击时，更需要有说服力的理论与实践，才有可能引进并建立这样的新制度。在一定程度上，当戏班需要排演符合新社会需求的新剧目时，面临的既然是全新的戏剧内容，就必须迅速找到与之相适应的新的表现方法。在这种场合，戏班和艺人确实希望获得那些熟悉新的戏剧语言的新文艺工作者的协助，于是一批曾经从事过话剧工作的导演，就有了用武之地。北京市文化局干部王颉竹揭示了这一现象，他们发现，1950年下半年北京市不少戏班和艺人开始普遍产生了排新戏的要求时，"首先感到困难的就是没有人能帮他们解决导演问题。所以现存的问题，是如何能帮助他们解决导演问题"。但是思想上和经营的这一需求，还需要有新的组织措施相配套，由于戏曲行业里"班社的制度及组织，完全是旧的一套，很不容易建立导演制度。我们文艺处的任务，是怎样培养导演人才去建立导演制度。比如我们应先灌输各班社演员的认识，使他们能认识了导演的重要，自己去钻研。然后这一工作才能顺利进行，才能展开"。① 他的建议很有普遍性。洪深的建议则涉及更具体的操作层面，他说："建立旧剧导演制度的确是当务之急，这必须新旧结合，新戏剧工作者要有助旧剧改进，也必须熟悉旧剧，掌握其规律。"在戏曲导

---

① 《如何建立新的导演制度座谈会记录》，《新戏曲》1950年第2期。

演领域已经积累了一定经验的李紫贵说得更明确和细致：

> 建立旧剧导演制度，首先要演员能认识导演的重要，服从导演一方；艺术理论也应提高。以往接受一个剧本，只是单纯的注意技术是不够的。我以为建立导演制度，先要有一个导演权威能限制演员向主题之外发展。以往戏剧界都是发挥自己的天才，这样下去，绝不会健全的。导演就应该和他商量，不使他的个人技术超出主题范围。洪深先生导《新大名府》随时和演员商量这是必要的。可惜演员们还缺乏理论基础，水平较低，这就是新旧合作还有相当距离。①

李紫贵是站在新戏剧工作者的立场上做这样的评论的，但是"新旧合作"之难，根本原因还在于这个新的外来的制度要在中国落地，并且让数十万传统戏曲艺人自觉主动地接纳，就需要实实在在的一批成功的样本，让艺人和戏班看到曙光。实际上无论田汉还是其他的戏改干部们，对戏曲历史上导演的积极作用都缺乏起码的了解，杨绍萱只能从史书里找依据，而田汉只知道民国期间上海有限的几个剧种。田汉举例说明，越剧之所以成为有全国性影响的大剧种，"引起了全国的兴趣和敬意"，就是在1939年之后的"孤岛时期"，上海的越剧和沪剧等剧种"因演员的觉悟提高，电影话剧工作者的参加，大胆吸收姊妹艺术的长处和近代舞台的成就使它自

---

① 《如何建立新的导演制度座谈会记录》，《新戏曲》1950年第2期。

己飞速发展，特别是导演制度的建立使越剧等成为综合的完整的东西"，他还指出，"新京剧阵营中像京剧研究院，新中国实验剧团都采用了导演制度，也使京剧焕然变色，导演的有无已经成为戏剧成功与否的分歧点。但目前京剧导演主要还是由演员兼任，他们更多能统一演员的演技以传达剧本的精神，但于整个近代舞台技术的驱使运用还不是太熟悉的，像近代舞台的灵魂——灯光的运用有的还止于转动五彩灯，音乐场面也还是老一套，无甚创造，比起越剧等地方戏的突飞猛进，实在还有逊色"①。但是田汉并没有说明，没有采纳导演制度的那些京剧名家为什么比京剧研究院和新中国京剧实验剧团更受欢迎，何以和越剧有着近乎完全相同之经历的沪剧，却没有获得越剧那样的成功。

如果说京剧史上卢胜奎、王鸿寿创排《三国演义》和《铁公鸡》之类连台本戏，还不算严格意义上的导演制的话，那么，从民国初年开始，西方式的导演制度在传统戏曲领域，并不是没有好的例子。民国初年杨韵谱率领奎德社在北京、天津等地演出，他虽然不是新文艺工作者，但是在社里所建立的制度，实与后来的导演制无异；20世纪30年代，时任河南省教育厅社会教育部主任的樊粹庭兴办豫声剧院，开始了他与豫剧名家陈素真密切合作的重要历程，他和陈素真在豫声剧院和后来的狮吼剧团合作期间，所担任的就是编剧和导演的身份。奎德社和陈素真在中国北方地区都有很大影响，也有很高的艺术成就，或许比越剧更能说明导演制的作用。

---

① 《如何建立新的导演制度座谈会记录》，《新戏曲》1950年第2期。

然而，即使有这些成功的例子，毕竟还远远不足以说明唯有建立导演制度，戏剧的创作和演出才有可能取得成绩，因此，导演制度在当时的戏曲艺人眼里，或有锦上添花之功效，却绝非必须。因此，"戏改"工作的理论家们，就需要通过各种方式，强调导演制的必要性和价值。马少波在北京戏曲界讲习班上的讲座，特别提及建立导演制度的重要性。他质问道：

> 一个戏剧演出的成功，固然剧作、演员及所有的舞台工作者，都有着重要的或者说决定的作用；但只是有了好剧本，好演员，而没有好的导演工作，这成功是可能的么？①

他认为："导演在戏剧演出中是决不可少的业务上的组织领导者，有了科学的导演工作，才能更完整的把戏剧文学和戏剧艺术统一起来，才能更充分的把平面的文学变成立体的艺术形象……但是旧戏曲的演出恰恰疏忽甚至抹煞了这种作用，因而形成了旧戏曲在舞台形象上严重的病态。"所以他强调导演工作的重要性，建议在剧团里建立导演组织，"为了有组织的进行导演工作，最好组成导演委员会，或导演组，或导演团，或组成编导委员会，配备导演人才，按民主集中制的原则，在民主的基础上适当集中，启发大家的工作热情和创造性，而又善于掌握思想原则与艺术理论原则"，他要求在新的导演制度建立之后，所有演职人员"必须接受导演人的

---

① 马少波：《关于戏曲导演》，《人民戏剧》1950年创刊号。

第一章　戏剧理论新体系建构

指导，而导演又必须善于启发演员的创造性"①。

负责戏改工作的戏剧批评家们如此一边倒地强调建立导演制度的必要性和紧迫性，对戏剧艺术家和班社的压力是显而易见的。因此一些表面应付的现象，不免时有所闻。实际上就在导演制度刚刚开始推行的1950年，戏曲界就已经出现了反对和不满的声音。李曦华就在文章里提及：

> 戏曲界接受话剧影响，逐渐地建立了导演制度，这是合理的发展。但是有许多戏曲团体的导演，常常只是一种名义，一种形式。在海报上，在广告上有了个"导演"，就好像在说"我也在进步了！"似的。这却是不好。如果有导演，就该建立真正的导演制度；被邀请做导演，你也必须做一个名符其实的导演，千万不可"名登金榜"就满足了。②

作者对导演工作的意义是有认识的，他非常希望在戏曲界普及这些知识，只不过他对导演的认识仍相当有限。比如他在文章里所写的"导演最主要的工作，就是把一个死在纸上的剧本使它活到舞台上去。就是把作者在纸面上所告诉读者的中心思想（主题）用活生生的舞台形象来告诉每一个观众"，主要的着眼点仍在新文艺工作者所强调的作品的思想性方面，尤其是在当时社会需要和呼吁的新剧目的排演。而实际上对于文化部戏改局的负责人田汉、马彦祥

---

① 马少波：《关于戏曲导演》，《人民戏剧》1950年创刊号。
② 李曦华：《论导演技术》，《戏曲报》1950年第5期。

等人而言，建立导演制度更重要的价值，是在要努力引进和推行一种新的艺术创作演出制度，绝不只限于意识形态的诉求，更不只是出于新剧目创作的需要。

无论在戏曲界推行导演制度有多少障碍，这一制度都在各种纷至沓来的疑问和或明或暗的阻碍中，不断推进着。在一些更注重演出实际的地区，"导演制"被悄悄地更换成了"编导制"，1951年，上海市在全国率先举办了专门为培养戏曲编导而办的学习班，学习班的初步计划，是从社会上公开"招收50名左右政治纯洁，品行端正，有相当文艺修养并爱好的知识分子，进行短期集中的学习，在政治业务上提高到相当水准，希望通过这个学习班的培养并以此为桥梁，把政治、业务、写作上成绩比较优良的学员吸收到戏曲界里来，参加戏改工作，替戏曲界增加一批力量"①。在三个月的学习中，经过南薇等著名编导的讲授，计划培养一批有能力编写新型剧本的编导人才。在这里，似乎编剧人才的培养被放在了更重要的位置，由此可以看出"编导制"实与"导演制"有异。

确实，在诸多戏剧批评家努力推进"导演制"时，是否推行"编导制"更有现实的讨论价值。戏曲界之所以很容易把"导演制"理解为"编导制"，是由于相当多"戏改"干部依然认为，戏剧界的排演和演出制度的改进，基本上还停留在应该要求演出有相对固定的剧本的层次。这一要求之背景，就是由于传统戏曲演出中存在大量的即兴表演。明清年间地方戏蓬勃兴起，促进了戏剧表演领域

---

① 流泽：《上海市戏曲编导学习班总结》，《戏曲报》1951年第10期。

的迅速发展，并且催生出即兴演出的新风潮。在常年和不间断的经营性演出中，疲于奔命的艺人和班社不可能在每天的演出中都完全按照现成的剧本演绎，而且即使有现成的剧本在，艺人们也经常按照自己的即兴发挥表演，表演与剧本的关系出现了明显的分离现象。这种演出方式渐成习惯，艺人们在表演时无须按完整的剧本演唱，多数只需要有一个大致的故事提纲，具体的唱词和念白、动作等，都有很大的自由创造的空间。这样的戏剧形态，与新文化工作者所见的西方式的戏剧形态大相径庭。没有固定的剧本，演出中包括大量艺人们即兴、随机和自由的成分，这种演出形制当然是有局限性和缺点的，但是在20世纪50年代初，即兴演出的弊病被无限放大了，由此成为政府强力推行编导制的另一个理由。所以，即使是在传统剧目被更多地允许在舞台上呈现，新剧目创作的压力逐渐减小时，编导制的推行，依然是文化主管部门和戏剧批评的重要关注点。这一趋势至少延续到1953年，经历了各种复杂的讨论，马彦祥比其他戏剧批评家更全面与客观地阐述了编导制的意义，并以文化部职能部门负责人的特殊身份，继续强调了推行编导制的决心，同时也更清晰地看到导演制推行的难点，但是他对戏曲舞台上导演制的引进的认识，依然只有上海滩的越剧：

> 与提高表演艺术有密切关系的是戏曲剧团今后必须迅速建立而且迅速实行严格的导演制度。导演制度之有无几乎已成为戏剧演出的成功与否的重要关键。在我们戏曲界中，越剧由于早在抗战时间就与电影工作者合作，实行了导演制度，大胆地吸收了各

种姊妹艺术的长处和近代舞台技术的成就，因而使它的舞台艺术突飞猛进，成为比较完整的综合艺术。导演工作是一种新的舞台艺术工作，过去戏曲剧团中虽也有说戏先生或"打鼓佬"能排出戏来，不过是解决一些舞台技术工作，还不能说是合乎导演工作的要求。导演不仅要负责解决一个剧本从文字到舞台形象的许多技巧问题，更需要对如何以适当的技术表现主题，传达整个剧本的思想内容负责。目前，在一些国营剧团中已开始建立了导演制度，但绝大多数的剧团还缺少这一制度；要实行这样的制度也还存在一些困难，主要是对于导演工作还缺少足够的认识……首先需要演员们对于导演工作有新的认识，新的重视，这样始能建立导演的威信，也就能发挥导演的真正作用。①

在本质上，从当时的环境看，要让演员对导演工作的"认识"有所提高与改变，主要途径并不能只依赖理论家与干部们在理论上向演员们说明导演的必要性，而在于实践中是否拥有足够多的能帮助演员理解作品，由此让戏剧演出更具魅力的导演。所以，推行导演制最大的障碍，在于缺乏熟悉舞台的导演。

苏联专家团的到来和中央戏剧学院导演干部训练班的开办，从结果看，似乎成了解决这一难题的极好的开端。苏联专家列斯里给训练班的学员开设了一系列的课程，他教授的导演课程最后一学期，为所有学员分派角色，亲自排演了三个大戏《柳鲍芙·雅洛瓦

---

① 马彦祥：《巩固并扩大戏曲改革工作的成绩——在中华全国戏剧工作者协会全国委员会扩大会议的发言》，《剧本》1953年第10期。

娅》《一仆二主》和《桃花扇》,给学员们示范了如何按照斯坦尼斯拉夫斯基体系处理一个完整的剧本、如何组织一场整体演出,以及不同风格的剧目怎样运用不同的导演方法等。除了列斯里班之外,文化部还委托中央戏剧学院举办了表演干部训练班,所有学员均是从全国各地上百名优秀演员中挑选出来的,其中负责担任教学课的苏联专家库里涅夫,他原本是莫斯科瓦赫坦戈夫剧院附属史楚金戏剧学校的校长。在一年半时间的训练过程中,库里涅夫给学员们建立了一套从表演诸元素的练习、小品训练、片断练习到全剧排练的规范,这些教学内容,同样是以导演课为核心的。有关"注重思想性"和"符合生活逻辑",都是苏联时代戏剧领域最突出和普遍性的要求,具体到技术方面,最重要的则是要帮助学员们学会如何按照斯坦尼的理念实现剧中人物的创造:

> 在着手创造人物时,专家通过几个戏的排练,教给同学们如何分析剧本,主要是通过动作分析,搭建剧本主题思想,找人物的行为逻辑,挖掘动作、潜台词与内心独白,分析每个人的动作线;搭建人物的自我感觉。专家让演员们去做幕前戏、幕后戏和幕间戏的小品,如在《小市民》的排练中,他就让演员们按照自己的角色布置起房间来,请有关人物去走去,这样,演员会逐渐熟悉角色生活的环境和人物的关系,演员在舞台上很容易投入规定情境,找到正确的自我感觉。①

---

① 《中央戏剧学院表演干部训练班结束》,《戏剧报》1956年第8期。

列斯里、库里涅夫，还有在中国最早介绍斯坦尼斯拉夫导演理论的焦菊隐和从苏联学习归来、并且担任苏联专家团翻译的孙维世，他们共同构成了20世纪50年代苏联戏剧观念进入中国的合力，并且在政府推行编导制的方针强力支持下，像推土机一样碾压着中国的传统戏剧观和演出体制。焦菊隐根据自己的特殊理解对斯坦尼的理论做了修正，并且因成功导演《龙须沟》而成为北京人民艺术剧院导演，孙维世担任中央实验话剧团和中国青年话剧院的导演，上海人民艺术剧院的导演是对西方戏剧理论有较深入了解的黄佐临，他们的导演作品都因较切合苏联的戏剧观念而深受批评家的鼓励；加上在导演班学习的阿甲、李紫贵等著名戏曲导演，共同奠定了在中国戏剧领域全面实施编导（导演）制度的基础。而这一基础的理念基石，在他们这里都是斯坦尼。

当然，仅仅有这少数几位示范性的导演，是远远不足以让剧团普遍实行编导制的，在戏曲领域更加困难。直到1956年，《戏剧报》还通过编发"读者意见"的方式，呼吁"戏曲剧团要建立和健全导演制度"，而从上海不太成功的编导学习班到1956年天津市举办的第一届戏曲导演学习班，都充分说明解决这一难题并非易事。当然，困难也源于推行和实施导演制的理论准备十分局限。以天津市的戏曲导演学习班为例，这次学习班的时间从1956年7月到10月上旬，课程中所讲授的内容，大凡涉及导演知识的部分，基本上都源于苏联的斯坦尼斯拉夫斯基的表演体系，尤其是他的《演员的自我修养》。无论是阿甲、李紫贵还是胡沙，无不以斯坦尼体系为导演艺术的最高甚至是唯一的理论框架，虽仍有不少涉及戏曲的部分，但只是基于斯坦尼体系之上的修修补补。

苏联的斯坦尼体系与戏曲表演之间的差异是显而易见的，而机械地运用斯坦尼体系规范与指导戏曲，必然出现许多弊端。尤其是对斯坦尼一知半解的、表面化的理解，更易犯食洋不化的毛病。很快戏曲界就出现了对这一现象的不满：

> 河南观众非常熟悉非常喜爱的曲剧，近年来渐渐不受欢迎了。是什么原因呢？原因甚多。我自己的体会是，近年来我们河南省洛阳市曲剧团搞斯坦尼斯拉夫斯基体系的"导演制度"，给传统的戏曲表演艺术带来了可怕的"灾难"……我并不反对斯坦尼斯拉夫斯基体系，也不反对导演和导演制度。我反对的是，生吞活剥地死搬洋教条，把民族戏曲的独特风格和艺术技巧全盘否定，不尊重演员、乐师的艺术劳动，甚至导演可以粗暴地对演员说："我以导演的身份，撤掉你角色的资格！"①

20世纪50年代初，导演制度的建立被普遍看成提高戏剧艺术水平、推动传统戏曲发展的重要举措。背后的根本原因，在实践上，是要让新文艺工作者加入到戏曲领域，并且帮助他们建立对戏曲创作、演出及发展的主导权，因此，若干年后赵寻这样总结20世

---

① 邢金萼：《从死胡同回到大路上来》，《戏剧报》1956年第11期。

纪 50 年代初努力推动编导制的经验：

> 新中国成立以后，由于新文艺工作者加入戏曲队伍，同戏曲艺人合作，在短短几年中，大量戏曲剧目经过甄别、整理和改编，恶劣的舞台形象得以清除，使戏曲的面貌为之一新；此后戏曲的进一步革新、发展、提高，也是与新文艺工作者和广大艺人的合作分不开的。
>
> 一般来说，新文艺工作者有较多思想政治锻炼和一定的文艺理论修养，熟悉话剧、歌剧、电影等艺术形式，他们的眼光不为传统戏曲所限，能够向戏曲艺术引进进步的文艺思想、先进的表现技巧和技术，促进戏曲的现代化。编导制度的建立，对剧本创作质量的提高和舞台艺术的丰富、完整，起了重要作用。虽然解放前某些有识之士也做过这方面的一些试验，但作为戏曲改革的重要内容和成果大量出现，还是在大批新文艺工作者参加戏曲队伍之后。[①]

但是，在阐述编导制度之重要意义时，原因除了向苏联学习之外，还缘于戏剧家批评资源的单一化。1949 年之后掌握戏剧领导权的戏剧家们基本上是在民国期间的上海滩从事话剧创作演出的，他们所学所思，几乎全部是话剧的模式，在剧目创作时先有剧本，然

[①] 赵寻：《三年来戏曲剧目工作的成绩和问题——戏曲剧目工作座谈会引言》，载中国戏剧家协会研究室编《戏曲剧目工作座谈会文集》，中国戏剧出版社 1982 年版，第 27 页。

后由导演选择演员,经过长时间的排练形成相对成熟且固定的表演形态,再将之推上舞台。他们对与之不同的传统戏剧的剧目创作演出模式不仅完全不了解、不接受,而且始终戴着有色眼镜看这些不同的方法与路径。

尽管导演制度的引进在中国并不顺利,而且更衍生出诸多问题,但是在各种"洋教条"里,戏剧批评家们却很少对这一要求提出反思。而且我们看到,对这一新的外来的戏剧创作演出模式提出不同意见的,基本上是戏曲院团的艺人,批评在这里的失声,颇耐人寻味。

三　传统戏与现实主义

在 1949 年后确立的新的戏剧格局中,有关戏剧表演的讨论并不太多。戏剧是综合性艺术,不仅有作为文学体裁的剧本,更重要的是作为舞台艺术的表演。如果说 1949 年成立的新政府在意识形态上借鉴了苏联模式,那么,在艺术领域、包括戏剧领域是否也必须完全以苏联为师?至少在最初的一段时间里,这种设想是存在的,如前所述,苏联戏剧专家团被派到中国,就是为了指导中国的戏剧发展,并按照苏联模式改造中国戏剧,当然,这样的改造有一种听起来更漂亮的说法,那就是让中国戏剧获得必需的"进步"。戏剧的"进步"不仅涉及作品所表现的故事内容,还同时涉及戏剧的表演形态。

中国戏剧的表演有悠久历史与成熟的形态,有深为中国观众所接纳与喜爱的独特表现方式，但是在新的戏剧理念面前，这些都被看成是"落后"的表现，是形式主义的表现，而戏剧要"进步"，就必须遵循"现实主义"的表演原则。尽管斯坦尼斯拉夫斯基对中国传统戏剧的表演并无异议，梅耶荷德甚至还十分着迷于梅兰芳的表演，梅兰芳还引用苏联作家西蒙诺夫的话，指他对戏曲的传统表现手法有充分肯定，然而20世纪50年代来到中国的苏联戏剧专家们仍然认为戏曲的表演基本上是"形式主义"的。

1950年8月，《新戏曲》月刊召开"如何建立新的导演制度座谈会"。会上，阿甲根据对苏联戏剧理论的理解，明确提出了要根据苏联斯坦尼斯拉夫斯基的表演理论，清除中国传统戏剧中的形式主义倾向。他说：

> 戏曲改革运动，近来所做的工作，主要的还是内容的改造，所谓政治上消毒，至于戏曲艺术上的问题，还没能研究得很好，我觉得如何把中国戏曲传统的表演方法和史坦尼斯拉夫斯基的表演理论相结合，这才是戏曲界应该讨论的问题。史坦尼的表演体系，最反对的是形式主义，而旧剧的表演语汇最大的缺点也即是形式主义，这种程式，爱好旧戏的朋友，认为这是中国旧戏中所谓"有机的""统一的""完整的"优点。我觉得所谓"有机"不是形式结构上的谨严，不只是讲"字正腔圆"动作"边式"丝丝入扣，无懈可击，应该要求这些技术规律上的谨严，如何来表现内容的准确性，如何恰如其分地传达人物的思想感情。脱离了内容的有机，那是形

式拼凑的"七巧板"。①

阿甲在发言里一方面用"形式主义"归纳传统戏曲表演的缺点,同时却希望让戏曲的表演方法和斯坦尼的理论相结合,说明他思想观念里有深刻的自相矛盾。他有这样的矛盾和疑惑一点也不奇怪,从现实主义的戏剧原则引进中国时起,传统戏剧的表演就不可避免地要遭受冲击。河南洛阳曲剧团里的一位名演员记录了他们的遭遇:

> 我们剧团的某些人认为:传统的表演艺术是非"现实主义"的,一位导演就对我说:"你演戏还可以,可惜尽是形式主义,是'外五形'(指传统表演方法)表演。"他对练功的同志说:"练功受洋罪,现实主义表演用不着那些'外五形',有功夫多学点内心感情!"练功、学习传统演技被看作是"单纯技术观点",在表演中用了传统演技常常被诘问:"这是什么'目的'?"答不上来就"不要"了,甚至剧团的演出不被观众欢迎也怪到这"老一套"的"外五形"上。
> 我们排演《李闯王》,全搬话剧动作,幕一开就连上下场都取消了。为了追求"现实主义的真实性",我扮演李岩,笑的表演不能用传统的"哈哈哈"三声笑,"要像生活里的真人一样",我肚子都笑疼了,也"没笑好";剧中人物越到终场年纪越老,

---

① 《如何建立新的导演制度座谈会记录》,《新戏曲》1950年第2期。

于是要求演员演唱的"人老了嗓子也要老"！这怎么唱得出呢？唱不出就说我们歌唱"没有技巧"。后来排《宋景诗》，要求更"真实"了……小丑的胡子"不真实"，不挂了；脸谱基本上已经消灭，因为"生活中哪有人脸上一道青一道红的呢"！①

反对传统表演的"形式主义"倾向，根据"现实主义"原则全面改造戏曲表演，绝不是河南洛阳的这家剧团某导演的个人行为，而是"现实主义"的戏剧表演原则获得至高无上的艺术地位后必然与普遍的结果。但是这一原则在实际演出中与传统戏剧表演又是如此相抵触，因此很自然地成为这一时期戏剧理论与批评领域十分让人纠结的话题。

在这一时期开始引进并风行的"现实主义"戏剧观念，还对传统戏剧的舞台美术的发展产生重要影响。舞台美术领域的写实置景并非始于此时，从晚清到民初，各类写实化的置景就被当成吸引观众的时尚手段，在城市的新型剧场运用。由于科技手段的提升，使得舞台上可以大量运用灯光和景片，表达戏剧事件发生的场景。阿甲后来改变了最初一边倒地批评戏曲表演方法的倾向，并且也开始质疑戏曲舞台上普遍出现"将戏曲靠表演艺术处理舞台空间、时间的方法，改为话剧处理舞台空间、时间的方法"②，他开始意识到把

---

① 邢金萼：《从死胡同回到大路上来》，《戏剧报》1956 年第 11 期。
② 阿甲：《生活的真实和戏曲表演艺术的真实——谈舞台程式中关于分场、时间空间的特殊处理等问题》，载《阿甲论戏曲表导演艺术》，文化艺术出版社 2014 年版，第 9 页。

它简单地看成艺术上的进步,并不是一种正确的戏剧观。在"建立导演制度座谈会"上,舒强就提出了这一问题:

> 我感觉到许多新作家处理旧剧,一般的都不免话剧意味太浓。这就因为我们年轻人,对民族历史了解不够,对旧歌剧的技术了解也不多,虽然感情是真实的,但缺乏技术的知识,效果就不会太好。我们用灯光、道具,尽可能要使它真实,这是话剧的方向。但在旧剧方面,有一特点,则是自由表现,不拘泥于生活的真实。上次看《新大名府》,有的装置,就太真实化了,如左右的两个门,和宋江上来也有门,送行时有山坡和小树,没有山坡和树,倒能表现送出好远;有了山坡和树,便像大家在那里兜小圈子。由此可知中国旧戏有些地方不用写实布景,它也是有原因的。因此对我们民族歌剧的优点,是应保存的去发扬它,不好的去掉它。这样把新旧结合起来,才能更有效果。①

舒强把舞台上的写实置景称为"话剧意味",似乎这只是不同的戏剧形态的差异。在戏曲剧目的舞台上,这种"话剧意味"之所以能够大行其道,就是推行要求毕肖自然的现实主义戏剧原则的必然结果。

向苏联老大哥学习,遵循现实主义表演原则,推动中国传统戏

---

① 《如何建立新的导演制度座谈会记录》,《新戏曲》1950年第2期。

剧的"进步"的理念是如此重要，而戏剧表演的现实主义要求，在根本上又是与中国传统戏剧的表演形态相冲突的，这让对中国传统戏剧表演形态与手法的价值有深刻认同的戏剧理论家、批评家们陷入了两难境地，在两者之间寻找平衡，就成为这个时代的戏剧批评的一项智力游戏。一方面，受国际政治格局和当时中国全面倒向苏联、以苏联为师的国家意志所限，他们在直接质疑和反对苏联专家的意见时不得不细加掂量，另一方面，假如按照苏联专家粗暴而鲁莽的建议改造传统戏剧，那么戏曲将不复存在。戏曲传统的中断不仅意味着1949年以来他们为部分保护传统戏剧价值的努力全部变得毫无意义，而且，包括梅兰芳在内的数十万戏曲艺人的艺术生命将就此结束，而让全国各地数亿民众转而欣赏按照"现实主义"原则演出的戏剧，恐怕也难以让人们接受。如何既不直接挑战"现实主义"的权威，又让传统戏剧获得存在的合法性，是这一时期戏剧批评家面临的复杂考验。他们的解决方法就是力图证明戏曲的表演不仅不是"形式主义"的，而且在实质上完全符合"现实主义"精神。

20世纪50年代初，周扬就开始用"现实主义"的戏剧观念解释戏曲表演的美学精神。夏衍在首都文化界纪念梅兰芳、周信芳艺术生涯五十年的大会上讲话，盛赞"杰出的表演艺术家梅兰芳、周信芳两位先生……以创造性的劳动，继承并且发掘了我国戏剧艺术的现实主义精神和爱国主义的优良传统"，他并且用"现实主义大师"来称呼这两位优秀的京剧演员，他在讲话中是这样说的：

我们认为，梅兰芳、周信芳两位先生是我们人民戏曲艺术中的现实主义大师，是继承发并扬了我们戏曲表演艺术的现实主义传统的大师。他们两位都孜孜不倦地追求人物性格的创造，把先辈艺人遗留下来的宝贵经验作为基础，进一步创造了很多为人民所熟悉、所敬爱的劳动、智慧、有正义感、富于爱国热情和反抗精神的人物形象……他们都是中国人民精神生活中突出的典型人物，因为他们都表现了我们人民的优秀品质的一面或几面；但他们的性格却各不相同，各有各的精神面貌，白素贞与赵艳容，邹应龙与宋士杰，都是丰神仪态，气象万千，然而却又是无法加以丝毫混同的。梅兰芳、周信芳两位先生创造这些人物形象时，都依照这些人物的生活条件、生活环境的不同，各各给予他们以独特的光彩。梅先生、周先生从不满足自己已经获得的成就，他们是永远向前探索，精进不已，不断地吸收民族艺术传统的精华，加以发扬光大，不断地向生活学习，进行新创造来丰富我们的现实主义艺术的。我们戏剧艺术界应该重视他们和其他一些高年的优秀人民艺术家的这种现实主义表演艺术经验，学习他们演唱艺术的丰富经验和典型化、性格化的表演方法，研究他们，及时作出分析、总结，使我们的现实主义艺术传统能得到不断的丰富革新，不断的发扬光大。[①]

---

① 夏衍：《在梅兰芳、周信芳舞台生活五十年纪念会上的讲话》，《戏剧报》1955 年第 5 期。

在这篇官方色彩浓厚的讲话里，夏衍不只是给梅兰芳、周信芳戴上一项"现实主义"的桂冠即告完事，他还通过具体发挥，阐释了他所说的梅兰芳、周信芳表演的"现实主义"的内涵，在这里，他所强调的两位艺术大师"追求人物性格的创造"，尤其是通过典型化、性格化的方法塑造戏剧人物，还有从"人物的生活条件、生活环境"出发，表现出人物独特的个性、"不断地向生活学习"等，当然都经常出现在崇尚现实主义的文艺理论体系里。他巧妙地避开了京剧表演的虚拟手法与现实主义表演之间如此直观的差异，真是煞费苦心。

如同夏衍一样，这个时代有很多戏剧批评家强调梅兰芳、周信芳以及各地的戏曲表演名家的表演，因其始终与生活之间保持着千丝万缕的联系，所以都是"现实主义"的。一篇有关山东省第二届戏曲观摩演出的报道，就盛赞山东梆子一位名演员的精彩表演："卢胜奎老先生是个名丑，而他扮演的何先生并没有过分夸大和渲染这个小丑人物，他以熟练、精湛的现实主义表演艺术才能，惟妙惟肖地揭示了穷秀才那种自以为是主观迂阔的本色。"① 在全国戏曲演员讲习会上，诸多专家都有意识地在把戏曲表演的现实主义原则转化成了戏曲与现实生活之间的关联，他们的报告涉及表演领域的许多问题，其中与现实主义原则相关联的主要有"体验生活的重要性与如何体验生活；怎样创造角色；生活的真实与舞台的真实"以及现代戏表演问题，等等；相关的报道指学员们

---

① 阮文涛：《山东戏曲观摩散记》，《戏剧报》1956年第11期。

"了解了体验生活的重要性,演员们在认识上更提高了一步。学员们理解到:演现代剧固然要体验生活,演古典剧也要有生活。因为生活是艺术的源泉,生活体验深刻了,才能找到生活中最本质的东西,才能在舞台上创造典型环境中的典型性格。演员们也分析出了过去在体验生活上所走过的弯路:只'体验'外形,而不体验人物的思想本质和性格特征。有些演古典剧很成功演现代剧却往往失败的演员,从学习中找到了失败的根本原因:对新生活对新人物不够熟悉,因此在舞台上不能把新的英雄形象树立起来"①。参加这次讲习会的学员都是全国各大剧种的优秀演员,因此讲习会的主导观点必然要在全国各地的戏曲领域产生影响。如同夏衍的报告用创造鲜活的人物性格替换了现实主义原则在表演手法层面上的阐释一样,这些专家虽然并没有直接否定表演的现实主义原则,但是却用"生活体验"的重要性,取代了现实主义表演原则在技术层面上的要求。

戏曲表演的现实主义原则还涉及对戏曲音乐的理解。戏曲虽然经常被看成与歌剧相类似的艺术样式,但戏曲音乐与歌剧的音乐有本质区别,简而言之,歌剧本质上属于音乐艺术的范畴,每部歌剧都因音乐家作曲才有其艺术的灵魂与魅力;戏曲音乐是有相对固定的框架的,元杂剧和昆曲、高腔都运用现成的曲牌音乐,板腔体剧种虽然不用曲牌,但是同样有相对固定的板式与旋律。正像戏曲虚拟性表演被看成是"形式主义"的,戏曲音乐的这种"类型化"特

---

① 贝叶:《记文化部第一届戏曲演员讲习会》,《戏剧报》1955 年第 9 期。

点也遭到"形式主义"的批评。但戏曲音乐又是如此深入人心,假如所有这些音乐遗产都被打上"形式主义"的标签,它们还有可能在倡导"现实主义"原则的新社会继续存在吗?因此,如何阐释与论述戏曲音乐的现实主义精神,就成为戏剧理论与批评的一大难题。正如马可所说:"中国戏曲是有人民性和现实主义传统的,这一点似乎没有人怀疑了。但是音乐上是不是也这样呢?看法就有分歧。"他说,"分歧的焦点集中在戏曲音乐是不是表现了人物性格,是不是反映了生活的真实这个问题上"。那么,这种音乐的现实主义将如何理解呢?马可指出:

> 戏曲艺人们在进行创造时总是从具体的人物条件出发,对所要表现的角色做细致的心理分析,从这当中寻找适当的表现方法,创造出形象来。他所根据的方法,所继承的"语言"也正是前一代艺人在现实主义的道路上所积累下来的积极经验,而不是一般化的所谓"类型化"曲调。①

如此说来,就像夏衍通过创造了鲜明的人物性格这一理由,把戏曲表演说成是"现实主义"的一样,马可也把戏曲艺人在运用相对凝固的音乐手段时必然因情境、人物及情感之差异而加于其上的变化,作为戏曲音乐体现的现实主义精神的证据。当他在阐述戏曲音乐表达时的个性时,当然是符合实际的,其实近代以来许多戏曲

---

① 马可:《对中国戏曲音乐的现实主义传统的一点理解》,《人民音乐》1955年第7期。

"流派"的出现，正是艺人们在相对固定的音乐旋律基础上充分展现个性与风格的结果。但如果说有这些特点，戏曲音乐就成了"现实主义"的，恐怕仍然显得牵强附会。实际上马可自己对此也是动摇不定的，加上他对戏曲音乐的价值的理解仍有根本的局限，不免经常有所保留，所以他特别强调，"我们承认戏曲音乐的现实主义传统，并不等于把过去的东西理想化，把一切特征都说成是天大的优点，是高不可攀的现实主义的顶峰"①。什么是"现实主义的顶峰"，如何达到"现实主义的顶峰"，本就很难界定，仅从音乐形态的角度，而不是从音乐表演的角度出发讨论戏曲音乐的特点与价值，实在容易造成很多误会。但是马可的努力方向，是和夏衍等人高度一致的。

我们不妨把这称为这个时代的戏剧理论家们对现实主义表演原则有意的（或"有益的"）曲解。胡沙的叙述极具代表性，在他看来，戏曲这种"中国的表演艺术是一种独特的有高度技巧的丰富多彩的现实主义艺术"②，他为现实主义所加的这些前缀，更清晰地体现了这一时期戏剧理论家和批评家们，其实完全明白中国传统戏剧的表演风格与现实主义之间有多么遥远。他非常明确地说，从事戏剧艺术的人"差不多都有一个共同的标准，就是戏要排好，要真实，有现实主义的要求"③。至于从理论上如何准确地界定现实主

---

① 马可：《对中国戏曲音乐的现实主义传统的一点理解》，《人民音乐》1955年第7期。
② 徐胡沙：《谈谈戏曲导演方面的问题》，《天津市第一届戏曲导演学习班讲稿汇编》第1辑，天津市文化局1956年编印，第33页。
③ 同上书，第46页。

义，并不在大家担心的范围之内。

但是戏曲表演与现实主义之间的冲突，并没有那么容易解决。只要强调现实主义原则，传统戏剧的表演手法就容易遭到质疑。著名戏剧批评家郭汉城巧妙地论述了传统戏与现实主义的关系，又引入浪漫主义，试图从新的路径回避是否应该完全遵循"现实主义"原则的问题。他指出：

> 古代的人民，按照自己的观点，把生活真实地进行了概括，创造了这些典型形象，所以他们是现实主义的；但经过集中和概括，赋予幻想和热情，使他们比现实生活中的人物更高、更美、更完整，所以同时又是浪漫主义的……古典戏曲作品中的浪漫主义精神，也是有时代的局限性的。这种局限性，首先表现在用浪漫主义精神想象和夸张过的劳动人民的意志和力量，并不直接从劳动人民的形象反映出来，更不是自觉地作为一种集体的力量反映出来。它是通过幻想在一些不平凡的"英雄"身上曲折反映出来的，好像在折光镜下面的光彩，虽然是太阳的光辉，但总不是阳光本身。我想这样说，并不是故意要菲薄古人的成就，对古人来说，只能达到这样的高度，因为那个时候还没有共产党，没有马克思列宁主义，人民不可能自觉到主人翁的地步，因此在文学艺术中，也不可能直接以主人翁的姿态出现……它们在古代是进步的，但比起今天的时代，已大大落后了一截。必须从今天的时代出发，从今天的生活出发，从今天的人民的思想感情出发，运用古典戏曲中创造现实主义与

浪漫主义相结合的典型形象所提供的一切因素，如想象、夸张等手法，创造出革命的现实主义与革命的浪漫主义结合——社会主义现实主义的典型人物。①

郭汉城既没有简单化地把中国古代戏剧的表演、表达与现实主义机械地混为一谈，也机智地闪开了将戏曲表演与"现实主义"原则对立起来的观点。他承认戏剧在新的时代必须有所变化，但是也特别强调了传统戏剧中的优秀剧目的"进步"性。但是我们看到，"现实主义"的统治地位并没有因此受到威胁，直到张庚为代表的戏剧理论家们开始正面抵抗"洋教条"，才有阐明传统戏曲表演与"现实主义"原则之间的本质差异的公开讨论。

在戏曲表演特点与现实主义原则之间左冲右突的讨论，本身的理论价值是很有限的。但是它推动了有关表演艺术的研究。如果说在"戏改"初期，戏剧批评的焦点大致集中于旧戏和新戏在内容上是否符合新社会的意识形态要求的话，那么，表演艺术的研究才是真正涉及戏剧之本体的艺术的批评。1961年在《人民日报》和《戏剧报》上开展的关于戏剧表演艺术的大规模讨论，在戏剧理论与批评发展史上是有重要意义的。这场争论触及了体验与表现、演员与角色、理智与感情、理性与感性等一系列有关表演艺术的重要理论性问题，由于这场大讨论具体的起因是美学家朱光潜对法国著名戏剧理论家狄德罗的《谈演员的矛盾》的介绍，因此引起了戏剧

---

① 郭汉城：《坚持继承，大胆创造——现代戏编剧继承与发展传统的几个问题》，《复印报刊资料》（戏曲研究）1958年第4期。

界内外许多著名学者参与。根据朱光潜的介绍，狄德罗的表演理论所标举的优秀演员，应该内心波澜不惊，"镜子"式地反映与表现人物，这正与戏曲演员把演员代际传承而获得的"传家的衣钵"为其表演范本的方法相似。《戏剧报》汇集了这些文章，编辑了《演员的矛盾》一书，它的书名显然是从狄德罗这里化用而来的。有意思的是，参与讨论的表演艺术家们基本上不同意朱光潜和狄德罗的观点，他们都坚持演员丰沛的内心情感活动是在舞台上塑造出感人至深的角色的关键，借此反驳朱光潜的"错误"。然而这些观点的来源，似乎多半可以追溯到斯坦尼斯拉夫斯基。

曾经努力向中国人介绍斯坦尼的焦菊隐，在戏剧界还有相当多人沉迷于用"先进"的话剧"提升"与改造"落后"的戏曲时，他却开始转向了，他大胆地尝试着将戏曲的许多舞台手段运用到话剧舞台上，有趣的是，当他运用这种手法不够成功时，"形式主义"就成了用于批评他的称手且方便的武器。比如李健吾批评他导演的《蔡文姬》时就指出，当焦菊隐"决计把中国戏曲上可能搬的东西尽可能的搬过来"时，就难免出现两种倾向，即"舞台性与形式主义倾向"。

舞台性不等于戏剧性，而一般导演，往往错把舞台性看成了戏剧性。舞台性加强戏剧性，然而戏剧性之所以为戏剧性，却是事物本身的强烈矛盾所形成的。导演掘发一个剧本的戏剧性，并不等于锣鼓喧天，声色并用（尽管它们有它们的好效果）。舞台性过重，往往只能达到粉饰戏剧性的作用。刺戟是一时的，然而难于把主要的东西留在观众灵魂的深处。舞台性过重，形式主义自然也就跟着来了。①

李健吾在批评中穷尽一切理论上的可能为焦菊隐解释，说"他有理由这样做，因为中国戏曲，第一是题材大半属于历史或者传说，第二是体裁属于歌剧，第三是遗产丰富，美不胜收。它只不过在体制上不是话剧罢了。然而现实主义精神，无论是在写作上，或者是在表演上，往往强烈地感染着历代观众。地广年久，它们在千锤百炼的精当之中，有的充满生活气息，经常由于伟大演员的创造，给观众留下真与美的完善结合的艺术感受。这是世界表演艺术的一个大宝库。它们有重唱的，有重舞的，同时也有重做的，更有各式做法借镜"。他还充分肯定焦菊隐对舞台技术手段的选择，说"焦菊隐同志从郭沫若同志的历史剧想到中国戏曲，不能不说是想对了头，而且他有资格这样想，他在话剧和戏曲方面都有深湛的修养"。不过他仍然尖锐地指出，"但是为自己找对了路，并不等于走路就没有问题。把两种不同的艺术，通过个人的体会，移花接木般地结合成一种新艺术，任何人明白，不会一蹴而就，也决不会是一个人（即使像焦菊隐同志那样有气魄和有才学）所能一下子就摸索的十全十美的"②。对戏曲表演与现实主义原则关系的旷日持久的讨论，反过来给中国话剧的表演开拓了接续民族戏剧传统的通道，这大概是当年的苏联专家始料未及的。当然，假如不是因为中国的戏

---

① 李健吾：《从〈蔡文姬〉的演出想到的》，《戏剧报》1959年第11期。
② 同上。

剧理论家和批评家们在意识或潜意识里有着一份精心呵护民族传统的情怀，相信结果不会是这样的。

第四节　历史与历史剧

一 "反历史主义"

周扬在第一次全国文代会的报告中指出："旧剧把中国民族的历史通俗化了，但它是通过封建统治阶级的意识将历史歪曲了、颠倒了，我们的任务就是要恢复历史的本来面目，用历史唯物主义的观点来创作新的历史剧，使群众从旧剧中得来的一堆杂乱无章的历史知识，得到新的科学的照耀。"[①] 中国戏剧从两宋年间成熟，历史人物故事始终是其最主要的题材之一，并且通过作品的创作与演出，塑造了大量民众耳熟能详的戏剧人物。这类政治、军事题材的历史剧目及其塑造的英雄人物，深受各地民众喜爱。因而，历史题材的处理始终在中国戏剧领域有着重要地位，它们既是传统剧目中最具生命力的艺术价值的部分，同时也构成中国戏剧传统的主干。

诚然，戏剧的题材与观众的好恶之间并没有直接的因果关系，1949年后，此前各解放区创作的现实题材剧目，如《小二黑结婚》《刘巧儿》《李二嫂改嫁》等，这些"解放戏"随着国共两党占领

---

① 周扬：《新的人民的文艺》，《中华全国文学艺术工作者代表大会纪念文集》，新华书店1950年版，第88页。

区域迅速变换和政权更迭，逐渐与新解放的区域民众见面。这些新作品在最初的短时期内确实深受欢迎，但要确保各地戏剧演出市场的持续运营，以各地观众长久的欣赏趣味而言，还是需要更多历史题材剧目。因而，如何处理历史题材，换言之，那些曾经为民众高度认可的历史题材传统剧目是否有可能被新社会受容，或者说，是否有可能创作出足够多的高质量的历史题材剧目，实为新社会戏剧发展的关键。历史题材既是戏改中最受关注的对象，能否妥善处理历史题材，也是关系到戏剧能否繁盛的最重要的环节。

有关历史题材的处理方针，在戏改全面展开前，新政权就已经有明确的意见。1948年《人民日报》有关戏改的专论就历史题材的传统剧目的处理，特别提出以下观点：

> 我们修改与创作的方法必须是历史唯物主义的。我们首先应该对那些被统治阶级歪曲了的历史事实加以翻案，恢复历史的本来面目（如改编《闯王起义》等），但表现一切历史人物和事件都必须而且只能从当时历史环境所许可的条件出发，而不能从现代的条件出发。我们是从现代无产阶级的观点来客观地观察与表现历史的事件与人物，而不是将历史的事件与人物染上现代的色彩。①

1950年作为"戏曲改革工作的最高顾问性质"的中央人民政

---

① 《有计划有步骤地进行旧剧改革工作》，《人民日报》1948年11月13日。

府文化部戏曲改进委员会成立时,新华社的相关报道特别提及参加这次会议的委员们"对于如何修改旧剧本与创造新剧本交换了意见,认为历史剧应忠实地反映历史真实,不应将历史人物'现代化',将历史事迹与现代中国人民的斗争事迹作不适当的类比。会议认为,对中国历史上的英雄人物,应根据他们在当时历史条件下所具有的进步性、人民性和高尚的民族品质,予以应有评价,在艺术形式问题上,会议认为,无论修改旧剧本或创作新剧,都应当注意保存京剧和各种地方戏原有的特点和优点,而不要轻易将这些特点和优点抛弃"①。次年颁布的政务院"五·五指示"指出 1949 年以来"戏改"工作存在两个突出问题,除了剧目审定还没有统一标准之外,另一点就是"改编剧本工作中还有某些反历史主义的、公式主义的倾向"。在全国戏曲工作会议上,田汉代表文化部所做的报告,在第二部分"戏曲修改与创作问题"中用大量篇幅谈了历史题材的处理原则。田汉指出"我们对于历史人物应当采取历史主义的看法。不管他是帝王将相、文武官员、文人学士",具体而言,要"恢复历史的本来面目,找到历史舞台上真正的主人。用历史唯物主义的观点反映历史真实、传达历史教训,表扬历史上英雄人物在当时历史条件下所具有的进步性、人民性和高尚的民族品质,以教育和鼓舞后代儿女。但不应生硬地将历史人物现代化,更不应将历史上自发的农民战争的事迹与现代人民革命斗争的事迹作不适当的对比,因为过去历史上不可能有无产阶级、

---

① 新华社电讯:《文化部戏曲改进委员会组成,首次会议确定戏曲节目审定标准》,《人民日报》1950 年 7 月 29 日。

共产党、毛主席"①。尽管田汉没有使用"反历史主义"这个概念，而且他强调史剧创作与现实之间的关系并不能完全割断，"我们说把历史还给历史，不是为历史而历史。我们表现历史现实为的是教育、鼓舞后代儿女，历史剧与现实斗争之间，必有有机联系"②，但是他在历史题材戏剧创作中的取向十分清楚。细读田汉的这段话就会发现，他的重点并不在于强调新的戏剧要恢复劳动人民作为历史"主人"的地位，而在于"不应生硬地将历史人物现代化"。这里所说的"现代化"包括戏剧人物的思想行为方式的"现代化"，他所提倡的"历史主义态度"就是要避免这一"现代化"倾向。

从《人民日报》专论到田汉的报告，都说明对历史题材的处理原则，从一开始就是新政府在戏剧领域最为关注的问题之一。有关历史题材剧目的处理应该避免"现代化"的观念及其围绕它展开的论述，当然不只是不同爱好的戏剧家们纯粹的审美取向之争，而如此重视"历史主义"，把戏剧领域"反历史主义的、公式主义的倾向"的危害性和严重性提到这样的高度，多少有些突兀。

这一观念其实有特定的背景。延安时代一度出现了一批用所谓"旧瓶装新酒"方法改编的京剧新剧目，如王震之将传统京剧《打渔杀家》改编成新剧目《松花江上》，罗合如将《乌龙院》改编为《刘家村》，李纶将《青风寨》改编为《赵家镇》，陶德康将《落马湖》改编为《夜袭飞机场》等，在当时，这种创作模式就已经因其

---

① 田汉：《为爱国主义的人民新戏曲而奋斗——1950年12月1日在全国戏曲工作会议上的报告》，《人民戏剧》1951年第6期。

② 同上。

简单化地将传统戏的人物关系与情节结构直接置换至当代受到批评，因此我们不难理解，1949年成立的新政权将不会赞成、更不可能鼓励以这样的模式创作历史题材新剧目。

但是在1949年之后的戏剧领域，实际情况要比理论上的分歧更复杂。在强调戏剧的意识形态功能的同时，又要尽可能避免将历史事件与人物所处的情境简单地置换到当下，对戏剧的历史题材处理果真需要提出如此严苛的要求吗？既要坚持历史题材戏剧的政治取向，尤其是历史叙述中要"恢复历史的本来面目"和坚持"无产阶级立场"，在这一大前提基础上，又特别指出要避免"将历史的事件与人物染上现代的色彩"，这样的戏剧观念，在实践上并不容易把握，因为两者之间的界限其实并不明确。况且20世纪50年代初的戏剧领域正处于百废待兴的局面，"戏改"任务如此之重，如何确保传统戏和新编剧目在政治思想上符合新政权的意识形态诉求，才是最重要与最迫切的工作。而如何处理历史题材，本应该是相当次要的目标，但是，后来发生的事情却远非如此。

在"戏改"时期人们讨论神话与迷信的区分时，"牛郎织女"故事是被定义为优秀的神话故事的，因此，这一题材一直活跃在舞台上。1951年"七夕"前，一大批民间故事"牛郎织女"改编的剧目登上舞台，故事虽由神话演变而来，但是由于其背景是古代社会，所以一时成为戏剧界的焦点。有研究者指出，这一时期"全国出现了许多牛郎织女戏，能够保留原有神话的精髓的作品非常少见……最为严重、数量最大的，是对原故事进行伤筋动骨的大换血，甚至只保留原故事的名称而另起炉灶，构造新的情节，借神话影射现实"。这些同一神话故事的不同演绎五花八门：

> 如无锡"大众京剧社"演出的《牛郎织女》，已经找不到原有神话的线索，凭空杜撰、将现实硬硬地塞进神话中：郑里老人是真理老人，他的大算盘可以算出"过去未来"，乃是根据了科学法则；他教牛郎织女劳动，送给他们工具，宣传劳动创造世界；用耕牛象征拖拉机、喜鹊代表和平鸟等，将社会发展史的学习、治蝗运动、反对美帝侵略、土地改革宣传等内容，杂乱无章地凑到一起；个别场面还采用了"红军舞"的步姿。凌鹤、叶江的《七巧团圆》写的完全是人间的事，虽曾一梦到天上，所见的也是人间的熟人；最后斗倒了王大户，牛郎织女团圆。徐进的越剧《牛郎织女》，写的是明朝的故事，以农民起义作结。墨遗萍的蒲戏《乞巧圆》，也完全写人间的事，以群众暴动结尾。①

虽然各有各的改编，但是它们都不约而同地在古老的民间故事里加入新的时代元素，而且这些剧目的作者里，包括徐进、墨遗萍这样的名家，他们都是戏改年代非常有影响的编剧，说明在传统剧目里加入"新思想"的改编思路，在那个时代并不鲜见。

从 1948 年《人民日报》专论提出要避免"将历史的事件与人物染上现代的色彩"之后的两年多时间，新中国的戏剧管理部门以

---

① 刘方政：《当代第一次戏曲论争的意义》，《中国现代文学研究丛刊》2012 年第 4 期。

及理论家们虽然一直强调历史题材剧目应持"历史主义态度",但具体到什么才是"历史主义"态度,依然只有朦胧和抽象的理念。不过,对它的对立面"反历史主义"却从来就不是无的放矢的空谈。1951年8月农历乞巧节(七月初七)前后,北京的京剧团也在纷纷上演多个版本的牛郎织女,就在这一题材成为首都戏剧市场上的热点时,有关"反历史主义"的批评找到了最合适的对象。田汉担任主编的《人民戏剧》杂志于8月21日专门组织了一场座谈会,有关座谈会的报道指出:"最近期间,首都十一个戏曲团体上演了《天河配》,同时全国各大城市也在上演此剧。今年上演的《天河配》,大半经过种种不同程度的改编,但其中也发现有不少的缺点或错误。如何正确地改编这个千百年来在民间流传的优秀的神话故事,是文艺界、戏剧界和广大群众关心的问题。为此本社于8月21日就此问题组织座谈会。"报道还指出,"正确的改编应该是:保存神话传说的本来面目,突出其劳动与恋爱相结合的主题,就劳动人民的健康、美丽的想象适当地加以发挥"①。值得特别注意的是,这个座谈会上,并没有直接提及当时北京还上演了杨绍萱的新作《新天河配》(又名《牛郎织女》),而作者杨绍萱并不是职业编剧,他是田汉的副手,时任文化部戏改局副局长。

杨绍萱延安时期在中央党校任教员,偶然涉足戏剧创作的第一部剧作《逼上梁山》,就得到毛泽东的高度评价,1949年之后他担任文化部戏改局副局长,是在戏改领域最具权威性的领导兼编剧,

---

① 《本社组织〈天河配〉座谈会》,《人民戏剧》1951年第5期。

在戏剧批评方面也颇有建树。如同《逼上梁山》和《新天河配》一样，他喜欢对传统戏剧经典进行新的改编，北京各剧团竞相上演他的新作，一时风头无两。然而，《新天河配》的公演却意外遭遇狙击，就在《人民戏剧》召开此次似乎并没有针对杨绍萱的座谈会的几天后，艾青在 1951 年 8 月 31 日的《人民日报》发表《谈〈牛郎织女〉》，公开且直率地批评杨绍萱的《新天河配》，认为他对牛郎织女故事的改编，直接让古代和神话故事服务于政治现实，实为将戏剧艺术完全功利化的结果，这样的创作倾向与方法是不可取的。杨绍萱显然并不接受这样的批评，他先后写了三封措辞激烈的信给人民日报社，不仅拒绝艾青的批评，并且责难报社，认为他们不应该公开发表艾青的批评文章。在这之后的两个多月里，这一话题逐渐在幕后发酵，11 月 3 日，《人民日报》发表了杨绍萱的反批评文章《论"为文学而文学、为艺术而艺术"的危害性》，并且附上了杨绍萱给报社的三封信件。《人民日报》发表杨绍萱的文章和信件，并不是如杨所期望的那样向他致歉，而是为了反驳。此后报纸连续发表数篇文章，还两次发表了"读者来信"摘抄，内容完全是对杨绍萱及其创作的尖锐批评，并且从对《新天河配》这一具体剧目的批评，演化成对杨绍萱其他类似的系列作品的批评、乃至于对他这一系列作品中体现的创作方法与倾向的批评。

艾青对杨绍萱《新天河配》的公开批评，迅速向着杨绍萱意想不到的方向发展，并且明显脱离了纯粹的戏剧评论范畴。对"反历史主义"戏剧倾向的批评，由此逐渐改变了性质。

杨绍萱在把牛郎织女故事改编为《新天河配》时，原以为拥有充分的政治理论依据,更有占据着政治制高点的踌躇满志,因而在《新天河配》遭到诗人艾青的批评时,顺手抡起政治大棒激烈驳斥,他对批评的回应文章,指艾青的批评体现了典型的"为文学而文学,为艺术而艺术"的观点,是想把尚处于"幼稚"和"简陋"阶段的"人民戏曲文艺运动连根子都拔了"。针对艾青有关"借神话影射现实,结合目前国内外形势,土地改革,反恶霸斗争,镇压反革命,抗美援朝,保卫世界和平等等……这种倾向发展得厉害"的批评,杨绍萱这样应答:

> 你看他标举出的我所写《新天河配》的"罪证",有这么四句,"牛郎放牛在山坡,织女手巧能穿梭。织就天罗和地网,捉住鸱枭得平和。"按艾青的逻辑,这都属于"野蛮行为",为什么?因为他以为这"鸱枭"是影射了他文章里的那个"杜鲁门",其实说,艾青先生是神经过敏了,我写的那个"鸱枭"只是涵蓄一般性的破坏分子,破坏人家的美满婚姻,破坏生产关系,亦即破坏生产,是封建主义的帮凶,自然里面也可能有帝国主义"杜鲁门"。他为什么这样深恶痛绝地反对影射呢?艾青自己可以这样说他是为了保卫所谓"美丽的神话",另一方面却是坚决地不许动一动帝国主义"杜鲁门"。①

杨绍萱不仅对艾青的批评颇为不屑,而且迅速拉高争论的政治

---

① 杨绍萱:《论"为文学而文学、为艺术而艺术"的危害性——评艾青的〈谈"牛郎织女"〉》,《人民日报》1951年11月3日。

调门,认为这样的批评完全是在"资敌","打击了革命而便宜了敌人"。杨绍萱在他的反批评文章里把批评者划入"敌人"阵营的吓人字句,却并没有获得预期的成功。如前所述,这场争论逸出了文艺批评的范畴,艾青的观点得到很多呼应,包括何其芳、光未然、马少波、阿甲在内的诸多批评家一边倒地对杨绍萱的新剧作里明显的"反历史主义"提出严厉批评,尤其重点提到"他的《新天河配》受到批评,他不检讨自己,反而狂妄地要求发表这种批评的《人民日报》'彻底检讨',并写文章来为自己的不好倾向辩护"[①],暗示这一拨激烈的批评,所针对的不仅是他那些剧本,更重要的是杨对批评,尤其是对发表了批评他的文章的《人民日报》的"态度"。

表面上看来,杨绍萱并不是完全没有为自己的剧作辩解的机会。《人民戏剧》杂志社在举办有关京城11个剧团演出《天河配》的座谈会的次月,还专门发表了杨绍萱题为"论戏曲改革中的历史剧和故事剧问题——从今年舞台上演出的'天河配'说起"的文章,在这篇长文里,他比较了这些不同版本的《天河配》的优劣,阐述他改编牛郎织女这个美好的民间神话故事的动机与设想。从字面上看,此时他还没有意识到他的《新天河配》会掀起轩然大波。他对多年前王瑶卿编排的同题材的京剧本给予很高的评价,认为"尽管当时缺乏足够的理解和适当的处理,却是他绘出了发展牛郎织女戏剧故事的材料"。而他最为激赏的是这个京剧本"写牛郎最

---

① 何其芳:《反对戏曲改革中的主观主义公式主义》,《人民戏剧》1951年第8期。

喜爱的是老牛和破车，牛老而车破这当然要反映农民的劳苦生活。这个形式能表现很好的内容。牛郎要赶织女没有办法，是靠了老牛的牛皮，这虽是神话，可是牛皮也可做劳动工具了解，象征了劳动工具对于劳动人民的决定作用"。由于这些细节是传统故事里未曾涉及的，杨绍萱因此认为这"是一个创造。你看，老牛是生产手段，而破车是劳动工具，但是老牛自己套不上破车，必须人类两手的劳动，才能套得上……老牛拖上破车，便以运输力走入生产行程……这个形式包涵了人类生活的基本内容，所以说这个创造是优秀的"①。这篇文章里有关"老牛破车"的奇特比喻，大约就是他在自己的改编本里最后让老牛和破车结婚的理由，但这样匪夷所思的创造，于他自己是得意的发现，对公众而言，除了给批评者提供嘲讽的借口外，没有任何价值。

不过，《人民戏剧》尽管公开发表了杨绍萱的文章，却首先旗帜鲜明地表现出商榷的立场和态度。编辑在文章前面特别加上一段"编者按"，事先申明他们之所以发表此文，是"为了使不同的意见得到研究讨论的机会"，接着说"杨绍萱同志的这篇文章，牵涉到戏曲改革中的若干重要问题，其中论断历史剧、故事剧和神话剧的某些论点，如认为一般故事剧（包括神话）可以不管历史上的时代性等等，表现了反历史主义的倾向"②。如果说《人民戏剧》于

---

① 杨绍萱：《论戏曲改革中的历史剧和故事剧问题——从今年舞台上演出的〈天河配〉说起》，《人民戏剧》1951年第6期。
② 《论戏曲改革中的历史剧和故事剧问题——从今年舞台上演出的〈天河配〉说起》之编者按，《人民戏剧》1951年第6期。

1951年8月份召开有关多个新版本的《牛郎织女》剧作讨论、并且在当期杂志发表综述时，还多少有些要顾及杨绍萱的反应的意思，那么仅仅一个月之后，在下一期发表杨绍萱这篇长文时，态度已经完全逆转。这时，一场批评"反历史主义"戏剧创作的讨论拉开了大幕，《人民戏剧》仍然全文发表杨绍萱的文章，似乎只为了将它当成批评对象。而"反历史主义"这个词汇，从此正式成为批评在历史题材新剧目创作中贴附现实的倾向时最常用的术语。

其实，《新天河配》并不是20世纪50年代戏剧领域普遍存在的"反历史主义"倾向最具代表性的剧目，因为该剧所根据的并不是历史，而是一个民间神话。但是杨绍萱处理历史题材的方法，确实非常具有代表性，因为在他几乎所有剧作里，无处不在地堆砌着各类政治经济与社会学的新术语，令人目不暇接。何其芳的文章非常尖锐地指出了杨绍萱的历史剧创作时表现出的这一倾向，如他所说：

> 杨绍萱同志的许多剧本和论文就是用"民族战争""阶级斗争""历史性""阶级性""群众性"等这样一些概念组织起来的，有些时候简直成了概念游戏。①

在这些概念背后，可以找到两个重要的依托。其一是当时在历史叙述领域被奉为圣经的《联共（布）党史》的影子，其中对人类社会历史发展的经典描述，几乎是不加转化被直接运用到他的作品

---

① 何其芳：《反对戏曲改革中的主观主义公式主义》，《人民戏剧》1951年第8期。

描写里的。比如马克思主义的经典理论指出了铁器的发明与使用在人类文明史上的突出意义，杨绍萱就在《新天河配》里特别安排了织女的唱词"自从人间发现了铁，才造成钢针尖又尖"，并且突出地描写了织女的箭是铁质的神针；他的剧作《愚公移山》更直接表现"铁器发明以后移山有了可能性，反映劳动改造世界"①，认为该剧足以说明"由于铁器的发明及其使用的发展，从而劳动观念和艺术观念都活跃起来。所谓'愚公'象征着农夫在农业发展上的动态，而'移山'也象征着铁器发展后的商品流通，需要开辟商业通路"②。并且刻意让戏剧人物郢匠向愚公演示"铁锤能够打碎石头"，以启发愚公移山；同时，如他自己得意扬扬地炫耀的那样，他在《新天河配》里用老牛破车暗喻"生产手段和劳动工具结合"，表示"劳动工具对人民生活的决定性作用"，类似的附会，在他的剧中里比比皆是。其二来自他在延安时期的记忆，时值抗日战争时期，有关阶级斗争与民族战争相互交织的关系，曾经是左右他戏剧创作的重要原则。杨绍萱不仅在《新大名府》里，将金、宋两个民族之间的战争凭空添加到故事中，而且对历史同样的处理方式，在其他剧目里也经常出现。正如何其芳的批评文章里所说：

> 他硬要把《大名府》和《白兔记》的故事加上民族战争的

---

① 杨绍萱：《论戏曲改革中的历史剧和故事剧问题——从今年舞台上演出的〈天河配〉说起》，《人民戏剧》1951年第6期。

② 杨绍萱：《愚公移山史剧序》，转引自光未然《历史唯物论与历史剧、神话剧问题》，《人民戏剧》1951年第8期。

内容，硬要把卢俊义和刘知远写成富有民族思想，于是他看《水浒传》和五代史材料的时候，凡是可以供他夸大附会的地方他就特别注意，而不利于他的主观思想的地方他就视而不见，或者有意抹杀……"民族战争"，这就是杨绍萱同志最喜欢到处运用的概念之一。他和其他同志集体创作过一个《逼上梁山》。这个戏把创造历史的人民表现为舞台上的主角，这是正确的。毛泽东同志曾因此给予很大的鼓励，说它使"旧剧开了新生面"。但这个戏的演出的成功却成了杨绍萱同志的包袱。因此，必须指出，虽然整个地说来，这个戏是好的，而且由于经过了其他同志的修改，现在出版的《逼上梁山》已比杨绍萱同志的原稿缺点少，但在这个戏里也还是可以找到比较勉强的地方，把高俅写成主张联合金人，林冲写成主张反抗金人，以至在禁军里面也要操演"农民战术"——穿沟战法，这也是他的"民族战争"概念的应用。①

杨绍萱曾经在《逼上梁山》里让史文恭代表金人和大名府商量联合夹击梁山，并且把这样的改编称为"改革旧剧的一个实际范例"，所以他兴致勃勃地在《新大名府》和《新白兔记》延续了同样的改编手法。当何其芳的文章直接把杨绍萱当年得到毛泽东高度赞赏的《逼上梁山》里的一些具体情节作为批评对象时，对他的打击才是真正致命的，这部作品向来是他最好的护身符。然而他身上

---

① 何其芳：《反对戏曲改革中的主观主义公式主义》，《人民戏剧》1951 年第 8 期。

的这层保护膜慢慢被剥去，在《人民日报》发表杨绍萱对艾青的回应后，对他作品的批评反而不断升级，最后，周扬甚至称之为"反历史主义者冒充马列主义而对历史进行新的歪曲"①，这样的评价一锤定言，结束了杨绍萱的政治与艺术生命，同时也结束了有关他的作品的所有讨论。

从20世纪40—50年代杨绍萱所写的文章看，在艺术上他是一个复杂的人物。诚然，他的戏剧史知识与理论水平与同时代人相比并不逊色，对许多传统戏的评价经常很有见地，并不是毫无感情，尤其是他对"义仆戏"的充分肯定，颇为公允，然而此时他的这些观点同样受到激烈的批评，称其是在鼓吹封建阶级的奴隶道德。经历这场争论，他被逐出戏剧领域，无声无息地度过了余生。

如前所述，假如杨绍萱的剧作是具有"反历史主义"倾向的，那么，同时代还有大量与之相似、甚至表现出更严重的这一倾向的作品。尽管有关"反历史主义"的讨论最初是针对杨绍萱的剧作展开的，并且一直围绕着对他的系列作品的激烈批评展开，但是戏剧界的读者所联想到的内涵，一定会远远超出杨绍萱个人创作的评价。如果我们可以忽略所有非艺术的因素（当然实际上是无法忽略的），其实在某种意义上，对杨绍萱的作品如此大张旗鼓的批评，一定会引发人们对当时许许多多古代题材新剧目的思考，他处理历史题材的模式在各地如此普遍地存在，而且在相当多人眼里，这就

---

① 周扬：《改革和发展民族戏曲艺术——1952年11月4日在第一届全国戏曲观摩大会上的总结报告》，《中国戏曲志·北京卷》下册，中国ISBN中心1999年版，第1358页。

第一章 戏剧理论新体系建构

是"古为今用"最直接的路径,并且是最佳的方案。曾经在批评杨绍萱的争论中有过突出表现的光未然,后来还曾经在另外一篇文章里批评京剧《兵符记》的"反历史主义"倾向,认为这部戏的"历史观点是不正确的,是反历史主义的"。他还坦率地批评了常香玉主演的《新花木兰》:

> 同样的问题在豫剧《新花木兰》中也存在着。这个剧本,也是把封建的贵族王公过于理想化,把元帅贺廷玉写成代表着人民的利益。剧本模糊了封建社会的根本矛盾,把人民的利益和封建统治者的利益融为一体了。因此,这个剧本也就同样陷入反历史主义的错误。除此以外,豫剧《新花木兰》表现了严重的概念化的毛病,突出地表现在对主人公花木兰缺乏具体的性格描写(只是一般化地描写她的爱国热情、英勇、智慧、果敢之类,这当然是很不够的)以及语言的概念化上……那些一般化的、缺乏任何性格特征的、有些甚至是标语口号化的对话与唱词,却占去了剧本大部分篇幅。[①]

光未然文章里引用了《新花木兰》里女主人公的一个代表性唱段:

> 劝爹娘放宽心开怀痛饮,为国家杀敌寇儿早有此心。眼看

---

① 光未然:《沿着戏曲遗产的现实主义道路前进——关于戏曲的民间传说与历史题材的创作与改编问题》,《文艺报》1953年第2期。

着吐力子大兵内侵，眼看着我中华难退敌人，众百姓被烧杀人人气愤，好江山怎能够拱手让人。守边疆保国土人人有份，儿虽是女流辈也应该尽力尽心。老爹爹无大儿前去上阵，花木兰我情愿替父从军。一来是为爹娘儿把孝尽，二来是为国家尽忠尽心，三来是为百姓雪仇报恨，四来是守望边疆保国土人人有责任，保卫我大中华千千万万春。①

在这场针对"反历史主义"作品展开的大规模批评中，光未然举《新花木兰》的这段唱词为例，说明了他那个时代的戏剧评论家们所能够接受的限度。诚然，当花木兰这样既英武又可爱的舞台人物，在她的唱词里充溢这类虚张声势的豪言壮语，观众的反应之麻木是可以预见的，如果说这类作品不如传统剧目受欢迎，那并不奇怪。不过如果说这类唱词真有问题，那与其说指其为"反历史主义"，还不如用何其芳批评杨绍萱时所用的"公式主义"更合适，也即"概念化"。光未然也用"概念化"批评杨绍萱的作品和豫剧《新花木兰》，他所指的实际上主要不是唱词本身包含大量缺乏意象的干枯"概念"，而是由于戏剧人物所用的语言里那些"概念"，与女主人公生活的时代之间存在强烈反差。在他们眼里，花木兰这位古代女主人公，就这样被赋予了古代人所不可能有的、只有共产党人才可能有的思想品质，她的"思想境界"远远超出了历史的描述以及人们对历史人物的想象。因此，他的批评的重点并不在唱词文

---

① 光未然：《沿着戏曲遗产的现实主义道路前进——关于戏曲的民间传说与历史题材的创作与改编问题》，《文艺报》1953年第2期。

学性或形象性的缺失,而是指其缺乏历史的距离感。在光未然的批评中,古代戏剧人物使用这样的语言方式,就使她完全不像一位古代女子,更不像一位民间女子了,因此,这种戏剧描写不仅缺乏必要的历史感,同时也"拔高"了历史人物,这样的作品就成了"反历史主义"的典型。其实关键的问题仍在于"概念化",因为就如他所说的那样,"豫剧《新花木兰》所存在的问题,也说明了:对古代题材的概念化的、非现实主义的描写,往往引导到反历史主义的错误"。至于"概念化"的原因和表现,当然可以远溯至延安时代的《逼上梁山》,同时更与"戏改"以来有关戏剧的宣传和意识形态的功利化思想密切相关。

针对"反历史主义"的批评,尤其是针对杨绍萱的批评,明显带有意气之争的色彩。如果按照这些文章的标准,具有"反历史主义"倾向的作品在当时实在非常之普遍,不过真正为戏剧批评家所指出的只有极少数。而如何恰当地处理历史题材,在历史题材作品中,尊重历史本体与艺术的改造之间的边界究竟在哪里,还不是这些批评家们的关注点所在。

二 《蔡文姬》与翻案戏

对杨绍萱具有"反历史主义倾向"的戏剧创作的严厉批评,挑起了有关历史剧创作和历史事实之间的关系这一有趣的理论话题。经历了对杨绍萱群起攻之的批评,"历史剧应忠实地反映历史真实,不应将历史人物'现代化',将历史事迹与现代中国人民的斗争事迹作不适当的类比"，以避免出现"反历史主义"倾向的原则一时成为定论，然而这一原则的具体内涵依然是飘忽不定的。

在戏剧与历史的关系上，如何才算是"忠实地反映历史真实"，这并不是一个容易回答的问题。至少中国历史上大量优秀的历史题材剧目都与这一原则并不吻合，在某种意义上，假如把中国历史上所有的历史题材剧目梳理一遍，它们几乎都不同程度地具有"反历史主义"的嫌疑。不仅传统剧目如此，郭沫若的历史剧同样如此。戏剧创作与演出必须遵从的艺术规律和历史之间的关系，确实是戏剧批评领域里亟须解决的难题。

1959年上半年，北京人民艺术剧院上演了郭沫若当年2月份创作完成的话剧《蔡文姬》，有关曹操形象的讨论，一时成为戏剧界的热点。

既然是历史题材的新剧目，如何处理历史与戏剧的关系，尤其是在历史剧创作中如何贯彻认识与分析历史的历史唯物主义精神，不可避免地要成为创作的重心。郭沫若是这样叙述他的观点的：

> 创作历史剧，要求作者对待历史有准确的评价。但目前评价历史的新的思想出现时间还很短，新的历史观点还没有普遍建立。新的中国通史也还在组织写作中。现在大家读的主要还是司马光的《资治通鉴》。司马光是个道地的封建主义者，所以旧的历史观点的影响还很大。像春秋战国，一般都认为那个时代民不聊生。其实……当时各国都是相当繁华的。如果用旧的观点，怎么解释这种现象呢？但不要说一般人，就是站在马

克思列宁主义立场上的一些新史学家，有的同志的看法也还没有充分转变过来。①

郭沫若的意思显然是在要求观众和批评家对他的新剧目在历史观方面的进步不要抱太多不切实际的期望，相比那些自以为掌握了新思想，恨不得一夜之间就完全取代旧时代那些充满了"局限性"的作品的戏剧家，他相对低调的见解，或能给他赢得较大的创作空间。

郭沫若的剧作的主人公表面上看是蔡文姬，其实是曹操。他在剧中运用了相当多的情节与描写，试图为历史上家喻户晓的反面人物曹操翻案。他谈到《蔡文姬》的创作意图时特别用很大的篇幅叙述了他要为曹操翻案的理由以及困难：

> 对待历史人物，也应当根据马克思主义的观点重新估价，不应当随便给他抹白脸。像曹操，根据可靠的历史材料来看，这是个了不起的人，对我们的民族有相当大的贡献。但一千多年以来，一直被人看成乱臣贼子。特别是《三国演义》的歪曲程度真大得惊人，但它在社会上影响很深，根据《三国演义》改编的戏也最多，使三岁小孩都知道曹操是坏蛋。可见艺术力量的可怕。②

而谈到他笔下的曹操形象与《三国演义》以及那些显然与小说

---

① 竹青：《郭沫若同志谈蔡文姬的创作》，《戏剧报》1959年第6期。
② 郭沫若：《替曹操翻案》，《人民日报》1959年3月23日。

共生的演绎三国故事的传统戏曲作品的差异时，他写道：

> 《三国演义》是一部好书，我们并不否认；但它所反映的是封建意识，我们更没有办法来否认。艺术真实性和历史真实性是不能够判然分开的，我们所要求的艺术真实性要在历史真实性的基础上而加以发掘。罗贯中写《三国演义》时，他是根据封建意识来评价三国人物，在他并不是存心歪曲，而是根据他所见到的历史真实性来加以形象化的。但在今天，我们的意识不同了，真是"萧瑟秋风今又是，换了人间"了，罗贯中见到的历史真实性就成了问题，因而《三国演义》的历史真实性就失掉了基础……旧剧中的曹操形象主要是根据《三国演义》的观点来形成的。要替曹操翻案须得从我们的观点中所见到的历史真实性来从新塑造。如果在旧戏的粉脸中翻出一点红色来，解决不了问题……但是我们也并不主张把《三国演义》烧掉，把三国戏停演或一一加以修改，我们却希望有人能在用新观点所见到的历史真实性的基础上来的创造。新旧可以共存，听从人民选择。①

从后来的资料看，郭沫若之所以要为曹操翻案，实有艺术之外的原因。他创作话剧《蔡文姬》的同时写论文《替曹操翻案》，其中特地引用毛泽东1954年写的《浪淘沙·北戴河》，并且借毛这首

---

① 郭沫若：《替曹操翻案》，《人民日报》1959年3月23日。

词里引用曹操东征乌桓的史事大加发挥，表达他愿意为毛泽东对曹操的肯定做附注的心曲。联想到他在1958年"大跃进"时期写的多篇颂诗，不难看到他为曹操翻案的现实动机。① 他的意图是如此明显，无须了解其幕后故事，时人也不难看清楚，王尔龄就非常直接地点出了他写此剧的动机："《蔡文姬》一剧，是以文姬归汉时的母爱和民族感情（这是主导方面）的矛盾作为线索，表现爱国主义和民族团结（汉、匈一家）感情及两者的统一。通过这条线索，还塑造了另一个主要人物：具有政治理想、雄才大略的曹操形象。"② 当然，这后一点才是郭沫若最重要的诉求。

郭沫若清楚地知道，这部旨在为曹操翻案的《蔡文姬》，固然可以将曹操写成一位拥有雄才大略且爱民如子的大英雄和明君，然而戏曲舞台上的曹操形象，却要受制于长期以来普通民众在欣赏"三国戏"时留下的印象。几乎与此同时，京剧界也在通过戏剧的方式为曹操翻案，其中有马少波等人改编、由中国京剧院和北京京剧院演出的京剧《赤壁之战》，有孙承佩编剧、北京京剧团上演的《官渡之战》，它们在社会上也引起了一定的反响。对于京剧的改编者而言，如何做到他们所希望的"既要大胆革新，同时又要照顾观众的正当的传统习惯"，实是其面临的最大挑战。曹操是三国时期

---

① 直到二十多年后，才有学者直指郭沫若创作《蔡文姬》时颂圣的意图："他在《蔡文姬》中对现实的歌颂，对领袖的歌颂，主要是通过替曹操翻案，塑造出曹操这样一个圣君贤相的典型来实现的……《蔡文姬》中的曹操，显然是被作家过分理想化了的人物。剧本正面描写的主人公是蔡文姬，但最后落笔都集中在对曹操的歌颂上。"见彭放《"翻案"背后有文章——〈蔡文姬〉主题新探》，《郭沫若研究》辑刊，1986年出版。

② 王尔龄：《略论郭沫若的历史剧》，《上海戏剧》1962年第3期。

最重要的历史人物,在戏剧领域,曹操的地位尤其显著,据大略的估计,在全国各地数以百计的"三国戏"里,至少有三分之一的剧目里有曹操形象,而且在这些剧目中,曹操即使不是最重要的角色,至少也是主要人物之一,因而,曹操和三国戏的关系之密切,是毋庸置疑的。然而在传统戏里,曹操始终是反面人物,虽然不同剧目里他的性格的复杂性是有差异的,但在历史上几乎是"奸臣"一词的化身,这一点并无二致。具体地说,他在戏曲里如妆扮,从来都是满脸涂着象征奸恶的白粉。因此,为曹操翻案,就被形象地比喻成要为曹操"洗脸",抹去脸上的白粉。京剧《赤壁之战》的努力并不成功,如张梦庚所说,"改编本强调了曹操的雄才大路,是个大政治家、大文学家,由于战略思想的错误,才遭受失败。但是从具体处理上,除了增加一场《横槊赋诗》外,其他基本上仍是老样子,所以形象仍很丑,没有提高。我觉得,对曹操的处理要大胆些,不要过多地考虑群众的习惯和原来的一套表演,要在新的基础上重新处理,这样才能使曹操恢复正确的面目"①。《官渡之战》由马连良扮演原在袁绍帐下的谋士许攸,他本欲劝曹操归顺袁绍,却感动于曹的爱民和卓越的军事才华,改投曹营,这当然也是在用侧笔为曹操"洗脸"。有评论指出,剧本为了把曹操塑造成正面人物,经常失了分寸感:

  文艺作品应该写得让人信服,赞誉曹操的话有溢美之处,

---

① 张梦庚:《对〈赤壁之战〉的意见》,《戏剧报》1959年第3期。

观众对剧本中所写的曹操就会产生怀疑。曹操确是当时的一个政治家、军事家,过去有些文艺作品中,没有能很准确地体现出来,我们要写他的政治、军事方面的才能,使人们能比较准确地了解这一人物,从他的行为中吸取值得参考的东西,当然也是应该的。但是,正因为如此,就更要求在文艺作品中准确地描写他,否则,就会失去人们足够的相信……如果因为他是一个政治家、军事家,就不管他的具体情况,不管他是哪个阶级的政治家,不管他的军事才能到底表现在什么地方,而对他有一些不切实际的歌颂,那观众怎么能得到正确的认识呢?①

著名历史学家翦伯赞在评论《赤壁之战》时,同样认为该剧与为曹操"洗脸"这一目标相距甚远,然而他还是给予了充分的肯定,尤其是肯定了这个重要的变化的开端:

> 最近我们高兴地从新编《赤壁之战》中看到曹操的脸色已经有了一点变化,在他那苍白的脸上已经透出了一点红色,虽然透出的红色是很淡很淡的,但是戏剧家敢于在曹操脸上涂上一点红色,就说明了曹操在舞台上翻身已经有了一线希望了。
>
> 应该说对曹操的脸谱的修改,不是一件小事而是一件大事。这件事不仅攸关曹操个人的名誉问题,而是从舞台上消灭正统主义历史观的问题。因为搽在曹操脸上的白粉,不仅是用以表

---

① 刘乃崇:《京剧〈官渡之战〉所反映的历史真实》,《戏剧报》1961年第1期。

示曹操个人的性格和品质,而是过去的戏剧家在曹操脸上打下的封建主义的烙印……擦去曹操脸上的白粉,并不是一件容易事,因为搽在曹操脸上的白粉,不是一般的白粉,它是一种观念的化合物,是封建正统主义历史观在历史剧中的体现……①

而更极端的戏剧批评家的意见,是认为既然要立志为曹操翻案,就应该撇开传统戏里那些原本也是虚构的内容,完全重起炉灶,否则传统戏里那些精彩的内容,依然会是剧中最受观众欢迎的部分,而翻案之说,难免成空。但这样的意见难以成为主流观点,对古代人物修修补补式地做一些局部的改动,仍是多数人的看法。

对于运用戏剧的途径给曹操"洗脸"、为古人翻案的设想,并不是所有人都认同。然而所有不同的意见,都无法阻挡郭沫若的创作。那么,郭沫若是否实现了他要为曹操翻案的目标?学者来新夏认为:

尽管郭老的《蔡文姬》新作中的曹操与众不同,是个"了不起的英雄",但,那是提出了一个新的艺术形象,是企图用具体东西来争取和说服群众,这对艺术发展更有利。可是,对传统剧目则不能不审慎从事。把曹操的脸洗净和改涂其他脸谱,如果对戏剧、对观众有大影响,我也不是非坚持给曹操抹白粉不可;问题在于现在传统剧目中的曹操确已是若干年来在

---

① 翦伯赞:《应该替曹操恢复名誉——从〈赤壁之战〉说到曹操》,《光明日报》1959年2月19日。

观众中的一个定型人物,许多三国剧目靠他展示矛盾冲突,一旦大刀阔斧地一改,观众的爱憎感情或者能用宣传教育来改变,可是许多三国剧目无法上演,至少要大部分从头改编(几乎等于创作)。我觉得承认历史上的"好"曹操和允许传统剧中"奸"曹操存在是完全可以的……第一,曹操的脸谱似乎并不一定急于改变……如果经过苦心孤诣地创造新曹操和精雕细刻地提高旧曹操,曹操的形象会在观众的同意下逐渐改变的,其中自然也包括洗脸在内。①

郭沫若的《蔡文姬》引起的讨论,在客观上为历史题材的创作,提供了新的视角。如果说郭沫若的创作只是对曹操的一种解读,作品的发表与上演并没有要完全取代大量民间流传的三国题材戏曲作品的意图,他给曹操"洗脸"的愿望也只限于自己,并不至于要求舞台上的所有曹操都把脸上的白粉洗掉,那么,观众也未必完全不能接受。1959年的戏剧环境与十年前,已经发生了质的变化,大规模的"戏改"告一段落后,人们至少不像当时那么迫切地希望通过对作品以及戏剧人物的改写,用新的作品取代原来的"有害"的传统戏;而且,戏剧界在整体上矫正了此前对传统经典狭隘和极端的评论和认识,更不至于因领袖人物或历史学家对曹操这样的历史人物有了新的评价,就把与此观点相异的所有传统剧目都看成是"提倡封建压迫奴隶道德"之类"有害"的剧目,必欲列入禁

---

① 来新夏:《改编〈长坂坡〉兼论给曹操洗脸》,《天津日报》1959年3月26日。

演名单。

　　昆曲《十五贯》的进京演出，是推动这一变化出现的极重要的契机。1949年以来戏剧界的多年实践表明，按照新社会的意识形态诉求修改传统剧目和创作古代题材新剧目或许并不难，然而要使这些修改后和新创作的剧目为观众所接受并喜爱，却是一个始终难以解决的问题。这恰恰就是导致"演出剧目贫乏"，令戏剧整体上呈现出明显的衰落景象的根本原因。而且，问题还不在于普通观众出于欣赏惯性难以完全接受修改后和新创作的戏剧作品。戏剧界的专家学者其实比外界更清楚"戏改"所存在的致命的偏差，对"纠偏"工作有强烈的愿望。就在这一关键时期，浙江昆剧团的《十五贯》和广东粤剧团的《搜书院》进京演出，它们都得到很高的评价，微妙地扭转了将戏剧过度政治化的倾向。这两部看起来都与时事关系并不紧密的戏剧新作，因为得到周恩来等中央高层领导的盛赞，成为历史题材戏剧创作新的风向标。

　　1956年4月10日，昆曲《十五贯》开始在北京演出，意外引起轰动，从最初演出时无人问津，很快成为戏剧界最热门的话题，剧团破天荒地在北京连续演出44场。5月17日，文化部和中国戏剧家协会共同举行昆曲《十五贯》座谈会，周恩来总理、时任中宣部副部长的周扬及文化部5位副部长出席座谈会。次日《人民日报》在头版头条发表社论，引用周恩来总理的话，给予《十五贯》极高评价：

　　　　昆曲《十五贯》的丰富的人民性、相当高的思想性和艺术性，是我国戏曲艺术中的优异的成就。正如周恩来总理昨天在昆曲《十五贯》座谈会上所指出的：《十五贯》不仅使古典的昆曲艺术放出新的光彩，而且说明了历史剧同样可以很好地起现实的教育作用，使人们更加重视民族艺术的优良传统，为进一步贯彻执行"百花齐放、推陈出新"的方针，树立了良好的榜样。①

在一般的戏剧评论家眼里，《十五贯》最主要的价值仍在于其所具有的"现实的教育作用"，就像它在杭州首演后，就有评论指出它的"现实教育意义"② 一样。但非常重要的一点是，它与20世纪50年代初常见的主题先行的戏剧作品，实有根本区别，其中最主要的就是它基本上摆脱了以古代故事影射现实的动机，而且它更彻底跳出了"阶级分析"的魔咒，把况钟这样一位显然是属于"统治阶级阵营"内的清官塑造成剧本的主人公，让他成为勘察冤狱、为蒙冤的百姓洗清罪名的"青天大老爷"。新的改编本不仅没有刻意与教条式地在剧中体现"人民群众"的作用，而且还把显然是"劳动人民"的娄阿鼠塑造成了反面人物。这些传统剧目里随处可见的人物设定重新回归舞台，显得如此之自然熨帖，加上浙江昆曲剧团的王传淞、周传瑛等人的精彩表演，《十五贯》因此成为戏剧界一股清风。它的成功，反衬出"戏改"以来流行的那些理论教条在戏

---

① 《人民日报》社论：《从"一出戏救活了一个剧种"谈起》，《人民日报》1956年5月18日。

② 杜苕：《谈昆曲"十五贯"》，《杭州日报》1956年1月8日第3版。

剧领域的苍白无力。

《戏剧报》趁这一难得的机会,发表了题为"反对戏曲工作中的过于执"的社论,把此前机械地看待历史人物,尤其是简单化地用阶级分析的方法评价古代官吏的戏剧评论模式,比作《十五贯》里的"过于执",借此呼吁要为戏剧松绑。社论尖锐地写道:

> 昆曲《十五贯》真像上海大世界里著名的"哈哈镜",它照见了轻视民族传统的虚无主义者的嘴脸,照见了用庸俗社会学武装起来的反历史主义的粗暴批评,照见了我们有些戏曲工作者对历史知识的幼稚无知,照见了各式各样的过于执。①

社论还指出,《十五贯》这面"哈哈镜",照出了那些口头上也高喊"百花齐放"的口号,在实践中却用极为苛刻的标准对中国戏剧的丰富积累极尽吹毛求疵之能事的那些戏剧工作者的真面貌,正是由于他们在思想上秉持的批评理念与"百花齐放"政策之间极不相容,才导致了戏剧的萧条。社论指出:

> 我们有两百多个戏曲剧种,数以万计的传统剧目。由于过于执们的"草菅"剧种,"草菅"剧目,有的剧种被认为太落后,不配存在,有的剧种被认为差不多,应当归并,有的剧种好像很被重视,可是说它没有"遗产",因此只能演新戏,有

---

① 《戏剧报》社论:《反对戏曲工作中的过于执》,《戏剧报》1956年第6期。

的主要剧种被抓住了,但其他剧种被忽视了。这一来,有的剧种被压制了,有的因为拔苗助长的结果,被弄得枯萎下去。在剧目整理工作上据说有十大戒律,出鬼不行,古人有两个老婆违反婚姻法,演娄阿鼠之类的人物怕侮辱劳动人民,属于封建统治阶级的文官武将不许有好人,封建文人写的作品要不得,演历史剧不许涉及民族问题,描写古人的孤忠苦节是宣传封建道德,涉及男女相爱悦的戏就是色情下流等等,这一来,许多过去能演两三百出戏的著名演员只剩下了三出半,长此下去,"百花齐放、推陈出新"的口号有被抽光内容的危险。

很长时期来,人们大声疾呼上演剧目贫乏,剧场上座率下降,这里面原因很多,但是,难道这不是一个致命的原因吗?①

因此,如果说郭沫若的创作是在为曹操"洗脸"的话,那么我们可以说,以《十五贯》为代表的戏剧改编与创作,似乎也具有为传统戏和古代官吏"洗脸"的功能。《十五贯》的出现和获得好评,在很大程度改变了从"戏改"以来对古代题材戏剧的僵化观念,极大地拓宽了戏剧创作演出的空间,以此为前提,戏剧界才有可能更宽容地看待郭沫若的作品,并且坦然地回应有关曹操的争论。历史学家吴晗不可能不知道郭沫若的写作动机,但是他依然对此提出了和那些附和"洗脸"企图的剧作家和戏剧批评家完全不同的看法,他指出:

---

① 《戏剧报》社论:《反对戏曲工作中的过于执》,《戏剧报》1956年第6期。

描写曹操的小说、戏剧,成功地影响了人民群众,人民群众的爱憎又反回来影响了小说、戏剧,这种不断的反复影响,曹操在人民群众中成为定型的人物,坏人的典型。说也奇怪,尽管坏,却并不讨人厌,人们喜欢看曹操的戏。

我们的祖先骂了曹操一千年,如今,我们却来翻案。

这个案不大好翻,因为曹操有悠久的深远的广大的群众基础,小说和戏文都已经替他定了型,换一个脸孔,人家会不认得,戏也不好演。譬如《捉放曹》这出戏,曹操如改成须生出场,便只好和吕伯奢痛饮三杯,对唱一场,拱手而下,没有矛盾了,动不得武,杀不得人,还成什么《捉放曹》。

不好翻则不翻之,乱翻把好戏都翻乱了,要不得。我看,旧戏以不翻为好。况且,何必性急,曹操已经挨了一千年的骂,再多挨些年,看来也没有什么不可以,而且,还有一个办法,唱对台戏。与其改旧戏,何如写新戏,另起炉灶,新编说曹操好话的戏,新编我们这个时代的曹操戏,有何不可……再过些时候,舞台上的曹操也会跟着起变化,我相信会是这样的。①

吴晗的观点是否正确另当别论,但是他的这番话,至少暗示经历了1956年开放戏曲剧目和充分肯定昆曲《十五贯》的成功经验这两件大事后,戏剧界弥漫多年的"左"的气氛逐渐消退。《戏剧报》也专门就郭沫若为曹操"洗脸"的新剧目上演后如何看待传统

---

① 吴晗:《谈曹操》,《光明日报》1959年3月19日。

戏里的曹操形象，刊登了答读者问：

> 曹操这个艺术形象有很大的典型性，能够在群众中起到应有的教育作用。它明确地描写了像曹操这一类型的人物如何待人接物，抨击了那些自私自利、权诈浑浊的小人，能够在道德品质上引导人们分辨善恶、是非，这一形象既真实地反映了封建社会的生活现实，又艺术地描绘出历史人物的阶级本性，是我们极其珍贵的文学艺术遗产中的一个部分。写曹操的这许多戏并不是宣扬封建的正统主义思想的，而是历代人民群众和他们的艺术家为了教育自己而创造出来的；这些戏正反映了人民群众的心理、愿望、道德观念，因此才能长时间活在舞台上，活在人民心里。
>
> 戏曲舞台上的曹操，已经成为一个客观存在，活在观众心头，我们有责任丰富、提高这一艺术形象，但是我们没有丝毫权力抛弃它。如果有人完全按照历史真实去重新塑造一个曹操形象，我们也表示欢迎。①

《戏剧报》的立场与表态，既没有简单化地否定郭沫若对曹操形象的重新塑造，同时也强调，传统戏里为观众所熟知的曹操形象，并没有必要按照郭沫若的作品统统改写。尊重传统，不轻易否定新创，这才是对"百花齐放"最好的阐释。

---

① 《戏剧报》编者：《如何对待传统剧目中的曹操》，《戏剧报》1959 年第 10 期。

传统戏剧对许多历史人物的塑造，都包含了民众对历史的想象，因而与历史学家的评价，未必完全吻合。当历史学家的意见在社会上越来越普及时，在历史题材戏剧领域，要想通过新的作品为历史人物翻案的，就不会只有郭沫若了。有趣的是，郭沫若虽然是著名的历史学家，但他的《蔡文姬》并不是以历史为蓝本的作品。①然而面对郭沫若以《蔡文姬》为代表的历史剧，戏剧批评家们反而几乎没有人使用"反历史主义"的断语。他的作品仍不免受到相类似的影射之讥，尤其是他在《蔡文姬》的初稿里，如此急切直白地把曹操写成简直是天下苍生的再生父母和"太阳"，描写文姬归汉后看到故土山河时的遣词用语，她（尤其是联想到郭沫若说"蔡文姬就是我"）以及曹操部下们诸多宣誓效忠的赤裸裸的表白，都让人不由得想到，他比当年杨绍萱的笔法实有过之而无不及。在某种程度上，郭沫若与杨绍萱在历史题材戏剧的创作路径与理念上，实有很多相似之处，唯一的区别或者说最大的区别，就是杨绍萱缺乏郭沫若那样的才华，而郭沫若有他的生花妙笔，兼具一腔激情；他虽不免于趋附，毕竟有通过诗意的语言感动观众的能力。《蔡文姬》里写蔡琰被掳的无奈和归国前痛苦的抉择，她与董祀曲折的情感道路，都远远超出逢迎的卑琐心理。文姬归汉时《胡笳十八拍》的凄楚，在他的笔下也散发出格外动人的清辉，说明对戏剧而言，理论和观念上的争辩是如此苍白无力，才华才是决定作品优劣的关键。

---

① 比如，《蔡文姬》上演后，有历史学者专门考证了《胡笳十八拍》的作者问题，结论与郭沫若大相径庭。历史学家们普遍认为这是后人仿蔡文姬的心意所写，郭沫若不可能不知道历史学界这一基本判断，但他毫不在意。

对郭沫若作品的艺术成就不乏高度肯定，只可惜这些艺术层面的见解，被大量有关曹操形象的塑造和争议所淹没，只注重为曹操翻案，而忽视了戏剧中的情感表达，实为这个时代戏剧批评的悲哀。

三 古为今用的《卧薪尝胆》

杨绍萱和郭沫若对历史的改写，在同一时期的戏剧批评家的笔下却导致截然不同的反应，充分体现了历史剧领域的复杂性。而更令人回味的是，无论他们有多少相似和相异，有关历史剧的讨论，即使是截然对立的双方也有惊人的一致性——讨论者多数都不太在意于真正的戏剧问题，他们所涉及与争论的焦点，多为戏剧所反映的历史事件、人物与历史事实的关系，与现实政治之间的关系，或者更直接地说，前者是在讨论史实，后者是在讨论如何运用戏剧实现现实的宣传教育功能，而前者又是后者的铺垫。这就让评论对戏剧功能的理解深陷工具论的泥潭，正如山东省戏剧家协会在中国戏剧家协会第二次全国代表大会上提交的总结所说：

> 十年来我们和那些反对戏剧为政治服务，以及脱离政治、脱离群众的形形色色的资产阶级思想曾做了长期的斗争，坚决贯彻了文艺为政治、为生产服务的方针，及时运用戏剧这一武器，积极地配合了党的各项政治运动，宣传了党的路线和方针政策，取得了显著的成绩。特别是自1958年以来，为了更好地歌颂总路线、大跃进、人民公社运动，向广大人民群众进行社

会主义教育，鼓舞广大群众的劳动热情，全省戏剧工作者纷纷上山下乡，进行演出活动，以便更直接地为政治为生产服务。①

这里所说的要"直接地为政治为生产服务"的戏剧作品，当然是，但并不限于现实题材，历史题材新剧目的创作，同样被纳入"为政治服务"的范畴之内。但是历史题材比起现实题材，毕竟可以与政治保持一定的距离感，尤其是对以杨绍萱为代表的"反历史主义"倾向群起攻之后，直接地用影射与贴附的方式让史剧创作服务于现实政治的现象得到有效遏制，类似的创作演出中当然不会马上消失，但至少在戏剧理论界它不会得到鼓励。

最能说明问题的，就是"大跃进"时期的戏剧批评。在当时狂热的社会氛围里，戏剧创作数量一时达到不可思议的高峰，而且杨绍萱式的"古为今用"在社会各领域都极为盛行，戏剧当然不会例外。但此时的戏剧批评保持了难能可贵的沉默，即使无力批评违反艺术规律的戏剧创作大跃进，至少没有一窝蜂地为那些机械贴附的"古为今用"的粗糙作品唱赞歌。而经历了1958年"大跃进"时期各地过于急功近利和粗制滥造的创作高潮后，戏剧领域迅速回归理性，大约从1961年开始，历史题材戏剧作品的讨论中心，又重新回到戏剧与历史之关系究竟应该如何处理这一主轴。某些重要的戏剧理论家开始意识到，历史题材戏剧只有摆脱工具化的重压，才能真正走向繁荣。而要实现这一目标，许多理论问题必须澄清，而此时

---

① 中国戏剧家协会山东分会：《建国十年来山东戏剧事业的发展》（内部资料），1960年。

第一章 戏剧理论新体系建构

政治环境的宽松,给了他们表达这些不同意见的极好机会。《戏剧报》1963年发表了有关讨论的综述:

> 关于历史剧的问题,从1960年下半年起,在全国一些主要报刊上发表了不少文章,展开了讨论。讨论涉及到如下几个主要问题:历史剧的古为今用和如何表现时代精神问题;如何运用历史唯物主义和阶级分析的武器去评价和描写历史人物问题;如何表现人民群众在历史上的作用,以及创作历史剧如何运用革命现实主义和革命浪漫主义相结合的创作方法问题;历史剧的范围和特点;历史真实和艺术真实问题等等。①

借助这篇综述,我们可以对当时有关历史剧的讨论有个大致完整和全面的把握。这篇综述指出,围绕着历史剧的讨论,有关历史剧的古为今用问题似乎是最没有争议的,在1961年左右,就已经有了这样的共识:"编演历史剧,不是为历史而历史、为艺术而艺术,必须服从于为社会主义、为工农兵服务的目的,这是所有讨论文章一致公认的原则。"② 然而实际情况与这一结论截然相反,就像对杨绍萱的批判一样,反对为现实政治需要而改写历史,才是大多数人的共识。在这场讨论中,似乎只有李健吾是个例外,因为只有他提出历史剧的创作要反对"历史客观主义"。他说:"我们写历史剧,写古人的事迹,不等于为古人、为历史而写历史剧。"当

---

① 《关于历史剧问题的讨论》,《戏剧报》1963年第10期。
② 《关于历史剧问题的争鸣》,《戏剧报》1961年第7—8期。

然他也指出,"反对历史客观主义,也并不意味以今代古,流入反历史主义的偏向"①。他提出了有关历史剧创作的一个非常独特而又深刻的观点,遗憾的是在那个年代他完全是孤独的,几乎没有人注意到他的看法,更遑论给他以响应。其他大多数评论家关注的焦点,依然停留在如何理解历史剧的古为今用以及如何既要实现古为今用的目的,又必须避免反历史主义的倾向的层面。要在这两端寻找平衡点,在理论上或有可能,在实践上谈何容易,这个时代的戏剧批评难免顾此失彼。

从1959年之后的数年里,有关历史剧的讨论,一直是戏剧批评领域的热门话题。中国戏剧家协会机关刊物《戏剧报》继引导了有关昆曲《十五贯》的讨论之后,又专门在1960年11月19日组织了历史剧创作座谈会,针对功利主义地改写历史的创作倾向,提出全面反思。会议主办者觉得,要闯过这个不易突破的难关,需要超越戏剧领域的自我循环论证,从更开阔的视野出发,认识与探讨历史剧创作的规律,所以,戏剧界第一次把一批著名历史学家请到会场,倾听他们的意见。

从最基本的原则立场看,参会者一致主张历史剧要古为今用,但是,大家也都反对把历史勉强地和今天现实作不适当的类比,或是把历史人物"理想化"的那些错误做法。但历史学家进入历史题材戏剧创作的批评领域,还是给历史剧创作的方向增添了新的变数。参加座谈会的历史学家与戏剧家之间的对话颇有针对性,他们

---

① 李健吾:《甲午海战与历史剧》,《文学评论》1960年第6期。

出发点截然不同，所以思考的重心也几乎完全是相反的。田汉认为："对于历史剧的现实意义，既不要把它估计过低，也不要把它估计过高。像《十五贯》对我们的教育作用，毕竟还是间接的而不是直接的，如果估计过高，很容易引导作者把现代人的思想感情加到历史人物身上去。在新中国成立前的国统区，用历史剧来影射现实，是一种和敌人斗争的方式，起过积极作用。但在新社会中，就完全没有这个必要，影射现实、借古讽今的方法，很容易落入反历史主义的泥坑。"反而是历史学家们在发言时，都"强调历史剧的教育意义，有人认为它的作用比历史教科书还要大"。在戏剧的天地，历史学家居然显得比戏剧批评家更为宽容，他们很少真正要求剧作家们一字一句都必须按照历史的"原貌"创作，而且对历史剧的价值与意义，寄予极高的期待：

> 黎澎主张，历史剧首先要教人"信得过"，也就是要符合历史的真实，才能产生效果。但所谓历史真实，并不是要去考古，可以创造；问题是创造出来的要符合历史的逻辑，这才有说服力。侯外庐说，剧作家在创作中要有创造，但要创造就应当具有阶级观点和历史主义观点。翦伯赞说，历史剧不能完完全全照着历史事实来写，一位作者如果跟踪历史事件，一步不离，就会把许多毫无意义的事件写进去，对观众毫无教育作用。①

---

① 《中国剧协举行历史剧座谈会》，《戏剧报》1960 年第 22 期。

对比一下戏剧家田汉对戏剧与历史关系的认识，他清楚地指出"戏剧要求有根本的真实，也要求细节的真实，但又不拘泥于细节的真实，要允许作家幻想"，但他在这里特别强调"作家的幻想离实际太远也不对头"①。他和参加会议的其他多位戏剧批评家一样，比历史学家表达出了更多对历史的敬意。

我想，这是因为历史学家们并不一定知道这次会议的背景，也并不知道戏剧界出现了怎样的令人瞩目的现象。《戏剧报》召开这次座谈会并不是无的放矢的，也不只是基于纯粹的理论兴趣，而是由于戏剧界出现的突发现象，那就是各地剧团正在一拥而上，创作演出《卧薪尝胆》。

春秋战国时期吴越多年纷争，其中勾践卧薪尝胆终于复国，是最激动人心的历史故事之一，历代多有以此为题材的戏剧作品，但是在20世纪60年代初，戏剧界却突然进入演绎该题材的井喷期。各地纷纷出现的这些多以《卧薪尝胆》为名的剧目，在当时的历史题材新剧目中似乎有罕见的独特性。时任文化部长的著名作家茅盾对此感到非常疑惑，既然以此为题材的剧目是如此之多，为什么有关历史剧的讨论，却很少涉及它们，尤其是几乎看不到著名戏剧评论家涉及这一话题？他觉得以这一故事为素材创作的新剧目，实有太多的讨论空间。他撰文指出：

  去年九月间，在杭州看了婺剧《卧薪尝胆》的演出，随后

---

① 《中国剧协举行历史剧座谈会》，《戏剧报》1960年第22期。

第一章 戏剧理论新体系建构

又知道全国各地的数以百计的剧院和剧团（代表了一打以上的剧种）在去年秋冬乃至今春都以此同一题材编了剧本，并陆续演出（据文化部《艺术研究通讯》本年第四期一篇报导性的文章，此类剧本共有七十一个，尚是不完全的统计，所以我猜度当以百计）。各地报刊上也曾发表过文章，提到春秋末年的这一个历史事件以及百来种新编的《卧薪尝胆》中的少数几种；但是，在热闹的历史剧讨论中，却很少提到这个去年最普遍地演出过而且拥有百来种不同脚本的新编的历史剧。不提到的原因，是可以理解的：第一，这百来个剧本虽然在舞台上演出了，但极大多数却没有在报刊上发表；第二，历史剧讨论中反复诘难的是几个原则性问题，例如历史真实与艺术真实等等，有时引例，也很少提到《卧薪尝胆》。而对于如何评价历史人物问题也只在原则上发议论，即使有时联系到实际，大都集中在一二翻案人物，似乎无暇旁顾。①

茅盾的疑惑，从戏剧或文化的角度无法提供可解的答案，但是回到现实世界，原因就十分清楚了。中国京剧院编剧范钧宏也是奉命创作《卧薪尝胆》的作者之一，创作初期他们的设想，是要围绕勾践率越国发愤图强的历史事迹写剧本，且认为勾践发愤图强的最大特点，就是因为他把忍辱负重的精神和雪耻复仇的愿望紧紧凝结在一起。然而他们却立刻发现创作这一题材的戏剧作品

---

① 茅盾：《关于历史和历史剧——从〈卧薪尝胆〉的许多不同剧本说起》，《文学评论》1961 年第 5 期。

并不是纯粹的戏剧事件,"这时,有些同志提醒我们:当时在全国范围内,已经有七、八十个剧团在搞这个戏,形成了一个以历史题材'写中心'的局面。既是'写中心',自然就有个'配合政策'涵义在内。既要配合政策,就要有时代精神,就要注意现实影响。那么就只能少写或不写忍辱负重,突出自力更生、发愤图强的精神"。所以,全国各地剧团一拥而上地创作这一题材的戏剧作品,动力源于题材本身特殊的现实针对性。既然剧团创作上演卧薪尝胆剧目,就是为了现实的映照,对古代故事的重新描写,自然会首先考虑历史与现实的对应关系。因此他听到的劝告是:"一定要在政治上站住脚,否则就难免犯错误,要知道这不是一般的题材呀!"为了不犯错误,创作者不得不自我限缩处理历史的空间:

> 于是在写作过程中,就出现了这么一种现象:在虚构故事情节上,胆子很大;在描写勾践性格上,胆子很小。我们怕犯错误,因而也不敢教勾践犯错误。自己的顾虑和别人善意的提醒,形成了清规戒律:忍辱负重要削弱,复仇思想不能提,性格上的缺点要避免,策略性的斗争方式别乱用,不太"正义"的不能写,不符合今天政策的应注意……如此这般,剩下来的就是表面"高大",其实空虚,多少还有点今人思想的人物了。我们的剧本里没有"四同"、"大炼钢铁"、"大练民兵"之类人们引为笑谈的情节,但是我决不敢"以五十步笑百步",我觉得尽管好多剧本在情节安排上,有"百花齐放"之感,而其

第一章 戏剧理论新体系建构

精神实质，仍不免于"一道汤"。①

范钧宏坦诚地表述了他们创作时所受的有形无形的束缚，既然是具有现实针对性的创作，就必然会遇到无形中所设置的许多雷区，比如只能以吴越争战为背景，且只能从正面写越国和勾践，从反面写吴国和夫差；只能把越国写成战争正义的一方，把吴国写成非正义的一方等，甚至连勾践的所有缺点都不宜于在舞台上表现，因为历史的叙述，极易被人解读出对现实的臧否，这里有一条不能逾越的界线。因而对评论家而言，这些作品的是非优劣，早就超出了一般意义上各种有关历史题材戏剧新剧目创作的讨论。

既然话题敏感，相关的讨论就只是零零星星地出现在地方媒体上。这些偶尔可见的批评文章里，还是可以见出类似的剧目存在的普遍性问题。署名吴淮生的文章谈当时银川上演的秦腔《卧薪尝胆》，他提出了有关该题材的处理时令观众很难接受的一些方面。他说：

> 这出戏也不是没有问题的：在题材的选择和处理上是存在一定缺点的。我们评价一个传统剧目必须从革命的功利主义出发，标准只有一个就是看它所表现的思想是不是能够达到"古为今用"的目的。用这个标准来衡量《卧薪尝胆》，便可以发现它在包含上面所分析的那些优秀思想的同时，也带着一些糟

---

① 范钧宏：《关于〈卧薪尝胆〉——致张真同志》，《剧本》1961年第9期。

粕：勾践在战败以后，并没有表现出宁死不屈的慷慨崇高的气节，相反的却是屈膝求降，甚至为夫差尝粪决疾，极尽了卑躬屈节的能事。纵然他的目的是为了报仇复国，但是也不是一个正义的爱国者所应有的态度，只能算是为了达到个人的目的而采取的一种权术。这对勾践这样古代的特别是统治阶级中的人物来说，我们不去苛求他；但是剧本的作者在选择和处理题材时，却完全有权也应该按照"古为今用"的原则去突出勾践发愤图强、艰苦奋斗的一面而略去他屈膝求和的一面。看来作者似乎是为了照顾到故事的完整性，因而保留了勾践派范蠡欲入吴乞降以及勾践亲自入吴为质的情节。但是却给人们这样一种印象：仿佛是只要目的是正确的和崇高的，便可以不择手段一样（当然，勾践的目的还很难说得上正确和崇高）。①

他认为这样的处理必然给观众带来消极的影响，伤害了主题的表现，实际上他还意在指出这样的创作会引导观众联想到现实中领导人的所作所为。勾践虽是历史人物，但是他是率领越国人民发愤图强、艰苦奋斗的领袖，一个居然向敌人屈膝求和的勾践，如何能够成为当下人们的榜样？虽然普通观众未必会有丰富的联想，但现实的联系与对应，却是所有抱着强烈的现实动机创作的历史剧目必然遭遇的难关。如果抛开对历史人物的历史认知，把戏剧的现实功用置于创作演出最直接与首要的位置，那么吴淮生对秦腔《卧薪尝

---

① 吴淮生：《观秦腔剧〈卧薪尝胆〉——兼谈历史剧的题材处理问题》，《宁夏文艺》1961 年第 2 期。

胆》里勾践形象塑造的质疑，就完全是合理的。

张家驹的评论同样从几个方面完整地传递了相关的观点，他的文章首先论述勾践在越国发展历史上所起的积极作用，在此基础上，探讨塑造勾践形象与在戏剧中体现人民群众作为推动历史的主体的作用是否相背离的问题，最后讨论是否应该表现勾践的局限性和如何表现的问题。他在文中复述了对这一题材戏剧创作的最具代表性的质疑：

> 有人认为人民群众才是历史的创造者；勾践发愤图强，只是在人民群众的实际教育和推动之下，才能够成为现实。因此，他们反对把越国的复兴归功于勾践，认为对勾践的主观能动性给予最充分的估计，就是违反了历史唯物主义，抹杀了人民群众的力量。他们在这一点上对越王勾践卧薪尝胆的历史题材感到不满足，提出"到底是人民教育了勾践，还是勾践教育了人民？"这一尖锐问题。关于这个问题，可以归结成两点来谈：（1）怎样看待个人在历史上所起的作用？（2）编写历史剧如何体现出人民群众的力量？①

张家驹的回答对勾践的作用是充分肯定的，他认为勾践在历史上为越国的复兴发愤图强，因而完全值得作为正面人物加以表现，而这样的表现，与体现人民群众的历史作用并不矛盾。他写道：

---

① 张家驹：《从卧薪尝胆谈到历史剧创作的几个问题》，《上海戏剧》1961年第3期。

"承认勾践在历史上的功绩,不等于就抹杀了人民的力量;因为这两者之间,并不是相互对立的。提出谁教育了谁的人,实质上只承认人民教育了勾践,否定勾践也能教育人民。他们片面地理解人民群众是历史发展的决定性力量……根本否认个人在历史上所起的作用,否认帝王将相能够组织领导群众,这样就使他们的观点陷入偏激。"① 历史剧固然应该写出人民的力量,但是并不等于就不可以写统治阶级的人物,尤其是当他们确实起了重要的和积极的作用时。不过他的观点是否经得起阶级分析,实可存有疑问。

各地一阵风地创作与上演这一题材的剧目,相关的评论欲言又止,只能在剧目的枝节问题上做文章。在上海,至少有三家越剧团,同时上演了各自独立创作的卧薪尝胆题材新剧目。署名青云的评论对上海的三部越剧新作品有很中肯的评价,他最为肯定的就是这三个剧目都有同样的现实意义:"三个《卧薪尝胆》的演出是有现实意义的,它通过越国艰苦奋斗、发愤图强的历史故事,古为今用地激励我们的斗志,鼓舞我们发扬民族传统斗争精神,进一步为社会主义、共产主义建设事业而发愤图强。"② 他也指出了创作者们改写与虚构历史细节时的得与失,比如如何在肯定勾践是个正面人物的同时,恰如其分地描写勾践作为一个封建帝王的"历史局限性和阶级局限性",比如怎样体现"人民群众的作用"等,这些一般

---

① 张家驹:《从卧薪尝胆谈到历史剧创作的几个问题》,《上海戏剧》1961年第3期。
② 萧云:《三个具有现实意义的历史剧——谈青山、春泥、飞鸣越演出的〈卧薪尝胆〉》,《上海戏剧》1960年第10期。

的历史题材剧目创作中普遍存在的困难,同样是这些作品无法克服的。著名学者冯沅君参加了山东省召开的山东省京剧二团演出的《卧薪尝胆》座谈,她认为在作品里,"勾践与人民的关系表现得不够深刻不够具体",没有充分表现出"勾践与人民的关系,人民对他的拥护、人民在斗争中的作用"。在同一次会议上,安作璋甚至提出,"要写明吴国人民和越国人民是一贯友好的。越国人民反对吴王夫差,但并不反对吴国人民"①。在这些评论中,卧薪尝胆题材的特殊性都被放在首要位置,而同样复杂的,就是张家驹未能细心体察的以阶级分析为前提的主流观念。

戏剧要实现古为今用的目标,对史料的修改是必不可免的,编剧们尽可用站在"唯物史观"的高度重新认识历史为借口,重新书写和阐释历史,但如果这样的叙述达到背离那些可靠且可信的历史文献的程度,对历史的率性曲解如何有可能达致正确的政治目标?茅盾试图突破卧薪尝胆题材的禁忌,让历史的理由与戏剧的理由相互衔接。茅盾首先表达了对历史的基本态度:

> 如果我们认为先秦诸子(还有少数两汉人的著作)都是没有可能反映当时的现实,(因为他们中尚没有一个是像我们今天所说的唯物主义者,当然也没有我们今天所要求的唯物历史观),那就无话可说,那就是不要历史了,如果不能这样"左",还承认它们不仅反映了当时社会各阶层的意识形态,也反映了

---

① 《反映历史 古为今用——京剧〈卧薪尝胆〉座谈纪要》,《山东文学》1961年第3期。

历史现实的大部分，那末，我们在论吴、越关系和对夫差、勾践的评价上，先秦诸子的著作还是重要的参考材料，——至少，我以为，比《吴越春秋》等东汉人的著作重要些。①

他也完全不接受把勾践塑造成英雄人物的各类创作动机，理由是从各类史籍、包括先秦诸子及两汉学者对吴夫差、越勾践的评价看，实在得不出这样的结论。他说："特别可以引起我们注意的，是他们都没有说勾践如何行'仁政'，如何发展生产，而只是说他在权谋上比夫差高明而已。"② 如此看来，一时间大量出现的卧薪尝胆题材戏剧作品，除了千篇一律地描写勾践的发愤图强外，既与历史上的吴越相争无关，也谈不上有多少亮点。而且，这些作品毕竟都要塑造与描写春秋时代的勾践与越国的复国故事，相关史籍的记载实非常有限，因此编剧们均不得不通过大量虚构的情节充实剧情，因此故事不免有很多出入，水平更是参差不齐。

茅盾不可能真的不知道各地剧团为什么一窝蜂地上演卧薪尝胆题材剧目，这种现象当然不可能是由于剧团自发地或不约而同地注意到这一历史题材的魅力。在公开的文献里，我们看不到促使各地创作上演卧薪尝胆题材剧目的真实原因——中苏两国当局还不愿意公开承认关系破裂，有关该题材剧目的评论里，恰逢苏联突然撤离援助中国的专家和中止了数以百计的合作项目，国家强烈呼吁民众

---

① 茅盾：《关于历史和历史剧——从〈卧薪尝胆〉的许多不同剧本说起》，《文学评论》1961年第5期。
② 同上。

第一章　戏剧理论新体系建构

要以勾践卧薪尝胆般的勇气渡过难关的意图完全是隐晦不见的。所以，对此类剧目的诸多批评与质疑，仍然多半围绕着此前有关历史剧创作的讨论话题，如出一辙。

但是茅盾要把卧薪尝胆题材的戏剧创作从特定时期的国际政治事件分离开来，他从各地的卧薪尝胆题材剧目出发讨论历史剧的长文，几乎完全不去碰触引发剧团创作此类剧目的动机。他只是泛泛地提及，因为表现主人公和越国"生于忧患、死于安乐，卧薪尝胆、发愤图强"的主题思想"十分明确"，所以各地当时创作的这百来个卧薪尝胆题材剧目和《浣纱记》等剧相比，不知道要高出多少倍。但他的评论重点显然并不在此，他仍然只是试图通过各地的卧薪尝胆题材剧目，抽象地讨论历史与历史剧的关系。所以，他的文章里很少涉及对个别作品的评价，明智地闪过了这些一拥而上又迅速被淘汰的剧目的艺术品质，他只是借题发挥，对历史剧与历史的关系，提出了他非常之成熟的观点。他强调对史实的尊重，认为"从整个剧本看来，凡属历史重大事件基本上能保存其原来的真相，凡属历史上真有的人物，大都能在不改变其本来面目的条件下进行艺术的加工"。就历史题材剧目的现实观照而言，他认为如果一个剧本"能够反映历史矛盾的本质，那末，真实地还历史以本来的面目，也就是最好地达成了古为今用"。这些看法都试图解决历史与戏剧之间现实存在的对峙关系，同时解决思想性与艺术性之间的对峙关系。最后，他对戏剧和历史的关系做了完整的总结：

历史剧不等于历史书，因而历史剧中一切的人和事不一定都要有牢靠的历史根据——也就是说,可以采用不见于正史(姑且采用向来大家对这个术语的理解)的传统、异说,乃至凭想象来虚构一些人和事;在这里,可以有真人假(想象)事,假人真事(即真有此事,但张冠故意李戴,把此真事装在想象的人物的身上),乃至假人假事(两者都是想象出来的)。其所以需要这些虚构的人和事,目的在于增强作品的艺术性。但是,在运用如此这般的方法以增加作品的艺术性的时候,有一个条件,即不损害作品的历史真实性。换言之,假人假事固然应当是那个特定时代的历史条件下所可能产生的人和事,而真人假事也应当是符合于这个历史人物的性格发展的逻辑而不是强加于他的思想或行动。如果一部历史题材的作品能够做到这样的虚构,可以说它完成了历史真实与艺术真实的统一。①

茅盾的长篇论文没有产生一锤定音的效果,有关历史与历史剧关系的争论,看起来也无法达成一致的认识。但是至少,他明确提出了历史剧要追求艺术真实与历史真实的统一,这一观点在理论上成为有关历史剧创作最重要和最无可争议的评价尺度。诚然,实际上包括茅盾在内的所有戏剧批评家都找不到完全按照这一理论创作的范例,茅盾的文章里即使举了《赵氏孤儿》和《胆剑篇》等少数几个剧本作为例证,连他自己都并不认为这就是完美无缺地印证了他的观点的范本。因此在某种意义上,说这一理论只是一种脱离创

---

① 茅盾:《关于历史和历史剧——从〈卧薪尝胆〉的许多不同剧本说起》,《文学评论》1961年第5期。

作实际的幻想，一点也不过分。其实，更具针对性和更切合戏剧实际的，反倒是文艺评论家李希凡和历史学家吴晗之间有关历史剧的争论。由于他们之间的争论更接近于戏剧创作演出的实际，所以反而引发了更多评论家关注，而这场论争中的不同观点，体现了从历史的角度和从艺术的角度认识与分析戏剧这一截然对立的出发点。王子野的文章代表了大多数文艺评论家的倾向：

> 我是比较同意李希凡同志的意见，应当把历史剧看作是艺术范围内的事情，要按艺术创作的规律办事。理由是历史剧终究是戏剧，不是历史，它同历史的"联系"不过是个取材问题。历史剧这个词更准确一点应当称作历史题材的戏剧，以区别于现代题材的戏剧和民间传说、神话故事题材的戏剧。但是戏剧总是戏剧，并不因为取材不同而改变自己的性质。①

王子野的策略是让历史题材戏剧作品的创作摆脱"历史"这个修饰词的约束，帮助它重新回到一般意义上的戏剧范畴内。他的这一努力似乎是条可以走向成功的道路，从郭沫若的《蔡文姬》对历史的大幅度重构，到茅盾为各地一哄而上地演出众多版本的《卧薪尝胆》而做的理论剖析，就此引发的有关历史题材戏剧的热烈讨论中，就像《戏剧报》举办的座谈会所暗示的那样，历史学家的声音和评价尺度，不仅开始有力地介入戏剧领域，他们还要来为历史剧

---

① 王子野：《历史剧是艺术，不是历史》，《戏剧报》1962年第5期。

建立一套此前从未有过的新的评价标准。如何看待这些标准是一回事，历史剧是否要由历史学家来制订优劣标准，才是关键。当然争论双方都不能预料到的是，政治局势的变化很快就让有关历史剧的讨论进入了另一个凶险领地，在有关历史剧的激烈争论中特别强调"历史剧必须符合历史真实"的吴晗，不幸成为悲剧主角，而对他最致命的批评，就是指他的作品"不符合历史真实"。

第二章 政治与艺术的博弈

当代中国戏剧批评一直在高度意识形态化的语境里行进，然而历史悠久、形态独特的中国戏剧，即使在这样的背景下，依然有诸多艺术的分析讨论。1949—1962年的戏剧批评，始终在政治与艺术两个维度展开，直到戏剧生存发展的环境发生突变，天平迅速向政治领域倾斜。1962年之后，戏剧批评领域逐渐出现了令人不安的趋势，随着阶级斗争话语越来越频繁地被运用于具体的戏剧作品的评论，对戏剧创作的评价以及不同的批评的立场，逐渐开始丧失了批评应有的心平气和的态度。把某些戏剧作品定义为"反党反社会主义的毒草"，用对待敌人的"战斗"姿态展开的批评方法，不幸地成为这一时期戏剧批评最鲜明的特点。

第一节 "毒草"

一 《李慧娘》和"鬼戏"

1961年，北方昆曲剧院演出了中国戏剧家协会书记处书记孟超改编的《李慧娘》，一时引起强烈反响。该剧引发的批评意外地成为当代戏剧批评史上具有标志性的转折，同时也成为社会转折的标志。

《李慧娘》故事源于明代传奇《红梅记》，秦腔、川剧等许多古老剧种都有这一题材的传统剧目，演出一直深受观众欢迎。1953年，著名编剧马健翎曾经在秦腔传统剧目演出本基础上改编创作《游西湖》，由于在其中删去了鬼魂形象而受到了批评，他的改编被认为"存在着一连串反历史主义、反现实主义的错误"，是对戏曲遗产的破坏。① 这是有关"鬼戏"的一种很值得关注的有趣意见，如前所述，20世纪50年代初，"戏改"时期的戏剧批评家们就提出要将传统戏里的"神话"和"迷信"区分开来，它也成为当时极重要的政策指向。在这一时期，不少具超现实色彩的神话题材剧目，由于被划归为"神话戏"而获得了继续演出的资格，但却仍有相当多非常精彩的传统戏，因为剧中出现了鬼魂形象而不被允许上演。其实，马健翎的《游西湖》完全可以看成是在努力剔除有鬼魂出现的优秀传统戏里的"迷信"色彩。假如处理得当，能够把《游西湖》改得符合当时的"戏改"政策，就有可能在舞台继续保留这部有影响的经典之作。然而意想不到的是，他这一似乎很符合政策的修改却被否定，理由恰恰是由于他把剧中的鬼魂删去了，这原因想必让他啼笑皆非。

但马健翎无须感到委屈，简单化地用现代科学的眼光把传统戏

---

① 本报记者：《改编游西湖的讨论》，《文艺报》1954年第5期。

第二章 政治与艺术的博弈

剧里的鬼魂形象都视为"迷信",这一点也没有政治上的难度,困难的是走一条更开明地看待戏剧中的非现实元素的道路,后者才是让中国戏剧经历"戏改"最初时期的动荡后得以部分回归常态的努力之有机组成部分。1956年,为"剧目开放"的新政提供了最重要的理论支撑的张庚,提出要从根本上解决戏剧中"鬼魂是否可以出现"这一问题的新建议。张庚在《正确地理解传统戏曲剧目的思想意义》中就举李慧娘形象为例,强调假如不允许像这样的具有反抗性的鬼魂出现在舞台上,对戏曲事业只会带来伤害:

> 应当让这些有反抗性、有人民性的鬼能在舞台上出现才是,可是不行!据说李慧娘的鬼只能在改成人以后才有人民性。但是事实证明,李慧娘的鬼改成人以后,悲剧的气氛消失了,戏就不感动人了。原因其实是简单的:在这具体场合,人既然没有死,悲剧的成份自然大大的削弱,而人已经死了,却假说她冤魂不散,不报仇不止,这是何等富于想象力的艺术手法!这大大增强了人物的坚强性格,强调了斗争的意志,加浓了悲剧的气氛。①

张庚的意见得到许多响应,曲六乙就在文章里写道:"鬼戏同神话戏一样,都是运用幻想中的超现实、超自然的力量,来表现作者在运用别种题材时所不能表现的东西,达到作品里只用人的现实生活远不能达到的目的。""人对鬼远比对神更为关心;在人、神、鬼

---

① 张庚:《正确地理解传统戏曲剧目的思想意义》,《文艺报》1956年第13期。

三者之间，鬼比神能散发出更多的人性。""即使是最丑最凶的鬼，在正确的艺术处理下，也会具有强烈的魅力，引起观众的美感，给观众以美的艺术享受。"① 他们的观点更获得剧团和艺人的热烈拥护，各地涉及鬼魂形象的传统戏重新得到上演的机会，对戏剧市场一时的兴盛景象，助力明显。但是在新剧目的创作中，鬼魂形象仍然极为罕见，在舞台上直接出现鬼魂的形象，依然极易引出反对意见，直到孟超的改编本重新出现了李慧娘的鬼魂，才有了新的重要突破。

孟超的创作得到高层的支持，他这出新的"鬼戏"，最初就被《人民日报》所刊登的评论称为"一朵鲜艳的红梅"。当剧中的鬼魂形象引起争议时，《北京晚报》公开发表繁星的《有鬼无害论》，针对有关《李慧娘》的争论直接说："如果是好鬼，能鼓舞人们的斗志，在戏台上多出现几次，那又有什么妨害呢？"② 孟超自己在《试泼丹青涂鬼雄——昆曲〈李慧娘〉出版代跋》中，阐释他改编《李慧娘》的目的时说："明知自己并非丹青名手如吴道子、罗两峰之伦，而李慧娘既无鬼趣，更非凶鬼、恶鬼、悱恻凄厉之鬼，画鬼云何，而使此渺渺茫茫者形于笔下，登诸舞台，也不过借此姿质美丽之幽魂，以励生人而已。"不过，他对作品是否有可能产生无法控制的影响，并非毫无担忧，故而特地加以说明："当这戏初演之际，繁星同志特作《有鬼无害论》，为此戏作护法，我固深感其盛意；李慧娘自不会有知，然以情度之，也不能不戴德泉壤吧。不过，舞台上久已无鬼戏登场，有鬼固然无害，但因这戏之故，重鬼而不重

---

① 曲六乙：《漫谈鬼戏》，《戏剧报》1957年第7期。
② 繁星：《有鬼无害论》，《北京晚报》1961年8月31日。

人，到处鬼影幢幢，凄凄惨惨，狞象怖人，固非我之初意，但始作俑者，我亦难辞其咎。"① 孟超当然知道他的《李慧娘》打开了一个戏剧禁区，所以他流露出的几分愧疚实在掩饰不住其中夹杂的更多得意之情，然而他无法预先知晓的是，舞台上是否可以出现鬼魂形象这样的疑问，在此后的争论中，很快就变得根本无足轻重，因为随之而起的是更严厉得多的政治批判。

繁星的《有鬼无害论》为孟超辩护，他说："戏台上出现鬼神，是因为人的脑子里曾经出现过鬼神的观念，前人的戏曲中有鬼神，这也是一种客观存在，没有办法可想。""这类戏，如果把中间的鬼神部分删掉，就根本不成其为戏了。人们说'无巧不成书'，这类戏正好是'无鬼不成戏'。"他还说"戏台上的鬼魂李慧娘，我们不能单把她看作鬼，同时还应当看到她是一个至死不屈服的妇女形象。"他说《李慧娘》之所以塑造主人公的鬼魂形象，恰恰是为了在舞台上表现阶级斗争，至于"是不是迷信思想，不在戏台上出不出鬼神，而在鬼神所代表的是压迫者，还是被压迫者；是屈服于压迫势力，还是与压迫势力作斗争，敢于战胜压迫者。前者才是教人屈服于压迫势力的迷信思想，而后者不但不是宣传迷信，恰恰相反，正是对反抗压迫的一种鼓舞。"②

李希凡和赵寻同时发表在《戏剧报》1963 年第 9 期上的文章《非常有害的"有鬼无害论"》《演"鬼戏"没有害处吗?》，都对孟

---

① 孟超：《试泼丹青涂鬼雄——昆曲〈李慧娘〉出版代跋》，《李慧娘》，上海文艺出版社 1962 年版。
② 繁星：《有鬼无害论》，《北京晚报》1961 年 8 月 31 日。

超的《李慧娘》以及繁星为该剧喝彩与辩护的文章提出不同意见，其中固然有批评，然而并未涉及剧目的政治思想倾向。在这一时期，孟超这部剧作遭到的最直率的批评，是《戏剧报》1962年发表的郦青云的文章，认为孟超在李慧娘的形象塑造时，似乎拔高了戏剧人物的思想水平，却并未因此增加她的戏剧力量，也没有让她更为动人。孟超的剧本在李慧娘个人的悲剧里加入了政治因素，让李慧娘成为和贾似道"斗争"的主人公，其结果却只不过是"惊吓、斥骂贾似道一场"，她只不过获得了这样的"胜利"，当然是不能令人满意的。这种为"提高"作品的思想性而人为地加入政治因素的做法，实不可取。[①] 但是，这类能够从戏剧情节发展的角度出发，借具体作品深入探讨戏剧表达与传递思想内涵的批评，实为凤毛麟角，不同批评者最关注的话题一直都是鬼魂，而不是戏剧人物的塑造。

孟超的剧本引发的上述争论，焦点如果始终集中在鬼魂形象可否在戏里出现，那只不过是20世纪50年代初马健翎改编本所受的批评的重演而已。但马上发生了一件诡异的事情。华东区宣传部副部长俞铭璜用笔名梁璧辉，撰写了一篇针对《李慧娘》的批评文章，言辞显得出奇激烈。他批评昆曲《李慧娘》和繁星的《有鬼无害论》："生活在当前国内外火热的斗争中，却发挥'异想遐思'，致力于推荐一些鬼戏，歌颂某个鬼魂的'丽质英姿'，决不能说是一种进步的、健康的倾向。"[②] 他刻意把孟超创作放在"当前国内外

---

① 郦青云：《谈谈李慧娘的"提高"》，《戏剧报》1962年第5期。
② 梁璧辉：《"有鬼无害"论》，《文汇报》1963年5月6—7日。

第二章 政治与艺术的博弈

火热的斗争"这个特定背景下,强化两者之间的巨大反差,暗指剧本的作者是在通过戏剧表达现实政治领域中的异见,实为诛心之论。梁璧辉的文章发表后,很快就出现了邓绍基的署名批评文章,他们批评的口吻和对《李慧娘》的定性,都出现了根本改变。邓绍基对比了孟超的《李慧娘》和明人传奇《红梅记》的同与异,他指出:

> 孟超在他的改编中改变了《红梅记》中李慧娘的故事和性格,把她写成一个具有政治头脑、但受到压抑和迫害、在死后"复仇"的形象,从而也就使《李慧娘》成为一个鼓吹在政治上受压抑者的反抗、宣传"死后强梁"思想的剧本;同时,孟超描写李慧娘的阴暗、凄凉和孤独的感情又较《红梅记》中的描写更为浓厚,更为严重,有的还是《红梅记》所没有写到的。①

因此,在邓绍基看来,孟超的《李慧娘》之所以要改编《红梅记》,不在于他与明代《红梅记》原作者在艺术观念与情节取舍层面有分歧,背后所包含的意义,也绝对不只是鬼魂问题,更表现了孟超对所处时代的现实的评价与判断:

> 《红梅记》通过李慧娘故事表达的青年男女生前不能做夫

---

① 邓绍基:《〈李慧娘〉——一株毒草》,《文学评论》1964 年第 6 期。

妻，死后要做人鬼夫妻的观点（这是宋元以来的描写爱情故事的小说和戏曲作品中比较常见的，有的作品中还描写做鬼夫妻），在当时封建主义的礼教占思想统治地位的情况下，有一定的积极意义。但就是在那个时候，这种把希望寄托在子虚乌有的鬼魂世界的观点，也有很大的落后性。它虽然对封建礼教表示了反抗，但并不能动摇封建礼教的压迫和统治。

《红梅记》中李慧娘形象的思想、性格及其意义大致就是如此。孟超却对她非常神往，尊之为"庄严美丽的灵魂"，"强烈正义的化身"。可是他又不满足于她仅仅是在爱情上受压抑，在爱情上作反抗，他要赋予她以政治头脑，他要使这个厉鬼的反抗有政治意义。于是他把李慧娘改写成为一个关心国事、不满贾似道的祸国殃民行为的女子。她同情和赞赏在政治上反对贾似道的人；她之所以把爱情倾注在裴禹身上，主要也是因为他在政治上反对贾似道，而不再是像《红梅记》中描写的那样，她只是爱慕他年少英俊。①

邓绍基的批评文章最具杀伤力的语言，是引用作者在剧本出版时撰写的《跋〈李慧娘〉》一文里的自述，追问和推断孟超的写作意图。他说作者产生写作该剧动机的时间点既然是1959年，正是"全党响应八届八中全会的号召，展开了反对右倾机会主义、保卫和坚持总路线的斗争，并且业已在这一场斗争中取得了极大的胜利

---

① 邓绍基：《〈李慧娘〉——一株毒草》，《文学评论》1964年第6期。

第二章 政治与艺术的博弈

的时候；那也正是全国人民掀起了一个工农业生产和社会主义建设的新高潮，有力地回答和驳斥了右倾机会主义分子对总路线、大跃进和人民公社的各种进攻和诬蔑，举国欢腾庆祝中华人民共和国成立十周年"①的时候，此时孟超所感受到的居然是"落叶悉窣，虫声凄厉，冷月窥窗"的情景，这充分说明他精神世界里的阴暗和感情的凄凉，因此才借李慧娘鬼魂形象的塑造，发泄他心中的这种消极情绪。邓绍基责问道："孟超通过她来抒发的感情会是一种什么样的感情呢？作为共产党员的孟超和他笔下的李慧娘鬼魂形象有什么共同点或相似之处呢？"他何以会感到"备受压抑"，想要借李慧娘"反抗"什么？邓绍基推论，孟超是因为坚持资产阶级世界观，所以才和社会主义格格不入，因此就必然感到"压抑"。"在孟超的阴暗心情下，从他的强烈不满思想出发写作的这个剧本，它宣扬的政治上受压抑者反抗的主题，它鼓吹的李慧娘式的反抗精神，它表现出来的阴暗、凄凉和孤独的思想感情，既是同今天的被推翻了的阶级及其代言人的思想和要求达到了一致，既是同不满、敌视和反对社会主义的人的思想感情达到了一致，从实质上说，正是这些阶级这些人的思想感情的反映，那末这个剧本就是一个反党反社会主义的作品，就是一株反动的毒草。"② 所以，《李慧娘》"实际上又是一个鼓励社会主义的敌人和反对者向党和社会主义进攻的作品"，尤其是在作品里，"孟超篡改了原著中李慧娘的故事和性格，赋予

---

① 邓绍基：《〈李慧娘〉——一株毒草》，《文学评论》1964年第6期。
② 同上。

她以政治头脑，要使这个厉鬼的反抗有政治意义"①，因此，就更需要深入探究其中的内涵。他的批评首先把孟超对李慧娘形象的所有改写都看成受到特定政治动机驱使的结果，然后在这样的前提之下，推断作者的政治立场，最终对剧目做出政治裁定，这早就已经不是在讨论戏剧问题。当邓绍基的文章里指"有一些人借用各种历史或传说的题材来进行肮脏的勾当，进行反社会主义的活动，这是近年来文艺路线上的阶级斗争表现形式的一种特点"时，当然是不会把孟超排除在这"一些人"之外的。

尤其是这一裁定是如此严厉，在公开发表的文章里，把一部前不久还获得很高评价的戏剧作品称为"反动的毒草"，称其为"反党反社会主义的作品"，绝不是一件孤立的小事。邓绍基这篇文章的问世，说明对《李慧娘》的批评，已经从艺术领域、从鬼戏是否有害、是否在宣扬迷信这一最多只能说是"觉悟"高低的争论，变成了划分政治立场的"大是大非"问题。邓的批评未必是因任何人的授意而写，但是它既然公开发表，说明这样的批评逻辑显然受到了鼓励。

如果说发表邓绍基的批评文章的《文学评论》毕竟是学术杂志，因而影响所及只是在学术界内部的话，那么，接着官方最具权威的《人民日报》以同样的声调发表的批评文章，就更不同寻常了，它直接表达了官方最高层的态度。《人民日报》在1965年3月1日发表齐向群《重评孟超新编〈李慧娘〉》一文，并且专为之加

---

① 邓绍基：《〈李慧娘〉——一株毒草》，《文学评论》1964年第6期。

了编者按，按语指出："孟超同志新编的昆剧《李慧娘》，是一株反党反社会主义的毒草。""孟超通过李慧娘这个人物，不仅宣传了鬼神迷信思想，更重要的是宣扬了活着不必斗争，死后才有力量的反动哲学，散布了阴暗、消极的情绪和任性放情的极端个人主义思想。剧中加强的所谓政治性，是通过剧中人物发泄对现实的不满，号召和鼓励被推翻的剥削阶级向社会主义去进行复仇斗争。《李慧娘》的艺术性，是为它的反动内容服务的，而且唱词尽是陈词滥调，谈不上什么'文学性'。"按语不仅从政治和文学艺术两方面全面否定《李慧娘》，而且还向此前该剧上演后对它做出高度评价的评论家和发表这些评价的报刊开火，认为这些"颂扬"《李慧娘》的文章，其实具有和剧作同样性质的错误，按语说："对于这样一出坏戏，我们不但没有及时揭露和批判它，而且还错误地发表了颂扬这出戏的文章，这说明我们对阶级斗争、特别是意识形态领域内的阶级斗争，缺乏深刻的认识，对于资产阶级和封建势力利用文学艺术形式向社会主义进攻，缺乏应有的警惕；对于文艺为社会主义服务、为工农兵服务的方向和'百花齐放，推陈出新'的方针，缺乏全面深刻的了解。通过对《李慧娘》的再评论，使我们进一步认识到，文艺部门工作和其他各项工作一样，必须坚决执行党和毛泽东同志提出的正确方针路线，必须遵循毛泽东同志所规定的文艺批评的标准。任何时候，任何工作，一旦忘记了毛泽东同志的指示，就会犯严重的错误。"按语不仅高度认同把《李慧娘》看成"毒草"的基本判断，并显然是在鼓励对《李慧娘》继续展开政治化的批判。

这些文章直接导致了对舞台上各种"鬼戏"的新禁令。1963年3月29日，中央批转了文化部党组3月16日关于停演"鬼戏"向中央的请示报告。报告虽未完全否定所有"鬼戏"的思想和艺术价值，但是认为"在当前形势下，就广大群众的利益考虑，'鬼戏'有停演的必要"，并且提出了多项措施，第一项就是"全国各地，不论在城市或农村，一律停止演出有鬼魂形象的各种'鬼戏'"。但是，报告中建议对那些原属"鬼戏"的一部分，且在这一片断中并无鬼魂出现的折子戏，如《焚香记》的"阳告"、《双钉记》的"钓金龟"等，还应放行。其次，要求各地的"新编剧本一律不得采用有鬼魂形象的题材"，并要求各省、市、自治区文化行政部门向文化部上报本地区上演的各种"鬼戏"的清单。甚至"戏曲研究部门或戏曲表演、教学单位如为了研究、教学需要，在内部演出'鬼戏'必须事先经过省、市、自治区文化行政部门批准"[①]。文化部的报告指出了戏剧界对"鬼戏"仍然存在不同看法这一实际情况，并且对"鬼戏"的内容做了具体分析，并不认为只要是"鬼戏"就一定是错误的或反动的；在报告中还特别说明，那些有一定思想和艺术价值的"鬼戏"，只是暂时停演而已，而其他更多的"鬼戏"则需要经过修改之后才能考虑是否允许其重新登上舞台。报告还用安慰的口气指出，由于"鬼戏"的数量不多，停演所有鬼戏，并不会影响剧团和艺人的生活。

昆曲《李慧娘》的演出引发的争论，最终导致所有"鬼戏"被

---

① 《文化部党组关于停演"鬼戏"向中央的请示报告》，1963年3月16日。载《中国戏曲志·北京卷》下册，中国ISBN中心1999年版，第1501—1503页。

第二章　政治与艺术的博弈

一律逐出舞台。一份由剧协上海分会制作的历年鬼戏在上海市上演的情况表，提供了可称为"鬼戏"的剧目1949—1963年的上演情况：

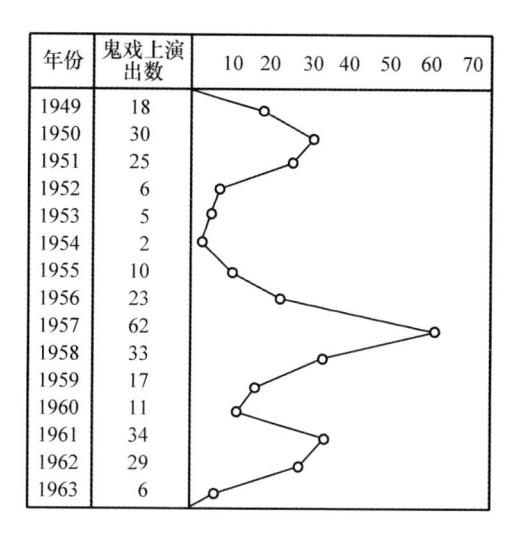

年份	鬼戏上演出数
1949	18
1950	30
1951	25
1952	6
1953	5
1954	2
1955	10
1956	23
1957	62
1958	33
1959	17
1960	11
1961	34
1962	29
1963	6

图1　历史上演鬼戏统计表①

有关"鬼戏"的批判是当代戏剧批评的一道分水岭。对《李慧娘》的批评，从讨论戏剧问题的评论转化为做出政治定性的批判，这道界限的跨越，揭开了一个新的历史阶段。这样的结果肯定是孟超以及最初给他的新剧目很高评价的同道们始料未及的，更无法预知的是他后来遭遇的悲惨命运：《李慧娘》既然被公开称为"毒草"，孟超也迅速从执掌中国戏剧界的大权在握的中国戏剧家协会书记处书记，变身为社会主义戏剧的敌人。但是，通过政治话语指

---

① 剧协上海分会火线指挥部：《1949—1963上海演出的鬼戏》，《文艺战报》第19期，上海艺术院校文艺界造反司令部，1967年7月5日印行。

出孟超和他的《李慧娘》具有"反党反社会主义"倾向的人，不会毫无所图。无论是从相关的批评文章看还是从政策文件看，对"鬼戏"的这场批判，都有太多的弦外之音。

二 姚文元的《海瑞罢官》批判

《李慧娘》受到的批判并不是孤立的现象。有心人自然会把这一时期被批判的几部戏联系在一起，1966年年初发表的一篇有关1965年若干"学术讨论"的综述指出，昆曲《李慧娘》和田汉编剧的京剧《谢瑶环》、吴晗编剧的京剧《海瑞罢官》三部剧作最重要的共同点就在于：

> 在同一个时候，不但《海瑞罢官》大写"退田"，《谢瑶环》也大写"退田"，甚至《李慧娘》中也引用了"公田枉害苍生"的诗句，并不是偶然的现象。①

发表在各地媒体上的批判文章，普遍认为在这三部戏里，"历史上农民反对兼并、要求田地的题材，不过是被借用来表达今天反社会主义的资产阶级代表反对人民公社，要求恢复单干，恢复私有经济和资本主义的愿望"。因此，对这三部戏剧作品的批判，当然不只是针对具体的剧作者的具体作品的戏剧层面的讨论。

---

① 《1965年若干学术问题讨论综述（上）》，《学术月刊》1966年第1期。

第二章 政治与艺术的博弈

有对《李慧娘》的批判开道，对田汉《谢瑶环》的批判就不必再有顾虑，批判者用那个年代常见的文风写道："这里面包含着田汉同志对今天社会现实的多么深刻的愤懑啊！"①而针对吴晗的《海瑞罢官》最初和最重要的批判文章，是当时上海《解放日报》编委姚文元执笔撰写的，在此之前，吴晗编剧、马连良主演的《海瑞罢官》一经推出，和《李慧娘》刚上演时一样，获得的是舆论一边倒的赞扬。姚文元的文章直指《海瑞罢官》是"大毒草"，他的重点当然不在戏剧领域。他当然也十分清楚，《海瑞罢官》的作者吴晗是首都北京市的副市长、著名历史学家，在官方媒体上公开发表将一位高官的作品称之为"毒草"的批判文章，最有可能引发的肯定不是戏剧或学术纠纷，而必然是一场巨大的政治风波。②

1965年11月10日，姚文元的《评新编历史剧〈海瑞罢官〉》在上海《文汇报》头版发表，正如预期的那样，引起了一场轩然大波。经过一段时间的迟疑并且受到巨大政治压力后，1965年11月29日《解放军报》和《北京日报》分别转载了该文，《人民日报》也在次日即30号转载该文，说明它们都清楚姚文元的文章并不是一般意义上的戏剧评论，否则我们实在无法理解，像《人民日报》这样的权威报纸为什么必须转载地方报纸上发表的一篇戏剧评论文章，而且这数日的迟疑，后来也被看成是不可容忍的政治错误。当然，三家重要报纸在转载时均特别加上了"编者按语"。《解放军报》的"编者按"直指《海瑞罢官》"是一株大毒草"，而《北京日报》的按语则强调，

---

① 云松：《田汉的〈谢瑶环〉是一株大毒草》，《人民日报》1966年2月1日。
② 李逊：《海瑞罢官，尚未披露的史实》，《炎黄春秋》2010年第3期。

"几年来,学术界、文艺界对《海瑞罢官》这出戏和吴晗同志写的其他文章是有不同意见的。我们认为,有不同意见就该展开讨论"。按语并引"百花齐放、百家争鸣的方针",说明转载这篇文章是"为了便于大家运用历史唯物主义和阶级分析的观点实事求是地弄清是非,解决问题"。《人民日报》在第五版"学术研究"栏目内转载了姚文元文章,并且在"编者按"中指出:"我们希望,通过这次辩论,能够进一步发展各种意见之间的相互争论和相互批评。我们的方针是:既容许批评的自由,也容许反批评的自由;对于错误的意见,我们也采取说理的方法,实事求是,以理服人。""对海瑞和《海瑞罢官》的评价,实际上牵涉到如何对待历史人物和历史剧的问题。"《北京日报》和《人民日报》的按语,都非常明显地试图将姚文元对《海瑞罢官》咄咄逼人的批判,降格为对该剧所发表的学术层面上的"不同意见",尤其是拒绝对谁是谁非遽下判断的态度十分明显,并且还指望给被批判的吴晗留下反驳和自辨的机会,它们的用语与《解放军报》的编者按,构成了再明显不过的政治区隔。

姚文元对《海瑞罢官》的批判,迅速在全国掀起巨大的政治波澜。各地多家报刊、甚至包括一些从来不涉及文艺的期刊也转载了该文,说明很多人都从文章里看出了它重要的政治属性。有关《海瑞罢官》的讨论也形成一股热潮,从姚文元的文章发表到当年年底仅仅一个多月时间,"据全国主要报刊不完全统计,迄至1965年12月31日止,共发表讨论文章160篇左右"①。《海瑞罢官》之所以一

---

① 《1965年若干学术问题讨论综述(上)》,《学术月刊》1966年第1期。

第二章　政治与艺术的博弈

夜之间成为各报刊在文艺领域最热门的话题，固然不仅仅是由于评论文章或被评论的戏剧作品本身的原因，但是姚文元对《海瑞罢官》的批判作为政治风向标的含义，一般的局外人还很难了解和认知。《人民日报》和《解放军报》迥然不同的态度，加剧了意见的分歧，全国各地的戏剧界，尤其是历史学界纷纷组织了相关的讨论，只不过在这些讨论里，大多数看不到像姚文元的文章里那种尖利的锋芒，更不会有多少人直接把吴晗推入"反党反社会主义"的敌人阵营。广东一家学术杂志刊发了当地文史学界在讨论《海瑞罢官》时提出的基本观点：

> 在讨论中，大多数同志认为，姚文元同志的文章，对《海瑞罢官》这出戏，提出了很重要的和很中肯的批评意见，把问题提到了原则的高度。对海瑞和《海瑞罢官》的评价，实际上牵涉到如何对待历史人物和历史剧的问题，用什么样的立场、观点和方法来研究历史和怎样用艺术形式来反映历史人物和历史事件的问题，是为无产阶级政治服务还是为资产阶级和其他剥削阶级服务的问题。①

这些文史领域的专家们，既肯定了姚文元的基本看法，同时也把讨论的范围基本上局限于《海瑞罢官》剧本的创作方法和取向上的分歧，争论的是基于学术领域的、可以发表不同见解的话题。这

---

① 《广东文、史学界开展关于海瑞罢官问题的讨论》，《学术研究》1966 年第 1 期。

些看法与姚文元充满火药味的批判，是有本质的区别的。

有趣的是，在姚文元的文章发表后，各地还在大学里组织学生展开了相关的讨论，这些远离政治斗争漩涡中心的大学生毫无顾忌，所以他们的讨论交锋激烈，有十分鲜明、对立的观点。河北大学和吉林师范大学的学生们对吴晗的作品以及姚文元的批判，都持有截然不同的看法与评价：

> 河北大学有三种意见。一种意见是完全同意姚文元同志的观点，认为《论海瑞》和《海瑞罢官》抹煞阶级斗争、极力美化封建统治阶级、宣扬阶级调和论和资产阶级改良主义，混淆了剥削和反剥削的阶级界线。另一种意见则认为，《论海瑞》和《海瑞罢官》揭露了封建官府的黑暗统治，使人们看到了豪强地主兼并土地、农民流离失所的惨象，反映阶级斗争比较鲜明。同时《海瑞罢官》是以海瑞的失败而告终的，这就告诉人们，改良主义与调和阶级矛盾的道路是行不通的。持这种看法的人说姚文元同志的文章，有些地方是抹煞历史事实，表现了形而上学、唯我独尊、吓唬人、压服人的态度。海瑞缓和阶级矛盾，对人民实行让步，总比残酷压迫人民的贪官好些。因此，《海瑞罢官》一剧，是有现实意义的，虽然在写作上有严重缺点。还有一种意见是：吴晗同志硬说海瑞代表农民利益，是宣扬阶级调和论。但是宣扬阶级调和论，并不等于宣扬改良主义，因为改良主义是资本主义的概念，海瑞在明代封建社会里也根本不可能有改良主义思想。

第二章 政治与艺术的博弈

吉林师大大部分同志认为姚文元同志的批判是正确的、深刻的，虽然文章中某些方面的论点还展开得不够很充分。他们认为《海瑞罢官》歌颂了阶级调和论、人性论和改良主义，用资产阶级国家观来对抗无产阶级国家观，它是吴晗同志哲学、历史、文艺观点集中体现的一个标本。也有一部分同志认为像姚文元同志的文章那样处理也值得商榷。《海瑞罢官》的主题是除霸，这对于反抗强暴、敢于斗争也是有一定意义的，不能给以否定，起码不能完全否定。①

看来，大学生们对《海瑞罢官》里存在明显的"阶级调和论"倾向，有较高的共识度，但是这绝非姚文元的文章里最重要的部分，对姚文元而言，更重要的是对吴晗写作动机的推论。而在那个普遍倡导"古为今用"的年代，历史题材的新剧目创作中包含着特定的现实动机，这是一般戏剧批评家的普遍认识，自然也对社会各界的观众评价历史剧，产生明显的引导作用。那么，《海瑞罢官》是否有现实性，是否在影射现实，它究竟"反映了什么问题"，自然要比所谓的"阶级调和论"更重要得多。大学生们是这样看的：

南开大学有些同志认为，《海瑞罢官》出现在 1961 年阶级斗争尖锐复杂的情况下，不是偶然的。作者是在宣传阶级调和

---

① 陈高、张忍让、高尚志：《南开大学、河北大学、吉林师大历史系师生分别讨论海瑞罢官》，《历史教学》1966 年第 2 期。

论。有的同志还指出，吴晗同志一向好写美化统治阶级人物的文章，他的《论海瑞》不是什么反修正主义、反右倾机会主义的"炸弹"，恰恰是给右倾机会主义打气的"打气筒"，影响很坏。也有的同志认为，《海瑞罢官》主要是宣传了海瑞的耿直、不阿谀奉承，是有现实意义的，它是让人敢说敢作和敢斗争。不能把它与"单干风"、"翻案风"一类的政治问题联系起来，否则，就把学术问题与政治问题混淆在一起了。

吉林师大有些同志认为，在1961年前后我国经济暂时遇到了困难，国内外敌人对我们发动了猖狂的进攻，阶级斗争形势十分尖锐，在意识形态领域里也有反映，吴晗同志的剧本，充分表现出地主资产阶级观点同无产阶级思想相对抗的性质。另一种意见认为，把"退田"、"平冤狱"和1961年的"单干风"、"翻案风"联系起来，是比较牵强的。无论评价海瑞这个人或《海瑞罢官》都是学术问题的争论，不应和政治问题混为一谈。

河北大学也有两种不同的看法，一种看法是认为吴晗同志存在着根深蒂固的改良主义思想，在一定时期、一定条件下必然表现出来。在1961年之际，牛鬼蛇神一起出笼，反对党的领导和无产阶级专政，作为历史家的吴晗同志，却大肆宣传阶级调和论和改良主义。但是也有的认为，分析问题绝不能牵强附会，机械地联系。持这种意见的人认为吴晗同志实事求是地估计了海瑞的退田、平冤狱，说农民看了绝不会向国家要田，地富反坏看了，绝不会去伸冤，因为土改以后，农民翻了身，打倒了地主阶级，1958年又人民公社化，农民欢欣鼓舞；我们对地富反坏实行专政，地富反坏根本不是什么冤枉。①

在这里我们看到，各大学历史系的学生对姚文元的文章的看法并不一致，然而对他的批判立场仍有基本上的认同，最多只不过觉得他言辞过于激烈，对问题的揭示也不免有上纲上线之嫌，混淆了学术问题和政治问题。

姚文元的批判文章发表之初产生的这些反应说明，即使他的观点未必得到普遍认同，也几乎没有遇到真正的反驳。除了吴晗本人在自我检讨中夹杂着几条无力的辩解外，只有郑州大学历史系的三年级大学生刘玉卿撰文正面反驳姚文元的观点。他抓住姚文里有关海瑞"退田"并不是真正退给农民而只是退给中小地主这一牵强附会的论证，指姚的文章"是把当时农民同地主阶级之间的激烈的阶级斗争，说成地主阶级内部各阶层之间的冲突了。这样，从根本上就把两种不同性质的矛盾混淆起来，无形的就抹杀了阶级斗争"。而且，他认为真正应该讨论的是海瑞"退田"的措施对社会发展有利还是无利。他认为，海瑞推行的一些措施，"在客观上也的确打击了那些大官僚大地主，使丧失土地的农民或多或少得到一部分土地"，因而在客观上推动了社会发展，"历史唯物主义告诉我们，如果不考虑上述客观作用而只追究其主观动机如何，是形而上学的思想方法。因而姚文元同志对待上述问题的分析所持的绝对的、片面

---

① 陈高、张忍让、高尚志：《南开大学、河北大学、吉林师大历史系师生分别讨论海瑞罢官》，《历史教学》1966年第2期。

的态度不能完全让人接受，也是理所当然的"①。从郑州大学的三年级学生刘玉卿和各大学年轻的大学生们参加讨论时的言辞与观点看，他们对《海瑞罢官》的批判背后的政治因素茫然无知，仅凭满腔热情提出自己的艺术和学术见解。而这些意见尚可在报刊上公开发表，我们至少明白，直到1966年上半年，人们针对姚文元对《海瑞罢官》的批判文章还可以提出不同的意见，这些意见还可以见诸报刊，联想到推动姚文元的批判文章写作的政治力量，意味深长。

姚文元《评新编历史剧〈海瑞罢官〉》针对吴晗历史学家的特殊身份，在声明"我们不是历史学家"后紧接着说："但是，根据我们看到的材料，戏中所描写的历史矛盾和海瑞处理这些矛盾的阶级立场，是违反历史真实的。戏里的海瑞是吴晗同志为了宣扬自己的观点编造出来的。"姚文元引用和分析了相关历史材料后写道：

> 看一看这些历史事实，再看一看《海瑞罢官》中的海瑞，就不难发现，这是一个编造出来的假海瑞。这是一个用资产阶级观点改造过的人物。历史剧需要艺术加工，需要再创造，我们并不要求新编历史剧的细节都同历史一样，但必须要求在人物的阶级立场、阶级关系上符合历史真实。尽管吴晗同志曾经说过历史剧要"力求其比较符合于历史真实，不许可有歪曲、臆造"，然而事实胜于雄辩，这个新编历史剧中海瑞的形象已

---

① 刘玉卿：《不能把两种不同性质的矛盾混淆起来——与姚文元同志商榷》，《郑州大学学报》（哲学社会科学版）1965年第1—2期。

第二章 政治与艺术的博弈

经同合理想象和典型概括没有什么关系，只能属于"歪曲，臆造"和"借古讽今"的范围了。①

姚文元首先断定吴晗的剧本里描写的是一个与历史事实相悖的"假海瑞"，在此基础上他说，"既然是一个假海瑞，我们就来看一看作者通过这个艺术形象宣扬了什么"。他认为吴晗"歪曲了海瑞的阶级面貌"，"违背历史事实，原封不动地全部袭用了地主阶级歌颂海瑞的立场观点和材料"，并且变本加厉地把这位本应该代表封建阶级利益的官吏，塑造成了贫苦农民的"救星"，"一个为农民利益而斗争的胜利者，要他作为今天人民的榜样，这就完全离开了正确的方向"。②

不过，所有这些与历史相关的考证，都只是铺垫。姚文元真正要质疑的是，他抓住"吴晗同志毫不含糊地要人们向他塑造的海瑞'学习'"，质问吴晗究竟要人们向海瑞学习什么。退田？平冤狱？学习海瑞"刚正不阿，不为强暴所屈"的坚强意志？吴晗有意识地塑造出来的海瑞这些行为与品质，在现实社会中究竟是针对什么？这才是姚文元的批判文章要引出的结论。

姚文元的文章在结尾部分写道："我们认为：《海瑞罢官》并不是芬芳的香花，而是一株毒草。它虽然是头几年发表和演出的，但是，歌颂的文章连篇累牍，类似的作品和文章大量流传，影响很大，流毒很广，不加以澄清，对人民的事业是十分有害的，需要加

---

① 姚文元：《评新编历史剧〈海瑞罢官〉》，《文汇报》1965年11月10日。
② 同上。

以讨论。"① 如其所愿，相关的讨论迅速展开，而且远远不止于《海瑞罢官》。他文章里所提及的许思言编剧、上海京剧院周信芳主演，早在1959年就开始演出的京剧《海瑞上疏》因同样的理由，被称为"反党反社会主义大毒草"。官方组织的讨论会，指《海瑞上疏》虽然创作于1959年，然而却在1961年进京演出，实为"包藏反党杀心，是配合右倾机会主义分子向党进攻、阴谋复辟的开场锣鼓，是呼应美帝国主义、现代修正主义和各国反动派反华大合唱的一声狂叫"。在这部剧作里"周信芳等人咬牙切齿地破口大骂，不过是他们的手段，而夺取政权，才是他们的最终目的。牛鬼蛇神迫不及待地指望变天，妄图重新骑在劳动人民头上。《海瑞上疏》正是代表了这一小撮牛鬼蛇神的要求"。② 仅仅过了半年，对《海瑞上疏》的批判火力更猛，全然变成了政治讨伐书。山东省根据传统剧目改编的柳子戏《孙安动本》遭遇的是相同的命运，它也被看成是借向皇帝上书暗喻时事，"发泄"对社会主义不满情绪的"毒草"。

　　这些一律被称为"毒草"的剧目，很快绝迹舞台。姚文元对《海瑞罢官》的批判，是"文化大革命"的关键性前奏，它也是中国当代历史变迁过程中的标志性事件。围绕这部戏剧作品展开的争论，尽管最初还打着戏剧或学术的旗帜，但很快就演变成赤裸裸的、"你死我活"的残酷斗争。随着1966年4月2日戚本禹发表《〈海瑞骂皇帝〉和〈海瑞罢官〉的反动实质》和当期《红旗》杂

---

① 姚文元：《评新编历史剧〈海瑞罢官〉》，《文汇报》1965年11月10日。
② 新华社：《上海工农兵群众、革命干部和革命知识分子以毛泽东思想为武器批判大毒草〈海瑞上疏〉》，《人民日报》1966年6月15日。

志发表关锋的《〈海瑞骂皇帝〉和〈海瑞罢官〉是反党反社会主义的两株大毒草》,彭真和当时的中宣部想阻止对《海瑞罢官》发动的批判演变成政治事件的努力,完全宣告失败。

三 "四条汉子"与文艺黑线

1963年12月12日,毛泽东把中共中央宣传部1963年12月9日编印的第116号《文艺情况汇报》转给中共北京市委负责人彭真、刘仁。这期情况汇报登载了《柯庆施同志抓曲艺工作》一文,介绍柯庆施领导的上海市委在评弹长篇新书目创作方面和培养农村故事员等方面的经验,毛泽东对此作了批示:

> 各种艺术形式——戏剧、曲艺、音乐、美术、舞蹈、电影、诗和文学等等,问题不少,人数很多,社会主义改造在许多部门中,至今收效甚微。许多部门至今还是"死人"统治着。不能低估电影、新诗、民歌、美术、小说的成绩,但其中的问题也不少。至于戏剧等部门,问题就更大了。社会经济基础已经改变了,为这个基础服务的上层建筑之一的艺术部门,至今还是大问题。这需要从调查研究着手,认真地抓起来。
> 许多共产党人热心提倡封建主义和资本主义的艺术,却不热心提倡社会主义的艺术,岂非咄咄怪事。①

---

① 毛泽东:《关于文学艺术的两个批示》,《人民日报》1967年5月28日。

1964年6月27日毛泽东又在中宣部《关于全国文联和各协会整风情况的报告（草案）》上作了如下批示：

> 这些协会和他们所掌握的刊物的大多数（据说有少数几个好的），十五年来，基本上（不是一切人）不执行党的政策，做官当老爷，不去接近工农兵，不去反映社会主义的革命和建设。最近几年，竟然跌到了修正主义的边缘。如不认真改造，势必在将来的某一天，要变成匈牙利裴多菲俱乐部那样的团体。①

如果说在1963年的批示里，毛泽东对文艺领域的整体判断中，首先还充分肯定了除戏剧之外的其他部门取得的成绩，那么1964年提及文联所属各协会时，他的整体判断已经逆转，他认为各协会包括其机关刊物"大多数"和"基本上"都是与党离心离德的。但是即使在毛泽东这两个批示里，他还只不过是强烈要求文艺界各协会"认真改造"，这和"文化大革命"开始之后动辄就要"彻底砸烂"文联各协会乃至所有党政机关的情况，仍然有本质的区别。

但是，毛泽东丝毫不掩饰地表达了对戏剧界现状的强烈反感，1963年11月他曾经批评"《戏剧报》尽是牛鬼蛇神，听说最近有些改进，文化方面特别是戏剧大量是封建落后的东西，社会主义的东西很少，在舞台上无非是帝王将相"。并且强烈要求"管文化"

---

① 毛泽东：《关于文学艺术的两个批示》，《人民日报》1967年5月28日。

第二章 政治与艺术的博弈

的文化部检查与改正,毛泽东用他特有的语言表述方法警告文化部:"如不改变,就改名帝王将相部、才子佳人部,或者外国死人部。"中宣部、文化部和中国戏剧家协会召开多次工作会议,终究无力挽回政治败局。直到此时,人们才知道对《李慧娘》和《海瑞罢官》的批判,就是为这一系列政治斗争埋下的伏笔。

如前所述,就在《李慧娘》遭到批判之后,《谢瑶环》也受到公开的批判,并且被称为"大毒草"。在1965年前后被公开批判的三部历史题材剧作里,《谢瑶环》的作者是中国戏剧家协会主席、文化部艺术局局长田汉,对他这部作品公开发表的文章并不多,然而首先称其为"毒草"的是康生,而且是在1964年的现代京剧观摩大会上突然点名的,当时,毫无准备的田汉就在现场。1966年年初,《人民日报》发表署名云松的文章,开头就指"《海瑞罢官》这样一种历史剧的出现,不是偶然的,也不是个别的。和《海瑞罢官》相呼应,或者说在它'带动之下','不甘寂寞跃跃欲试'的孟超同志,发表了他的新编鬼戏《李慧娘》,田汉同志也同时树起了《谢瑶环》'为民请命'的旗帜。这是资产阶级同无产阶级在意识形态领域里的阶级斗争的反映,是当时一种反动的社会思潮在戏曲舞台上的表现"。《谢瑶环》原本是为武则天翻案的剧目,虽对武则天仍有极轻微的批评,但是从整体上看,他把历史上一直有恶名的武则天写成了一位好皇帝,这一创作路径与郭沫若为曹操翻案,实有异曲同工之处。然而在云松的批判文章里,恰恰是这些从正面描写武则天的笔墨,成为批判的重点。云松写道:

请看，封建帝王成了农民利益的维护者和代表者！这样一来，一部历史还有什么被压迫、被剥削人民的阶级斗争？还需要革命做什么？田汉同志极力歌颂谢瑶环按照武则天的意旨同豪门贵族作斗争，不是很清楚地向我们表明，农民用不着起来斗争，只要等待皇帝把武三思、来俊臣之流的坏人铲除掉，农民就会得到"江南江北皆春意"的安乐生活；因为皇帝已经在那里维护他们的利益，替他们向豪门贵族进行斗争了，这是何等惬意的事情呵……田汉同志把武则天宣扬为站在人民的利益方面一贯与豪门贵族作斗争，连她的子侄近臣走上了豪门贵族的老路，她也毫不姑息，这完全是毫无历史根据的捏造。

田汉同志所创造的武则天这个艺术形象，不但不符合武则天的情况，而且根本违背历史真实。一个封建皇帝怎么能够代表人民来反对"兼并土地、鱼肉百姓"，"一贯与豪门贵族斗争"呢？她的政权的阶级基础是什么，她是站在那一个阶级立场上的？难道封建阶级的皇帝不是地主头子，不是最大的豪门贵族，反而是农民利益的代言人吗？难道武则天的"法制"不是封建经济基础的产物，不是地主阶级镇压农民的工具，反而是代表农民镇压豪门贵族的工具吗？这里有什么历史发展的真实规律可言？有什么历史唯物主义的阶级观点可言？①

文章指田汉一方面扭曲了阶级关系，同时还大力歌颂了谢瑶环

---

① 云松：《田汉的〈谢瑶环〉是一棵大毒草》，《人民日报》1966年2月1日。

的"为民请命"和历史上的"为民请命"的思想,并且,认为剧本里的所指与田汉1956年发表的《必须切实关心和改善艺人的生活》《为演员的青春请命》两篇"恣意地歪曲和诬蔑社会主义戏剧事业的文章,恶毒地在戏剧界煽风点火,为资产阶级右派分子的进攻鸣锣开道"的文章,实有相呼应之处,而他借武则天之口说出的"为民请命,何罪之有"这句话,正是"田汉自己的话,是他对自己受到的批评的抗议和反攻"。文章并指出,剧本里的正面人物袁行健对贪官污吏的痛骂,其实都是田汉对现实社会的咒骂,最后,《谢瑶环》的出现、吴晗的《海瑞罢官》加序出版和孟超的《李慧娘》发表时间都恰好在1961年7—8月,这并不是巧合,而是当时"阶级斗争的反映"。①

1966年4月号的《戏剧报》,发表了署名"本刊编辑部"的文章《田汉的戏剧主张为谁服务》,这篇经过中宣部副部长林默涵修改并确定标题的文章,讽刺地成为这份一直由田汉担任主编的刊物的绝唱,并且成为田汉戏剧生涯终结的标志。

这些因为从事戏剧作品创作而被公开点名基本都是文化界的高官,他们只是最初受冲击的群体,更严厉的批判马上就真正开始了。

1966年4月16日,《林彪同志委托江青同志召开的部队文艺工作座谈会纪要》以中共中央文件的形式下发全国,4月19日,《纪要》主要内容以《解放军报》社论的形式公开发表。社论指出,

---

① 云松:《田汉的〈谢瑶环〉是一棵大毒草》,《人民日报》1966年2月1日。

"无产阶级文化大革命的高潮已经到来"。《纪要》这样描述1949—1966年中国文艺界的基本状况：

> 文艺界在建国以来……被一条与毛主席思想相对立的反党反社会主义的黑线专了我们的政，这条黑线就是资产阶级的文艺思想、现代修正主义的文艺思想和所谓三十年代文艺的结合。"写真实"、"现实主义广阔的道路"论、"现实主义的深化"论、反"题材决定"论、"中间人物"论、反"火药味"论、"时代精神汇合"论，等等，就是他们的代表性论点，而这些论点，大抵都是毛主席《在延安文艺座谈会上的讲话》中早已批判过的……在这股资产阶级、现代修正主义文艺思想逆流的影响或控制下，十几年来，真正歌颂工农的英雄人物，为工农兵服务的好的或者基本上好的作品也有，但是不多；不少是中间状态的作品；还有一批是反党反社会主义的毒草。我们一定要根据党中央的指示，坚决进行一场文化战线上的社会主义大革命，彻底搞掉这条黑线。搞掉这条黑线之后，还会有将来的黑线，还得再斗争。所以，这是一场艰巨、复杂、长期的斗争，要经过几十年甚至几百年的努力。这是关系到我们中国革命前途的大事，也是关系到世界革命前途的大事。

这份《纪要》的出现，终于让我们知道田汉的剧本为什么会受批判，把他的作品被称为"毒草"之后，更要挖出和他相关的"黑线"。这不仅涉及当代戏剧创作的批评，还有历史的清算，而由于他们从 20 世纪 30 年代起就是文化领域的同道,所以被称为"三十年代文艺黑线"。

既然此时的文化批判认为周扬等人 1949 年之后推行的"反动文艺思想"是"三十年代文艺"的延续,对 20 世纪 30 年代左翼文艺的代表作品的批判,也随之展开。邓绍基以夏衍在 20 世纪 30 年代写的话剧《赛金花》为例,剖析了该剧从多方面"美化和歌颂"赛金花的具体手法以及其中对义和团的"丑化",认为其中充斥着"反动内容"。邓绍基指出:"夏衍同志在解放后还宣扬《赛金花》,说明他对自己过去写这个剧本的错误完全没有认识,实际上又是在坚持错误。"但这些都不是重点,重点在于对 30 年代左翼文艺的基本判断,他认为夏衍等人对 30 年代戏剧的"革命性和存在的缺点和错误"没有实事求是的分析:

> 一般说来,当时大量存在着政治倾向上要求反帝反封建,在思想倾向上却是宣扬资产阶级、小资产阶级观点的剧本,在对国民党反动政府斗争中,它们在不同的程度上起过积极的战斗的作用;同时也存在着不少在当时就无进步意义或甚至主要倾向很坏的作品。《赛金花》就是三十年代戏剧中的坏作品的代表。
>
> 田汉等同志宣扬三十年代戏剧已经达到社会主义道路,已经面向工农,已经"革命化"等等,实际上又是代表了他们对当时整个左翼文艺运动的估计。这也是完全不符合事实的。①

---

① 邓绍基:《赛金花的反动内容说明了什么?》,《文艺报》1966 年第 4 期。

如同文章的副标题所示，邓绍基的批判文章虽然主要谈的是《赛金花》这个具体的剧本，其结论是要说明田汉、夏衍和阳翰笙等人对20世纪30年代左翼戏剧及文艺的基本判断是错误的，而为"三十年代文艺"重新定性，就是对周扬等人展开全面批判的重要环节。

所谓"全面批判"，是"文化大革命"期间极为常见的一种论战策略，既然批判的对象是"阶级敌人"，那么他的所有观点都必然是反动的，他提出的所有政策措施都是包藏祸心的。因此在"文化大革命"期间，对周扬、田汉等人的批判，涉及非常多的话题。比如在戏剧题材选择上，不仅批判"题材决定论"，同时更坚决反对在题材上的开放政策。在对"四条汉子"展开的大批判中，周扬被指为"全民文艺"的倡导者，而他曾经提出在题材上无限制的观点，被称为"妖风"和"向毛泽东文艺路线全面进攻的信号"。其中《文艺报》1961年第3期上发表的由周扬主导撰写的《题材问题》专论，被称为"号召牛鬼蛇神向党向社会主义猖狂进攻的宣言书"。

> 周扬直接指挥的《题材问题》专论刚刚出笼，他的三十年代的哼哈二将夏衍和田汉也立即出来响应。在《文艺报》上，他们异口同声地鼓吹创作"自由化"。夏衍公开叫嚷，在题材问题上，"领导有号召的自由，作家也有选择的自由。任何片面，都有流弊"。田汉则大力鼓吹历史题材和现实题材平起平坐。"观今宜鉴古，无古不成今"。不久以后，他就抛出了大毒

草《谢瑶环》,孟超的《李慧娘》也同时出笼,再加上"带头"的吴晗的《海瑞罢官》,在北京的戏曲舞台上,形成了一个厉鬼清官的大同盟。正是在题材无限制论的"号召"下,形形色色的牛鬼蛇神得到了自由泛滥的机会,无论在文学、戏剧和电影创作中,都出现了成批的毒草和坏作品。所有这些,都紧密地配合了地富反坏右的反革命复辟活动,紧密地配合了右倾机会主义者对党对社会主义的猖狂进攻。①

这样的批判总是一呼百应的,《文艺报》于 1966 年第 5 期,在转载了《解放军报》4 月 18 日社论《高举毛泽东思想伟大红旗 积极参加社会主义文化大革命》和 5 月 4 日的社论《千万不要忘记阶级斗争》的同时,发表了江西省清江县潭埠中学杨广辉的文章《〈文艺报〉专论〈题材问题〉必须批判》。《文艺报》在文章前面专门加了"编者按",检讨了杂志数年前刊登的这篇专论"是一株反党反社会主义的毒草,它系统地宣传了资产阶级、现代修正主义的文艺思潮",并指专论提出"作家艺术家在选择题材上,完全有充分的自由,不应受任何限制",这是"把矛头指向党的文艺方向,提倡文艺创作的资产阶级自由化,要让形形色色的资产阶级和现代修正主义文学自由泛滥"。编者按主动把其后文艺领域"出现了成批的毒草和坏作品"和"牛鬼蛇神的出笼",归之为这篇专论产生的后果。而且他们自承杂志的错误还远不止于发

---

① 黎帆:《评周扬的"全民文艺"》,《人民日报》1966 年 6 月 6 日。

表这篇专论：

> 《文艺报》发表这篇专论以后，又发表了一系列的包括田汉、夏衍所写的鼓吹创作"自由化"的文章，也发表过宣扬"写中间人物"以及其它许多有毒的文章。我们编辑部在国内外阶级斗争尖锐的日子，不但没有起来捍卫马克思列宁主义和毛泽东思想，反而站在黑线的一边，给党的文艺事业造成极大的损失，错误十分严重。①

仿佛是为了表示编辑部已经提高了认识，杂志还在这篇文章后面紧跟着发表两组文章，第一组以"工农兵满怀革命义愤参加斗争"为由，集中批判"中间人物论"，这组文章又分为四部分，分别为"坚决捍卫党、捍卫社会主义总路线""诽谤工农兵，就是诽谤革命""反对写英雄人物，就是反对宣传毛泽东思想""坚决拔掉反党、反社会主义的黑旗"。第二组是"部分文学工作者"在学习《解放军报》4月18日的社论后写的文章，同样火力全开，"坚决、彻底与文艺界存在着的反党反社会主义黑线展开斗争"。遗憾的是这期几乎全部由批判"文艺黑线"的文章组成的杂志，看来并没有让刊物获得期待中的赦免，《文艺报》就此停刊，直到1978年7月才得以复刊。

对周扬等人的批判，当然不会因《文艺报》的停刊而中止，相

---

① 《〈文艺报〉专论〈题材问题〉必须批判》编者按，《文艺报》1966年第5期。

反，这份文联机关刊物的停刊，是对周扬、田汉等人展开全面批判的信号。1966年7月底，中宣部召开大会公开批判周扬，宣告了周扬被完全驱赶出了文艺舞台，此后各大小报刊上发表了不计其数的公开批判周扬和其他几位与他关系密切的著名戏剧家的文章。①

周扬提倡的一些与戏剧相关的文艺观点，更受到全方位的批判，胡经之的文章认为，周扬提倡要开拓题材，实际上就是在"公开号召作家可以拒绝配合无产阶级革命斗争，为无产阶级政治服务"；提倡要写"中间人物"，"实质上就是要写资产阶级、小资产阶级人物，反对大写工农兵英雄人物"。从20世纪60年代初"三并举"戏剧政策的提出，到1963年华东话剧观摩演出前柯庆施提出"写十三年"的口号之后，周扬等人再次重申戏剧的题材应该更为广泛，都是他"抗拒毛主席的文艺路线，蓄意歪曲'百花齐放，百家争鸣'方针，借'题材广泛论'之名，行资产阶级自由化之实"之意图的表现。②

柯庆施提倡"写十三年"在当时的文艺界引起许多不同意见，然而周扬等人并未公然地和正式地表达对这一提法的批评，只不过是通过倡导题材的多样化，委婉地建议戏剧家不要被"写十三年"所束缚，可以走更开阔的创作道路。

然而这场对周扬等人展开批判的运动依然日益深入，"大字报"

---

① 参见《中共中央宣传部举行会议高举毛泽东思想伟大红旗愤怒声讨文艺界黑帮头子周扬》，《人民日报》1966年7月29日。
② 参见胡经之《驳周扬的"题材广泛论"》，《人民日报》1966年11月24日。文中所称戏剧题材的"三者并举"并非1958年提出的，最早见于1960年5月15日《人民日报》社论《戏曲必须不断革新》。

成为"文化大革命"的标志性文本。甚至连权威的《人民日报》,也集中地刊登了各单位张贴的批判周扬等人的大字报。①

例如,其中一张出自中国戏剧家协会的大字报,指《戏剧报》1966年第2期发表的批判田汉的文章,经林默涵亲手改了6次,标题也是"三改而后定",而在写这篇文章时林默涵曾经提出"八不许":

(一)不许发动工农兵批判,只准剧协写一篇假批判了结,从而全面否定了剧协革命同志提出的公开批判田汉的三十二个选题;(二)不许揭露田汉在内部各种场合放出的大量黑话,只能引用其公开发表的文章;(三)不许提影射;(四)不许提政治问题,只许提学术问题;(五)不许提"修正主义";(六)不许提"历史问题";(七)不许提田汉反党;(八)不许提路线问题。②

更有意思的是,另一张大字报指《文艺报》1966年第6期发表的邓绍基批判《赛金花》的文章,是林默涵下令发表的,然而"这篇经过林默涵精心修改的文章,是一株彻头彻尾的大毒草。这篇文章公然为夏衍辩护,说夏衍写《赛金花》的动机是好的"。大字报

---

① 《大字报选:周扬以攻为守破坏文化大革命》(选自中共中央宣传部的大字报),《人民日报》1966年8月4日。
② 《炮打走资本主义道路的当权派林默涵大字报选》,本文署"选自中共中央宣传部的大字报"。《人民日报》1966年9月22日。

第二章 政治与艺术的博弈

说"林默涵所谓这篇文章从新的角度批判了《赛金花》,实际上是一种反党反社会主义的新角度。他要发这株毒草的目的,就是要破坏无产阶级文化大革命,就是要保护他的主子,包庇他的帮凶和掩护他自己,千方百计地保存反革命力量,妄图东山再起"。① "中国东方红话剧院"(即中国青年艺术剧院)的大字报,重提 1962 年"林默涵和阳翰笙共谋",上演了后者的《李秀成》,还扶植了《费加罗的婚礼》,并且把 20 世纪 30 年代后期抗战演剧队创作的《抓壮丁》作为纪念毛泽东《在延安文艺座谈会上的讲话》发表二十周年的献礼剧目,并指示要让《抓壮丁》成为保留剧目。

阳翰笙当然也是批判对象,他最多被提及的"罪行",是在 1962 年广州会议上的讲话,批判文章指他"扯下画皮,赤膊上阵,扮演了反党急先锋的可耻角色。他不仅给一伙牛鬼蛇神壮胆撑腰,伸冤出气,而且亲自出马,作了一个又长又臭的讲话,疯狂攻击党的领导"。文章说这番讲话"是阳翰笙全面的、系统的反党纲领,是他的反党面目的大暴露"。其中最核心的内容,就是在会上阳翰笙指出当时的文艺政策上的缺失,他把那些制约戏剧创作的理论观点,比喻成"十根绳子",提出要在创作上打破这些框框。②

对田汉的批判也在加码。《人民日报》专门发表了一组批判田汉的文章,并且加了编者按,给田汉戴上了"文艺界的一个反革命

---

① 《炮打走资本主义道路的当权派林默涵大字报选》,本文署"选自《文艺报》编辑部的大字报"。《人民日报》1966 年 9 月 22 日。
② 参见《痛斥阳翰笙"十条绳子"的谬论》,《剥开周扬死党阳翰笙的画皮大字报选》,《人民日报》1966 年 12 月 27 日。

修正主义分子、党内走资本主义道路的当权派"的大帽子。其中署名炬辉的文章,指"田汉是混进党内的反革命修正主义分子,是戏剧界反党反社会主义反毛泽东思想的急先锋",并且说他"在周扬的指使和庇护下……猖狂地进行反党反社会主义复辟资本主义的罪恶活动",他1956年赴湖南、广西等地召开老艺人座谈会和此后写的《谢瑶环》,此时都成为其罪证:

> 田汉留恋资本主义,仇视社会主义。他对维护旧制度的反革命戏剧艺术,热心提倡,拼命鼓吹。他对为社会主义服务的革命现代戏,横加指责,疯狂反对。他对改革旧京剧的伟大革命创举,百般阻挠,竭力破坏。田汉拼命鼓吹封建阶级、资产阶级的戏剧艺术,反对无产阶级的戏剧艺术,就是为资本主义复辟作舆论准备。①

文章指田汉一直在称赞20世纪30年代戏剧之革命性和文艺性兼具的特点,"大肆吹嘘和贩卖'三十年代'戏剧的资产阶级黑货",就是他为了要在戏剧界建立其资产阶级反革命专政的表现。尤其是1957年他和夏衍、阳翰笙共同发起的"话剧运动五十周年纪念"活动,更是有组织、有计划、有纲领的反革命复辟预演。

鲁迅在文学论争中曾经讽刺周扬、田汉、夏衍、阳翰笙这4位20世纪30年代与他有隙嫌的上海左翼文艺领导人为"四条汉子",

---

① 炬辉:《把戏剧界的"祖师爷"、反党分子田汉斗倒、斗垮、斗臭》,《人民日报》1966年12月6日。

这个刻薄的称呼被重新拿出来使用。在各地报刊上，对"四条汉子"在20世纪30年代的文艺观念与创作、他们1949年之后所倡导的文艺观点和制定的文艺政策展开了全方位的批判。还有相当多的文章，指当年的革命现代京剧作品在创作与修改过程中，均遭到"四条汉子"的竭力破坏。有文章指出，《智取威虎山》的创作之所以取得了巨大的成功，就是因为他们"顶住了周扬、林默涵、田汉等党内走资本主义道路的当权派以及资产阶级艺术'权威'的责难、压制和打击，砸碎了旧京剧的条条框框，为我们塑造了一个用毛泽东思想武装起来的无产阶级英雄人物的光辉形象"。① 而中国京剧院《红灯记》剧组在介绍他们的创作过程时，先控诉了"四条汉子"的破坏，说他们歪曲了"整个抗日战争的历史背景"，更重要的是：

> 他们的种种破坏行为，有一个所谓"理论根据"，就是周扬等"四条汉子"所狂叫的"写真实"论。凡是有利于塑造无产阶级英雄人物，打击了反革命修正主义文艺黑线的地方，他们就以"不真实"为借口予以抵制破坏；凡是贩卖了封、资、修黑货的地方，他们则诡称这是"真实"，极力宣扬，顽抗到底。上述种种实例足以说明，他们的所谓"真实"，是与无产阶级的革命真理水火不相容的，是毒害人民的精神鸦片，是一把杀人不见血的软刀子，是为复辟资本主义效劳的。对此，我

---

① 江宗开：《闪耀着毛泽东思想光辉的英雄形象》，《人民日报》1966年10月24日。

们必须继续给予批判，彻底摧毁。①

这些大字报和批判文章无论是在思想内容上还是文风上都非常之相似，它们最大的共同点，就是阶级斗争话语的全面运用。在这里我们可以清楚地看到时代的整体气氛，各类有关文艺的、戏剧的、历史的和其他方面的不同意见，几乎完全都被看成是两个对立的阶级之间的"阶级斗争"，是"反党反社会主义"的，因此这些提出不同意见的人都是"阶级敌人"。相比起1958年把许多对戏剧领域所存在的问题提出批评的艺术家打成"右派"，此时的批判明显升级，而批判话语及其激烈程度更同时升级。在这一时期出现的大量带有暴力色彩的批评话语，形成了一种特有的文风。

对田汉、周扬等人的持续批判，不只是对他们个人的戏剧和文艺观念的批判，更是对1949—1964年的中国戏剧与文艺政策的清算。撇开大多数批判文章中虚张声势的帽子与口号，通过这些大批判文章，我们好像看到这一时期的戏剧主流观念，因为是一批"反革命修正主义分子"用来"专无产阶级的政"的，所以必将全部终结。但我们很快会发现，就像1949年胡风用"时间开始了"形容一个新时代的开端，而传统的脉络即便成为一股潜流却依然存在并发挥其作用一样，从周扬到田汉的戏剧思想，依然会经常以新的方式，影响着"文化大革命"时期的戏剧创作与演出。

---

① 中国京剧院《红灯记》剧组：《为塑造无产阶级的英雄典型而斗争——塑造李玉和英雄形象的体会》，《人民日报》1970年5月11日。

四　新的"毒草"不断出现

戏剧批评有多种形态，我们不妨把"文化大革命"期间的"大批判"文章也看成一种特定的文体。"大批判"是"文化大革命"最重要的组成部分，戏剧界掀起了有史以来规模最为浩大的批判"毒草"的大规模群众运动。在全国各地，有无数戏剧作品，在"大批判"文章里，被称之为"封、资、修"的"毒草"。对"毒草"的批判无须客套，也不再需要论证，各类批判文章中都充斥着那种极典型的话语。新的运动层出不穷，戏剧批评总是可以找到新的话语，参与到当时的运动中，这一时期的戏剧批评既有一以贯之的特性，又有微妙的词语变化。

姚文元批《海瑞罢官》的文章，尽管并不是对戏剧领域的"毒草"展开激烈的大批判的开端，然而却是最具影响的批判文章，其原因当然是由于文章的背景。姚文元的文章刚刚发表时，北京市委还用上海也上演了《海瑞上疏》之类的海瑞戏为自己辩护，试图说明海瑞题材并非北京所特有，然而这一躲闪的姿态完全没有达到应有的效果，周扬也被指为当年全国各地纷纷上演海瑞题材剧目的主要推手。

上海迅速开展了对《海瑞上疏》的公开批判，1966年6月新华社报道："上海广大工农兵群众、革命干部和革命知识分子，以毛泽东思想为武器，最近连续举行座谈会和发表文章，批判《海瑞上疏》这株大毒草。他们严正指出：不管周信芳一伙有什么样的'靠山',也不管周信芳一伙要弄什么样的花招,我们一定要粉碎他们的反党反社会主义的阴谋,把一切牛鬼蛇神统统揪到光天化日之下示众!"报道称:"广大群众怀着无比愤慨的心情指出:《海瑞上疏》和《海瑞骂皇帝》《海瑞罢官》一样,都是右倾机会主义政治路线孕育出来的毒胎;一南一北,一唱一和,反革命的手法一致,反革命的目的相同。"几乎与此同时遭到批判的还有海南上演的琼剧《海瑞回朝》和天津上演的河北梆子《五彩轿》等。《海瑞罢官》和《海瑞上疏》是批判的重点,这一批判持续了数年。[①]

各地除了以海瑞为主角的戏剧作品,无论其在哪个时期创作和演出,都被逐一找出来批判之外,批判的矛头,从《海瑞罢官》逐渐扩展到其他清官戏,如山东上演的柳子戏《孙安动本》等,联想到"戏改"初期清官戏受到的批判,颇令人有历史轮回之感。

当然,不只清官戏,在"破四旧,立四新"的口号铺天盖地的年代里,大量传统戏被称为毒草,它们此时的命运不再只是"暂时停演",文化部对所有鬼戏决定"暂停"上演的态度,也被看成是阶级敌人罪恶地期待复辟的阴谋。在大批判高潮里,对各类传统戏的大批判,是清除封建主义遗毒的工作中极重要的一部分。1949年之后创作上演的剧目,更是很少幸免。

"文化大革命"期间出现的戏剧作品,并不能天然地避免被打成"毒草"的命运。晋剧《三上桃峰》、湘剧《园丁之歌》就是在

---

① 参见上海京剧院《无产者》联合战斗队《周信芳及其大毒草〈海瑞上疏〉必须再批判》,《文艺战报》第18期,上海艺术院校文艺界革命造反司令部,1967年6月26日印行。

第二章 政治与艺术的博弈

其间创作上演,却被打成"毒草",遭到大规模批判的戏剧作品。1974年2月17日于会咏在华北区调演大会上的讲话,公开批判了晋剧《三上桃峰》,于是对这部剧作的批判在全国各地掀起了一个高潮。①

《三上桃峰》曾经因其体现了"共产主义风格"而受到称赞,"风格戏"的美誉此时也被批判文章大加嘲讽,而1965年中国青年艺术剧院根据文化部的指令将《三上桃峰》的原素材改编成话剧《春风杨柳》的往事,以及当时田汉、阳翰笙等人对它的高度评价,都被重新提起,成为批判的重要依据。②

几乎同时受批判的还有湘剧《园丁之歌》。署名湘晖的批判文章称湘剧《园丁之歌》是一出正在受到批判的坏戏,"名为歌颂教育革命的'教改新篇',实为吹捧修正主义教育路线"。批判认为该剧宣扬的是"智育第一"和"文化至上"的思想,而且鼓励对学生运用"管、卡、压"或变相的"管、卡、压"的手段,这些很明显都是在"贩卖修正主义教育路线",当然,也是在宣扬"孔孟之道"。③

"文化大革命"的发动,不仅意味着戏剧评论的基本价值取向发生了质的改变,同时出现了一种全新的戏剧评论态势。从1964年开始,就出现了一个名为"工农兵"的评论新群体。《文艺报》

---

① 郑汶:《从围剿〈三上桃峰〉谈起》,《文艺报》1978年第2期。
② 参见初澜《评晋剧〈三上桃峰〉》,《人民日报》1974年2月28日。
③ 湘晖:《评湘剧〈园丁之歌〉》,《人民日报》1974年8月2日;初澜:《为哪条教育路线唱赞歌?——评湘剧〈园丁之歌〉》,《人民日报》1974年8月4日。

1965年第2期发表的专论指出：

> 近几个月来，各地工农兵群众积极参加了文艺评论工作，投入了文艺战线兴无灭资的斗争。这使得文艺评论的阵营为之一新，文化革命的气势为之一壮。
>
> 报刊上发表了大量的来自工农兵群众的文章和意见，有理论上的争鸣，有创作上的探讨，有对社会主义文艺的热情鼓励，对反社会主义毒草的口诛笔伐，有对各项文艺工作的批评和建议。①

《文艺报》的专论说，"工农兵要起来管文艺，要掌握文艺武器，要促使我们的文艺在为工农兵、为社会主义服务的光明大道上健康发展，不让它走上资产阶级的邪门歪道"。专论认为"立场坚定，旗帜鲜明"就是工农兵的文艺评论最大的特点。② 此前在江西省戏曲现代戏观摩演出大会上，该省就组织了400多名工农兵群众参加评戏活动，它被称为"文艺评论工作中一项革命性的措施"，报道指出："吉安专区采茶剧团演员王水金在评戏座谈会上听了工农兵的发言后，写了四点体会：一、工农兵看戏，阶级观点很明确。他们对歌颂帝王将相、才子佳人的旧戏很不满意，对革命的现代戏热烈欢迎。这使我进一步理解了演革命现代戏的意义。二、工农兵既懂政治又懂艺术，他们对戏的内容和表演提出的意见很宝

---

① 《工农兵的评论好得很》，《文艺报》专论，1965年第2期。
② 同上。

第二章 政治与艺术的博弈

贵,书本上找不到。他们不提,我们就要闹笑话。三、文艺工作者脱离了工农兵就等于鱼离开了水,不能生存。四、决心一辈子演革命的现代戏,长期深入工农兵。"① 山东省现代戏观摩演出大会特别组织了工农兵评论员,《戏剧报》转述了山东《大众日报》为此发表的短评,指出:"革命的文艺,是为社会主义、为工农兵报备的,服务得好不好,应当由谁来检验和评定呢?革命现代戏所演的革命故事,是工农兵亲手创造的,所演的英雄人物就是工农兵。一出戏写得真实不真实,演得像不像,表现得充分不充分,深刻不深刻,工农兵当然是最好的、最权威的评论者。"②

让工农兵参与戏剧评论的理念,贯穿了整个"文化大革命"时期,并非初期的权宜之计。尽管我们在报刊上读到许多署名解放军某部、某工厂或某公社社员的文章时,未必都同意这些文章都是未经专业训练和缺乏专业知识背景的"工农兵"作者所撰写,但是该时期的媒体如此有意识地突出这些作者的"工农兵"的身份,明显包含了否认专业知识和专业训练在各行各业的重要性的意思,对他们的非专业身份的刻意强调,是与要在各部门和单位彻底推翻"资产阶级反动权威"的统治地位相表里的。因此在报刊上经常可见的"工农兵"撰写和署名的批判文章,就成为工农兵夺取了一直由资产阶级知识分子掌握着的文艺话语权、占领了文艺批评的舆论阵地的重要标志。1975年《人民日报》专门开展了一次有关上海工人评

---

① 《解放日报》通讯:《请工农兵评革命现代戏》,《解放日报》1964年12月14日。
② 《工农兵评戏好得很》,《戏剧报》1964年第11期。

论队伍的调查,报告称:"在上海市的文艺战线上,活跃着一支朝气蓬勃的工人文艺评论队伍。这是无产阶级文化大革命中出现的新生事物,是工人理论队伍的一个方面军。"报告指这支队伍在成立之初,就"积极投入了对修正主义文艺黑线和毒草小说、戏剧、电影的批判,在斗争中锻炼和形成了一支工人文艺评论骨干"。他们是"意识形态领域的哨兵"。①

随着1976年"文化大革命"的结束,戏剧领域"毒草"层出不穷的现象终于告一段落。虽然一度有许多传统剧目和创作剧目被打成"毒草",但是样板戏却意外地没有被打成"毒草"。不仅最初的八个"革命样板戏"仍然得到极高的评价,甚至像《杜鹃山》以及同时期出现的一些"革命现代京剧"作品,也几乎完全没有被批判"四人帮"的潮流触及。

第二节 样板戏与"三突出"

一 "大写十三年"

1963年年初,华东区兼上海市委书记柯庆施提出戏剧要"大写十三年",1963年年底召开的华东区话剧观摩演出,就是他的这一口号的具体实施,它成为年初柯庆施号召"大写十三年"的成果检阅。《解放日报》为此刊发了姚文元执笔的社论《大力提倡现代

---

① 本报通讯员、本报记者:《用马克思主义占领文艺阵地的生力军——上海工人文艺评论队伍的调查》,《人民日报》1975年3月2日。

第二章 政治与艺术的博弈

戏——祝华东区话剧观摩演出开幕》。社论指出：

> 这次话剧观摩演出的一个最鲜明的特点，就是全部剧目都是力图反映社会主义革命和社会主义建设时期的现实斗争，反映我国人民在各条战线上所获得的伟大胜利，反映革命人民高尚的精神面貌和高度的政治觉悟。这是华东戏剧舞台的新气象。①

《解放日报》的这篇社论直接而明确地把戏剧创作中题材上的选择，提高到思想领域阶级斗争的高度，社论指出："今天思想战线上存在复杂的阶级斗争……思想战线上是没有空白地带的，事实只能是这样：舞台上社会主义的东西少了，资产阶级和封建主义的东西就多了；工人、农民、战士和其他革命人民和英雄面貌少了，公子哥儿、少爷小姐、才子佳人、帝王将相的形象就多了；无产阶级和劳动人民的英雄气概少了，资产阶级、小资产阶级和封建阶级的不健康情调就多了。"② 现代戏创作与演出的意义，被加上了非常浓厚的政治意味，而且，社论有意识地通过阶级斗争此消彼长的对比渲染现代戏创作的紧迫感，具有很强的鼓动性。

现实题材的新剧目创作1949年之后一直得到特殊的重视，真正称得上第一波高潮的，是在"大跃进"的1958—1959年。20世

---

① 社论：《大力提倡现代剧——祝华东区话剧观摩演出开幕》，《解放日报》1963年12月25日。
② 同上。

纪40年代末解放区创作的"解放新戏"的出现与流行，一度似乎有要把"旧剧"挤出舞台的迹象，然而，在实际演出中，由于"解放新戏"在题材人物和表演手法上相对单调重复、剧目数量也有限，还因为其中充斥宣教式的概念化的语言，因而短暂的新鲜感消退之后，观众很快就对它们丧失了兴趣，传统戏和历史题材剧目，仍然在舞台上占据上风。希望实施较宽松的戏剧政策，允许大部分传统剧目继续上演，以改变演出剧目贫乏所导致的戏剧市场萎缩的现象，也是20世纪50年代初戏剧理论界和评论界基本认同的观点。国营和民营公助剧团创作现代戏当然受到鼓励，但演出市场却体现了观众对不同题材剧目各有所好的均衡格局。但这一格局在1959年"大跃进"的狂热中被打破了，文化主管部门开始把现实题材剧目创作作为最优先考虑的政策导向。尤其是1958年在文化部召开的全国戏曲表现现代生活座谈会上，周扬提出要通过现代戏创作"完成戏曲工作的第二次革新"，这次革新最主要的任务，"就是要使戏曲艺术不仅适合于新时代的需要，而且要使它能够表现工农兵，表现新时代"。① 文化部副部长刘芝明在会议总结发言中更明确提出，要努力解决戏曲表现现代生活的问题，通过"演现代戏扩大社会主义阵地"，"鼓足干劲，破除迷信，苦战三年，争取在大多数的剧种和剧团的上演剧目中，现代剧目的比例分别达到20%至50%"。② 而即使是这种不切实际的"大跃进"的狂热退烧

---

① 《周扬同志谈戏曲表现现代生活问题》，《戏剧报》1958年第15期。
② 刘芝明：《为创造社会主义的民族的新戏曲而努力——1958年7月14日在戏曲表现现代生活座谈会上的总结发言》，《中国戏曲志·北京卷》，第1453—1454页。

第二章 政治与艺术的博弈

之后，文化部门仍一直努力推动现代戏创作演出。1960年4月13—29日，文化部集中全国各地6个剧种的10个剧团在北京举行"现代题材戏曲剧目观摩演出"，1960年5月7日，文化部副部长齐燕铭在《北京日报》发表文章《现代题材的大跃进——祝现代题材戏曲剧目观摩演出的胜利》，强调要"大力发展现代剧目"[①]，即使此后为了平衡片面提倡现代戏的倾向而提出的"三并举"剧目政策，现实题材剧目创作的重要性也是不言而喻的。在某种意义上，传统戏的演出因早有相当深厚的观众基础而无须强调，历史题材的剧目相对也较容易受欢迎，所以"三并举"中真正需要政府文化部门力"举"的，主要还是现实题材剧目的创作。当然，这里所说的"现实题材"是有特定含义的，一方面它当然是在意识形态指向上与当时的政策相吻合的作品，另一方面，实际上它所包含的范围并不是一般意义上的"现实"，也包括近现代以来的历史叙述，即所谓"回忆革命史，歌颂大跃进"[②] 的戏剧作品。

1963年，柯庆施提出"大写十三年"的口号，并且根据这一指导思想举办华东区话剧观摩演出，规定只上演表现1949年之后的现实生活题材剧目。他当然清楚地知道这一题材限制与"百花齐放，推陈出新"的方针，尤其是与文化部提倡的"三并举"方针明显存在差异，甚至是相互抵触的。不过他通过官方媒体《解放日报》辩

[①] 齐燕铭：《现代题材的大跃进——祝现代题材戏曲剧目观摩演出的胜利》，《中国戏曲志·北京卷》，第1470—1471页。

[②] 拙著《20世纪中国戏剧史》下册（中国社会科学出版社2017年版）有专门章节论述该时期的"现代戏"这个范畴与其字面上的意思有异的特定内涵，此处不赘。

称，这是为了更好地贯彻毛泽东的阶级斗争理论，是为了在"创造社会主义新文化"时确保社会主义的艺术不被"最陈旧的老古董淹没"①。中宣部担心全国各地纷纷仿效，迅速做了澄清，坚持"三并举"依然是国家的戏剧方针，但是并没有尝试着去纠正、阻止或公开否定柯庆施"大写十三年"的观摩演出。

华东区话剧观摩演出有华东各省市和部队共 16 个话剧团参加，上演了这些剧团新创作的 13 个多幕剧和 7 个独幕剧，全部是"反映社会主义革命和社会主义建设"的剧目。柯庆施 1963 年 12 月 25 日在华东话剧观摩会演开幕式上的讲话，首先指出了这次观摩演出的特点："第一是提倡话剧，第二是提倡现代剧，第三是总结交流创作和演出现代剧的经验。"柯庆施特别指出，话剧比其他剧种更便于反映现实的生活和斗争，也比较容易为工农兵群众看懂听懂，因此是最有生命力、最有前途的一个剧种。在柯庆施的讲话里，重复了毛泽东（巧合地）就在此前几天对他抓故事会和评弹改革工作的批示，还为之提供了关键的旁证：

> 目前值得我们严重注意的问题是：有些人，包括一些共产党员在内，热衷于资产阶级、封建阶级的戏剧，对于反映当前社会主义革命和社会主义建设的沸腾的生活和火热的斗争，反而缺乏兴趣，缺乏热情。近几年华东地区有的话剧团在 1960 年上演的现代戏，只占全部剧目的百分之七，1961 年占百分之十

---

① 社论：《出社会主义之新——再论大力提倡革命的现代剧》，《解放日报》1964 年 1 月 15 日。

七，1962年连一个也没有了。有的话剧团在1961年和1962年两年里，连一个现代戏也不演。有的话剧团还一度上演了不少宣扬封建主义和资本主义的戏。这就不是一个小问题，而是一个关系到文艺工作的方向、道路的大问题，绝对不可等闲视之。这种不正常的情况必须迅速改变。①

柯庆施认为："产生这种情况的原因，一是立场问题。站在资产阶级、小资产阶级的立场上，对无产阶级的革命事业、工农兵的生活和斗争，没有感情，不热爱，甚至抱反对的态度。二是没有真正深入到实际生活和实际斗争中去，脱离群众，脱离实际。"② 有关会议的报道指出："在这个讲话中，柯庆施列举了华东地区各个方面涌现的新人新事和英雄模范人物的大量材料，说明新中国劳动人民正在进行着翻天覆地、前无古人的革命事业，创造着无限壮丽宏伟的历史诗篇。柯庆施问道，我们的文艺工作者，怎么可以不尽情地歌颂这样伟大的时代，精心刻划这样伟大的工农兵群众，虔诚地

---

① 《反映社会主义新时代的现代剧前途灿烂——柯庆施同志在华东区话剧观摩演出开幕式上的讲话（摘要）》，《人民日报》1963年12月29日。《解放日报》1963年12月25日的社论对现代戏演出状况的统计，因为不限于话剧，所以数据略有区别，社论提道："从华东有一些地区的材料来看，这几年上演现代剧，却存在严重的不足，不能反映出丰富多彩的社会主义生活和劳动人民的英雄面貌。从一些地区的情况来看，1961年和1962年，上演现代剧和革命斗争历史剧（包括话剧、戏曲、曲艺）的比重，分别占上演剧目的百分之十二点六和百分之八。到1963年，在党的提醒下，情况才开始好转。话剧是比较适宜反映现实生活的，但有些省的话剧团，1962年或者1961、1962这两年内，一个现代剧也没有上演，外国资产阶级的古典戏、古代戏、历史戏的比重，却占到一半以上。这还是只就数目字来看的，还没有讲到思想内容，还没有讲到不健康的资产阶级情调和那些反动、荒诞、色情、迷信的东西对群众的精神影响。"

② 同上。

塑造这样伟大的英雄人物的形象？我们不这样做，能吃得下饭、睡得着觉吗？认为现实生活中无戏可写、无戏可演的人，究竟是站在什么样的位置，用什么样的眼光，用什么样的感情来看待我们的现实生活呢？柯庆施继续指出，不写现实生活，不写工农兵，认为这里没有戏，没有人情味，感情不丰富，实际上就是认为：只有写古代的帝王将相、才子佳人，写资产阶级、小资产阶级，这才有戏，才有人情味，才有丰富的感情，这显然是错误的。"①

华东区话剧观摩演出使戏剧政治化的趋势达到了新高度，戏剧创作中的题材选择成为"两条道路、两种方向的斗争"的阵地，"为哪一个阶级服务"的政治抉择。戏剧理论家和批评家努力从这些新作品里，找到足以证明现代戏的优势与魅力的证据，为华东话剧观摩会演的意义背书：

> 这次观摩演出证明了反映现实生活斗争的戏完全可能创造出鲜明生动的社会主义新人的形象。夏征农同志列举了这次演出的剧目中，许多塑造得相当成功的社会主义新人的艺术形象。像《年青的一代》里的萧继业和林岚，《丰收之后》里的赵五婶，《一家人》里的杨阿炳、杨国兴，《激流勇进》里的王刚，《红色路线》里的县委农村工作部部长，《我们的队伍向太阳》里的指导员，《战斗的岗位》里的连长，《湾溪河边》里的党支部书记，《母子会》里的小战士，都是社会主义时代的先

---

① 《反映社会主义新时代的现代剧前途灿烂——柯庆施同志在华东区话剧观摩演出开幕式上的讲话（摘要）》，《人民日报》1963年12月29日。

进人物，值得人们仿效和学习。还有《龙江颂》里的大队长、《红色路线》里的于彩华，《第一与第二》里的班长……虽然有缺点，但是他们的品质是好的，知过能改，看了还是使人感到很可爱。他说，这些社会主义新人，具有远大的共产主义的理想，高度的社会主义觉悟，这种高大的形象，超过了历史上任何年代、任何阶级的英雄人物。①

以上海为中心的媒体充斥着对这次会演及其具体作品的高度评价。《解放日报》为此发表的社论引用观众的感受，说他们纷纷反映剧中人物"有血有肉"，"戏味盎然"，使他们感到"很熟悉，很亲切"，"越看越有味道"，认为"这些戏有很大的教育意义"，有很多观众还表态，要把剧中英雄人物作为自己学习的榜样。"这样巨大的创作上的丰收，无论在规模上，内容上，艺术质量上，以及从观众反应的热烈程度看，都是华东话剧史上所少见的。"②《文汇报》为此发表的社论称"华东区话剧观摩演出展现了巨大的成绩，为社会主义的话剧事业的发展和繁荣开辟了宽广的道路"。③

虽然"写十三年"的口号引起了一些争议，但是正如上引《文汇报》社论所指，华东现代戏观摩演出的影响，何止在华东地区。

---

① 本报讯：《观摩演出是繁荣和发展社会主义话剧的大进军》，《解放日报》1964年1月23日。

② 社论：《坚持毛泽东文艺方向，促进社会主义戏剧事业的繁荣》，《解放日报》1964年1月23日。

③ 社论：《为了社会主义话剧事业信心百倍地奋勇前进——庆祝华东区话剧观摩演出胜利闭幕》，《文汇报》1964年1月23日。

1964年全年，全国各省市区几乎都陆续举办了现代戏观摩演出，如《戏剧报》的综合报道指出，江苏省参加会演的26个剧目"除两出戏是革命历史题材以外，其他24出都是反映社会主义时期现实生活和斗争的革命现代戏。这些戏热情地歌颂了新人新事新风尚，较好地塑造了一批工农兵的英雄形象，具有强烈的时代气息"①。

全国各地纷纷举办的现代戏观摩演出中，多数省份参加会演的都如柯庆施"写十三年"的口号所说，是清一色的当代题材作品。这些作品的艺术质量和市场反应究竟如何，我们从媒体对这些观摩演出的报道与评论中，未必能获得真实客观的描述与评价。从整体上看，戏剧理论家和评论家并非没有判断。李希凡在他对1963年多个反映当代生活的有代表性的优秀剧目的评价中指出，它们固然在努力"发掘具有现实意义的题材和主题"，但是他坦率地写道：

> 从1963年的整个话剧创作来看，题材和主题，仍然是不够广阔的，至少反映农村斗争生活的作品，还没有写出比《李双双》更有力的剧本来（话剧《李双双》基本上是根据电影剧本改编的）。然而，从这几出戏所反映的生活来看，却不能不说它们从各种不同的题材角度，白抓住了激动今天观众的具有现实意义的主题，特别是反映青年生活和思想题材的作品，可以说解放以来一直是我们文艺创作中的薄弱环节，而1963年在话

---

① 《江苏、甘肃省举行现代戏观摩演出大会》，《戏剧报》1964年第8期。

剧舞台上，竟出现了三出好戏，确实是一个很大的突破。①

他肯定了这些作品能够"深刻地揭示现实生活中的矛盾和斗争"，并且，"由于剧作家善于联系阶级斗争的现实观察人民内部矛盾的变化，他才能从很平常的生活事件中，揭示这一历史时期复杂的社会矛盾和各阶层人物的动态，真实而自然地把它们交错在戏剧情节里，结构出生动感人的性格冲突，充分地揭露它们的本质面貌，深刻地开掘了富有时代意义的题材和主题——谁影响谁，谁改造谁，谁战胜谁，在社会主义革命的时代，仍将是一场长期的艰巨的斗争"。②

从1963年华东区话剧观摩演出会和1964年京剧现代戏观摩演出大会前后的一段时间里，各地纷纷通过会演这一强有力的手段，引导剧团把主要时间、精力与资源用于现代戏创作排演，新剧目数量达到"大跃进"后又一个高峰。《文艺报》刊登评论员文章指出："这些观摩演出的成就，标志着我国舞台已经起了巨大的变化，出现了从未有过的新局面和新面貌：革命现代戏不仅占领了话剧、歌剧的舞台，也占领了戏曲特别是京剧的舞台；工农兵英雄人物成了舞台上的主人；舞台已经成为在兴无灭资斗争中向人民进行社会主义教育的阵地。"③

---

① 李希凡：《为充满时代精神的话剧创作而欢呼——评1963年的几个反映当代生活的优秀剧目》，《人民日报》1964年11月26日。
② 同上。
③ 本刊评论员：《日新月异的戏剧舞台》，《文艺报》1965年第8期。

在 1964 年北京举办的京剧现代戏观摩演出之后，全国各地又出现了新一轮现代戏会演，这次会演由各大区举办，并且包容了更多的剧种。为了通过戏剧批评充分揭示各地区在现代戏会演中出现的有代表性的剧目的思想内涵，中央有意识地组织了有影响的戏剧评论家，阐释这些全国各地参加会演的现代剧目的思想内涵与人物形象塑造的意义。

陆贵山把参加华北地区话剧歌剧观摩演出的话剧《女飞行员》誉为"话剧舞台百花园中的一朵新花"，他指出"这个剧题材新，主题新。全剧以活学活用毛主席著作为红线，通过几个出身不同、思想性格各异的空军女战士的成长，生动地展现了新中国妇女'不爱红装爱武装'的革命精神，显示了毛泽东思想的巨大威力。话剧《女飞行员》告诉人们一个革命的真理：群众一经毛泽东思想武装起来，便会以坚定的步伐排除万难，创造出奇迹来"。[①] 赵寻为中南区戏剧观摩演出写的评论指出，这次观摩演出"演出了 19 个剧种的 51 出革命的现代戏，显示了社会主义戏剧的强大力量。这次会演的成就，不仅为中南区革命现代戏迅速、全部地占领舞台奠定了基础，而且将对全国社会主义戏剧运动产生重大影响。这是文化革命在戏剧战线上取得的新的胜利"。他认为这些剧目所反映了丰富多彩的生活面貌，而其原因主要是创作题材广泛，借此说明"大演革命现代戏不但不会像有的人担心的那样，戏剧题材会趋于狭窄、单调，相反地，它促进了戏剧题材的丰富、多样。有些戏曲剧种，过

[①] 陆贵山：《毛泽东思想的赞歌——看话剧〈女飞行员〉》，《文艺报》1965 年第 4 期。

去只能演出传统剧目,内容不外是帝王将相的兴衰成败,才子佳人的悲欢离合。而今天能够表现工农兵的生活了,这样,不但它们的新剧目大大增多,剧种面貌也焕然一新了"。他尤其高度评价了一批小戏,指出:"如曲剧《游乡》、湖南花鼓戏《打铜锣》、楚剧《双教子》等包括十多个剧种的25个剧目,在会演中引起了大家的重视。这些小戏不仅具有演出方式轻便灵活,便于深入农村的特点;更富有浓厚的生活气息,明确锋利的思想性和精致动人的艺术性;它往往取材于农村生活的一个侧面,描写一人一事一问题,矛盾集中,情节紧凑,有的颇有新喜剧的特色;在表演上批判地吸收了传统戏曲的表演程式,发挥了各剧种原有的艺术特长,生动地表现了新的生活,并在艺术上有所发展和提高。"[1] 秦牧则用"小型革命现代戏的巨澜"形容中南区戏剧观摩会演,他所肯定的湖南花鼓戏《补锅》是一出"充满风趣的小喜剧",虽然情节简单,但是由于人物"有许多隽永的唱词、对话",大量戏剧动作"又被化成了舞蹈,充满戏曲的特色",因而饱满动人,妙趣横生。[2] 李伯钊称赞西北地区现代戏观摩演出大会上演的"都是革命的现代戏,社会主义的戏,共产主义风格的戏,各族人民团结友爱、共同奋斗、共同建设我们伟大祖国的戏",她认为这些剧目"对兄弟民族在社会主义祖国在家庭中的崭新的精神面貌有强烈的反映",而且"剧目题材丰富多彩,革命性战斗性强,反映及时、迅速,富有现实教育意义",尤其是"英雄人物各具特色,品格很高,形象感人",且"在

---

[1] 赵寻:《数风流人物,还看今朝》,《文艺报》1965年第9期。
[2] 秦牧:《小型革命现代戏的巨澜》,《戏剧报》1965年第9期。

反映社会主义革命和社会主义建设中人民内部的矛盾和斗争方面，也取得了很大的成绩"。① 在中南区戏剧演出大会中出现的粤剧《山乡风云》被称为"编演得比较好的粤剧革命现代戏"，谢芝兰、林榆认为"这出戏给我们说明，粤剧是能够演好革命现代戏的，这无疑是粤剧工作的一个很大的进步。它在运用粤剧的传统形式来表现革命思想内容方面作了重要的探索，取得了重要的经验，值得加以重视"。②

大力推动有关现代戏的评论，是宣传文化主管部门的一项全新的措施，将戏剧批评推到了新阶段。尤其是有关京剧现代戏的评论，更是在主动为现代戏鸣锣开道。有报道指出《光明日报》发表的相关文章在各重要报刊中名列前茅。从1963年9月9日，《光明日报》展开了戏曲改革的讨论，到1964年6月2日共发表讨论文章133篇，涉及戏剧界关注的所有重大问题，最后还发表了一篇总结性的编辑部文章，在全国各地纷纷推进现代戏演出的背影下，这些讨论对统一戏剧界的思想，起到了重要作用。在1964年京剧现代戏观摩演出大会期间，《人民日报》《光明日报》《北京日报》更是做到了"每剧必评"，对所有参演剧目都发表了评论文章。《人民日报》专门开辟了"京剧现代戏随感"和"剧场内外"栏目，《光明日报》也"对人物形象的塑造、表演技巧、舞蹈艺术、唱腔、音

---

① 李伯钊：《戏剧战绩上的新成就——赞1965年西北地区现代戏观摩演出大会》，《戏剧报》1965年第9期。
② 谢芝兰、林榆：《从〈山乡风云〉谈粤剧姓粤》，《南方日报》1965年9月6日。

乐、布景等方面，都作了评价和介绍了经验。另外，辟设了《观众的话》专栏，发表观众的观感和意见"。《北京日报》开辟了"观摩杂感"专栏，发表京剧及其他艺术门类的专家的经验、评介和感受，"京剧现代戏观摩演出"专栏里则"有导演、演员、音乐、舞台美术工作者的苦练苦学的情景，有观众热爱京剧现代戏的故事，有舞台上下的新事，有对京剧现代戏思想认识和态度上的议论等等"。① 在会演之前，也从 1 月 21 日起先后发表了多篇文章，讨论现代戏创作中较有争议的一些话题如"分工论""像不像""戏曲化"等。② 包括其他大小报纸的专辑专栏及评论，如果说现代戏在剧场里还会不时遭受冷遇，那么，在报刊上，它们无疑遇到了戏剧批评的黄金年代。

二 京剧革命

1963 年华东区话剧观摩演出提倡的"写十三年"，以周扬为代表的所谓"文艺黑线"强调题材无禁区，似乎是当代戏剧题材选择的两种极端的观点。在这两极之间，大多数地区的戏剧创作与演出，虽然不再敢涉及古代历史题材的作品，传统戏也基本上被逐出了舞台，但无论从哪个角度看都应属于"革命"题材的中国现代历史，并未真正受到限制。因此，如果我们可以较为宽泛地解读 1958

---

① 华代：《京剧演现代戏是文化革命中的一件大事——介绍首都报纸宣传"1964 年京剧现代戏观摩演出大会"的情况》，《新闻业务》1964 年第 8 期。

② 同上。

年倡导现代戏时所称的"回忆革命史,歌颂大跃进"中的后半句话,这一口号还是得到了最广泛的认同。各地的戏剧创作演出当然是现代戏的一统天下,倒也不至于只能"写十三年"。京剧编演现代戏的努力得到充分的肯定,同时得到肯定的是他们"既编演革命历史题材,也编演社会主义生活题材"①,它概括了该时期戏剧创作的题材基本范围,一直延伸到"文化大革命"结束,少有突破。

在各剧种纷纷创作上演现代戏的潮流中,京剧编演现代戏有特殊的意义,也有特殊的问题。在编演现代戏的高潮中,新剧目的思想倾向及人物的阶级立场,几乎是所有戏剧批评关注的唯一的焦点。只有很少批评家会想到关注现代戏的质量与水平,并且提醒人们注意质量的重要性。在纷纷为现代戏的新剧目唱赞歌的洪流中,偶尔还是能够听到这种清醒的声音的。尤其是京剧界的专家学者,即使在现代戏的创作排演已经形成不可阻挡之势的1964年,仍然不忘强调"古老的京剧艺术在编演现代戏时存在着一定的困难。京剧界同志为了突破艺术形式的限制,正在千方百计地克服困难"②。北京的戏剧批评家薛恩厚基于他们创作排演现代戏的犹豫和曲折谈了他的体会:

> 我们不仅要演现代戏,而且必须演好。如果我们演的现代戏质量不高,不能受到观众欢迎,就很难站稳脚跟。重视现代戏的质量,是当前京剧现代戏能否被广大观众欢迎的关键问

---

① 本刊综合报道:《京剧编演现代戏形成高潮》,《戏剧报》1964年第5期。
② 同上。

第二章 政治与艺术的博弈

题。因此，我们必须要下苦功夫，严肃认真地狠抓几年，稳扎稳打，步步为营，才能使现代戏在群众中逐渐扎下根。①

这些持重的评论家，都相信现代戏的创作并非易事，需要解决的难题很多。诚然，所有从事现代戏创作的戏剧家，都希望有优秀的作品问世，但是如何才能创作出优秀的作品，却有不同的见解。即使在这个时代，还是有人会强调要创造与发展现代戏，"并不是要把传统踢开，传统还要学，基本功还要练，舞台经验、技巧还是越多越好"。② 但这些观点实在是太容易被斥为"保守主义"了，在绝大多数报刊上，涉及这一话题时多半会以对现代戏的鼓励为主。1965 年，时任中南区第一书记的陶铸就在对该大区戏剧界代表讲话中说：

> 我过去对京剧演革命现代戏，是有些怀疑的。过去看的一些京剧现代戏，味道不大。去年在北京看了京剧《芦荡火种》，最近在北京又看了京剧《红灯记》，看了之后，我就非常心服。看了《芦荡火种》我已不怀疑京剧能演好革命现代戏；看了《红灯记》，就更加拥护京剧演革命现代戏了。
>
> 既然京剧都能演革命现代戏，还有哪个剧种不能演呢？粤剧不能演吗？粤剧很早就演过现代戏的。桂剧、湘剧、汉剧都可以演。豫剧不是演得很好吗？湖南的花鼓戏就更适合演现代戏。演革命现代戏，京剧是个最大的堡垒，这个堡垒一攻破，其他剧种

---

① 薛恩厚：《必须努力提高质量》，《戏剧报》1964 年第 5 期。
② 张梦庚：《要像现代戏，还要像京剧》，《戏剧报》1964 年第 5 期。

就好办了。京剧的历史不短,程式比较严格,宫廷化又很厉害,改演现代戏是很困难的。现在京剧既然能够克服困难,演了现代戏,而且演得很好,那么别的剧种为什么不能演好现代戏呢?①

既然鼓励演现代戏,如何处理古装戏或传统戏的问题就一定会摆在面前。而陶铸感慨于"我们的国家是最先进的无产阶级领导的国家,一切文化工具都掌握在手里","有写不完的好题材,又有政治条件,又有物质条件,一切条件都很好。我们搞15年,还没有搞出多少东西来",所以"现在一定要下决心编好革命现代戏,演好革命现代戏。暂时不让演传统戏,现在只许编、演革命现代戏"。②陶铸特别说明不让演传统戏只是"暂时"的,在他做这番内部讲话时,全国各地的古装剧目已经陆续停演。短短几个月后举办的中南区戏剧观摩演出大会上,已经全部上演"革命现代戏"。陶铸在闭幕大会所作《革命现代戏要迅速地全部地占领舞台》的报告指出:"我们所说的全部地占领舞台,既包括了所有城市,又包括了广大的农村。同时,所谓占领,是指革命现代戏要在政治思想内容和艺术表现形式两个方面都能够把传统戏彻底比垮,要做到内容好,又好看,得到广大群众的真心拥护,群众再也不留恋旧的传统戏。只有这样,才能说革命现代戏真正占领了舞台。"③他对革命现代戏的

---

① 陶铸:《一定要演好革命现代戏——1965年2月20日对观摩学习京剧〈红灯记〉的中南区戏剧界代表的讲话》,《羊城晚报》1965年7月3日。
② 同上。
③ 参见《中国戏曲志·广东卷》,中国ISBN中心1987年版,第30—31页。

第二章 政治与艺术的博弈

美好前景的期待,后来还会继续加码。

尽管全国各地已经举办了多次规模不等的现代戏会演,但1964年在北京举行的京剧现代戏观摩演出,才是这一系列展演活动的高潮。官方的新华社称,1964年6月5日下午在人民大会堂隆重开幕的京剧现代戏观摩演出大会"标志着京剧改革进入新的阶段"。报道指出:"这次全国瞩目的京剧现代戏观摩大会,是解放以来京剧工作者演出现代戏的一次新高潮,是京剧界的空前盛举。它为京剧革命史揭开了光辉的一页。"① 几乎所有中央高层相关的领导都参与了这次观摩会演活动,周恩来、彭真、陆定一、康生、周扬等领导人为大会作了8次报告和讲话,无论他们以前对京剧以及其他剧种、对传统剧目的态度有多大区别,京剧现代剧目观摩演出期间的讲话,却无不异口同声地指出"旧京剧作为上层建筑不能适应当前社会主义经济基础的需要",指出京剧必须进行革命,必须努力表现工农兵,表现社会主义生活内容,才能获得新的生命。

京剧现代戏观摩演出大会有众多剧目参加演出,首先脱颖而出的是北京的《红灯记》《沙家浜》和上海的《智取威虎山》《海港》,它们和山东京剧团的《奇袭白虎团》一道,被列入第一批"革命样板戏"。京剧《芦荡火种》根据毛泽东的指示改名为《沙家浜》,并且改为以武装斗争为主线,在赴上海演出时,几乎所有评论文章均集中强调它"从多方面突出武装斗争,提高主题的战斗性,是必须的,也是《沙家浜》反复修改最成功之处。然而这样修

---

① 新华社讯:《1964年京剧现代戏观摩演出大会隆重开幕》,《戏剧报》1964年第6期。

改后，地下斗争的作用并没有受到削弱，而是处理得更合理；阿庆嫂英雄形象的光辉也没有减损，而是处理得更完整"①。这时的《沙家浜》已经被称为"京剧革命化的又一样板"，但是评论仍希望它进一步加工修改，比如说认为"剧中过多渲染胡传魁不忘阿庆嫂救命之恩，不利于揭露反动派丑恶嘴脸"，比如以郭建光为首的武装斗争和阿庆嫂的地下斗争还可以"结合得更紧密一些"② 等，评论的署名是丁学雷，这不是某位戏剧家，而就是上海官方的代言人，暗示了上海在京剧革命中的主导权。

众所周知，京剧现代戏观摩演出中出现了一批得到较高评价的作品，它们又经过如丁学雷所说的修改后，成为"样板戏"。1966年年底，其中第一批得到认可的剧目在北京集中公演，而官方也首次称这些剧目为"样板作品"。③

在此后的一年里，有关"样板戏"创作和演出的评论汗牛充栋，在数量上逐渐开始超过对形形色色的"毒草"的批判。1967年5月正式命名的"八个革命样板戏"在北京同时上演时，官方的评价把这些作品的价值，置于人类文化最高的顶峰地位：

> 这些在严重的阶级斗争中诞生的革命现代京剧、革命现代芭蕾舞剧和革命现代交响音乐，是无产阶级文艺宝库里光芒四

---

① 丁学雷：《突出武装斗争加强英雄形象——谈京剧沙家浜的改编特色》，《解放日报》1965年5月10日。
② 同上。
③ 新华社：《贯彻毛主席文艺路线的光辉样板 革命现代戏以全新的政治内容和强烈的艺术感染力吸引千百万观众》，《人民日报》1966年12月26日。

射的明珠。它们的诞生，为无产阶级新文艺的发展树立了光辉的典范。人类文艺史上前所未有的这些革命样板戏，以它们为工农兵服务、为无产阶级政治服务、为社会主义服务的鲜明的政治内容和强烈的艺术感染力，使一切资产阶级、修正主义和封建主义的所谓艺术黯然失色。[①]

由于人类此前的一切文艺作品，几乎全部被看成是封建主义、资产阶级和修正主义的，而让所有这些文艺作品都"黯然失色"的样板戏，当然是前所未有地实现了思想性和艺术性两方面的最高成就的典范作品。既然这些作品在人类戏剧史上和文化史上的地位是如此之高，戏剧批评的写作方式，就成为衡量批评家的试金石。《人民日报》之后发表了多篇文章，均充分肯定样板戏的成就。

京剧革命对各剧种都产生深刻影响，从20世纪70年代初全国各地用各剧种移植样板戏始，新的模仿样板戏创作的戏剧作品，达到了相当可观的数量。它们也刺激了各地戏剧评论的发展，只不过批评话语的单调，是无法改变的现象。

三 "三突出"

在"文化大革命"中，如果说姚文元是大批判文章的最重要的作者，那么原上海音乐学院青年教师于会咏就是样板戏创作中最具

[①] 新华社：《毛主席无产阶级文艺路线辉煌成果的盛大检阅八个革命样板戏在京同时上演》，《人民日报》1967年5月25日。

影响力的理论家。1967年5月23日于会咏在首都纪念毛泽东《在延安文艺座谈会上的讲话》发表25周年大会上的讲话，是他在全国文艺界崭露头角的开端。①

1968年5月23日，于会咏在《文汇报》发表《让文艺舞台永远成为宣传毛泽东思想的阵地》一文，最早提出了戏剧创作的"三突出"原则。"三突出"的表述最后的标准文本，是"在所有人物中突出正面人物；在正面人物中突出英雄人物；在英雄人物中突出主要英雄人物"。虽然字词略有差异，但这一基本的表述，就源自于会咏的文章。于会咏在各种不同场合，提出了戏剧创作方面的许多观点，这些观点都与此前流行的观念有着明显的差异，体现了他极高的理论概括与阐述能力，而其中"三突出"无疑是其最重要的核心思想。

在他的影响下，"文化大革命"期间的样板戏评论，在人物塑造方面的论述最多，多数评论都首先甚至完全基于人物形象塑造这一角度评价样板戏，因此对一个时代的戏剧批评留下了他不可磨灭的鲜明印记。在"文化大革命"期间的戏剧批评中，戏剧人物尤其是主要人物或英雄人物形象的分析与赞誉，总是在评论中占据着最主要的篇幅。于会咏对人物塑造给予特殊关注的思想，当然也体现在诸多样板戏作品的创作与修改过程中。"文化大革命"期间涉及样板戏的大量批评文章都特别强调，人物的塑造尤其是主要人物的塑造，并不是单纯的艺术问题，而是政治上的大是大非，不容有半

---

① 参见于会咏《京剧革命是毛泽东思想的伟大胜利》，《人民日报》1967年5月24日。

点偏差。①

通过于会咏等人的文章,样板戏中有关戏剧人物塑造的理论归纳与总结完成了,而这套理论无论是在这段时间的戏剧评论写作中,还是对剧目创作,都有极大的影响。实际上戏剧创作人员在叙述他们的创作过程及体会时,也总是将人物塑造放在最突出的位置。《红灯记》中李玉和的扮演者钱浩梁的文章这样谈他们创作修改《红灯记》的体会:

> 在京剧《红灯记》的创作过程中,仍然存在着复杂尖锐的阶级斗争。是满腔热情地改编和排演好革命现代戏,还是对待这一新事物采取消极抵制乃至抗拒破坏的态度。是站在无产阶级立场满腔热情地歌颂工农兵的高贵品质,还是站在资产阶级立场歪曲丑化工农兵的形象。是突出无产阶级政治,让艺术为政治服务,还是片面地强调艺术,用艺术来取消或代替无产阶级政治。是在舞台上把革命的斗争生活表现得"比普通的实际生活更高,更强烈,更有集中性,更典型,更理想,因此就更带普遍性",还是采取所谓"写真实"的态度,用资产阶级自然主义的手法去歪曲这出戏的主题思想。是敢于革命,突破旧艺术形式的框框,创造出新的、适合表现新的人物新的世界的、尽可能完美的艺术形式,还是墨守陈规,死抱着所谓"传统"不放,让崭新的生活去服从古老的艺术手法。总之,在对

---

① 参见江天《努力塑造无产阶级英雄典型》,《人民日报》1974 年 7 月 12 日。

待如何改编好排演好这出戏,在舞台上塑造一个无产阶级英雄人物的根本问题上,不同的阶级立场,不同的政治态度,不同的艺术观点,存在着不可调和的斗争。斗争的焦点,集中在如何突出李玉和的高大形象这个问题上。①

在数年里,围绕样板戏的人物塑造,出现了大量的评论文章。署名解放军某部战士的文章是这样评论上海京剧团创作演出的《海港》的:"革命现代京剧《海港》用活生生的事迹告诉人们:像方海珍、高志扬、老马师傅这样的工人阶级,是真正的英雄好汉!这样的英雄,天塌下来能顶住,地陷下去能填平!这样的英雄是真正的历史的主人,是我们时代的真正的主人!"②

署名北京师范大学中文系《挺进报》编辑部的《红灯记》评论写道:"无产阶级文艺的根本任务,就是要努力塑造用毛泽东思想武装起来的工农兵英雄人物。京剧《红灯记》之所以成为无产阶级文艺的样板,就在于它以毛泽东思想为指导,成功地塑造了以李玉和为中心的三代人的革命英雄形象。"③

署名为"中国人民大学红卫兵组织"的评论指出,"《沙家浜》之所以成功,就是因为它用京剧的形式,成功地塑造了工农兵英雄形象,生动地、形象地、正确地体现了毛泽东思想,热情地宣传了毛泽

---

① 钱浩梁:《塑造高大的无产阶级英雄形象》,《人民日报》1967年5月27日。
② 解放军某部战士房国忠、畅玉玺:《大长工人阶级的志气》,《人民日报》1967年5月28日。
③ 北京师范大学井冈山公社中文系联合大队《挺进报》编辑部:《无产阶级文艺的一盏红灯——赞革命现代京剧〈红灯记〉》,《人民日报》1967年5月27日。毛泽

东思想。这是一曲毛泽东思想的伟大颂歌"。评论称《沙家浜》"通过沙家浜地区军民对日、伪军的斗争的描写，满腔热情地歌颂了人民战争的伟大胜利。它突出了武装斗争，正确地处理了武装斗争和非武装斗争的关系，军民关系，革命斗争的艰苦性和革命的乐观主义的关系，深刻地体现了毛主席的人民战争的光辉思想"。① 评论特别指出，《沙家浜》"集中力量突出了郭建光的形象，突出了武装斗争的作用，但并没有抹煞地下斗争的作用，也没有减损地下联络员阿庆嫂的形象，而是处理得更合理，更完整，更符合革命斗争历史的真实"②。

《智取威虎山》是所有样板戏里仅次于《红灯记》的重要作品，其中主人公杨子荣和参谋长少剑波的形象塑造，无疑是该剧的核心问题。在《智取威虎山》的剧本于 1969 年 10 月正式发表时，《人民日报》组织了一次有各界人士参加的座谈会，其中，北京部队某部的郝志信、刘存康的发言就谈道："革命样板戏《智取威虎山》经过千锤百炼、精益求精，取得了更加辉煌的成就。它以鲜明的无产阶级立场，饱满的政治热情，革命的现实主义和革命的浪漫主义相结合的创作方法，成功地塑造了以杨子荣为代表的用毛泽东思想武装起来的工农兵英雄形象。"空军某部马浩流也指出："杨子荣的英雄形象所以这样高大，给人的鼓舞这样强烈，最根本的原因，就在于《智取威虎山》从各个方面，完整、深刻地揭示了杨子荣崇高的思想境界，展现了他内心世界的共产主义光辉。"北京市大兴县（今大兴区）黄村公

---

① 中国人民大学三红文学兵团：《京剧革命的一声春雷——评革命现代京剧样板戏〈沙家浜〉》，《人民日报》1967 年 5 月 29 日。

② 同上。

社陈庄子大队铁姑娘队的林凤兰、陈凤霞有她们特有的角度,她们指《智取威虎山》里"小常宝这个形象,我们女民兵看起来觉得特别亲切。她就是在毛泽东思想哺育下成长起来的千百万女民兵的杰出代表,经过精益求精的加工琢磨,小常宝的形象更加鲜明突出了……她那与敌人不共戴天的满腔仇恨,气冲霄汉的豪言壮语,刚劲挺拔的唱段,矫健有力的舞蹈,使人感到她犹如一团熊熊燃烧的革命烈火,扑面而来,预示着一切顽匪都将被烧成灰烬"①。

而早在1966年年底,就有评论文章通过《智取威虎山》的情节发展,总结了该剧通过让杨子荣战胜一个又一个困难的过程中,逐步树立起来他的英雄形象从而为革命现代京剧在塑造英雄形象上提供了一个样板:

> 杨子荣是一个在毛泽东思想照耀下成长起来的英雄,是在革命战火中冶炼出来的英雄。他对党、对人民、对革命事业无限热爱、无限忠诚;他立场坚定,爱憎分明,阶级感情十分强烈;他心胸开阔,目光远大,以天下人民的解放为己任;他勇敢无畏,机智沉着,不怕牺牲,有着压倒一切敌人而绝不被敌人所压倒的英雄气概。在他身上处处闪耀着毛泽东思想的光辉;处处焕发出高度革命英雄主义的光彩。②

---

① 《革命样板戏〈智取威虎山〉放出更加灿烂夺目的光彩——工农兵热烈赞扬革命现代京剧〈智取威虎山〉》,《人民日报》1969年11月2日。

② 江宗开:《闪耀着毛泽东思想光辉的英雄形象》,《人民日报》1966年10月24日。

第二章　政治与艺术的博弈

　　塑造英雄人物和主要英雄人物是样板戏的创作重点，但是戏剧中的人物关系仍然十分关键，如果只单方面地考虑正面人物的塑造，破坏了人物之间的紧张感，必然有损于戏剧的冲击力和感染力。因为没有对手戏的剧目，就成了英雄的独角戏或事迹展览。因此，如何塑造英雄的主人公的对立面或曰反面人物，实际上是戏剧创作中同样不可或缺的环节。把表现阶级斗争置于第一位的样板戏，更是不可避免地要注重反面人物的描写，然而如何描写反面人物以及如何把握描写反面人物的原则，却需要把分寸拿捏得十分得体。如同《智取威虎山》剧组称赞同行《红灯记》剧组的创作时所说，后者在处理李玉和与鸠山之间的关系时，就没有被导向错误的道路：

> 刻划反面人物，是为了揭露敌人的反动本质，激发起人民的阶级仇恨，战胜他们，消灭他们。在社会主义的舞台上，决不容许反面人物张牙舞爪，耀武扬威，他们只能作为无产阶级英雄人物的陪衬。《红灯记》五月演出本进一步体现了这一原则：以鸠山的剥削阶级世界观的腐朽、反动，陪衬了李玉和的无产阶级世界观的光辉；以鸠山的阴险狡猾，陪衬了李玉和的大智大勇；以鸠山被斗的狼狈处境，陪衬了李玉和节节胜利的主动地位。另一方面，对鸠山的塑造，则着力刻划他作为法西斯刽子手的反动本质，及其色厉内荏的虚弱性。最后刀劈鸠山，更是大快人心，形象地表现出帝国主义和一切反动派必然灭亡的命运。这说明：创造反面人物的形象，一定要有鲜明的

无产阶级立场,要有充沛的工农兵的感情,要对反面人物有强烈的阶级仇恨,要十分明确自己的任务。坚持了这一点,就是坚持了无产阶级的党性原则。①

对样板戏里人物形象塑造的特殊关注,似乎是1949年中华人民共和国成立之初要求戏剧基于"人民当家做主"的立场,让工农兵成为戏剧舞台上的主体的呼吁在二十多年后的回音。

有关样板戏人物形象塑造铺天盖地的评论,是戏剧批评史上的一种异象。从于会咏和江青的"三突出"理论把正面人物尤其是英雄人物的塑造推到戏剧创作最重要的位置,到歌颂样板戏里英雄人物形象的评论大量出现,是有内在的逻辑必然性的。这些评论固然没有多少艺术含量,遣词造句也多半相互剽袭,满篇充斥着空洞的政治口号,但是,它或可看成一种戏剧人物评论的新文体,在戏剧批评史上也算得上是一段奇闻。

第三节 现实题材与传统手法

一 表演理论的探索

"文化大革命"期间的戏剧评论,绝大部分都是围绕着各种特定时期的政治话语展开的,在戏剧的政治标准与艺术标准的双重架

---

① 牛劲:《高举红灯,继续革命——学习革命现代京剧〈红灯记〉1970年5月演出本的一些体会》,《人民日报》1970年5月12日。

构下如何抉择,似乎并没有任何争议。但是如果把这长达十年的戏剧批评完全归结于政治对艺术的覆盖,也未必符合事实。上海工人们对政治与艺术的关系虽有毋庸置疑的选择,但是也依旧肯定"艺术性"是需要的,尽管加上了"无产阶级"这一政治化的限定词。所以,对戏剧作品的艺术性的探索,即使在这一高度政治化的语境里,也是戏剧批评的内容之一。我们在"文化大革命"时期的戏剧评论中,偶尔也可以看到对具体的戏剧表演手法的探索及其如何继承传统的讨论,虽然是凤毛麟角,但是依然值得特别给予关注。

《智取威虎山》剧组的文章,讨论了他们在表演中运用舞蹈动作的原则和体会:

> 优秀的无产阶级的舞蹈艺术,要求通过人体的外在形态(造型、动作、表情等,特别是亮相等优美的舞蹈造型),准确地、有力地体现英雄人物的内心世界。内心世界是外在形态的主宰;外在形态是内心世界的体现。要很好地用舞蹈塑造无产阶级的英雄形象,必须做到两者的辩证统一。否则,舞蹈就失去了灵魂,就会流于矫揉造作的局面……只有对英雄人物理解得深刻,才能做到心中有数,表现得准确、有感情,塑造出优秀的舞蹈形象。为了真正理解英雄人物,在设计舞蹈时,必须首先从全剧的主题思想出发,对如何表现英雄人物,用毛泽东思想进行认真的科学分析,即:(1)分析英雄人物的思想、感情、性格、气质等;(2)分析英雄人物的生活环境特点;(3)分析英雄人物与其他人物的关系。这三点当中,作为核心

的是第一点。因为其他两点都是为烘托和突出英雄人物的精神面貌服务的。①

在样板戏里,有大量的亮相场景,对亮相的特殊关注与精心处理,是样板戏在舞台艺术方面一个极为突出的特点。在戏剧进程中,尤其是在重要场次中,大胆地插入静默态的停顿,专门安排主要人物以静态的方式亮相,这是样板戏人物造型中普遍运用的特殊手段。这样的亮相虽然在传统京剧里也存在,但是样板戏对亮相的运用,远远超出了传统京剧的频率与对之重视的程度。注重主要人物的亮相,同时既要考虑舞台人物的构图,也必须考虑到"英雄人物与其他人物的关系"。《智取威虎山》剧组指出他们是这样处理这一关系的:

> 正面人物与英雄人物的关系,是阶级弟兄的关系,前者是后者存在的基础,后者是前者的代表和榜样。塑造其他正面人物必须从塑造英雄人物出发,不但不能去夺后者的戏,而且要像绿叶扶红花那样去烘托英雄人物,特别是主要英雄人物。第一场结尾的亮相就是这样。在这里,舞台上分成了欲向不同目标出发的两组人员,杨子荣一组位于前,少剑波一组位于后。在前一组中,杨子荣昂然挺立于舞台之主要地位;他的侦察班战友,以较低的姿式簇拥在他身边。在后一组中,少剑波位于

---

① 上海京剧院《智取威虎山》剧组:《源于生活,高于生活——关于用舞蹈塑造无产阶级英雄人物的一些体会》,《人民日报》1969年12月17日。

第二章 政治与艺术的博弈

台侧,扬手示意:众战士以有坡度的队形,衬于少剑波之身旁。整个造型的画面是:众战士烘托了少剑波;少剑波一组又烘托了杨子荣一组;在杨子荣一组中,他的战友又烘托了杨子荣。于是形成以多层次的烘托突出主要英雄人物的局面。①

在人物关系上,如何恰如其分地表现剧中最主要的反面人物座山雕,也是值得注意的一点,剧组认为他们的创作原理,是在"用座山雕的凶暴陪衬了杨子荣的顽强;用座山雕的狡猾陪衬了杨子荣的智慧;用座山雕矮步打转的狼狈相陪衬了杨子荣的巍然高大"。不过他们指出,这场戏之所以取得极好的舞台效果,不只是由于表演的美妙和演员技巧,"很明显,主要是由于这段舞蹈体现了杨子荣不论在任何艰难困苦的场合都要压倒一切敌人的壮志和智慧,体现了台下观众的愿望,一句话,大长了我们的志气,大灭了敌人的威风"。②

在京剧表演的程式化手段的运用方面,"如果还是原封不动地死搬硬套旧程式,那就会损害、歪曲无产阶级英雄形象,在时代感上就会退回几百、几千年。但是,另一方面,如果对这些旧有舞蹈程式完全撇开不用,那就会失去京剧舞蹈的风格特色,丢掉了有利于我们创作的借鉴对象,也脱离了群众。"③ 剧组的经验总结试图用

---

① 上海京剧院《智取威虎山》剧组:《源于生活,高于生活——关于用舞蹈塑造无产阶级英雄人物的一些体会》,《人民日报》1969年12月17日。
② 同上。
③ 同上。

具体的场景与动作说明这一原理：

> 如在"滑雪"舞蹈的创作中，我们既反对了拿滑雪杖等一类束缚表演的自然主义倾向，也反对了在解滑雪板之前翻跟斗、搞"鹞子翻身"和"扫堂腿"之类脱离生活的形式主义倾向。这就为舞蹈的创作打开了新的境界。如第五场的马舞中，那表示驰下陡坡的颠蹉步，表示过山涧的敏捷的大跳，表示飞跃高岭的急遽的腾马转身，表示冲下山岗的扬鞭、碎步接勒马等等动作，而这一连串动作又有机地联为一体，成为一个完整的表现英勇豪迈气概的舞蹈形象，不管是新的还是老的京剧观众，一看即知，它既不是散乱无章的生活原始动作的摹拟，也不是旧有程式老套的照搬；然而它既符合生活，又具有一定的规范性和节奏性，是具有更高概括力的新的舞蹈程式，因而又高于生活。①

《智取威虎山》的舞台调度与场景安排，是样板戏里精心构思的代表，而在样板戏的创作与演出中，《奇袭白虎团》具有不同于其他剧目的特殊性，不仅因为它在第一批样板戏里武戏的成分最多，更因为它是唯一的因武戏设计精彩而受关注的剧目。尤其是主人公杨伟才和志愿军战士们在行军中的表演，更是其中极具观赏性和表现力的部分。中国戏曲研究院红旗战斗兵团专业的评论揭示了

---

① 上海京剧院《智取威虎山》剧组：《源于生活，高于生活——关于用舞蹈塑造无产阶级英雄人物的一些体会》，《人民日报》1969年12月17日。

这些表演与传统手法之间的关系：

> 在《奇袭白虎团》的创作中，他们按着毛主席"推陈出新""古为今用"的教导，把古老的京剧艺术形式加以改造，利用起来，为革命的政治内容、为塑造工农兵英雄形象服务，使之成为具有"新鲜活泼的、为中国老百姓所喜闻乐见的中国作风和中国气派"的民族戏剧形式，为京剧艺术的革新做出了出色的贡献。
>
> 根据剧本描写人民战士的战斗生活的需要，这出戏充分运用了京剧的武功技巧，来表现我志愿军战士战胜重重困难，胜利完成了战斗任务。戏里有许多令人感动的场面，在雷声隆隆，风雨交加的夜里，杨伟才率领尖刀班的战士沿着泥泞的山路，直插敌人的心脏。一路上跳悬崖，过铁丝网，登山涉水，飞越深涧以及最后和敌人展开肉搏战等等一系列精彩的表演，都是以京剧特有的武工技术来完成的，它既发挥了京剧武戏的特长，又符合战场生活的实际，从而生动地表现出我志愿军战士杀敌的过硬本领和他们勇敢顽强的英雄气概。[①]

该剧情节相对简单，也少有正面人物与反面人物之间的直接冲突，反而是大量舞蹈化的场景成为全剧最主要的看点，这是它和其他样板戏剧目明显不同之处。有评论指这些舞蹈动作的设计，"批

---

① 中国戏曲研究院红旗战斗兵团：《毛泽东思想是勇敢、智慧和力量的源泉——评山东省京剧团演出的〈奇袭白虎团〉》，《人民日报》1967年5月30日。

判地继承和借鉴了旧京剧舞蹈程式中某些有用的成份,并从现实生活中提炼、创造了一系列崭新的舞蹈动作,成功地塑造了以严伟才为代表的无产阶级英雄的舞蹈形象"。①

在分析《奇袭白虎团》的表演时,文章还提到了该剧在舞台调度中传统手法的借鉴与运用,如序幕部分中朝战士高举红旗同时出场,借鉴的就是传统程式"二龙出水";第三场中志愿军战士边念边舞的侦察敌情的表演,借鉴了传统的"撇连""飞脚""崩子""圆场"等,并且运用传统的"四门斗"的调度形式,显得更具节奏感和更有层次。

京剧以"唱念做打"为基本手段,相当多的传统里有武打场面,这些场面以及其中的武打套路和动作,是京剧表演传统中极重要的组成部分。从题材的角度看,《智取威虎山》和《奇袭白虎团》都很适宜运用武打手段。在所有样板戏中,《沙家浜》的表演可能是安置武戏的空间最小的,但是由于修改时增加和突出了"武装斗争",所以就有了"奔袭"一场。红光的文章指出他们为这一场次先后设计过十四种方案,最后呈现在舞台上的表演,既与行军的军事化情景有关,又具有戏曲的韵味:

> 我们在思想上明确了:以实际生活为依据,吸取军事动作,变化戏曲程式,创造新的舞蹈。突击排打进沙家浜是远途奔袭,是"飞兵奇袭","兼程前往",要快速行进,因此我们以

---

① 文播:《丰富多彩形神兼备——学习革命现代京剧〈奇袭白虎团〉运用舞蹈塑造英雄人物的体会》,《人民日报》1972年12月10日。

第二章 政治与艺术的博弈

"圆场"作为基本动作,用来表现像流水和疾风一样的急行军。为了"保存自己,消灭敌人",减小受弹面积,避免危险,采用"侧身蛇形前进"。有静才有动,有停才有走,有慢才有快,在行进当中安排几次停留、原地活动、亮相;同时,也适当地运用了"前弓后箭"、"踢腿"、"旋子"、"飞脚"等程式动作,"虚""实"结合,从生活的基础上升为舞蹈。①

有关继承遗产的讨论,在样板戏的评论中始终是存在的,尽管非常之少见。"文化大革命"前有关这部分剧目的讨论中,如何"批判地继承传统"仍受到充分重视,有评论称赞《红灯记》里的红灯和主人公李玉和的枷锁等道具的灵活运用:"胸前一把锁,两条链条套着李玉和的手。这把锁链也成为李玉和表演的一方面,他把链条从一只手甩到另一只手上,表现出对日寇的愤怒,并且表现出小小锁链算不了什么,照样显示一派威武雄壮的气概。这使人想起《快活林》里带枷的武松,《苏三起解》里苏三带枷时创造出来的优美动作。"② 然而数年过后,这类认真梳理样板戏表演对传统剧目及其手法的接续和化用的文章,几乎再也看不到,戏剧批评对京剧样板戏的创作与传统之间关系的认识与叙述,有了颠覆性的变化,变得空洞无物。

---

① 红光:《披荆斩棘推陈出新——谈〈沙家浜〉唱腔和舞蹈创作的几点体会》,《人民日报》1970年2月8日。
② 张润青:《批判地继承传统,大胆地革新创造——京剧〈红灯记〉观后》,《新建设》1965年8—9期。

"文化大革命"期间有关样板戏的评论文章与此前批判"毒草"的文章擅长于从文字的缝隙中发现"毒草"作者的反动思想与阴谋,似乎形成鲜明的对照,大多比较空洞,但依然有评论注意到样板戏对细节的处理上的匠心。注重所有细节及其可能包含的微言大义,是样板戏创作演出时极重要的特点。通过部分样板戏评论尤其是创作者和同行的评论,可以看到这些剧目的创作与修改的过程中对细节的处理十分用心,如何发现和阐释细节的意义,是这类评论值得注意的特点。上海京剧院牛劲给予《红灯记》的细节处理相当高的评价:

> 《红灯记》则从无产阶级的立场和观点出发,用洗练的笔墨,既正确表现了当时的斗争环境,又没有渲染斗争的苦难:从街头的日本广告画"仁丹",我们可以想到祖国的锦绣河山正遭受着日寇铁蹄的蹂躏;从劳动人民服装上的几块补钉,我们可以看到广大人民所遭受的残酷压迫和剥削……这一切,都激起了李玉和强烈的阶级仇恨和同敌人斗争到底的坚强决心。在表现李玉和被捕、坐牢、受刑、牺牲的时候,则调动一切艺术手段,突出他大无畏的英雄气概和坚贞不屈的革命气节。不论是象征他那纯洁灵魂的洁白的内衣,那雄壮的《大刀进行曲》的旋律,那一个个钢铸铁浇般的威武雄壮的亮相,那慷慨激昂的唱腔,都生动地烘托了李玉和的革命英雄主义和革命乐观主义精神。[①]

---

① 牛劲:《高兴红灯,继续革命——学习革命现代京剧〈红灯记〉1970 年 5 月演出本的一些体会》,《人民日报》1970 年 5 月 12 日。

第二章　政治与艺术的博弈

牛劲当然也指出《红灯记》说明戏剧创作者必须"不断地、全力以赴地突出无产阶级的革命的政治内容",肯定艺术形式是为政治内容服务的,但是他仍然坚持认为,"为了使作品产生更强烈的感染力,对艺术形式也决不可掉以轻心,必须以过细的工作进行反复琢磨"。他也指出《红灯记》各重要场次,尤其是《刑场斗争》一场扮演李玉和的演员丰富而精彩的舞台手段的运用:

> 为了更好地展示英雄人物的精神世界,《红灯记》对唱腔的设计、舞蹈和造型的安排、环境气氛的渲染等,都进行了精心的推敲,使之更加完整,更加鲜明,更加细致。如全剧最重要的一场《刑场斗争》,李玉和一出场唱的〔导板〕,特别是"出监"二字上甩出的高亢的长腔,如异峰突起,响遏行云,把他昂扬的斗志和坚强的性格生动地表现了出来。他上场后,又为他增加了一段"双腿横蹉步"、"单腿后蹉"、"单腿转身"等舞蹈动作和几个威武雄壮的"亮相"。这些难度较大的唱和舞,完全是为了塑造英雄人物的需要;而这些技巧的运用,又有力地体现了李玉和遭毒刑后不屈不挠的斗争意志和在生死考验面前高贵的革命气节。这一场后面的"人说道世间只有骨肉的情义重……"的唱腔,由原来的〔散板〕改为成段,布景中用了雄伟的高山和长青的劲松,都加强了对李玉和英雄性格的刻划。①

---

① 牛劲:《高兴红灯,继续革命——学习革命现代京剧〈红灯记〉1970年5月演出本的一些体会》,《人民日报》1970年5月12日。

中国京剧院《红灯记》剧组介绍他们的创作体会时,同样谈到这些重要的细部环节的考虑。他们指出:

> 表现无产阶级英雄人物的艰苦奋斗、英勇牺牲,必须调动一切艺术手段,着力突出他的革命英雄主义和革命乐观主义精神。写李玉和的被捕离家,主要是用以烘托他的英雄气概。并为他设计了精彩唱段《浑身是胆雄赳赳》。在表演上,无论是接酒的细节,还是其他,都赋予他"工架性"大的动作,钢铸铁打,浑身闪射着火花,富有雕塑感。并用呼呼骤起的大风效果,《大刀进行曲》的主题音乐,进一步陪衬了他的磅礴气势。写李玉和身受酷刑,主要是表现他"真金哪怕烈火炼"的硬骨头精神。在扮相上:洁白的内衣,透出几点碧血,前额垂下一绺黑发;在表演上:一个"翻身",扶椅挺立,斥敌的歌唱,胜利的笑声,都为了使受刑后的李玉和,更加壮美,更加乐观。写牺牲主要是表现他坚定的共产主义信仰,表现他"不屈不挠斗敌顽"的气概。在他"导板"上场"亮相"之后,特地赋予他一套"蹉步"的舞蹈:"双腿横蹉步"变"单腿后蹉",紧跟着一个"单腿转身","骗腿亮相",使日寇胆裂。在唱完"锁不住我雄心壮志冲云天"之后,"蹉步"又起,用来表现他虽身受重刑,腿伤剧痛,仍然是钢骨铁筋,一往无前。并使这一套"二黄"唱腔,载歌载舞,丰富多姿,动、静、缓、急,相得益彰,更加突出了李玉和的革命气节。
>
> 在服装、道具、舞台美术等方面,我们也遵循了这个原则。

第二章　政治与艺术的博弈

举服装为例：李玉和的衣服和围巾，都缀有补钉，既表现了旧社会工人阶级的穷苦，而又衬托了他的壮美。举舞台美术为例：我们在刑场特地设计了一座高坡，让李玉和就义时居高临下，怒斥鸠山。一束稳定的红光投到他身上，长青的劲松衬托出他顶天立地、巨人般的高大形象，使他的就义更为壮烈、更加感人。①

在《龙江颂》的全剧中，作为道具的水壶先后三次出现。有评论指出，"一壶水，在人们的日常生活中，是很普通、很平常的。但是，在革命现代京剧《龙江颂》里，由于剧作者的巧妙安排，一壶水，对塑造高大丰满的英雄形象、推动戏剧冲突的开展、表达与深化主题，却起到了相当突出的作用，产生了强烈的艺术效果"。这一细节的三次出现均有完全不同的内涵，第一次出现，是江水英开完抗旱会回到龙江村，大伙催她快说旱区情况，江水英取出水壶，把又苦又涩的水倒在大家的杯子里，用这一形象、具体的方法让大家了解了旱区缺水的情形；第二次出现，是在"窑场斗争"一场后山盼水妈的孙女小红拿着奶奶编的几对畚箕，气喘吁吁地来到龙江大队。江水英递过水壶让她喝一点水，小红喝了一口随即停住，把清甜的龙江水一滴一滴地倒回了水壶内。江水英问她："怎么不喝了？"小红说："我奶奶说，一碗水也能救活几棵秧苗。"第三次出现在舞台上是在盼水妈的手中，江水英访旱来到后山，正遇

---

① 中国京剧院《红灯记》剧组：《为塑造无产阶级英雄典型而斗争——塑造李玉和英雄形象的体会》，《人民日报》1970年5月11日。

上盼水妈来工地送水。盼水妈并不知道在面前的就是江水英,因此当她听江水英说"龙江大队送水的责任还没尽到"时,老人提起水壶充满感情地说:"你瞧,他们江书记还给我送来了这壶风格水。我一直舍不得喝,看一看就浑身是劲哪!"评论认为:

> 这三个细节,都是紧紧围绕着"堵江救旱"这个中心事件设计的,都是为塑造江水英这个主要英雄形象服务的。《龙江颂》的创作经验告诉我们,在一个戏里,细节描写运用得好,可以收到画龙点睛、锦上添花的效果。一个细节,看来很简单,却蕴含着极其丰富的内容。①

面对有关样板戏中各种细节的解读,不免要令后人怀疑这些细节的创作动机与舞台效果之间,是否确实可以建立因果关系,或者说,尽管这些评论所言,样板戏里这每个细节都被事先赋予了意义,尤其是赋予了强烈而鲜明的政治意义,它们确实有可能产生创作者所预期的剧场效果吗?这些有关细节的评论,当然有助于欣赏者的接受,可是并不是每位欣赏者都会在走进剧场之前先认真阅读这些评论,所以,批评的功能在这里再一次陷入了悖论。

还有一个值得讨论的问题就是,样板戏在创作理念上十分强调与传统戏剧之间的"决裂",但是涉及具体的舞台表现手段与表演

---

① 成志伟、杨建堂:《一壶水见深情——赞〈龙江颂〉的细节描写》,《人民日报》1972年3月21日。

理论，历史与传统的延续性，其实是很难完全丢弃的。京剧历史地形成的那些基本的规范与手段，总是会对创作形成有力的制约，并且在适当的场合被发现、被运用。因此，样板戏的评论中这些涉及技术手段与细节的部分，远比表忠心、喊口号的宏大叙事更有价值。

二 戏曲音乐的探索与变化

戏曲是中国典型的戏剧样式，音乐是戏曲的主干，贯穿始终。戏曲的音乐手段里最重要的就是唱腔，而样板戏的唱腔设计，在当代戏剧创作中成就最为突出。许多样板戏的唱段得到广泛流传，虽有当年百花肃杀的原因，但也不能否认，诸多样板戏里的唱腔设计和演唱确实处理得非常精彩。"文化大革命"期间，尽管汗牛充栋的样板戏评论里很少谈到音乐，但毕竟因为于会咏本人有长期在音乐学院求学和教学的经历，他又在样板戏音乐创作上有非常之多的探索研究和开拓，因此有关样板戏音乐的评论，并不稀见。当然，这些评论多数都出于同行及业内专家。

于会咏在戏曲音乐方面的探索研究经历了很长的过程，在"文化大革命"前他发表的《关于京剧现代戏音乐的若干问题》，曾经系统地阐述了他有关京剧现代戏音乐创作的观点。在这篇长文里，他举大量京剧优秀传统剧目的唱腔为例，提出了他在京剧现代戏音乐创作中如何"发展新的音乐程式"的重要见解。他强调京剧现代戏音乐"必须在不断提高思想性的同时，又不断提高其艺术表现力和艺术感染力。音乐程式的丰富积累，对于发展和提高现代戏中音乐的表现能力和艺术质量，具有一定的重要作用，这是戏曲音乐工作者（特别是有关的戏曲音乐理论工作者）不可忽视的一个方面"①。样板戏在创作中始终特别强调音乐的重要性，体现了于会咏对京剧这种艺术形式的表现手法一贯的理解，只不过那些他曾经举为范例的传统京剧优秀唱段，此时都成了毒草，所以不能再公开提及。但是在具体的创作过程中，这些重要的音乐资源始终在起作用，这是毫无疑问的。《智取威虎山》剧组有关表演和音乐关系的阐述，典型地体现了于会咏的戏曲音乐思想，他们认为必须坚持京剧中戏曲音乐的主导地位，认为这是解决表演与音乐关系的基本出发点：

  无产阶级的京剧艺术在处理舞和歌（这里指唱腔，不包括伴舞的歌曲，后者实际上属于配乐性质）的关系中，必须使舞服从于歌；在舞和器乐的关系中，器乐服从于舞；在歌、舞、乐三者的关系中，舞、乐均服从于歌，器乐必须衬托唱腔，协助舞蹈，不能喧宾夺主。②

  戏曲中音乐的地位，在不同的年代受重视的程度虽有差异，但

---

① 于会咏：《关于京剧现代戏音乐的若干问题（上）》，《上海戏剧》1964年第6期。
② 上海京剧院《智取威虎山》剧组：《源于生活，高于生活——关于用舞蹈塑造无产阶级英雄人物的一些体会》，《人民日报》1969年12月17日。

第二章 政治与艺术的博弈

是在多数场合都是被置于首位的。戏曲音乐的评论理应是中国戏剧评论的重要部分,但是在20世纪产生了彻底反转。如果说从元代直到民国初年,有关音乐的理论与评论一直是戏剧评论的主体部分,那么,现代社会有关戏剧音乐的评论,突然成为稀有之物。样板戏的音乐成就斐然,相关的评论却多半是样板戏剧组,尤其是其中的主创人员的总结和自我评价,间或偶有同行的文章,也基本上是学习体会。

《沙家浜》的音乐创作由北京京剧团完成,他们在阐述音乐在样板戏里的重要性时,如同当年最为流行的表达方式一样,用《矛盾论》里所谓矛盾有"主要矛盾"和"次要矛盾"之分的方式,说明"京剧是综合艺术,在多种艺术手段之中,歌唱是主要手段。京剧主要靠歌唱塑造人物形象",因此是样板戏创作中的主要矛盾,必须首先解决。而在具体的创作思路上,如同江青和于会咏所提倡的那样,认为在音乐创作尤其是唱腔设计时要有整体的考虑,"全剧唱腔要有一个通盘的布局,要有一个完整的构思。这里要正确处理几个方面的关系:即主要英雄人物的主要唱段和次要唱段的关系、主要人物的唱腔和次要人物唱腔的关系、独唱和对唱的关系、唱和念的关系"。其中,更明确地认识到"主要英雄人物一定要有主要唱段。通过主要唱段,集中地、从容不迫地展示他的精神世界"[①]。

《沙家浜》的音乐唱腔设计有不同于其他样板戏作品的特殊性,

---

① 红光:《披荆斩棘推陈出新——谈〈沙家浜〉唱腔和舞蹈创作的几点体会》,《人民日报》1970年2月8日。

那就是该剧的原版本中,指导员郭建光并不是主要人物,而整部戏从剧情上看,也很难为郭建光找到给他设计安放大段唱腔的空间。但是由于要落实毛泽东的指示,要改变原剧以地下工作为主的倾向,让"武装斗争"成为该剧的中心,郭建光就必须成为一号英雄人物,就必须让郭建光拥有和阿庆嫂一样,甚至更多、更引人注目的唱腔。

因为有了剧中《坚持》一场,并且唯有在这个游离于故事主线、情节停滞的场次,才有为郭建光安排核心唱段之处,勉强可以作为让郭建光在《沙家浜》全剧的音乐中占据主要地位的理由。当然,英雄人物不能只有这样一套唱腔,一部戏的唱腔要流行,除了核心唱段外还必须有一些更朗朗上口的中小型唱段。如剧组的介绍所说:"主要英雄人物的唱腔大致可以划分为:成套唱腔、中型唱段、小段唱腔。中型唱段是展示主要人物的精神世界的不同侧面的重要手段。成套的主唱大都难度较大,而中型的唱段每每是在群众中易于流传的,这就必须精彩,必须美听、感人,又要平易好唱。"① 这篇出自《沙家浜》剧组的音乐唱腔设计体会文章,还对戏曲剧目中唱段之间的关系做了清晰的阐述,提出了"成套唱腔着力刻画,中型唱段要求精彩,小段唱腔抓住关键"的系统理念。在实际创作中的调整经验最能说明问题,同文章说他们觉得在原来的设计中,"转移"一场沙奶奶叙家史一段的〔反西皮〕"很有感情,很好听,但这样就压住了郭建光的唱",所以就

---

① 红光:《披荆斩棘推陈出新——谈〈沙家浜〉唱腔和舞蹈创作的几点体会》,《人民日报》1970年2月8日。

第二章 政治与艺术的博弈

"按照江青同志的指示,把这一段移到前面,又改用了〔二黄〕,这样在调性、旋律上就都不妨碍主要人物,使郭建光的唱腔更突出了"。通过这个实例,实践了"在唱腔设计上必须分清人物的主次。最好的旋律必须留给主要英雄人物。次要人物的唱腔必须服从主要人物的唱腔"的理念。尽管作者自谦地说"这是我们学习革命样板戏的唱腔的一点心得",但这当然都是他们创作心得中最重要的部分。在《智斗》这个经典场次对唱的设计中,他们同样有很深的考虑:"我们让反面人物唱的都是上句,阿庆嫂唱的都是下句,后发制人。反面人物是陪衬,阿庆嫂是主导。反面人物的唱腔都是落不住脚的、不稳定的,阿庆嫂的唱腔是肯定的、坚决的。阿庆嫂前面几句都是快节奏,抢着板唱,表现她的思想敏锐。"但是这个唱段的最后两句又有新的变化,刁德一抢着板唱"我待要旁敲侧击将她访"时,阿庆嫂则撤下来"我必须察言观色把他防","使了一个大腔,表现出她的从容坚定,成竹在胸"。①文章说这样的处理,处处都是为了符合突出主要人物、反面人物只能成为正面人物的陪衬的原则。不过他们似乎在有意识地淡化《沙家浜》里阿庆嫂、胡传魁和刁德一三人对唱的精彩。这段经典唱段由于是从刁德一"这个女人不寻常"起唱,因此假如按照常例,以起唱的一句为全段唱腔的名称,不免有"长阶级敌人志气"之嫌,而且在《沙家浜》的反复修改过程中,江青提出要删去这场原被称为"三茶馆"的戏,建议保留者因此就成了"公开抗拒毛主席的指

---

① 红光:《披荆斩棘推陈出新——谈〈沙家浜〉唱腔和舞蹈创作的几点体会》,《人民日报》1970年2月8日。

示"的反革命修正主义分子。① 所以，在阐述样板戏音乐设计的经验时，鲜少看到有关这一唱段的创作介绍与它所应获的高度评价。

京剧唱腔不用曲牌，在其发展成熟时期形成了不同板式组成的套数。样板戏音乐创作之初，有关"成套唱腔"就得到提倡，然而在最初的时期，是否可以使用成套唱腔，也发生过一些争论。"在京剧革命现代戏的唱腔设计和创作过程中，曾经很少选用慢板、原板、三眼之类的板，觉得这些板式太长、太稳、拖腔花腔太长太多，不符合英雄人物的思想感情，因此较多地采用字多腔少的流水、快板和自由节奏的散板、摇板。又觉得成套唱腔是公式化的东西，不适用于革命现代戏。"② 有关英雄人物的唱腔是否可以运用慢板，甚至成为创作中的争论焦点之一，然而成功的经验都说明慢板运用得好，并不妨碍正面人物的塑造。

样板戏的音乐创作，尤其是上海创作的几部作品，在音乐上相对有更多新尝试与新手法，这些在"文化大革命"期间的戏剧评论中得到突出的强调。其中为样板戏创作贯穿全剧的"主题音乐"，这是在京剧音乐领域一个全新的尝试。当然，这些"主题音乐"为了要突出英雄人物的思想特点，所以多采用现成的、有明显革命印记的音乐材料。《海港》选用了《国际歌》的旋律作为贯穿全剧的

---

① 群红：《旧北京市委破坏京剧革命罪责难逃》，《人民日报》1966年12月22日。文章中所说的直接提出反对删去"三茶馆"一段的是当时的北市市委宣传部长李琪，剧团听从了他的意见，坚持要保留这段戏。这段戏最终还是保住了，也成为《沙家浜》里最经典的场次。至于江青后来为什么也允许这场戏保留下来，不妨继续考证。

② 刘国杰：《略谈"唱腔成套"》，《文汇报》1965年11月5日。

第二章　政治与艺术的博弈

主题音乐，有关《海港》中主题音乐的运用的评论指出："《国际歌》主题音乐随着《海港》中戏剧冲突的发生、发展和解决，反复出现于它的序曲、幕间曲和唱段的引奏、间奏、尾奏中，起着表现主题、深化主题的作用。"① 这一主题音乐在不同场次的作用又有不同，《海港》的序曲，一开始演奏的就是《国际歌》的旋律；在第一场过渡到第二场的幕间曲中，浑厚的低声部出现《国际歌》的主题，这被认为是为了表明工人们此时"突击抢运"，是为了"援助正在争取解放的人民的斗争，履行着中国工人阶级崇高的国际主义义务"；第五场开幕前的幕间曲中的《国际歌》主题音乐是要表示那是激励海港工人"挫败敌人的破坏阴谋，夺取胜利的进军号角"；第六场"壮志凌云"由《国际歌》主题音乐开始，最后仍由《国际歌》主题音乐结束；"在《海港》结尾合唱的尾奏中，又响起了那气势磅礴的《国际歌》主题音乐"。此外，这同一旋律还在其他各处反复出现。评论如此阐述《海港》中主题音乐的运用的意义：

革命现代京剧对于主题音乐的运用，这是京剧音乐创作的一项重大创新。有了主题音乐，全剧音乐就有了核心，使全剧音乐的结构更严密完整；有了主题音乐，全剧音乐更富有鲜明的个性，使无产阶级英雄人物的音乐形象更加光辉；有了主题音乐，剧本的主题在音乐上有了概括集中，使全剧音乐对剧本的主题思想体现得更加鲜明。让我们认真学习革命现代京剧

---

① 江波：《赞〈海港〉的主题音乐》，《人民日报》1972年8月6日。

《海港》运用主题音乐的创作经验，在今后的戏剧音乐创作中充分发挥主题音乐的巨大作用。①

这类手法程度不同地被普遍运用于每部样板戏里。"《奇袭白虎团》在戏曲音乐和歌曲音乐的结合方面，不仅采用歌曲曲调作为序幕音乐或幕间曲的基调，以器乐的形式出现来表现时代气氛，创造典型环境，而且还直接把革命歌曲的曲调融合到唱腔中。歌曲的曲调与京剧的唱腔，风格不同，韵味不一，是不大容易糅合在一起的。革命现代京剧《奇袭白虎团》在这方面作了大胆的尝试。"②在该剧中，还有中朝战士出发前的宣誓音乐，由编钟演奏《东方红》和长号声部出现《金日成将军之歌》的旋律；当严伟才在奇袭伪团部途中踩着了地雷，"这时乐队奏出一个不和谐的七和弦，预示了严伟才的危险处境。但是，严伟才临危不惧、沉着地进行排雷，这时小提琴在G弦上演奏出雄浑、坚定有力的音调，由慢而快，给人以紧张而又从容不迫的意境；尔后，音调发展得愈加明快"③，加上人物身段，对严伟才形象的塑造都有独到的效果。

中国戏曲研究院红旗战斗兵团的评论指出：

《奇袭白虎团》在唱腔设计和音乐伴奏上，也进行了一些重要的改革。它剔除了旧京剧中的消极、颓废的成分，代之以

---

① 江波：《赞〈海港〉的主题音乐》，《人民日报》1972年8月6日。
② 祖振声：《壮丽曲调颂英雄》，《人民日报》1972年12月10日。
③ 同上。

第二章　政治与艺术的博弈

健康、爽朗的唱法,一方面根据人物的思想感情来确定板式和唱腔,同时又别具风格地创造了一些新的板式,甚至在唱腔中还吸收了新歌曲和朝鲜民歌的某些曲调。例如第一场杨伟才唱的一段〔西皮流水〕的最后一句,就把《志愿军战歌》的旋律不露痕迹地溶合进去,突出地表现了这个英雄人物杀敌的决心。在音乐伴奏方面,为了表现人民战士火热的斗争生活,大胆地吸收了管弦音乐,并且用音乐伴奏配合人物的优美造型,创造了很好的舞台气氛。这些改革的实践,无疑给僵化了的旧京剧艺术开拓了新的天地,也给新京剧艺术的发展增添了无限的生命力,使它能够更好地为工农兵服务。①

"文化大革命"中的戏剧评论对样板戏音乐创作中的许多具体手段也有关注。比如样板戏音乐伴奏中过门的设计,有评论通过对多部样板戏作品的研究,指出这些作品在过门运用中有不少值得充分肯定的优秀范例。样板戏作品经常在过门中加入非京剧的音乐元素,这是京剧音乐范畴内最明显和直接的改变。这些非京剧音乐的加入,显然可以完全从政治化的视角加以阐释:

> 革命现代京剧在"过门"中汲取了革命歌曲音调,从而使

---

① 中国戏曲研究院红旗战斗兵团:《毛泽东思想是勇敢、智慧和力量的源泉——评山东省京剧团演出的〈奇袭白虎团〉》,《人民日报》1967年5月30日。《奇袭白虎团》的主人公原名"杨伟才",似乎是因主人公名字与其原型杨育才太接近,至20世纪70年代就已经改为"严伟才"。

这些"过门"成为唱腔强有力的补充，深入地揭示英雄人物的内心世界，同时也增强了时代气息。《智取威虎山》杨子荣唱的"胸有朝阳"唱段中，在〔导板〕后，间奏里隐约传来了《三大纪律八项注意》歌曲音调，这是英雄内心所展现的远方战友的形象，表现了英雄虽单身入虎穴，却时刻感到"千百万阶级弟兄犹如在身旁"，它激励着"战斗在敌人心脏"的杨子荣更加斗志昂扬。当杨子荣唱完"我胸有朝阳"这一唱句时，尾奏紧接着唱腔中"东方红，太阳升"的旋律音调，又演奏出"中国出了个毛泽东"这一乐句，揭示了英雄内心世界所闪耀的毛泽东思想光辉。《红灯记》李玉和唱的"雄心壮志冲云天"唱段中，当李玉和唱到"赴刑场气昂昂抬头远看"后，间奏中响起了充满着战斗气息的《大刀进行曲》音调，展现了英雄理想境界中的抗日战争烽火燎原的壮丽图景，深刻地揭示了李玉和的革命英雄主义和革命乐观主义精神。通过这些间奏和尾奏，运用音乐手段把观众无法看到的英雄人物心理活动揭示出来，使人们加深了对英雄的理解。①

但是，更多和更贴近于戏曲音乐本体的创新手段的运用，才是样板戏音乐创作中的突出亮点。在样板戏音乐创作中，为英雄人物设计"特性音调"，作为其音乐主题，是被普遍接受的新手法：

---

① 楚欣：《学习革命现代京剧中"过门"的艺术处理》，《人民日报》1972年8月6日。

第二章 政治与艺术的博弈

　　特性音调的运用，是达到人物的音乐形象典型化和性格化的艺术手法之一。它们在全剧中恰如其分地、恰到好处地反复出现和贯穿发展，一方面能加深听众的印象，使人物的音乐形象更鲜明、集中；一方面能加强音乐语言内在的逻辑性，使形象更统一、完整。特性音调的手法，在旧京剧中是根本没有的，是革命现代京剧为塑造个性鲜明的无产阶级英雄人物的音乐形象，对京剧音乐的一个创新。①

　　在英雄人物上场时运用这一特性音调作为过门，被认为是"充分展示人物的性格气质，使英雄人物的音乐形象更加鲜明、更加突出"的主要手段。如《海港》中方海珍在全剧中第一次上场的第一个唱段"突击抢运到江岸"唱段，方海珍的四度特性音调，"首先在引奏中出现，而后又反复出现在唱腔的间奏中，使方海珍雷厉风行、豪迈奔放的性格特征，在英雄一上场就给人非常强烈的印象"。"《龙江颂》中江水英唱的'一轮红日照胸间'唱段，也以明朗清脆的江水英特性音调作为过门，在唱段的引奏、间奏和尾奏中反复出现，鲜明地烘托出英雄在毛泽东思想光辉照耀下，胸怀全局、一心为公的精神境界。"② 这些样板戏作品里，还经常使用借景抒情、情景交融的手法，用描写环境气氛的旋律作为过门。情绪化的音乐

---

　　① 践耳：《挺拔豪放　细致热情——方海珍的音乐语言特点》，《人民日报》1972年8月6日。
　　② 楚欣：《学习革命现代京剧中"过门"的艺术处理》，《人民日报》1972年8月6日。

语言,当然也是样板戏音乐创作中经常运用的。文章举《龙江颂》中盼水妈的"毛主席把阳光雨露洒满人间"唱段为例,当她唱到"那年月多少人为水死得惨"后,"间奏先以小提琴、月琴奏出悲愤的音调,接着由木管乐器吹奏,把悲愤情绪推向顶点,然后全乐队合奏,以强烈欢快的音调,引出了春雷暴发似的唱腔……"① 说明这些过门的处理,均有其独到之处,也产生了强烈的舞台效果。

京剧和各戏曲剧种不仅通过音乐唱腔表现剧情与人物,还通过具有韵律性的念白,追求整体上的音乐性表达。其中《杜鹃山》的文本是最具特色的,而且也极为大胆,它全戏的念白通体押韵,这是它文体上最突出的特色之一。有评论从传统戏"一般是唱词合辙押韵,念白是不押韵的"这一基本现象入手,指出在一出戏里,"像诗剧那样把整个剧本的念白都写成韵语,从头到尾合辙押韵,这在我国戏曲史上还从来没有过。《杜鹃山》却大胆地采用了全戏念白通体押韵的形式,这是在批判地继承传统艺术的基础上所进行的一次大胆的艺术创新"。文章认为,《杜鹃山》"从念白的局部押韵发展到通体押韵,是一个从量变到质变的转化。这种通体押韵的念白,使念白与歌唱、舞蹈部分在韵律、节奏方面和谐协调,成为一个有机的整体。这样,就能更好地发挥京剧艺术载歌载舞的传统特色"。文章还具体分析了该剧念白用韵的方法,如"基本上采取了传统词曲长短句的形式,逐句或隔句句尾有韵脚,作到通体合辙押韵。为了使念白富于节奏感,剧本尽量使用双音节的词组,以求

---

① 楚欣:《学习革命现代京剧中"过门"的艺术处理》,《人民日报》1972年8月6日。

第二章 政治与艺术的博弈

琅琅上口"，等等，充分阐述了《杜鹃山》的念白所具备的"韵律性、节奏性、起伏性和动作性"兼具的特色。这篇评论还指出，韵文中的"整与零，奇与偶，骈与散"都是相对的：

> 如果只有双而无单，只有整齐划一、上下对称而不是骈散兼行或不在骈中寓散，那又会变成平板单调。何况历来的戏曲念白都用散文，现在改用韵白以后，如何保持原先用散文念白时的特点和优点，也是一个很重要的问题。《杜鹃山》很好地掌握了散文和韵文之间的辩证关系，既充分发挥了我国传统韵文的各种特点，如韵律、节奏、词义对仗、音调的抑扬轻重等等，使之更好地为表达思想内容服务；同时又力求使韵白口语化，作到骈中寓散，在整齐划一中变化多端。①

全剧均运用韵文，还需要演员在表演时充分运用自己的音乐才华，念白"抑扬顿挫，安排得当"，才能最大限度地发挥韵文特有的优势。有评论认为，《杜鹃山》主演的念白"根据人物的思想感情，注意音调的高低起伏，节奏的快慢有致"，做到了念白不"白"，念中有"唱"，富有音乐性，尤其是"在语气和声调上起伏跌宕的艺术处理，使人仿佛感到剧中人物欲言未绝，有强烈的艺术感染力"②。

---

① 闻军：《浅谈革命现代京剧〈杜鹃山〉的念白》，《人民日报》1973年11月3日。
② 祖振声：《情寓于声》，《人民日报》1973年11月3日。

京剧《磐石湾》是又一部全剧均采用韵白的剧目,有评论指出:"韵白的韵律美和富于表演性能,就为造成规范明确的舞台动作、生动规整的舞台画面及和谐统一的舞台节奏提供了条件;而这几方面的成功结合,又进一步提高和丰富了韵白的韵律美和表演性能。"它在韵白的写作上还有新的探索:

《磐》剧的韵白和唱词,都是白话押韵,协韵严谨,每场戏都有主韵,恰似基调,同时又有变换穿插。这既避免了用韵驳杂而韵律不美的弊病,也防止了拘泥辙口而生硬押韵的倾向。这样协韵,显出多样统一的艺术美,更有利于表现人物性格和主题思想。①

评论指出,"《磐》剧的韵白,在提炼群众口语的基础上,用心借鉴古典艺术语言并使之熔为一炉,成功地把诗歌化和口语化结合起来,使其既有意境和韵律,又不失口语的自然活泼"②,如此才有可能让戏剧语言刚健、清新、生活气息浓,生动地表现出主人公的精神风貌。

如果稍稍离开那些高度意识形态化的话语,样板戏里的唱腔和传统的关系,仍有很多讨论的空间。著名京剧演员高盛麟1965年曾经撰文高度评价京剧《红灯记》,认为这出戏最成功之处,就在于

---

① 斯浩、余延石:《新鲜活泼的中国作风和中国气派——赞革命现代京剧〈磐石湾〉的韵白》,《人民日报》1976年2月22日。
② 同上。

它"仍然被认为是京剧。一般观众这样认为,京剧界的同行们也这样认为。这证明,它在京剧固有传统方面既有所舍弃,也有所保留。它保留了京剧某些基本的、重要的艺术特征"。他指出,"在京剧舞台上如何使每一出现代戏都具有京剧的特点",这是编剧、导演、演员都必须考虑的问题。① 在这一年还有文章分析了《红灯记》里李铁梅的唱腔设计与京剧传统流派唱腔之间的关系,文章指"就以铁梅的唱腔为例,基本上是采用梅派的:明快大方,字正腔圆,这对表现朴实正直的铁梅是十分合适的。但是铁梅的唱腔中在不少的地方还吸收了程派的特点,这对更为完整地塑造铁梅的形象起了很好的作用"。像铁梅听奶奶"说红灯"后唱的"他们到底为什么"这句,以及刑场上铁梅见到爹爹时的二黄散板,程腔的运用都非常恰当。② 有评论指京剧《六号门》里林玉梅也运用了程派唱腔,达到很好的效果,它表现"解放前工人家中断粮缺炊、爹病、儿瘦的穷困处境,从声音上感觉到悲苦中包含着愤怨,避免封建时代闺秀的幽怨气息,感到还是恰当的";同时,张学津对《李陵碑》的化用,李慧芳大小嗓结合的唱法,关肃霜对云南民间音调的吸收、在演唱上民间色彩的加强,都被看成是比较成功的例子。③

对样板戏音乐方面成就的评论,还包括伴奏、配器等方面的探讨。如果和那些有关样板戏的主题思想、人物形象的评论相比,音

---

① 高盛麟:《京剧姓"京"——京剧〈红灯记〉学习心得》,《羊城晚报》1965年3月12日。
② 张润青:《批判地继承传统,大胆地革新创造》,《新建设》1965年8—9期。
③ 易人:《表现工农兵也可以用慢板》,《文汇报》1965年11月5日。

乐评论在数量上当然没有任何可比性。不过这些戏曲音乐评论专业化程度之高，同样不是其他类型的评论所能相比。因此在这里，基本上听不到工农兵的声音，空洞的口号也相对较少，其中的大量专业问题的研究至今依然有很高的参考价值。这应该是戏剧批评在"文化大革命"时期的一个意外收获。

三　样板戏的移植与改编

"革命样板戏"的名称一经出现，它们就被称为超越人类历史上所有文艺作品的经典之作。然而这八部"样板戏"都是舞台艺术作品，而舞台艺术作品的经典性，在很大程度上要依赖于表演者，同样的文本，表演水平的高低直接影响其艺术质量以及表现力，完全可能有天壤之别。因此样板戏一经推出，就如同1956年昆曲《十五贯》得到高度评价时那样，各地都有模仿学习搬演的强烈愿望，然而这些由全国最优秀的表演艺术家精雕细琢创作演出的经典之作，地方剧团在搬演时如何有可能保持其经典性？因此，在这个任何文艺活动都被泛政治化了的年代里，是否允许各地剧团移植和改编样板戏，难免要被看成严肃的政治问题。

在"文化大革命"初期，这些剧目的改编一度是得到鼓励的。《人民日报》1966年11月报道了"首都一部分艺术院校的红卫兵为主的小将们发扬敢想、敢干、敢革命的精神，在很短的时间内，自导自演，成功地演出了著名革命现代京剧《红灯记》和《沙家浜》"的消息，夸赞这些"敢想、敢干的革命小将"没有向他们面临的重重困难低头,终于把两部戏搬上了舞台。①

无论这些红卫兵的演出获得了多少精神力量的支持,如果把他们和各京剧院团创作演出的样板戏放置在一起,其演出质量与效果当然是有天壤之别的,因而我们当然不能指望这样的表演有多高的水平。如果说北京各高校年轻的红卫兵们的演出质量无须苛责,那么,全国各地一哄而上地搬演样板戏的现象,水平肯定是参差不齐的,而任何较低水平的演出都很容易被看成是对样板戏的"丑化"和"污蔑"。最后只能限制样板戏的搬演。

各种各样的"毒草"被清除出舞台,新的作品难以面世,样板戏又不容各地搬演,于是才有所谓"八亿人民八个戏"的景象,在全国戏剧舞台上仅有这几部戏在垄断式演出,局面当然令人难堪,随着大批判的热潮逐渐消退,一般观众对舞台艺术的萧条景象的抱怨也日渐增多,毕竟只靠只能由样板团演出的八个革命样板戏,无法支撑起多达数亿人口的中国庞大的演出市场,更难以满足民众欣赏戏剧的渴望。如何繁荣全国各地戏剧舞台的话题终于被提上议事日程,1969年之后,各地对样板戏的移植和改编不仅不再制止,反而给予鼓励。这一措施并不难解释——在某种意义上,如果把通过移植与改编的方法,让更多观众能够有机会欣赏样板戏,看成是"争夺思想文化阵地"的一种重要手段,那么允许移植改编,比起仅仅强调"不走样",或许是个更好的选择。数年后《人民日报》发表的一篇文章指出了允许和鼓励各地移植改编样板戏的意义:

---

① 红涛:《毛泽东思想指导他们演出——首都红卫兵演出〈红灯记〉和〈沙家浜〉侧记》,《人民日报》1966年11月7日。

> 文艺工作者用本地区、本民族的语言和群众喜闻乐见的形式进行广泛的移植,使革命样板戏更好地普及到广大工农兵群众中去,使无产阶级英雄人物的崇高革命精神更加深入人心,这对于进一步批判修正主义,扫除封资修文艺的垃圾,进一步占领思想文化阵地,在文艺领域里加强对资产阶级的全面专政,意义是很重大的。①

各地剧团用他们熟悉的形式移植改编样板戏,用更多的艺术形式移植更多的革命样板戏,终于得到允许,1974年中央更提出了"要进一步普及革命样板戏,除了演好已经学演的革命样板戏,还要努力学演新的革命样板戏"②的新口号。经过移植改编的河北梆子《红灯记》、维吾尔语歌剧《红灯记》、评剧《智取威虎山》、湖南花鼓戏《沙家浜》、粤剧《沙家浜》、淮剧《海港》、晋剧《龙江颂》等剧目也得到充分的肯定。全国许多剧种都陆续有了样板戏的移植与改编版本,戏剧批评也及时地关注这些作品,就像当年鼓励和歌颂样板戏一样,用几乎完全相同的语言给予了这类作品极高的评价。

样板戏的移植与改编中,藏剧的改编是其中最重要的尝试,在藏剧历史上,这也是破天荒地第一次将京剧改编为藏剧。《中央民族学院学报》发表的评论高度肯定这一移植,认为"利用本地区的

---

① 北京人民机器厂工人评论组:《热情移植,努力创新》,《人民日报》1975年5月24日。
② 江天:《进一步普及革命样板戏》,《人民日报》1974年4月24日。

第二章 政治与艺术的博弈

民族语言、戏剧移植革命样板戏，可以使本地区、本民族的工农兵群众直接听懂革命样板戏，就能更好地发挥革命样板戏对于巩固无产阶级专政的战斗作用"。评论指出在西藏地区"意识形态领域里的阶级斗争，是尖锐复杂的。被推翻的反动阶级不甘心失败，常常利用他们在文化领域残存的影响发动进攻，甚至煽动演唱旧藏戏，跟无产阶级争夺文艺阵地"。因此，这样的移植与改编的意义，绝非仅仅在戏剧层面上可以说明。评论认为移植改编样板戏还对藏剧本身的发展具有促进作用：

> 移植革命样板戏的过程，也是促进民族戏剧的传统艺术形式革命的过程。藏剧是广泛流行在藏族地区的民族剧种，它有着悠久的历史和独特的民族风格。但在解放前，由于最黑暗、最反动、最残酷、最野蛮的封建农奴制度的摧残，藏剧处于奄奄一息的境地。旧藏戏演出内容大都是描写喇嘛、国王、贵族和仙女的故事。表演形式停留在较原始的广场剧阶段，演出没有舞台；演员不化装，有的头戴面具；音乐唱腔虽有多种曲牌，但旋律大同小异，节奏均为散板，伴奏乐器仅有一鼓一钹。因此，如何改革旧藏剧，适应表现革命人民火热斗争生活的需要，这是藏剧革命面临的重要课题。①

西藏藏剧团移植《红灯记》时，从藏剧和藏族民间音乐中选择

---

① 朝华：《红灯照亮了藏剧革命的道路》，《中央民族学院学报》1975年第3期。

了大量音乐素材,评论非常具体地叙述了他们是按照样板戏时代盛行的"创作能体现英雄人物思想感情和性格特征的音乐基调"的艺术路径,为剧中人物分别设计音乐唱腔。比如李玉和的音乐基调,从藏剧传统唱腔里选择比较高亢洪亮的音调为基础,根据藏剧音乐旋律进行的特点进一步加工,配合以宽广的节奏,创造了既有藏剧音乐特点而又刚健有力的音调;李奶奶饱经风霜,她的音乐基调就从后藏地区民歌里选出的乐句,和藏剧音调加以糅合提炼而成,音乐较为质朴有力;李铁梅的音乐基调,是以工布地区比较轻快、深情的民歌音调与藏剧音调相结合而创作的,较好地表现了铁梅朝气蓬勃、勇敢倔强的性格特征,等等。藏剧音乐原有的节拍、节奏特点得到了保留,在旋律上,藏剧《红灯记》的音乐唱腔把藏剧音乐中极有风格特色的"整固"有机地糅合到新的唱腔里。在移植过程中,他们还调整、丰富了藏剧音乐中富有特色的伴唱,并且初步建立了一支以藏京胡、铁琴(弦乐器)、六弦琴、笛子、扬琴为主,加上鼓、钗、串铃等打击乐器组成的民族乐器为主体的混合乐队,甚至适应吸收了管弦乐器。① 这些对"旧藏戏"及其音乐的批评以及改进的路向,依稀应和了"戏改"时期对戏曲音乐的批评与改造,今天看来是值得重新认识的。当然也有更类似当时流行的批评文本评论,如认为藏戏"通过学习移植革命样板戏《红灯记》,把盘据在藏戏舞台上的喇嘛活佛王公贵族等牛鬼蛇神统统赶了下去。在移植过程中,为了塑造工农兵的英雄形象,增加了具有时代精神

---

① 朝华:《红灯照亮了藏剧革命的道路》,《中央民族学院学报》1975年第3期。

第二章 政治与艺术的博弈

和剧种特色的高昂唱腔,使藏戏比较单一的板式和唱腔也得到了改革和创新,使这个古老的剧种以崭新的姿态出现在社会主义文艺舞台上"①。该剧最终昙花一现,在藏戏音乐和乐队方面的诸多改革措施看来也没有为藏剧界所接受。

1971年7月,新疆维吾尔自治区民族话剧团改成歌剧团后,就开始尝试着用维吾尔语移植改编《红灯记》的部分场次,演出后很受欢迎。在其后的三年里,他们又进一步加工修改,移植演出了维语《红灯记》全剧。剧组对移植的经验体会做了总结:

> 维吾尔歌剧《红灯记》,是在革命样板戏的思想和艺术成就的基础上,批判地继承了维吾尔族传统音乐《十二木卡姆》大曲,加以创造和发展,进行移植,并用维吾尔语演唱的。维吾尔歌剧《红灯记》的移植成功,是我区贯彻执行毛主席的革命文艺路线的产物,是无产阶级文化大革命推动下我区文艺革命的成果。②

当然,他们指出《十二木卡姆》虽然唱腔丰富,曲调多变,具有鲜明的民族特点,而且"许多乐曲表达了维吾尔族劳动人民对旧世界的控诉和反抗压迫、剥削的愿望",但虽可加以利用,却必须

---

① 朝华:《各族人民热爱样板戏》,《中央民族学院学报》1976年第1期。
② 新疆维吾尔自治区歌剧团学习移植革命样板戏《红灯记》剧组:《天山南北红灯闪耀——用维吾尔族语言、音乐移植革命现代京剧〈红灯记〉的几点体会》,《人民日报》1975年5月29日。

加以彻底的改革。他们称移植过程中批判了"全盘继承"论和民族虚无主义，克服了两种错误倾向："一种是脱离塑造无产阶级英雄音乐形象的需要，单纯追求所谓的民族风格，一种是离开了本民族、本剧种的音乐特点，片面地仿京照搬"；因此，努力做到了全剧音乐既有民族特点，又与原样板戏音乐的音乐格局基本吻合。这样的改编，当然最容易想到的就是对京剧手法的借鉴与吸收，如京剧音乐中的高腔起板、紧拉慢唱、大段拖腔、快速垛板、强烈对比等等。剧组的总结指出，他们曾经"机械地模仿京剧的节奏和旋律，结果这个唱腔和全剧的民族音乐风格不协调，演员唱不习惯，观众也听不清词"①。如何以《十二木卡姆》的音乐元素为基础，吸收京剧的表现手法设计了唱腔，这是他们在移植改编时最重要的追求。维语演唱的维吾尔歌剧《红灯记》，是用少数民族地区移植改编样板戏少数成功的作品之一，在音乐上取得的巨大成就，经历了时间检验，其中多个唱段一直在流传。

延边话剧团移植了样板戏《杜鹃山》《红灯记》之后，又用朝鲜语话剧移植了《智取威虎山》。有评论介绍了移植的初衷及其意义：

> 延边朝鲜族人民热爱革命样板戏，努力学唱革命样板戏，但由于受到语言的限制，听不懂，唱不起来，每逢看样板戏

---

① 新疆维吾尔自治区歌剧团学习移植革命样板戏《红灯记》剧组：《天山南北红灯闪耀——用维吾尔族语言、音乐移植革命现代京剧〈红灯记〉的几点体会》，《人民日报》1975年5月29日。

第二章　政治与艺术的博弈

时,心里干着急。朝鲜语话剧《智取威虎山》,在忠实于原作的基础上,努力发挥朝鲜语话剧的语言特点和艺术特色,易于为朝鲜族群众所听懂和接受,从而使革命样板戏塑造的叱咤风云的无产阶级英雄战士的高大形象更加深入人心,起了极大的教育作用。群众看完朝鲜语话剧《智取威虎山》之后拍手叫好,赞不绝口地说:"革命样板戏,这下子才看明白了,无产阶级英雄人物杨子荣是我们继续革命的光辉榜样,我们越看越爱看,希望剧团的同志们,尽早把所有的样板戏都移植过来。"①

当然,在这些评论中很难看到移植演出的效果,这是"文化大革命"期间的戏剧批评的通例。

其实每个剧种移植样板戏时都会遭遇特殊的障碍。北京市河北梆子剧团在移植《杜鹃山》时,他们意识到主要困难来自男腔的方面,但他们认为这一困难主要是因自身剧种的原有特征带来的:

> 由于剧种畸形发展,造成男声依附女声,男女声同腔同调,男声唱腔比较贫乏的后果。演唱起来,男声常常只能运用假声,或者高音嘶裂。因此,我团在移植革命现代京剧《杜鹃山》时,就面临着一个尖锐的课题:如何在梆子男声板腔基础

---

① 中文系朝文专业七三级:《话剧舞台谱新篇——评朝鲜语话剧移植革命样板戏〈智取威虎山〉的演出》,《延边大学学报》1975年第2期。

上，为雷刚设计唱腔呢？①

因此，北京市河北梆子剧团把男腔的设计看成是一场新的"革命"，他们通过反复实践，尝试着将梆子男声从男女声同腔同调里解放出来，通过"男声降调""男女声同调不同腔"等方法，为男腔找到更宽广的发展路径。从后来的情况看，这场革命虽然无疾而终，但是因移植样板戏而让这个剧种意识到声腔的短板，也不失为艺术上的收获。

粤剧移植样板戏的工作，开始得虽然比较早，但是步履却比较艰难，原因之一就在于，粤剧与京剧等内地戏曲剧种的差异在20世纪20年代之后急剧扩大，无论是在音乐唱腔上，还是表演上、舞台美术上，都已经有很大的不同。这样的差异与观众的欣赏趣味互为因果，因此，粤剧的移植要得到观众的认可殊为不易。广东省粤剧团移植《沙家浜》时，首先遭遇的就是如何既保持粤剧风格又能够基本保持样板戏原貌的两难：

> 移植革命样板戏《沙家浜》，首先遇到的问题是如何对待粤剧艺术的传统。在这个问题上，广东省粤剧团经历了激烈的思想斗争。一开始，有一些人自觉或不自觉地在旧传统里兜圈子，唱腔一改革，就觉得"唱不顺口，听不顺耳"，认为是丢掉了"传统"。他们在改革实践中，对旧传统亦步亦趋，设计

---

① 北京市河北梆子剧团：《重视男腔的改革》，《人民日报》1975年12月5日。

第二章 政治与艺术的博弈

的唱腔曲调充满了陈旧感，同所表现的新的政治内容极不相称。但也有一些人认为粤剧传统无可取之处，不如干脆"另起炉灶"，结果失去剧种特色。①

广东省粤剧团的创作人员经过对传统粤剧"全面的、历史的、阶级的分析"，认为"粤剧的传统唱腔总的说来，纤细柔弱、轻佻放荡的居多，刚健挺拔、开阔清新的较少。这样的唱腔，同我们这个风雷激荡的革命时代和气吞山河的工农兵英雄人物的感情是格格不入的"。所以，他们认为必须"按照革命样板戏的创作经验，对传统曲调进行细致的分析鉴别，严格地为英雄人物选好基本曲调"。"从唱腔内容需要出发，大胆打破僵死凝固的旧程式，充分发挥粤剧曲调变换转接灵活的特长，努力做到既有出新，又有粤剧特色。"②

粤剧移植样板戏《杜鹃山》时遇到的是同样难题，演员邝健廉撰文叙述了他们移植时的思考，一方面他们认识到粤剧有好的传统，应该很好地利用，但是又认为"这种利用，决不是照搬，而是要批判地继承。譬如旧粤剧音乐唱腔中有不少缠绵悱恻，浅斟低唱，娇哆软滑，怪声怪调的东西，我们能原封不动地拿过来吗？毫无批判地继承它，就是迎合了地主资产阶级的口味，适应了他们复辟资本主义的政治需要。"在谈及是否应该保持"剧种特点"时，他认为这个时代的戏剧家时刻不能忘记，所谓剧种特色，是"不同

---

① 新华社记者：《粤剧的新生——记广东省粤剧团学习移植革命样板戏〈沙家浜〉》，《人民日报》1974年5月21日。
② 同上。

的阶级有不同的标准"的。因此，邝健廉声明"我们无产阶级所要求的剧种特色，首先是能够很好地反映时代精神、刻画出工农兵英雄人物崇高精神世界的特色，离开了这一点去追求什么剧种特色，那就会走到邪路上去"。他们还对唱腔的"好听""韵味浓"和"有粤剧味"都作了阶级分析，"去芜存菁，运用和发挥粤剧中一些健康、明朗的唱腔，通过本剧种富有地方音乐特色的素材，加强英雄人物音乐形象的表现力。同时，我们要时刻警惕，不要离开工农兵自己前进的方向，滑到地主资产阶级的艺术趣味那里去"。①这样才有了粤剧《杜鹃山》。

上海的三个本地剧种移植了样板戏的折子戏，其中沪剧移植的是《红灯记》和《沙家浜》，淮剧移植了《海港》，越剧移植了《龙江颂》。董铁杰、王佩琈的评论指出这些移植"在忠实于革命样板戏原作的基础上，努力运用本剧种的特长，较为成功地塑造了李玉和、方海珍、江水英等无产阶级英雄人物形象"。评论特别提及这些剧种原有的风格在移植样板戏时所发生的变化：

> 过去沪剧表现的大多是腐朽的孔孟之道和小市民庸俗趣味的题材，唱腔柔软，板式贫乏。为了塑造李玉和高大的英雄形象，上海沪剧团的同志在毛主席关于"推陈出新"方针的指引下，经过反复实践，终于在《刑场斗争》一场里为李玉和设计出了一段有层次的成套唱腔。这段唱，时疾时缓，时扬时抑，

---

① 邝健廉：《为无产阶级文艺英勇奋斗》，《人民日报》1975年6月28日。

激昂慷慨,伴以挺拔有力的动作,较好地表现了李玉和不屈不挠斗敌顽、为革命粉身碎骨也心甘的英雄气概。这场戏结尾的处理也是好的。在殷殷红光照耀之中,在巍巍松树衬托之下,李玉和一家三代傲然挺立在高坡上集体亮相,把后面呼的口号挪前,在最高潮处结束,给人留下很深的印象。①

根据这篇文章所说,淮剧《海港》受到观众的称赞和欢迎。评论高度评价《海港》的表演,认为扮演方海珍的演员"朝气蓬勃","唱、念、做都浑厚大方,亲切感人","马洪亮的唱功和表情,也都发自内心,使人觉得逼真、可信",都很好地体现了人物的特点与精神。评论发现了越剧在移植时在唱腔上的变化:

> 上海越剧团所演出的移植革命现代京剧《龙江颂》选场《闸上风云》,改变了越剧女扮男装的怪现象,女声唱腔一扫过去那种又软又悲的缠绵之音,男声唱腔批判地吸收了"绍兴大班"中的一些高昂的曲调,较为成功地塑造了江水英、阿坚伯等英雄形象。②

论及上海三剧种的移植之所以能够取得这样的成果时,评论强调,这是因为上海的这些"革命文艺战士"做到了"移戏先移立足

---

① 董铁杰、王佩琤:《立足革命,热情移植——上海三剧种移植革命样板戏折子戏观后》,《人民日报》1974年9月3日。
② 同上。

点,改戏先改造世界观",在移植革命样板戏中,"坚决按照毛主席的教导,深入到郊区人民公社、工厂、码头、军营、舰艇,虚心向工农兵学习,努力把立足点移到工农兵方面来,在坚持为工农兵服务的过程中,加深对革命样板戏中工农兵英雄人物的理解"。① 有了思想立场的改变,移植才获得了成功。

1975年5月,在北京首次举办的移植改编样板戏汇报演出中,新疆、湖北、广东、河南、陕西等地的剧团集中上演了多个剧种移植样板戏的剧目。北京人民机器厂工人评论组撰写的评论文章指出:

> 地方戏曲、民族戏曲改革的一个重要问题,是时代精神和剧种特色的统一问题。这次演出的移植革命样板戏的节目,在这方面作了可贵的探索。无论是豫剧、粤剧,还是汉剧、秦腔等,都在努力表现时代精神和塑造无产阶级英雄人物的前提下,对唱腔进行了大胆而又慎重的改革。这些经过出新的曲调,挺拔高昂、顿挫抑扬,既较好地保持和发展了原有剧种的特色,又较为准确地表达了无产阶级英雄人物的思想感情。特别令人兴奋的是,维吾尔族歌剧《红灯记》在时代精神和剧种特色的统一上,取得了可喜的成果。这个戏是用维吾尔族的语言和音乐进行移植的。在移植的过程中,新疆各族革命文艺工作者遵照毛主席"古为今用"、"推陈出新"的方针,对传统的木卡姆大曲进行了积极的革新。它从《十二木卡姆》中分别为

---

① 董铁杰、王佩玙:《立足革命,热情移植——上海三剧种移植革命样板戏折子戏观后》,《人民日报》1974年9月3日。

第二章 政治与艺术的博弈

英雄人物选取了音乐基调,又根据表达英雄人物在特定环境中思想感情的需要,遵循木卡姆音乐原有的规律,加以变化,发展、创新,因而曲调富有鲜明的时代色彩,又保持了原来木卡姆音乐的特点。它还吸取了新疆民歌的某些音乐素材,采取了革命现代京剧的某些表现手法,但又不是机械地照搬,而是和木卡姆音乐有机地融合在一起,这样既丰富了表现力,又保持了全剧风格的统一。在如何达到时代精神和剧种特色的统一上,革命样板戏为我们做出了光辉的榜样,维吾尔族歌剧《红灯记》以及湖南花鼓《沙家浜》等的移植成功,也为我们提供了宝贵的经验。①

在所有这些对京剧样板戏的跨剧种移植前,样板戏芭蕾舞剧《红色娘子军》被移植为京剧,是最早也是得到最多肯定的。京剧《红色娘子军》的移植改编,是跨度最大的移植改编。官方的《红旗》杂志发表文章,首先提出"移植革命样板戏,是大力普及和推广革命样板戏的重要措施",然后高度肯定京剧《红色娘子军》的移植改编:

> 京剧《红色娘子军》的思想和艺术成就是多方面的。它特别为如何移植革命样板戏提供了有益的经验。这个经验,集中到一点,就是要善于运用你自己的剧种所拥有的各种艺术手

---

① 北京人民机器厂工人评论组:《热情移植,努力创新》,《人民日报》1975年5月24日。

段，满腔热情、千方百计地塑造好无产阶级英雄形象。这就是移植的根本任务。移植革命样板戏，怎样才算是不走样？主要的就是看你是否成功地塑造革命样板戏中的英雄形象。移植不等于原封不动地照搬，事实上这也不可能做到。机械的生搬硬套，似乎是忠实于原作，结果必然要大走其样。①

当然，在有关京剧《红色娘子军》的移植的评论文章里，如何运用京剧特点表现同名舞剧的内容，也即"在忠实于革命样板戏的革命精神的基础上，要充分发挥京剧剧种的特点，调动京剧的一切艺术手段，来塑造主要英雄人物"，必然是移植改编者必须认真思考的方面：

> 舞剧和京剧是两种不同的表演艺术。前者塑造人物的主要手段是舞蹈语汇、舞剧音乐；后者则是靠唱、念、做、打等艺术手段来塑造人物的。各种不同的艺术，都有自己的特点和长处，也各有自己的短处和局限。因此，移植时不能机械地生搬硬套，而必须注意发挥剧种的特长来塑造英雄人物。革命现代京剧《红色娘子军》在这一思想的指导下，充分发挥京剧艺术独特的功能，在京剧舞台上创造性地再现了舞剧原作中的英雄形象。②

---

① 宋鸿华：《移植创作中的优秀成果——评革命现代京剧〈红色娘子军〉》，《红旗》1972年第4期。
② 洪天英：《移植创作的鲜艳花朵——赞革命现代京剧〈红色娘子军〉》，《人民日报》1972年4月15日。

第二章　政治与艺术的博弈

把芭蕾舞剧移植为京剧，实与新创无异。即使在移植中要注重发挥京剧的剧种特点这一重要观点，是京剧样板戏移植被改编为其他剧种时的一个基本原则，但是芭蕾舞与京剧之间的差异如此之大，京剧演员和舞蹈演员的表现手法截然不同，即使想"不变样"也绝无可能。所以在某种程度上，对《红色娘子军》的移植，让全国各地众多无须跨越如此之大艺术距离的移植，有了较大的自主发挥的空间。

样板戏的移植对戏剧评论是全新的论题，跨越不同的舞台艺术样式的移植，其得与失本该有很多可以讨论的角度。但是由于这些移植被冠之以推广革命样板戏的旗号，移植革命样板戏的过程，始终被看成是"深入学习革命样板戏"的过程。从芭蕾舞剧《红色娘子军》移植为京剧时，就有多篇评论文章反复强调"只有学习好，才能移植好。否则，移植创作就会失去方向和依据，就会'移'到邪路上去：或者生搬，或者走样"。因而，既要不"走样"，又不能直接搬用，这之间的分寸的把握，就是移植改编是否成功的界限。然而我们又看到，所有这些移植作品一旦得到承认，大量的无节制的赞美就随之而至，而且无一例外地都称其做到了既没有生搬，又不走样。

移植改编样板戏形成的热潮非常短暂，在这一时期的相关评论，仍有一明显的共识，那就是要保持或保留移植者本身的"剧种特色"。除了剧本内容、人物形象塑造（更不用说主题思想）等方面不能有明显的更动，假如移植改编者完全套用或搬用样板戏中的京剧唱腔，其实是不被认可的。至于许多评论都会提及的"时代精神",无非是指样板戏里所表达的那些以"三突出"为代表的内容。"剧种特色"的强调,给各地各剧种重新激活其音乐与表演传统,提供了极好的机遇。因此,这一时期的戏剧批评在样板戏移植时对"剧种特色"的普遍强调,在一定程度上,为此后各剧种的复苏,提供了重要的理论准备。

第三章　先锋与探索

"文化大革命"结束，中国戏剧获得了新的生机。20世纪50年代所建构的戏剧话语体系在"文化大革命"期间走向极端，它潜在的片面性和缺失被无限放大后，难免表露出它谬误的一面。在新的舆论环境下，戏剧观念和戏剧批评都产生了近乎颠覆性的转变。这是新的批评话语逐渐形成的年代，整个戏剧领域、包括戏剧批评异常活跃。尤其是在否定"文化大革命"时期流行的戏剧观念的基础上，西方现代、后现代戏剧理论（包括小剧场理论）一拥而入，中国戏剧批评界的接受与应对方式及过程颇具转型时期的特点，从主旋律到商业化等诸多戏剧领域，戏剧观念均呈现出丰富而多元的局面。

第一节　拨乱反正

1976年10月粉碎"四人帮"，标志着"文化大革命"的结束；但中国的政治社会领域真正发生根本性的变化，还要等到1978年十一届三中全会召开之后。戏剧领域的变化明显走在社会变化之前，甚至起到了推动社会发生变化的作用。1976年之后的数年，样板戏的阴魂依然不散，新创作的诸多戏剧作品仍然有相当明显的"后样板戏"的迹象，戏剧批评话语的更新还需要一个相当长时间才能完成，但是，戏剧界正在自觉且努力地试图从样板戏模式中走出来。新时期的戏剧批评，希望迅速剪断与"文化大革命"时期的戏剧观念的关联，这样的努力，对戏剧创作与演出产生了积极效应。

一 《报春花》

粉碎"四人帮"之后，社会整体上的拨乱反正，成为走出"文化大革命"的重要动力，戏剧界当然也加入了这一进程。如前所述，"文化大革命"的发动就是以对昆曲《李慧娘》和京剧《海瑞罢官》的批判启动的，而随着运动的开展，越来越多的戏剧作品受到批判，几乎涉及历史上"从国际歌到样板戏"之间所有作品。拨乱反正的重要工作之一，不仅包括为这些无端受批的作品"平反"，更重要的是努力消除大批判的批评文风。从20世纪50年代初就撰写了大量戏剧评论文章的张真，就提出要大力纠正"文化大革命"时期流行的以索隐的方式从作品里寻找反动思想的批评方法，他写道：

> 有人擅长从别人写的剧本中去索隐，看到人家写了一匹马的故事，便立即联系到林彪的"天马行空"；看到了题目上有个"桃"字，立即联系到"桃园经验"；马生了病，又说是对

第三章 先锋与探索

大跃进"万马奔腾"的污蔑,是"咒骂大跃进,鼓吹复辟"。那位"四人帮"麾下的大"编剧家",大"导演家",大"作曲家",大"舞台艺术理论"家,乌纱帽已经够大的了,还要进一步,从"三上"想到了必然有"四上""五上",从山西的"桃峰"一帽子就扣住了黑龙江的"松涛",并且由马又牵拉到牛身上,说既然写"送马"是毒草,那么写"还牛"也定然不是好戏。①

他对于会咏穿凿附会地批判《三上桃峰》的评论模式做了一番嘲讽后,大声疾呼:"让我们唾弃各式各样的唯心主义,各式各样的形而上学,唾弃那些诬陷不实之词,和以作者为假想敌的罗织周纳的作法。"随着大量"文化大革命"中强加在许多剧作家和戏剧作品头上的恶谥逐渐被清除,戏剧批评正在逐渐回归正确与健康的道路。

"文化大革命"结束,原来加之于戏剧艺术家之上的诸多束缚逐渐松绑,戏剧的活力被极大地激发出来。正如徐恒进1980年的总结所说:

> 粉碎四人帮以来,话剧取得了很大的收获,已经出现可喜的突破,而《未来在召唤》和《报春花》这两个姐妹篇的出现,就是这一突破的重要标志。②

---

① 张真:《索隐法可以休矣》,《人民戏剧》1978年第9期。
② 徐恒进:《〈报春花〉是一个突破》,《读书》1980年第3期。

话剧《报春花》的出现，对"文化大革命"结束后的戏剧界是一个重要事件，剧本主要围绕着一位"出身"不好的优秀青年工人白洁展开，作者自述他的创作动机源于现实生活里发现的许多真实人物，"这些工人都是长在红旗下，为人民做出了贡献的，可是硬要把父辈过错的责任强加在她们。她们在工作中出了十分的力，创造了十分成绩，可是在阶级斗争的口号下，只给她们五分、六分的报答，甚至剥夺她们应得的荣誉。这是多么的不公正，多么不实事求是。这种现象存在了几十年，'四人帮'被打倒后好了一些，但是被搅乱了的、扩大化了的、甚至弄颠倒了的阶级斗争观念仍然在束缚着人们的思想"①。

从戏剧作品中所塑造的人物的社会身份这一角度，评论家们最直接地肯定了《报春花》的意义，尤其是将它看成是那个时代用戏剧的形式主动地"干预生活"的代表作品，体现了在"文化大革命"结束之后，戏剧评论与创作一样，既有完全不同于"文化大革命"时期的价值标准，同时也还依然偏重于从政治内涵的角度认识与评价戏剧作品的社会功能。《报春花》之所以得到观众与评论家一致的好评，更重要的原因在于，尽管"文化大革命"已经结束，在那些依然习惯于用"阶级斗争"的眼光看世界，因而对"阶级敌人"的后代始终充满警惕的人的内心深处，"文化大革命"中盛行的"血统论"观念仍然有很强的生命力，《报春花》却一反此道：

---

① 崔德志：《干预生活，创作才有出路》，《勇于干预生活 努力提高质量——〈报春花〉〈权与法〉〈撩开你的面纱〉〈未来在召唤〉编导谈话录》，《人民戏剧》1979 年第 11 期。

第三章　先锋与探索

在我们的话剧舞台上，反映工厂生活的戏很多，党委书记的形象不知出现过多少次，劳动模范的角色也可以说屡见不鲜。但是，像《报春花》中的白洁——母亲是右派分子，父亲是历史反革命——这样的劳动模范，确实还是第一次出现；同样地，我们在舞台上看到像李健这样的党委书记——能够正确理解和贯彻党的阶级路线，反对唯成分论，敢于顶住各种阻力，坚持实事求是地把白洁树为劳模——大约也是头一遭……戏中这两个形象是新鲜的，不平常的，是过去出现过的任何形象所不能代替的。也许，余悸未消的人会为作者捏着一把汗，因为像《报春花》这样的写法不仅在几年前是不能设想、不可思议的，即使在今天，也仍然被人看作是走了一步"险棋"。"险"在何处？这就正好借用白洁在第五场落幕时说的那句话了："你到这些年流行的阶级斗争学说里去找吧。"说得妙极了，深刻极了，而这种流行的"学说"恰恰是作者要冲开的禁区。①

这些大胆且努力突破思想"禁区"的剧目出现时，戏剧观众和评论家是如此热情地拥抱并为之欢呼。这样的突破当然面临重重阻力，因此《报春花》等作品的出现免不了诸多争议。最初出现的争议，多数是在政治领域展开的，如《未来在召唤》的导演贺昭所说，这部戏在排练和初演时引起诸多非议，有称其为"解冻文学"

---

① 卓宇：《还是要破禁区，讲真话——看〈报春花〉随想》，《人民戏剧》1979年第12期。

的,甚至有人说它是"反党戏"。因此他感慨地说:"今天能写出和演出《未来在召唤》这样的戏,本身就是政治和思想上拨乱反正的成果。"①

针对"文化大革命"时期达到顶点的反智主义倾向,新时期的戏剧新作品中,知识分子不再以迂腐和呆滞的面貌,作为智慧的"劳动人民"对立面的形象,出现在戏剧舞台上。在戏剧舞台上正面表现知识分子形象,既是对直接导致"文化大革命"的热衷于从身边揪"敌人"的阶级斗争学说关键性的突破,更体现了中国要通过接受现代科学技术与思想文化的途径融入世界的决心,虽然在最初的阶段,知识分子只能被定义为"工人阶级的一部分",借此获得社会认可。如果说《报春花》依然只能以基层工人为主角的话,那么,《丹心谱》则把笔触转向了科学研究人员,它描写的是制药厂里从事新药研制的知识分子,背景是"文化大革命",剧中最重要的情节,是他们在周总理的支持下与"四人帮"作斗争,成功地研制出了治疗心血管疾病的"03"新药。周总理虽然在剧中并没有出场,但是全剧始终围绕着他展开,剧名《丹心谱》里的"丹心"既是意指主人公,同时也是遥指周恩来。

戏剧评论不能仅仅停留于政治的读解,我们可以看到戏剧批评对《丹心谱》的评论,是如何从政治解读开始,随即慢慢地延伸到戏剧艺术的层面的。

苏叔阳的《丹心谱》由北京人民艺术剧院演出,评论家称赞其

---

① 《勇于干预生活 努力提高质量——〈报春花〉〈权与法〉〈撩开你的面纱〉〈未来在召唤〉编导谈话录》,《人民戏剧》1979年第11期。

"热情地歌颂了敬爱的周总理,反映了广大医务工作者对周总理无比深厚的感情","谱出了八亿人民对总理的一片丹心"①;作品的创作者们"以他们对于周总理深厚的感情和严肃的现实主义创作方法赢得了观众热烈的赞赏"②。而林涵表在此基础上进一步指出,这部作品是"粉碎'四人帮'以来文艺戏剧创作的一大收获,它在文艺恢复革命的现实主义传统中,成功地探索了许多问题"。他完全同意朱寨的评价,认为《丹心谱》的成功是"带有标志性"的,"标志了话剧艺术拨乱反正的胜利,标志了话剧创作的话剧表演上现实主义传统的恢复"③。他指出,这是"一个酷爱北京人民艺术剧院的现实主义艺术风格的业余作者,在这个剧院的导演和表演艺术家的帮助下,共同努力,使《丹心谱》的创作和演出保持了'北京人艺'的传统艺术特色,重放革命的现实主义的光彩"。林涵表从"恢复革命的现实主义传统"角度展开的评论具有直接的针对性,它是对"文化大革命"期间被奉为戏剧创作的最高指导原则的"三突出"方法的否定。徐恒进的《报春花》评论也强调:"话剧应当是说真话的艺术。作家必须坚持政治上的党性原则和艺术上的现实主义,不断探索现实生活中的新问题,敢讲真话,敢于同前进道路上的各种障碍进行斗争,这才是艺术的生命所在,力量所在。"④ 让戏剧重新回到现实主义道路上,讲真话,内在地体现了对"文化大

---

① 《首都戏剧界盛赞新上演的两出好戏——记话剧〈报童〉和〈丹心谱〉座谈会》,《人民戏剧》1978年第5期。
② 张庚:《〈丹心谱〉观后》,《人民戏剧》1978年第6期。
③ 林涵表:《话剧〈丹心谱〉上演以来》,《文艺研究》1979年第2期。
④ 徐恒进:《〈报春花〉是一个突破》,《读书》1980年第3期。

革命"模式的否定。

正是从这个意义上,冯牧认为《丹心谱》的演出"是一件标志着我们的戏剧创作和表演艺术正在一个新的起跑线上阔步前进,因而值得我们十分高兴的大事"。他之所以给予《丹心谱》如此高的评价,是由于在他看来,这一时期,"许多作者和文艺团体,都在努力创作以党的第十一次路线斗争为题材的作品,通过艺术概括把这场关系到革命事业的生死存亡的历史性决战,用艺术形象反映出来",但是仍然存在一些具有普遍性的弱点,那就是"哪怕是旨在揭批'四人帮'及其帮派体系的创作,到底应当从生活出发呢,还是从某种事先设定的概念出发?我们确实不难遇到这样的作品……没有做到让形象来发言,而只是让某种赤裸裸的思想、概念来说话"。冯牧赞扬《丹心谱》"塑造出了几个血肉丰满的富有典型意义的人物形象"[1]。他更反驳某些就反面人物庄济生的描写提出的异议,认为即使是反面人物的描写也不应千人一面,而像庄济生这类比较复杂、不够单一的形象,恰恰是作者对生活中的类似人物有比较深刻的观察和分析才得以创造出来的。这些评论,都说明这一时期的戏剧评论界在鼓励戏剧家创作与塑造立体的与丰富的人物形象——无论是正面人物还是反面人物——方面,逐渐形成了新的共识。

新时期戏剧领域的拨乱反正,还包括在戏剧舞台上直接出现毛泽东、周恩来、朱德、陈毅、贺龙等党和国家领导人的形象,这在

---

[1] 冯牧:《丹心似火斗志如钢——看话剧〈丹心谱〉》,《人民戏剧》1978年第5期。

第三章　先锋与探索

20世纪60年代之后的中国戏剧界，显得极不寻常。由于不时出现党内的"路线斗争"，领导人有可能被打入"敌对阵营"，因而要在戏剧舞台上作为正面人物塑造与表现他们，具有相当大的政治风险。在戏剧作品里表现毛泽东之外的领导人，一直是不言自明的禁忌。而"文化大革命"结束之后突然变得更为宽松的创作环境，这类受到长期压抑的题材突然有了机会，而用戏剧的形式歌颂那些在"文化大革命"中因为反对或制衡"四人帮"而受到冲击的领导人，更成为人们情绪释放的重要通道。这些陆续出现在舞台上的领袖人物中，周恩来的形象尤其受到欢迎。对于戏剧评论家而言，这是一个需要给予解释的新的且十分重要的现象。张庚如此分析与认识这一现象：

> 在文化大革命以前，我们在有些剧作中感到写党的领导比较抽象，打倒"四人帮"以后，舞台上多次出现了党的领袖的形象，而每当这种时候，总是赢得全场观众热烈的反应。在舞台上出现的这种前所未有的不平常的现象，应当说是由于在文化大革命中，广大群众（也包括我们的剧作者、演员和导演）在和错误路线斗争中进一步与革命领袖建议了休戚与共、生死相连的感情。有了这种感情，艺术上所表现出来的革命领袖与革命群众之间的关系才成了有血有肉的关系，不论领袖具体出现在舞台上还是不出现在舞台上，这种血肉关系，观众都是强烈感受的。①

---

① 张庚：《〈丹心谱〉观后》，《人民戏剧》1978年第6期。

然而，要艺术地在舞台上表现领袖并不容易，尤其是用戏曲的手段表现领袖，是否能获得观众的认可，并不是一个可以简单回答的问题。张庚指出：

> 戏曲如何表现现代生活，特别是塑造无产阶级革命领袖的形象，这是当前戏曲工作中的一个尖端课题。秦腔《西安事变》、越剧《三月春潮》就涉及到了这个尖端课题……这两个戏里都出现了周恩来同志的形象，这是个极大的努力，也是个极大的成绩，虽然表现了这样尖端的题材，可是秦腔看起来还是秦腔，没有让人感觉到不是秦腔。越剧也是一样，还是越剧，不是非越剧。①

张庚充分意识到用秦腔和越剧的手段表现周恩来形象，需要解决的关键难题就是领袖人物表演的戏曲化的问题，其中关键在于唱，因为"戏曲的重要手段之一是唱，而且要唱得感动人，没有这个，就失掉了戏曲的重要手段"。张庚肯定了舞台上的周恩来在"这两个不同剧种的戏里都唱了，群众也承认了。而且唱得不别扭，不生硬，也没有引起什么反效果，这是很大的突破和初步的成功"。他也指出，要特别注意塑造领袖形象时不能神化，并且对《三月春潮》里周恩来出场时从花道走出来并向观众招手的手法表达了不同看法，认为这与剧中所表现的周恩来在上海领导武装起义的背景并

---

① 张庚：《戏曲能够塑造革命领袖形象——秦腔〈西安事变〉越剧〈三月春潮〉观后感》，《陕西戏剧》1979 年第 3 期。

不吻合，因而不符合艺术的规律。张庚在反对戏剧作品对领袖形象的神化时指出，这种神化的根源还是由于作者"对领袖的不理解，或理解得不够深"，是"太崇敬领袖了"，然而，神化的表现，其结果必然违背戏剧的真实性要求，并且让领袖显得"高不可攀"[1]，他没有用"虚假"这个词，然而这一意思在文章里早就呼之欲出了。张庚只是说，仅仅有表现领袖的良好动机和热情，并不等于就能创造出感人至深的艺术形象。张庚的提醒并不是多余的，领袖形象的塑造与表现，依然受到许多观念上的制约，除了外形上力求相似，让这些"老一辈无产阶级革命家"形象更具真实性的途径实非常之有限，最多仅限于为人物增添一些风趣、幽默的台词，但是这些台词的功能，也只不过是为了让其更具亲和力。至于性格和行为中任何有可能伤及其人物形象之高大和完美的描写，当然都没有出现在戏剧中的可能性。但这一时期的戏剧批评，对于领导人居然可以和平民一样开开玩笑，似乎已经非常之满意，认为只要有这些细节，领袖形象就已经足够真实。

1978年话剧《于无声处》的出现，同样与民众通过对周恩来的敬仰之情表达对"文化大革命"和"四人帮"普遍的厌恶与愤怒之情相关。一般认为，《于无声处》的演出与其产生的巨大轰动，对1976年上半年的"四·五运动"即"天安门事件"的平反，起了直接推动作用。这部由工人业余剧作家宗福先创作、最初由上海市工人文化宫业余话剧队演出的话剧作品，短时期内在全国引起强烈

---

[1] 张庚：《戏曲能够塑造革命领袖形象——秦腔〈西安事变〉越剧〈三月春潮〉观后感》，《陕西戏剧》1979年第3期。

反响,剧组来在北京演出时,时任文化部副部长的贺敬之、周魏峙等都不约而同地盛赞这部戏在思想上的突破。文艺理论家冯牧动情地说:

> 我是在一种十分激动、兴奋,甚至迫不及待的心情下读完这个剧本的。首先是作品的思想力量、艺术力量打动了我。使我如此激动的另一原因,是边读剧本边产生的一个感觉——终于突破了!这个为八亿人民所关心,为广大文艺工作者所思考,有时也不免有点发愁的问题,终于由这些可敬的、敏锐的、勇敢的业余文艺工作者突破了。他们在发展社会主义文艺创作上起了先驱的作用,我是带着感激的心情来看待这个剧本、看待作者和演员们的。①

冯牧还通过《于无声处》的评论,再度提出"我们的时代要求真实的文学"这一口号,希望戏剧界能够重新按照"双百"方针,把"放"作为重点,由此实现文艺的繁荣,他反对"有意无意地去设置禁区",要求"按文艺固有的规律去组织领导创作",当他的这些观点借《于无声处》座谈会表达出来时,就像这部作品一样,产生了相当大的影响。

当然,从整体上看,戏剧评论领域的突破并非完全同步,一方面,当然有评论家指"《于无声处》的成功,正在于它喊出了人民

---

① 《惊雷的回响——本刊编辑部和中国戏剧家协会先后召开话剧〈于无声处〉座谈会》,《人民戏剧》1978年第12期。

的心声",与此同时,也有认为剧目的成功,"正是华主席的英明指示武装了作者头脑"①的评论。如果说《于无声处》确实是突破,那么,这里所说的突破,最重要的还是突破了多年形成的思想与题材禁区。如同剧作家白桦在话剧《于无声处》演出座谈会上提到的那样:"今年五月《人民戏剧》召开的戏剧创作座谈会上,当有的同志提到天安门事件可以写的时候,多少人对此却噤若寒蝉。讨论来讨论去还停留在这个问题到底能写不能写上,这又怎么能搞出作品来呢?"

《于无声处》只是一个开端,由此引发的讨论持续扩大,还继续延伸至现实题材作品究竟是否应该有禁区,比如是否可以涉及那些政治上尚未有明确结论的敏感事件,进一步,是否可以写悲剧。杜清源等人的评论指出,《于无声处》的成功与"作者大胆地运用悲剧手法,充分利用话剧反映生活特有艺术手段"是分不开的,他们说:

> 社会主义时代能否写悲剧,或者说,运用悲剧体裁和手法,来反映文化大革命,是否会损害社会主义制度,不利于人民的根本利益?这在当前还有争议。有些作者在运用悲剧形式时,还不免有些疑虑和余悸。如果不是从抽象的概念出发而是从实际生活出发,如果用已有的艺术实践来检验,这个问题是可以得到明确的答案的。

---

① 胡叔和:《于有声处赞惊雷——评话剧〈于无声处〉》,《人民戏剧》1978年第12期。

> 林彪、"四人帮"的倒行逆施、飞扬跋扈,践踏人民的意志,给我党、我国人民和无产阶级革命事业,带来空前的灾难,造成严重的不幸和牺牲。揭批"四人帮"题材的作品,如果对这样的悲剧事实不敢触及、不敢反映,那是不可能表现得真实和深刻的。①

在20世纪70年代末到80年代初的几年里,人们在"文化大革命"中的悲惨境遇,是戏剧创作演出最为集中的内容。"十年浩劫"给国家各个领域造成的巨大破坏和无数个体遭受的苦难,使若干年前曾经讨论得非常热烈的"社会主义有没有悲剧"的纷争变得毫无意义。"文化大革命"中人们的悲剧命运,一时成为很多新剧目描写的重点对象,小说界时有"伤痕文学"之称,戏剧界也并不例外,而且因其舞台表演更为直观,更易于给观众强烈的震撼。

在戏剧作品里表现人的命运,尤其是表现老干部和知识分子以及诸多普通民众在"文化大革命"中的命运,又是在"四人帮"已经粉碎两年了的1978年,如此天经地义的事情,却需要有勇气的批评家仗义执言,充分说明要打破"文化大革命"期间那种僵化的政治和戏剧理论与观念,并非易事。一个极好的例证,就是同样以天安门事件为背景的话剧《有这样一个小院》演出后,《人民戏剧》发表了石丁的批评文章,严厉指责李龙云编剧、中国儿

---

① 杜清源、李振玉:《悲壮和颂歌战斗的艺术——赞话剧〈于无声处〉》,《文学评论》1978年第6期。

童艺术剧院演出的这部话剧作品"迎合了当前那种对四个坚持有所怀疑和动摇的错误思潮",认为这部戏从头到尾都是在"借总理的灵堂,哭自己的凄惶。即主要目的不是悼念周总理,而是为知识青年上山下乡等问题鸣不平",尽管作者也承认"文化大革命""是我党、我国历史上旷古没有的大的悲剧时代。我们戏剧舞台上需要大悲剧,需要那种震撼天地而又鼓舞人们勇往直前走向新天新地的大悲剧",但他认为作者完全没有做到这一点,相反,"它留给观众的,除了阴暗的情调,感伤的情绪之外,再也没有什么别的东西"①。文章称剧本在表现剧中人物和事件时,只有他们"自发性的一面,有意无意地忽略了它的党的领导作用",而且,剧作所表现的都是些具体人物在"文化大革命"中的个人的不幸遭遇和由此生发的私怨,因而缺乏"典型性"。文章坚决反对这类"在新的长征途上,仍旧沉浸在个人的哀愁伤感的情绪之中"②的创作。虽然,同时还有其他戏剧评论反驳石丁的观点,甚至直接指出在这篇批评文章里充斥的就是"极左的观点",但是石丁的评论之出现,仍然暗示了那个时代与拨乱反正并不协调的另一种声音的存在。

杨兰春、董新民等编剧,河南省豫剧院三团演出的豫剧《谎祸》是这一时期另一部重要作品。《谎祸》揭露了 1960 年前后连续

---

① 石丁:《"借灵堂,哭凄惶"的悲剧——写于两次看〈有这样一个小院〉的演出之后》,《人民戏剧》1979 年第 6 期。
② 同上。其中最奇怪的就是评论说该剧忽略了"四·五运动"中"党的领导作用",熟悉这段历史的人都不免会莞尔一笑。

三年全国性的大饥荒的真相,每次演出均引起观众强烈共鸣,但是它也遭到激烈批评。章诒和认为这部与他人合作的《谎祸》是杨兰春在新时期的代表作,她写道:

> 《谎祸》以惊人的真实和坦率,描述了"大跃进"时代,人们主观精神的癫狂,如何受到客观规律的惩罚,在"跑步进入共产主义"的口号下,国民经济与人民生活怎样一齐跌入灾难性困境。总之,戏不是写"莺歌燕舞",而是写"万户萧瑟";不是写成功,而是写失误;不是写经验,而是写教训……《谎祸》的编导演出,说明杨兰春剧作的思想飞跃:一方面戏剧内容的真实性已成为他整体艺术构思的中心环节和首要因素;另一方面,他对戏剧作品功利性的思考,已与时代思想、历史精神相联系。①

杨兰春是因他的代表作豫剧《朝阳沟》而闻名全国的,但是当《谎祸》上演后,他的处境发生了明显变化,尽管作品仍在不断上演,但是有关方面的批评对他构成了越来越大的压力。而且,包括《谎祸》在内的一批揭露当代社会中消极现象的戏剧作品,在戏剧批评界形成了尖锐的分歧。

这些不同的声音,终于有了一次集中交锋的机会。1980年1月23日至2月13日,中国戏剧家协会和作家协会、电影家协会共同

---

① 章诒和:《从宏观角度看杨兰春》,载王鸿玉主编《杨兰春编导艺术论》,中国戏剧出版社1993年版,第85页。

在北京召开了"剧本创作座谈会",这次座谈会的主要目的是针对话剧《假如我是真的》等有争议的几部剧作展开讨论,周扬、贺敬之等宣传文化部门的高级领导参加了会议,时任中组部部长的胡耀邦在会上做了长篇讲话。将近一年后《文艺报》全文刊发了胡耀邦的讲话,此时他已经是中共中央总书记。这次长达二十天的座谈会气氛并不轻松,最直接的起因,是沙叶新等人创作的话剧《假如我是真的》(曾用名《骗子》)在上海"内部演出"多达46场后所引起的强烈争论。虽然座谈会的计划书里明确写着会议的目的是"肯定成绩,总结经验,通过对具体作品的得失的研究,探讨同类题材创作中的某些共同性问题以期做到继续解放思想,进一步繁荣创作",并且说明座谈会将"本着百家争鸣的方针,坚持'三不主义',要求与会同志各抒己见,畅所欲言",在座谈会开幕时周扬在讲话中特地强调"这次会不是要批判谁,而是要开成一个交流意见,讨论问题的会……决不打棍子和变相打棍子"①,胡耀邦的讲话也开宗明义,说明中央新的文艺方针的宗旨就是"要坚定不移地贯彻百花齐放、百家争鸣的方针,发扬艺术民主,坚持'三不主义',即不打棍子,不戴帽子,不抓辫子,切实保证人民群众有进行文艺创作和文艺批评的自由"。但是他更提出,既然"文艺作品要表现社会本质",那就必须对当下社会的本质有准确的认识和反映,"反映出我们这个新社会里占主导地位的前进的力量。不是说落后的东西、阴暗的东西不该反映,即使是落后的、阴暗的东西,只要有代

---

① 黄维钧:《贯彻百家争鸣方针的成功实践——剧本创作座谈会侧记》,《人民戏剧》1980年第3期。

表性、有典型性，也应该作为本质的一个侧面加以反映。但是从文艺的总体上说，如果单单是或者总是反映落后面、阴暗面的东西，我觉得就不能说是充分地、准确地反映了我们社会的本质"。胡耀邦还指出，既然文艺作品是公开发表，供人们欣赏的，"公开发表的言论，都是在做意识形态的工作，就会产生影响，这就叫社会效果，只不过效果有大有小，有好有坏"。而艺术作品要在读者观众中产生好的社会效果，就应该"站在正确的立场上，用正确的观点去分析生活，揭露和批判旧事物，促进新事物的发展，以鼓舞、教育和引导广大人民为更美好的生活而奋斗"，而不能"离开党的正确路线和方针政策的指导，消极地夸大阴暗面，使人对现实失去信心"。胡耀邦也肯定写"暴露"的作品，写悲剧，"只是要防止写悲剧就永远悲下去，永远没有前途，给人们一种毁灭感，似乎人类要全部完蛋了。如果把悲剧写成这种结果，那不符合事实。这种性质的悲剧不符合历史发展，就是不真实的"。胡耀邦反对"把任何偶然性的东西都当做艺术的真实"，认为无论是写悲剧还是写喜剧，写光明还是写黑暗，都"应该反映出历史发展的辩证法"。① 他认为《假如我是真的》"现在还不成熟，还有比较大的缺点"，并且建议作者"自告奋勇"，在改好之前暂时不演，这当然不仅是针对这个具体作品的评价，而代表了中央对此时以其为代表的揭露社会阴暗面的戏剧作品的基本态度。

《假如我是真的》写一位下乡知识青年因偶然的原因被误认为

---

① 胡耀邦：《在剧本创作座谈会上的讲话（1980年2月12、13日）》，《文艺报》1981年第1期。

第三章　先锋与探索

是高干子弟,下级官员纷纷向其输诚,他乐得将错就错。最后他真实身份败露,面对刑律时却提出了一个尖锐的问题:"假如我是真的?"它当然是具有强烈的现实性的,与同时期一大批揭露现实社会中不良现象的戏剧作品一样,它们不是在揭露"文化大革命"时期的社会丑恶现象,而是直接面对当下,描写社会不良现象,因而引起的触动,完全不同于写"文化大革命"的"伤痕文学"。而对《假如我是真的》等剧本的批评,核心内容就是认为这些揭露当时社会阴暗面尤其是批评高级干部中存在的特权思想的作品,有可能对观众心理上产生消极影响,导致不良社会效果。若干年前,类似的作品会被评论家们认为是"不典型"的,但在剧本创作座谈会上,最具代表性的批评术语,转而改成了"社会效果",它和文艺应该"干预生活"的口号,形成有趣却极其关键的对应,当然,两者所针对的都是戏剧的社会学功能:

> 过去曾经有一种意见,认为社会主义文艺只能写光明面,不能写消极面,写了消极面就是给社会主义抹黑,这种意见是不正确的。但也不能因此就认为作家的职责只是揭露阴暗面,一写光明就成了"歌德派"。与会同志认为,这种意见同样是不正确的。会上,对"干预生活"这个提法发表了不同的看法。有的同志认为,"干预生活"是文艺的基本功能,这个提法是正确的,应当加以提倡。许多同志认为,"干预生活"的提法和作法,实际上主要是指揭露社会主义社会内部的阴暗面和消极面。这个口号重新出现,针对着"四人帮"的粉饰生活

和"瞒"与"骗"的文艺,在近年的文艺创作中曾起了一定的积极作用。它作为文艺创作的一种职能,是可以的、需要的,但如果把它理解为是社会主义文艺的主要职能,甚至是唯一的职能,那就是不正确的了。①

面对诸多来自高层的批评声音,李庚在座谈会上竭力为话剧《假如我是真的》辩解。他说在他看来,"作者是心怀好意的,有满怀激情。用喜剧方式来突出不正之风的丑恶,敲敲警钟,为的是唤起我们去改正、铲除这类非无产阶级的恶习,作者是有责任感和勇气的"。他并且把剧本与果戈理的《钦差大臣》相类比,而且,《假如我是真的》在辛辣的讽刺同时,并没有忘记点出两者有不同的社会背景。李庚十分明白,围绕该剧而提出的有关文艺要讲"社会效果"的观点,是希望戏剧为国家的安定团结起积极作用,但是他指出:"文艺不可不考虑社会效果(有时这不是主观意图能掌握住的),文艺界要严肃考虑和认真对待这个问题,但不要夸大,也不要轻视。这类揭露生活中比较尖锐的问题的戏,也许会触发一点小乱子,我们要重视。但乱子之发生,必有更多因素。"② 李庚的辩解并没有产生他所期望的结果,此后戏剧界的反应最能说明问题:

由于某些题材的作品在短时间内相对减少和创作周期的相

---

① 《剧本创作座谈会情况简述》,《文艺报》1981 年第 1 期。
② 李庚:《对剧本〈假如我是真的〉的意见——在剧本创作座谈会上的发言》,《人民戏剧》1980 年第 3 期。

第三章 先锋与探索

对起伏,有的同志在评价80年的创作形势时,说话剧创作处于"停滞"、"倒退",甚至"面临歧途"。有个别同志把这种情况的变化归之于创作座谈会,甚至认为这是一个"变相禁戏"的会。①

文章的作者没有正面回应这个会究竟是不是"变相禁戏",从结果看,周扬有关这次座谈会要秉持的"三不主义"的批示,确实得到了执行,他并没有食言,除了强调"社会效果"以外,座谈会从未像当年姚文元批《海瑞罢官》那样,将戏剧的争议说成是"阶级斗争"。然而假如要说"社会效果",从戏剧发展的角度看,座谈会所产生的效果完全不像会议的计划书所预期的那样完美,这大约也是主事者始料未及的。

1980年前后的戏剧批评,社会政治层面的争论依然占据了最核心的位置,涉及戏剧本体的讨论,就在这样的整体氛围里悄悄地生长。如果说这一时期的戏剧在努力突破"文化大革命"时期的僵化模式,那么更重要和更有长远意义的突破,其实还在于戏剧本身。

在有关《丹心谱》和《于无声处》的讨论中,不止一位评论家指出,它们都在艺术层面上打破了"三突出""三陪衬"的框框,剧中所描写的人物,完全不像"样板戏"里的人物那样黑白分明,无论是其中的正面人物还是反面人物,都开始脱离脸谱化的框架。就如同有评论指出《丹心谱》最大的成功,就是既"饱含爱憎分明

---

① 专论:《多难兴邦文艺有责——剧本创作座谈会的回顾和我们的展望》,《戏剧艺术》1981年第1期。

的思想感情塑造反面人物"，又能"从生活的实际出发塑造反面人物"①，因而才有令观众印象十分深刻的庄济生形象一样，评论家们也清晰地看到了《于无声处》与曹禺剧作内在的关联。有评论指出，该剧的成功，首先是"作者善于向老作家学习，善于从过去成功的经验中取得借鉴。我们看到，《于无声处》的矛盾冲突的处理，情节结构的安排，人物关系的设置，乃至于舞台气氛的渲染，人物语言的色彩，都受到曹禺同志《雷雨》一剧的启示"②。秦腔《西安事变》的评论对于秦腔音乐如何摆脱样板戏式的套路，从传统中汲取营养有详细的分析，尤其是在剧中周总理的唱腔设计上，采用"在传统唱腔板式结构基础上设计的尖板、导板、慢板和二六；唱腔的旋律则是在须生唱腔的基础上，结合秦腔特有的激越、浑厚、悲壮的音调，苦音、花音交替使用，还吸收了一些古典戏唱腔中的精彩乐句"③，多种板式的变化，营造了极富色彩的音乐意境，都是让该剧得到观众喜爱的原因。

尽可能心平气和地、客观地评论那些有影响的作品，是批评成熟的表现。尽管《于无声处》一时产生极大的反响，但是对它在艺术上的得失，人们并没有完全放弃独立的判断。《戏剧艺术》杂志刊登了署名为"上海读者"的文章，非常直接地将《于无声处》与

---

① 孙铭有：《谈谈话剧〈丹心谱〉反面人物形象的塑造》，《山西师院》1978年第3期。
② 吴瑾瑜：《壮怀激烈　慷慨悲歌——向〈于无声处〉学习再学习》，《戏剧艺术》1978年第4期。
③ 同云波：《从周总理"唱秦腔"想起的——谈秦腔〈西安事变〉的音乐创作》，《陕西戏剧》1980年第3期。

第三章　先锋与探索

另一部当时也极有影响的话剧作品《丹心谱》相比较，指出《于无声处》尽管是相当成功的，"不过与其说它在艺术上成功，还不如说它在政治上成功。因为它成功的关键在于及时地反映了时代的要求，并走到了时代的前面。正当群众纷纷要求为天安门事件平反的时候，《于无声处》问世了。作者以敏锐的政治嗅觉猜透了时代的秘密，摸准了时代的脉搏，因而赢得了观众"[①]。确实，从拨乱反正的角度看，这部剧作的现实功能是显而易见的，然而当干预现实生活的任务完成之后，它也就很难再留在舞台上，因为再也无法引起观众的共鸣。况且，戏剧干预生活的呼声，在这一时期戏剧评论里特别响亮，这本是现实主义戏剧的题中应有之义，但是当干预现实的戏剧遭遇现实政治的干预时，却立刻显得十分无力。

无论有多少质疑的声音，戏剧批评家们有足够的理由为舞台上终于出现了一大批优秀的新作品而欣喜，尤其是新的话剧创作，这些作品最明显的特点，就是对极"左"思潮统治下形成的教条的勇敢突破。这样的评论是经得起时间检验的：

> 这些作品，无论在数量上，质量上，或是在思想性、艺术性方面，都标志着当代话剧创作的新水平。它们体裁多样、题材广阔。既有庄重的正剧，又有辛辣的喜剧，还有严肃、冷静、发人深省的悲剧；不仅反映了现代生活，也有历史题材；既描写了战争和建设，又描写了爱情与家庭。塑造了一大批有

---

① 胡昆明：《从〈于无声处〉的缺点说起》，《戏剧艺术》1979年第6期。

血有肉、富有时代特征的舞台艺术形象。①

我们还可以从另一个角度认同这些作品的"时代特征",那就是戏剧在此时主要实现的"报春花"式的功能,经历了从知识分子到普通民众都对戏剧在题材与主题上动辄得咎,因而面对略有触及禁忌之嫌的内容均噤若寒蝉、三缄其口的漫长岁月之后,"解放思想"成为新的时代主潮。作品因政治上的敏感和题材的尖锐而受欢迎,是这个时代的戏剧最鲜明的特点。因此,对此时的戏剧作者而言,勇气比才华更重要,所以才会经常有默默无闻的作者突然因一部剧作暴得大名的现象,尤其是上海的业余作者宗福先,他明显模仿曹禺《雷雨》的习作《于无声处》突然成为时代的象征。在这个亟须"突破"的时代,戏剧尤其是话剧极好地回应了时代的呼唤,而时代,也给予它最好的回报。

二 《大风歌》

陈白尘《大风歌》是改革开放之后的一部重要作品,它既意味着经历了极端化的"文化大革命"之后,对历史人物给予重新评价,更重要的是它意味着人们对戏剧功能的认识,发生了本质上的变化。

《大风歌》一经上演,批评家们无须多么敏锐的眼光,就可以看出作者的用心所在。在这个特殊的时间点,创作这样一部看似以

---

① 倪宗武:《突破与创新——近几年来话剧创作一瞥》,《河北师范大学学报》1981年第2期。

刘邦为主人公，实际上花费相当多的笔墨用于描写吕后的戏剧作品，其现实指向性是非常之明显的。考虑到吕后是一个几乎没有被戏剧作品正面关注过的历史人物，更不难意识到作者的动机，而有关这部戏即将上演的报道中也非常明确地指出："《大风歌》是老剧作家陈白尘同志的新作。作者将汉高皇帝死后十五年中吕后及其诸吕的阴谋篡权和以周勃、陈平为首的大臣们奋起斗争的历史故事，进行了生动、曲折的艺术描绘。"① 这篇只有几百字的报道中，特别提及剧作家陈白尘和导演舒强都长期遭受"四人帮"的迫害，当然是为了说明编剧、导演的现实生活境遇与作品之间的关联。

因此，无论是戏剧界的同行还是观众，对《大风歌》的现实指向都心知肚明。有趣的是，尽管如此，中国文联和中国剧协为《大风歌》召开的座谈会，还是特别邀请了几位知名历史学家。他们对《大风歌》的评价颇有意思，史学家林甘泉认为："《大风歌》这个戏很能反映当时的时代气氛，同时又能达到古为今用的目的。新创作的历史剧与传统的历史剧最大的不同，恐怕就在这一点上。今天的剧作家，总是有所为而作的，并不是为历史而历史，更不是在进行历史研究。"② 他甚至觉得该剧最大的不足就是"过于拘泥历史记载"。另一位史学家熊德基指出："一定要分清影射史学与历史剧所允许的虚构这二者之间的界限。影射史学是为了达到某种目的而全

---

① 广隶：《中央实验话剧院准备上演大型历史剧〈大风歌〉》，《人民戏剧》1979年第5期。
② 郁声：《历史学家谈历史剧创作——〈大风歌〉座谈会侧记》，《人民戏剧》1979年第10期。

然不顾史实，不惜歪曲捏造……我们绝不能因为'四人帮'搞过影射史学而废弃或影响到历史剧创作中必然要有的艺术虚构。"① 他们的发言，说明史学家们对《大风歌》里的所描写的历史内容与当下生活的对应关系，了然于胸。史学理论家黎澍特别阐述了他对戏剧与现实之间的相关对应性的看法，他说："我们反对影射史学，因为它不是一种科学方法。然而影射却是一种文学方法，属于讽刺之一种。影射妙在隐约其词而不是直言其事，如果直言无隐，那就不叫艺术了。"而且他认为"影射在中国戏剧史上是有很长久传统的一种方法"，因此并无必要特别讳言。虽然在参加座谈会的黎澍看来，"《大风歌》中的影射很有限，或者说是没有什么影射"②，但是戏剧家的批评更为直接。就在同一个座谈会上，戏剧家吴祖光的观点与黎澍实际上基本相同，只不过更少顾虑，他认为写历史剧完全可以采取"借古喻今"的方法，甚至觉得陈白尘在剧本公开发表时，特地注明"是根据史料改编"，完全是"欲盖弥彰"，"表现了心有余悸"。王子野也认为"历史真实不就是真人真事，对影射不能完全否定，只要恰当，不仅不应废除，而应加以使用"。李忧认为"《大风歌》给历史剧创作带来了更大的自由。写历史剧就免不了影射，不影射就不能做到古为今用"③。围绕《大风歌》展开的这些讨论，不约而同地聚集于该剧是否有影射的意味和历史题材剧

---

① 郁声：《历史学家谈历史剧创作——〈大风歌〉座谈会侧记》，《人民戏剧》1979年第10期。
② 同上。
③ 《风起云扬　大气磅礴——中国文联和中国剧协召开〈大风歌〉座谈会》，《人民戏剧》1979年第10期。

第三章　先锋与探索

目是否应该和可以影射现实，间接且微妙地说明，批评家们对于《大风歌》的现实针对性并无异议。

尽管历史学家对《大风歌》里所描写的吕后与历史上的吕后之间的差异心知肚明，但似乎他们并不愿意多置喙。无论知识分子还是普通观众，尤其是那些在"文化大革命"中受到不同程度迫害的人们，在剧场欣赏《大风歌》的演出时，无疑会产生强烈的共鸣。然而并不是所有人都假装看不到陈白尘如此明显地"夺他人之酒杯，浇自己块垒"的虚构，有署名顾小虎、曾立平的评论，通过对剧目的详细分析，尖锐地指出《大风歌》为了特殊的现实考虑而有意识地改写了历史的诸多细节。评论在高度评价了陈白尘创作于20世纪40年代的大型历史悲剧《大渡河》之后写道：

> 时隔数十秋，在我们党和人民一举粉碎"四人帮"之后，陈白尘同志又把自己的新作，"根据汉代伟大历史学家司马迁所著《史记》并参考班固所著《汉书》有关篇章编撰"的历史剧《大风歌》呈献给人们。有人认为这是一部"处处符合历史，处处有戏"，并堪称"历史剧的典范"的巨著。陈白尘同志也一再郑重其事地宣称："我这次写《大风歌》，则是严格地以忠实于历史来要求自己。"并且声明"不搞索隐，不搞影射"……长期以来，我们的历史研究和历史剧创作，为了所谓"以论带史"和"为现实斗争服务"，以致使不容歪曲的历史老是被歪曲和篡改。在这种歪曲历史、图解政治的实用主义倾向的影响下，历史在我们的史学家和剧作家眼里，仿佛真的

成了如胡适所说的"任人打扮的小姑娘",成了一种把屁股从这个板凳挪到那个板凳的简单游戏。①

在该文作者看来,《大风歌》不仅完全不像编剧自称的那样尊重历史,相反,作品在吕后形象的塑造中,对历史真相的背离完全是刻意为之的,尤其是将历史上许多完全应该由刘邦承担主要责任的事件,一概栽到吕后头上,因而严重歪曲了历史。正如文章所说,《大风歌》的戏剧内容完全围绕着"拥刘"还是"拥吕"展开,所有戏剧人物按这两种政治态度,"把历史简单地划分出齐齐整整、旗号鲜明的两大阵营,并把自己的屁股坐到了以陈平、周勃等老臣为一方的正统的拥刘集团一边,而置吕雉为首的吕氏集团于十恶不赦的敌方"。因这种简单化的情感取向作祟,编剧不可避免地落入了封建时代"正统"观念的陷阱,把维护刘氏的家天下统治权看成是判断是非的唯一依据,完全不顾或假装看不到恰恰是由于刘邦自己建立汉朝之后,对当年立下赫赫战功的老臣们开始有了防备和猜忌之心,才导致韩信等人被诛杀,吕后只不过是他借刀杀人的工具而已;更选择性地无视吕后对刘邦的多年襄助之功,"景仰于高皇帝神圣庄严的城楼之下,把历史的罪愆全部推向只有依附于刘邦才能赖以生存发展的吕后身上"②。剧本还捏造出一份刘邦死后

---

① 顾小虎、曾立平:《〈大风歌〉读后》,《文学评论》1980年第6期。
② 顾小虎、曾立平:《〈大风歌〉读后》,《文学评论》1980年第6期。其实,两位作者的评论对《大风歌》提出的质疑,还有远比讨论历史剧的创作规律更为深刻与内在之处,那就是如何理解与阐释"文化大革命"。

要传位给庶出的赵王如意的"临终遗诏",将它与各种史籍记载中完全不存在的丑化吕后的细节汇聚一起,加罪于吕后;甚至将汉初与匈奴和亲这一原本是刘邦采纳刘敬建议所做的决策,也改成了吕后"丧权辱国"。尤其是当这些虚构的细节在现实生活中还可以方便地找到其对应,更说明陈白尘"用曲解历史以比附现实"的历史剧创作,很难摆脱影射之嫌。因为编剧始终是个坚定的"拥刘"派,所以在他笔下,所有错误和罪恶都是吕后的,诸吕完全是反面人物,而且吕后的所有行为都充分体现出她作为一个反面人物的性质;刘邦以及那些忠心耿耿地维护刘邦家族统治的老臣们,当然都是无可置疑的正面人物,他们的所作所为,或勇敢或机智,永远毫无瑕疵。

两位作者并不只是简单地指出《大风歌》的描写中不符合历史事实的枝枝节节,而且还尖锐地指出了编剧之所以如此创作的思想和情感根源。他们对陈白尘的创作理念提出强烈的质疑,不仅关涉史实,更关涉对历史的认识和态度。他们还形象地指出,"历史长河的上游,'真实'在黑暗中发光,在向下游的人们招手,而陈白尘同志终究没有逆流而上去挖掘和开采,只是拿着带有偏见色彩的高倍望远镜,向上游遥望……终于,一部不符合于历史,不符合于唯物史观,也不符合于陈白尘同志本人历史剧主张的历史剧应运而生了"。

《大风歌》所引发的讨论,当然并不局限于该剧本身。两位作者针对陈白尘的《大风歌》这样一部舆论一边倒地给予了高度肯定的剧作提出尖锐的不同意见,最后归结为历史创作的普遍原则:

历史与历史剧则又是两个不同的概念,但作为文学艺术的历史剧,也并不只是通过形象一般地告诉人们历史上曾经发生或可能发生的人和事,而应该在尽可能忠实于史实的基础上,通过剧作家的笔,去扫开笼罩于历史事件之上的迷雾疑云,剥去历史人物身上的斑斑铜绿和暗淡的镀金,以如实的描写和形象的塑造,勇敢地推倒一切既存的偏见,去究历史的根本,还历史以本来面目,让人们于纷繁杂沓、光怪陆离的历史纠葛之中,得出有益于今天、有益于发展的教训。[1]

尽管陈白尘坚决否认他的《大风歌》里所描写的人物与事件有影射现实的嫌疑,剧本发表时,还在附记里特地说明他的剧本是按照史籍创作的,但是他也丝毫不讳言他的创作有很强烈的现实动机,虽然"不搞影射,但无权禁止观众们作联想"[2]。他并不否认剧本的创作有"古为今用"的意图,实际上恰恰运用了大量艺术虚构的手段,借以引导观众在剧作与现实之间做联想。他非常明确地说自己之所以要写《大风歌》,就是由于中国出现了"四人帮",经历了"文化大革命"的惨痛历程:"积压十年的悲愤和痛苦驱使着我,我情不自禁地要写点什么,真是骨鲠在喉,不吐不快!"[3] 不过还要看到,除了如此强烈的现实冲动的支配,持续十年甚至更长时间的对

---

[1] 顾小虎、曾立平:《〈大风歌〉读后》,《文学评论》1980年第6期。
[2] 谈嘉祐:《宝剑锋自砥砺出,梅花香自苦寒来——访著名剧作家陈白尘》,《陕西戏剧》1981年第3期。
[3] 《陈白尘同志谈〈大风歌〉和历史剧》,《剧本》1979年第9期。

文艺为现实政治服务的文艺政策的影响，对他创作的作用力或许更大，因为在这个时间段里，"文艺为政治服务"一直是戏剧创作人员必须始终遵循的原则，因而在戏剧作品里有所影射不仅不奇怪，更是十分的顺理成章。陈白尘显然还没有完全从"文化大革命"的阴影下走出来，历史的惯性在这里表现得如此明显，说他是在影射而不自知，恐怕并非实情，他只是依然不自觉地将此作为创作理所当然的信条，努力使他笔下的影射色彩显得不那么直接而已。在这一方面，前述两位作者的批评，恐怕比其他赞美之辞更接近真相。

在某种意义上，解除通过作品影射现实这一紧紧束缚着戏剧家的魔咒，是"文化大革命"之后的拨乱反正非常重要的组成部分，因为只有脱离这一束缚，戏剧才有可能重新回到其本身，而且，演员、剧团和剧作家才不至于成天战战兢兢，生怕戏剧作品被评论家解读出"反革命"的微言大义，一夜之间就因此陷入万劫不复之地。而在此前，无论是对昆曲《李慧娘》还是京剧《海瑞罢官》的批判，历史题材的戏剧作品所描写的内容及其人物，一直被看成是现实社会的镜像。一方面，假如戏剧作品和现实之间没有直接的对应关系，不免要被扣上"为艺术而艺术"的帽子；另一方面，这样的对应又动辄得咎，一不小心就成为"路线斗争"的牺牲品。因此，问题的关键并不是《大风歌》与现实是否有关系，其中描写的吕后身上是不是有着江青的影子，而在于陈白尘是如此坚定地否认他写吕后是为了影射江青，说明戏剧家对历史题材创作的评价尺度和基本观念，出现了根本性的变化。通过对"阴谋文艺"的批判，戏剧界不仅反对"四人帮"利用文艺实现他们篡党夺权的"阴谋"，而且更进一步也开始反思将艺术作为政治之工具的观念，因而，中央决定"不再提文艺为政治服务"①，对戏剧界、同样包括对戏剧批评家而言，显然是无与伦比的福音；同时更帮助戏剧摆脱了相对于政治的从属地位。让历史题材作品走出影射的误区，是"文化大革命"结束之后的拨乱反正的重要一步。有关《大风歌》的讨论，有效地推动了这一过程。

三 传统戏的回归

从柯庆施1963年举办提倡"写十三年"的华东区话剧观摩和1964年北京举办的革命现代京剧观摩演出时起，古装戏尤其是大量观众喜闻乐见的传统戏就被完全逐出舞台。漫长的"文化大革命"结束之后，经历这场运动的中国戏剧界，对传统戏剧的认识和态度还在此前的惯性轨道上运行，尤其是戏剧批评界对传统戏的整体评价，很难在一夜之间回归正常。

1979年邓小平出访尼泊尔回国路过成都，四川省委在金牛宾馆为他安排了三场川剧传统折子戏演出。观看演出后，邓小平明确指示，要允许和鼓励优秀的传统剧目重现舞台。尽管与邓小平同时代的国家高级领导人大多是传统戏的爱好者，在"文化大革命"前，即使在1964年之后，传统戏完全绝迹舞台的特殊环境里，他们也多少会私下欣赏传统戏的演出；1975年之后，文化部更为了满足毛泽

---

① 邓小平：《在中国文学艺术工作者第四次代表大会上的祝词》，《邓小平文选》第2卷，人民出版社1994年版。

第三章 先锋与探索

东个人欣赏传统戏的需求,组织以京剧、昆曲为主的各地知名表演艺术家,恢复与录制了一大批传统戏,但是在所有公开场合,对传统戏作为"封建主义"艺术的定性,他们并无分歧。因此,在十多年的时间里,全社会包括所有戏剧评论,都毫不犹豫地表现出对传统戏的强烈批判态度。即使"文化大革命"已经结束,这一基本的取向也并没有变化,在"揭发四人帮"的大量批判文章里,"四人帮"经常被提及的罪名之一,就是私下欣赏传统戏。在这样的大背景下,邓小平在成都的指示,实为戏曲剧目政策方面最重要的拨乱反正。

因属于"封资修"中"封建"一类而基本绝迹舞台的古装戏,在邓小平的倡导下终于解禁,各地很快掀起上演古装戏的热潮。如赵寻所说,1977年后,"三年多来传统剧目和历史剧的演出,首先是从拨乱反正、对一些被'四人帮'打击迫害的作家的作品开始的。比如北京首先演了《海瑞罢官》、《谢瑶环》,还演出了毛主席肯定过的一些戏,如《逼上梁山》《三打白骨精》等。开始,思想还不很解放,脑子里还有帝王将相老子佳人不能上舞台这样一个框框"[①]。从最初小心翼翼地只敢上演曾经得到毛泽东高度评价与肯定的极少数剧目开始,经过邓小平建议恢复传统戏的演出,到十一届三中全会之后剧目的全面开放,大量优秀传统剧目重现舞台,戏剧演出迅速出现了多年未见的繁荣局面。但是在戏剧观念与批评领域,反映现实的创作仍然受到一边倒的鼓励,因而对古装戏尤其是

---

① 赵寻:《三年来戏曲剧目工作的成绩和问题——戏曲剧目工作座谈会引言》,载中国戏剧家协会研究室编《戏曲剧目工作座谈会文集》,中国戏剧出版社1982年版,第27页。

传统戏的存在与发展，仍然有相当多的不同意见。然而在另一方面，传统戏和古代题材戏曲剧目又成为不可阻遏的洪流，因其在观众中极受欢迎，迅速压倒了现代戏。梁冰全面总结了"文化大革命"结束后最初几年江苏省的戏曲剧目演出状况：

> 三年多来，在执行"两条腿走路"的剧目政策方面，也是不平衡的，大体说来，1977年是"一条腿"——上演剧目基本上是现代戏，甚至下面的剧团演《十五贯》也要请示，1978年是"两条腿"或"三并举"——传统戏、新编历史戏和现代戏并立；1979年又变成另外的"一条腿"——基本上是传统戏。今年以来，仍然以这条腿为主。按我们对上述九个地、市、县专业剧团的调查，今年上半年演出传统戏327个，而现代戏只有22个，约占7%。①

广东的情况也是如此："从1977年恢复上演传统剧目以来，传统戏越演越多，现代戏越来越少。今年（1980年）1至5月份的不完全统计，全省共上演传统戏406个，外国戏4个，现代戏34个（其中话剧13个，还有山歌剧、采茶戏等小戏，因为没有传统戏或有也不多，所以现代戏所占比重仍然较大），文明戏7个。"② 更具

---

① 梁冰：《解放思想立志改革》，载中国戏剧家协会研究室编《戏曲剧目工作座谈会文集》，中国戏剧出版社1982年版，第52—53页。
② 郭秉箴：《一手抓创作，一手抓传统》，载中国戏剧家协会研究室编《戏曲剧目工作座谈会文集》，第58—59页。

说服力的是,这些传统戏的演出上座率一直很高,甚至此前一直只演大型歌舞的 4500 座位的广州中山纪念堂,歌舞卖不满座,反倒经常上演粤剧,给剧团带来了很高的收入。

对传统戏大量回归舞台的现象,戏剧评论界的反应并不都是欢欣鼓舞的,国家戏剧政策的导向也总是阴晴不定。如同剧本创作座谈会一样,1980 年在北京召开戏曲剧目工作座谈会时,各地的戏曲界产生诸多疑虑,纷纷猜测文艺政策是否要"收"了,在戏曲剧团和观众自发地上演和欣赏传统的热潮中,主管部门是否有要"踩刹车"的迹象。戏曲剧目工作座谈会上,评论家意见难以统一,且形成了尖锐的交锋。

确实,戏曲剧目工作座谈会所要讨论的,主要是传统戏的问题。赵寻在会议的引言中指出,这个问题其实包括四个主要方面,首先是各地传统戏上演情况,症结是戏曲舞台上传统戏在演出中占据了压倒优势,是否太多,是否不符合戏剧剧目方面的"两条腿走路"和"三并举"方针;其次是对传统戏性质的认识,它们究竟是社会主义文化还是封建主义文化;再次,传统戏如何推陈出新;最后是对传统戏的社会作用的认识。当然,座谈会也不可避免地涉及现代戏的情况与问题,包括现代戏编演的困难。

各地大量恢复上演传统戏,是否已经压倒了现代戏,背离了"三并举"的剧目政策?许思言的结论是完全否定的。这位当年因创作了《海瑞上疏》而受到多年批判的编剧感慨地说,"上海京剧传统剧目的恢复上演,实际上是从 1978 年夏季才开始的。在这短短两年时间里,恢复了传统剧目及解放后新编历史故事剧,连大带小共150多出",这些剧目的上座率非常高,所以,"上海的京剧传统剧目正在逐渐苏醒中"。但是还远远不能说已经到头了:

> 虽然在两年多的恢复工作中,取得这样的成绩,确也尽了京剧工作者很大的努力,可是京剧传统剧目被"四人帮"禁锢十多年,遭到毁灭性的打击,在京剧传统剧目的抢救中还有大量的工作要做。
>
> 我认为,上海的抢救京剧工作,只恢复了一百多出文化革命以前的上演剧目。还谈不上挖掘久已不见于舞台的传统剧目。抢救工作应该包括挖掘行将失传的骨子老戏,这方面,我们挖掘出来的东西,可谓寥若晨星,还有许多珍贵的遗产睡大觉,无疑对戏剧事业、对京剧的推陈出新是很不利的。①

许思言还提到,传统挖掘之所以还远远不够,主要原因就是"有些人对民族遗产不够尊重,对传统剧目甚至抱有反感情绪"。传统剧目恢复演出只有一年多时间,就有人开始大叫"传统戏太多了",这样的声音"迄今未停,还从上海叫到北京的这次座谈会上来"②。他非常坦率且尖锐地指出,对传统戏恢复上演所抱持的这种态度与观念,实为从"五·四"以来就已经出现的民族虚无主义情

---

① 许思言:《京剧革新中要注意抢救遗产》,载中国戏剧家协会研究室编《戏曲剧目工作座谈会文集》,第69页。
② 同上。

第三章 先锋与探索

绪的反映，他们戴着有色眼镜看京剧，"对某些传统剧中的奥妙处视而不见，明明是卞和之玉，硬说它是块顽石"①。许思言不仅仅局限于对"四人帮"的清算，而且还进一步开始反思"文化大革命"前"十七年"的戏剧政策中存在的粗暴现象，在这次重要的座谈会上，他的发言引起很多共鸣。"文化大革命"期间传统戏剧完全被逐出舞台的那段历史虽然已经结束，然而传统戏所遭受的厄运，时间其实更为久远。刘厚生同样指出：

> 今天戏曲战线上存在的许多问题，固然是由于"四人帮"在十年浩劫中的倒行逆施所造成，但其中有些问题，应该说在十七年中也已经露出了苗头，或者有所表现，只是在后十年里极度恶化了。比如说，当前的一个重大问题是剧目少：现代戏少，新编历史戏少，经过慎重加工的传统戏也不算多。这个问题在十七年中曾几度出现……又如，抢救与革新的争论，过去也有。十七年里曾搞过翻箱底，实际就是抢救运动。戏曲观众的时多时少，也不是今天才有的。以京剧而论，十七年中几次连台本戏流行，都是由于老戏不卖座，观众人数下降。现代戏的数量与质量问题，解放初期也出现过；1958年提出以现代戏为纲，就更为严重了。②

---

① 许思言：《京剧革新中要注意抢救遗产》，载中国戏剧家协会研究室编《戏曲剧目工作座谈会文集》，第70页。
② 刘厚生：《关于戏曲工作的形势、问题和措施》，载中国戏剧家协会研究室编《戏曲剧目工作座谈会文集》，第314页。

许思言和刘厚生提出的都是许多理论家和评论家关注的重心，尽管传统戏在舞台上大量出现，抢救传统依然是一项极其急迫的任务。文忆萱痛惜地指出了湖南大量传统戏的经典剧目失传的现象：

> 我们湘剧演不出《琵琶记》《金印记》《打猎回书》，常德戏演不出《祭头巾》，祁阳戏演不出《牛皋毁书》，谭宝成老了，《醉打山门》也会失传，我们的危机在这里，这不是剧种本身的垂老、消亡的自然规律，而是人为的破坏、摧残的结果。①

他问道："为什么对传统戏这么不放心，总是草木皆兵？好像传统戏是个毒囊，随时会流出毒汁来伤人，太紧张了。刚刚演了两三年，指责太多。"② 范正明同样指出："湘剧传统剧目，以单折计算，共七百多出，十七年中，通过剧目鉴定、整理、改编，经常上演的有两百多出，而近三年来，通过努力，仅仅恢复整本和折子戏三十六出，占整个剧目的二十分之一，占文化革命前经常上演剧目的六分之一。"因此湘剧艺人们对此大都忧心如焚，而"宣传、文化行政部门的领导对问题的严重性估计不足，措施不力，恢复缓慢"。因此，包括湘剧在内的许多剧种，当务之急都是抢救和继承。③

---

① 文忆萱：《从积极方面提问题》，载中国戏剧家协会研究室编《戏曲剧目工作座谈会文集》，第80页。
② 同上书，第81页。
③ 范正明：《千万不要一刀切》，载中国戏剧家协会研究室编《戏曲剧目工作座谈会文集》，第114—115页。

第三章　先锋与探索

对传统戏的基本评价，又一次成为戏剧理论和评论界的焦点。对京剧《四郎探母》的评论，就像此前数十年那样，又一次被抛到争论的风口浪尖。在20世纪50年代中叶，有关《四郎探母》的评价意见就非常有分歧，而占据主导地位的看法，是认为该剧的作者对杨四郎的投敌行为没有基本的批判，因而这是一出歌颂叛徒的坏戏。戴不凡指出："很难想象，《四郎探母》这个剧本的内容究竟和我国英雄的人民有些什么关联，究竟能给人民什么好处。"① 更激烈的批判认为，该剧"作者宣扬了封建的伦理道德观念，把一个叛徒美化了。从而使人对着这样一个丧失民族气节，虽生犹死的人物，不去憎恶和鄙视，反而要'原谅'和'同情'"。"作者来了个偷天换日，寓政治（招降政策）于儿女情长之中。""剧中杨四郎不过是一个被美化了的叛国投敌的败类，剧作不过是在为叛国投敌罪行辩护。"② 李希凡从"反动统治者如何利用这出戏来麻醉人民的斗争意志"的角度，分析了《四郎探母》的演变来由，指出这个戏"分明是竭力用人情味来掩盖政治问题，用伦理之爱来美化叛徒的灵魂"。他认为这出戏的问题还不止在宣扬"叛徒哲学"，"更恶劣的是，它完全丑化了杨家将的一家"。③ "文化大革命"开始后，《四郎探母》更是被批判得厉害。④

---

① 戴不凡：《古典剧作的人民性问题》，《戏剧论丛》1957年第1辑。
② 刘有宽：《〈四郎探母〉还值得演出吗?》，《光明日报》1962年10月11日。
③ 李希凡：《〈四郎探母〉的由来及其思想倾向》，《人民日报》1963年6月9日。
④ 参见劈资、洪晓桂《〈四郎探母〉和中国赫鲁晓夫的叛徒哲学》，《人民日报》1967年9月14日。

在改革开放时期，随着传统戏重新回到舞台，《四郎探母》的上演成为戏剧界开放程度的明显标志。有关这部戏是否在歌颂叛徒，是否有可能产生坏的社会效果等等讨论，都是该时期极有特点的讨论，在某种程度上，它也和《假如我是真的》的那一类揭露社会现实生活中的阴暗面的作品一样，想要和观众见面，就会受到"社会效果"这个拦路虎的阻碍。

其实，《四郎探母》只不过是数以万计的传统戏的一个象征与缩影，而当大量传统戏重新登上舞台，又极受观众欢迎，一时显示出完全压倒新创剧目，不仅现代戏不是其对手，新编历史剧也完全无法与之抗衡时，对传统戏性质的整体评价与认识，必然成为焦点。赵寻把这个问题重新拉回到意识形态框架内，他问道："经过整理的传统戏，是社会主义文化，还是封建主义文化？一种意见认为，即使经过加工整理，它所反映的还是封建社会的思想、生活，不能出社会主义之新，不是今天社会主义经济基础的上层建筑，不能算社会主义文化。因此，传统戏上演比例占多了，就削弱了社会主义文艺。"① 赵寻认为：

> 传统戏曲大都产生于封建时代，那个时代的社会风尚、伦理道德、人们的思想感情和相互之间的关系，都不免带有浓厚的封建主义的，这些都是与新社会的要求格格不入的，有消极影响的，我们对这点必须有充分的估计；但是，另一方面，我

---

① 赵寻：《当前戏曲剧目工作中的几个问题》，载中国戏剧家协会研究室编《戏曲剧目工作座谈会文集》，第394—395页。

们又必须看到，封建时代产生的文艺作品，并非都是代表封建主义思想的，其中往往含有不少民主性的反封建的。这就是我们通常称之为"民主性的精华"的东西。否则我们整理和改编传统戏曲，就和我们今天在思想战绩上批判封建主义思想的任务不可协调了，甚至不能相容了。

当然，他也承认那些经过当代人整理改编的传统戏中的某些剧作，勉强可以算作社会主义文化的组成部分，比如说"用马克思主义观点、历史唯物主义观点加以整理改编的，这样的戏虽然反映的是封建社会的生活，描写的是封建人物，但从整个作品的倾向来看是具有进步的思想的，这样的戏应该属于社会主义的文化。如《十五贯》《春草闯堂》《唐知县审诰命》等都应该算这一类的剧目"。而这样的剧目毕竟只是极少数，所以，"传统戏从思想内容到艺术形式，都应该推陈出新"①。因而，对传统剧目中的"封建性"或"民主性"先做辨析，在此基础上对戏曲传统剧目优势彻底改造，仍然是赵寻的基本立场。这一立场几乎回到了"戏改"之初，正是由于基于这样的观点，传统戏大量有价值的艺术表现手法，就因剧目本身所包含的所谓"封建性"的"糟粕"而被舍弃了。许思言认为：

> 过去对剧目的政治性和思想性讲了三十年，不能不说讲得

---

① 赵寻：《当前戏曲剧目工作中的几个问题》，载中国戏剧家协会研究室编《戏曲剧目工作座谈会文集》，第394—395页。

够多了，但单单讲政治性和思想性是讲不出艺术品的。我们今天在讲政治性和思想性的同时，也要讲讲艺术性，甚至在创作构思时，还要侧重于艺术性。过去我们不按艺术规律办事，没有处理好艺术与政治的关系，反而达不到教育人民的目的。今天应该许可讲讲技巧，讲讲艺术匠心和出奇制胜了。①

在这场影响深远的讨论中，尽管包括张庚在内的多位学者，都强调需要继承传统戏的技巧，并且认为只有努力继承传统戏曲才有可能繁荣，甚至，现代戏创作的发展也必须以传统的继承为前提，但是在实际的戏曲工作中，赵寻的观点仍有很大的影响力，尤其考虑到参加此次座谈会的各地戏曲专家们，多少总是感觉到一种无形的压力，赵寻的立场很容易被放大，显得更像是政策导向的代言人。

第二节 探索戏剧与现代性

一 实验戏剧

戏剧领域的创作与演出，在改革开放的年代似乎在逐渐回归正常，但是却有诸多暗流涌动。既然中国向世界打开了国门，新的戏剧观念和戏剧样式就一定会进入。拨乱反正开启了改革开放的进程，开放的中国如饥似渴地接受外来文化艺术，一时根本来不及选

---

① 许思言：《京剧革新中要注意抢救遗产》，载中国戏剧家协会研究室编《戏曲剧目工作座谈会文集》，第73页。

第三章 先锋与探索

择,也来不及甄别。在新的创作中,必定会有相当一部分人开始吸收与借鉴20世纪西方戏剧中的新流派和新手法。

1980年张庚曾经说,我们要把西方文化中好的东西学过来,要有批判地把西方的东西介绍到中国来。我们不要做顽固派,不要做狭隘的民族主义者。对于西方文化,我们不能抗拒,而应当主动去接触。但是一定要有眼光,有选择,不要搞荒诞派的东西,那是没有出路的。① 他当年肯定觉得自己的文化胸襟已经足够开放,然而在引进的洪流中,根本没有给他留下从容选择的空间。尤其是在话剧界,各种新的戏剧形式的探索,很快就突破了理论家们预设的范围。

这个时代在戏剧艺术上的新探索,是在摸索中前进的。1980年末,《上海戏剧》召集本地数位编导、导演就话剧创作的有关问题举行座谈会,与会者普遍指出,"新形式的探索是势所必然的",也仍然强调"艺术形式的革新,必须遵循艺术规律,服从于一定的内容"。② 1982年,《人民戏剧》编辑部和《戏剧论丛》编辑在北京联合举办京沪两地部分导演座谈会,提出了同样但更具体的意见。座谈会的参与者基本形成的共识,是要突破斯坦尼斯拉夫斯基的理论框架:

相当长时期以来,我国话剧创作囿于易卜生式的传统剧作

---

① 张庚:《当前戏曲工作的几个问题》,载中国戏剧家协会研究室编《戏曲剧目工作座谈会文集》,第315页。
② 《本刊举行部分话剧编导座谈会》,《上海戏剧》1980年第1期。

理论和方法；演出上绝大多数是镜框式的舞台、写实的布景，追求幻觉主义的境界；表导演上则一边倒地尊崇斯坦尼斯拉夫斯基的表演体系和方法，形成话剧舞台演出的单一性，在导演理论和手段上，都较为贫乏。有些剧团排戏不是导演，而是"套演"，缺乏独创性。他们认为，戏剧要现代化，在戏剧观上就要有所变革和发展，不能墨守成法，千年不易。这些代表主张更充分地利用戏剧艺术的假定性因素，发挥时空表现上的更大自由，打破幻觉主义一统天下的局面，但幻觉主义和非幻觉主义的演剧方法可以同时并存，在竞争中共同发展。总之，他们认为，要重视和鼓励艺术上的创新，形式上的探索，以便更好地反映飞速发展的时代和丰富多彩的生活。"它山之石可以攻玉"，他们主张奉行"拿来主义"，主张导演们既要学习我国民族艺术传统，又要借鉴外国的演剧方法，扩大视野，广泛吸收，努力开创我们民族自己的话剧新局面，创宗立派。①

由此，形式上的新探索的意义得到了肯定，与此同时，要"追求作品内容的深度和新意"和从"民族的现代生活出发，要符合民族的审美心理和欣赏习惯"，必须注重"现代化"和"民族化"的统一，也是颇有影响的观点。

在实际的戏剧舞台上，尤其是对那些接触了西方现代主义戏剧并为之服膺的青年戏剧爱好者而言，这些"艺术规律"和什么

---

① 《本刊举行导演座谈会畅谈话剧导演艺术的创新与发展》，《人民戏剧》1982年第6期。

"性",似乎并没有那么神圣不可侵犯。1985年上海师范大学的校团委书记陶峻为了参加上海市大学生文艺会演,和当时的中国纺织大学在读研究生刘擎等人一起完成了一部名为"魔方"的"戏剧",这部奇怪的戏由七个片断组成,每段戏都用了不同的西方新潮戏剧流派,几乎就是一次西方现代派戏剧的活的展览会,当然,更像是一部普及教材。在这个并不长的剧目里,包括了表现主义、象征主义、贫困戏剧、荒诞派,还有意大利喜剧、哑剧和独白剧,在所有话剧团还在努力回归现实主义传统的年代,这些全新的当然也显得非常另类的表演形式,给当时的中国戏剧形成了极大的冲击。

这几位年轻的非职业戏剧爱好者不仅从事创作演出,也像当时最为流行的戏剧和文学青年一样组成他们的剧社,这个剧社取了个奇怪的名字,叫作"白蝙蝠"。如同那个时代最为常见的艺术和文学团体,他们多半是先有作品再有团体,而一旦决定要成立一个社团,首先想到的就是发表一篇措辞尽可能激烈的宣言,不仅是由于他们年轻气盛,也不只是勇敢,是由于那是一个鼓励与允许激进与夸张的时代。陶峻和刘擎等人当然是这个时代在戏剧界的宠儿之一,于是我们很快看到他们用稚嫩的笔触撰写的文章,其中充斥着刚刚从各不同学科的文献里找到的新词汇,用这些他们自己都一知半解的术语编织成的宣言,或许经常读不成句,不过这一点也不妨碍他们高举实验戏剧的大旗,对戏剧家们早就习以为常的那个"传统"发起激烈的攻击。《魔方》的参与者之一刘擎是这个剧社最主要的写手和代表,他在文章里宣布他们的实验戏剧"作为一种亚文

化状态",必须"与主流戏剧保持适当的距离",如此才有可能实现他们戏剧革命的目标。他写道:

> 戏剧革命主要是通过实验戏剧来完成的,而所谓实验戏剧就是指与既有的"戏剧范式"相冲突的具有反叛意义的戏剧作品、观念和理论……艺术的伟大往往就是从反叛开始的,没有实验戏剧的反叛,就不能产生新的戏剧范式,也不可能有戏剧进步。因此,我们可以说,实验戏剧是戏剧革命的动力,也是新戏剧范式的基因。①

他们都意识到实验戏剧的发展,首先需要改变的是原有的戏剧格局。刘擎在另一篇文章里提道:"在我们看来,戏剧自觉发展意味着单一的旧的现实主义模式的制约,以一种开放的审美理想去追求各种戏剧范式共存竞争、不断进化的繁荣气象。而实验戏剧的全面崛起将是完成这一转机的关键一步。"他尖锐地提出,"实验戏剧是对权威戏剧范式的反叛和冲击"。② 然而大约是在剧社的经营运作过程中,有了创作与演出上跌跌撞撞的经历,他们的态度与剧社成立前创作演出《魔方》时出现了微妙的变化。现在刘擎开始意识到,在实验戏剧遭遇的种种阻碍中,"也许最严重的阻碍还不是外在禁锢,而是自身心灵的枷锁——那种历史积淀形成的迷信、奴性、狭隘和惰性,有些甚至深藏在我们民族的集体潜意识中。这正

---

① 刘擎:《实验戏剧:必要的反叛》,《影剧新作》1996 年第 6 期。
② 刘擎:《实验戏剧是一种探索性戏剧》,《上海戏剧》1986 年第 5 期。

是我们戏剧危机深层的文化原因"。① 这样的表述仍然是从跨学科的文献里借鉴来的,而实际上他们真正面对的,是如何与现成的戏剧格局相处。他意识到如果实验戏剧要成为一种替代他所说的"权威戏剧"的新的范式,最重要的可能并不是行业之外由爱好者组成的剧社,也不仅是创作几部明显照搬西方现代主义戏剧的习作,最需要的是"深入的理论阐释"。所以他写道:"现代实验戏剧更要求一种整体性,即要有集编、导、演、美、和理论、评论于一体的实验集团,如此才会更有成效。我们期待着能在国家剧院的扶助下成立实验戏剧工作室,更有计划地发展实验戏剧。我们不会忘记皇家莎士比亚剧团于1963年成立的实验剧团,给英国戏剧做出的贡献,而它的领袖人物彼得·布鲁克已成为声名赫赫的戏剧家。"② 显然,他们希望成为中国的彼得·布鲁克,但是,至少他已经清醒地意识到,达成这一目标的路径,除了反叛的姿态之外,同时还需要公共资源的支持。

余秋雨为《魔方》写的评论,指出这出戏的优点,其一是"轻便灵巧,易于组拆"。这部由七个"现代折子戏"构成的戏剧其实是一个拼盘,余秋雨认为:"现代社会的多元化和快节奏,比较适合松动、灵快、便捷的审美方式。除了少数真正的艺术精品,广大观众越来越不愿意到剧场去承受那种宏大、繁复、严密的情节重担和结构重担了。于是,不少领受到这种审美信息的专业剧作家,也正在对严谨的戏剧机体进行着'分割'工作……既然有的戏编起来

---

① 刘擎:《实验戏剧是一种探索性戏剧》,《上海戏剧》1986年第5期。
② 同上。

吃力，演起来吃力，看起来也吃力，那末，又何妨把它们拍得蓬松一点、散逸一点呢？"其二，是"哲理性强。每个小戏都包含着一点耐于咀嚼的哲理，这就使它们的轻便没有流于轻飘，也不等同于过去为了某种普及目的而编制的轻便小戏。这里有智慧的闪光，思索的乐趣，与令人厌倦的'主题先行'判然有别。它们不是试图用戏剧语汇去证明某一个先验的结论，而是恰恰从别人没有想过或很少想到的地方起步，留下不长却是奇巧的思索轨迹，也留下蒙昧难明的某些空白，诚恳地让观众一起思索。因此，它们的哲理具有独特、真诚和诱导的性质"。其三，是"感知因素丰富"。他说，"戏剧的哲理不同于演讲比赛中所倾吐的哲理，就在于它溶解在具有强烈、直接的舞台感知形态之中。《魔方》的哲理并不体现在滔滔不绝的言辞间，而是体现在许多只有色块、姿态、动作而没有声音，或带有对比强烈的音响、曲调而没有长篇大论的舞台空间中的"。当然，余秋雨并没有套用时尚的批评话语，轻易地把这样的探索看成是一种"方向"，他写道：

> 不必担忧《魔方》所采用的艺术方式哪一天会泛滥成灾。不会。剧坛的最乐观的前景，是熙熙攘攘的多元化世界，这些小戏所预示的那种创作途径，至多也只会占取未来剧坛的一角。它们之所以让人欣喜，是因为它们确实具有预示性质，它们娇嫩的声音，在大大咧咧地呼唤着戏剧的明天。热烈地讨论着戏剧危机、品味着危机苦味的戏剧家，正不妨细心察看一下，身边有没有绽露出具有预示性质的文化现象，哪怕还只有

第三章　先锋与探索

一点绿意？

坐在原地讨论，功效历来有限。不太懂得戏剧的大学生作出了创造性的成绩，证明整体文化观念的更新对于戏剧改革是何等重要。一代新人要想用一种综合的审美方式来发言了，于是便有了革新的戏剧，如此而已。在现代，戏剧的生机恐怕已不可能全然从琢磨几个传统唱腔获得。一位欧洲戏剧家在论述当代戏剧进程时指出："一种新的现象——大学生文化运动……规模很大，观点新颖，感情奔放，为革新者开辟了广阔的天地。"我们还不能对《魔方》作太高的评价，但是当代大学生的观念、智慧和情怀将对我国戏剧改革产生更积极的影响，则是肯定的。①

20世纪80年代初的是探索戏剧井喷的时期，有关探索戏剧的批评，主要集中于两个方面，其一是与思想领域的改革开放同步，其二是对长期统治中国戏剧领域的苏联现实主义戏剧理论的挑战。1982年在北京的话剧导演座谈会上，上海导演胡伟民就提出要"突破七十多年来中国话剧奉为正宗的传统戏剧观念，想突破我们擅长运用的写实手法，诸如古典主义剧作法的'三一律'，以及各种深受'三一律'影响的剧作结构；演剧方法上的'第四堵墙'理论，以及由此派生的'当众孤独'；表导演理论上独尊斯坦尼斯拉夫斯基一家的垄断性局面。简言之，要突破主要依赖写实手法，力图在

---

① 余秋雨：《生机在于创新——〈魔方〉的联想》，《上海戏剧》1985年第4期。

舞台上创造生活幻觉的束缚，倚重写意手法到达非幻觉主义艺术的彼岸"①。

在这些探索剧目里，魏明伦的川剧《潘金莲》是有其特殊性的。如同其他探索戏剧的创作者一样，《潘金莲》打着荒诞戏剧的旗号，尽管作者对西方荒诞派的作品与美学追求几乎全无所知。魏明伦明显地把作品的道德立场转向女主人公，竭力论证像潘金莲这样一位贫苦人家出身的青年女子，是被怎样的社会环境推向罪恶的深渊，并渲染环境给潘金莲的巨大不公的压力，论证潘金莲与西门庆勾搭成奸的合理性。如果说川剧《潘金莲》的思想道德内容在当时的社会环境中是具有颠覆性的，那么在形式上，它更具有令人耳目一新的特点。荒诞川剧《潘金莲》引起广泛争议。该剧1985年冬天由四川自贡川剧团在当地首演，次年春天开始赴各地演出，"这个戏从自贡演到成都，再演到南京、上海、苏州、北京、重庆、昆明等大中城市，所到之处无不轰动。由《潘》剧所引起的争鸣持续十余年，有《人民日报》、《中国日报》、《中国青年报》、《文汇报》等300多家报刊发表了各式报道、评论文章5000多篇，褒贬不一，褒多于贬"②。

潘金莲是千百年来一直为民众所不齿的否定性形象，背负着"淫妇"这种符号化了的道德判断，更重要的是，当她从《水浒》中一个不起眼的小人物变成《金瓶梅》的主角，更成为挑战社会伦

---

① 胡伟民：《话剧艺术革新浪潮的实质》，《人民戏剧》1982年第6期。
② 王守一：《荒诞川剧〈潘金莲〉的创作和演出》，载《新中国地方戏剧改革纪实》下册，中国文史出版社2000年版，第1034页。

理道德规范的象征。这部明显要为潘金莲辩护和翻案的剧目的上演引起的广泛关注,其社会背景是中国刚刚经历的严酷思想禁锢,包括几乎完全忌讳在艺术作品里描写情爱,更不用说谈论性。因此,《潘金莲》选择的特殊题材在社会伦理道德层面引起的反响,要远远超过它在艺术层面引起的反响,对它的批评和由它引起的激烈讨论也主要集中在社会道德领域。评论认为川剧《潘金莲》为这位狠心女子的行为寻找其合理性,必然给中国观众的家庭伦理观念造成冲击,导致观众价值观的混乱。甚至有舆论进一步联系实际,说西门庆既是破坏武大郎与潘金莲美满婚姻的"第三者",该剧对"第三者"没有足够的谴责,岂止不够,作品完全是站在了"第三者"的立场。有评论甚至将《潘金莲》的讨论引申到"婚姻法"的修改,尤其是一些地区的妇联干部,她们希望新的、修改后的婚姻法能包含追究"潘金莲"式的"第三者"责任条文的设想,也因这场讨论有了很好的由头。

值得玩味的是,川剧《潘金莲》在它的故乡四川省上演时受到最多否定性批评,虽然进京演出屡受挫折,但中国戏剧文学学会成立之后,特地为它召开座谈会,会上它所得的喝彩,完全淹没了微弱的反对和指责。在这次会上,很少有人批评作品对西方现代派艺术想当然的模仿,甚至连"荒诞派"这个曾经被视为大逆不道的词,也不再是彻底意义上的贬义词。川剧《潘金莲》渐渐为戏剧理论界所容忍,至少说明,社会以及戏剧界正在向着更趋开明的方向变化,呈现出中国戏剧理论与批评在观念层面上飞跃性的变化。

如果说探索戏剧大多数都是从西方现代主义戏剧中寻找借鉴的

话,那么,话剧《周郎拜帅》是一部颇为另类的作品。有评论文章指出它与日本能乐之间极明显的关联:

> 《周郎拜帅》演出的古朴感中,明显地带有一些日本味儿,从舞台上可以看到不少日本能乐的影子:人物的出场、亮相以及下场中,绷面敛容,神情皆滞,步履缓慢、刻板;台词的吐字归音、语势语调也像能乐的韵白,特别是句尾的拖腔和哭腔就更像了;男角色的基本气质和自我感觉,多少有些"武士道"的味道;全剧的基本速度节奏也是控制在相当缓慢的、起伏平稳的格调里,这种作为戏的整体节奏所表出来的风格,应该说也是能乐式的。诸如以上种种地方,如果对照中国戏曲,再看看日本能乐,我觉得更像能乐一些。①

宫晓东的评论开头就说:"我喜欢孙惠柱的剧本《挂在墙上的老B》,就因为我连读两遍而没有弄懂",但是他并不是在讽刺和调侃,他接着就写道:

> 因为在今天,一目了然的作品太多了。契诃夫曾经出色地表述过戏剧的原则"如果在第一幕里墙上挂着一支枪,那么在第四幕里这支枪就一定要打响!"我热爱契诃夫。但是我认为,浮浅地理解他的名言会给戏剧带来很大的灾难。难道不是这样

---

① 文兴宇:《看〈周郎拜帅〉说短长》,《戏剧报》1983年第6期。

第三章　先锋与探索

吗？观众看见第一幕里墙上挂着一支枪，就知道第四幕里会打响，而且会知道它怎样打响，果然，它就是那样地——响了。①

他说出了那个时代人们对探索戏剧最主要的诉求："剧院是多需要生疏感呵！把让观众熟悉得都厌烦的那一套丢掉吧！谁愿意在陈规旧俗里生活！尤其对于青年们来说。"尽管他们的演出很艰难，根本就没有什么人愿意买他们演出的票，好不容易拉到的一位观众又质疑说这不是话剧，然而宫晓东还是自信满满地说："我想起了奈斯比特的那一段名言：'对于今天的艺术——所有的艺术来说，如果说有什么特点的话，那就是有多种多样的选择。这里没有占统治地位的艺术流派，没有非此即彼的艺术风格，我们到处都属于不同艺术时代的交叉点上……'"②然而问题到这里并没有真正结束，观众丢掉了"厌烦的那一套"之后愿意捡起的是什么，他们会在"多种多样的选择"中最后究竟选择哪一种，这些问题可能与探索戏剧的创作演出者们更贴近，然而他们很少真正沉下心来，思考问题的这后一半，多数只是看到了希望所在，于是左冲右突，并且作品还没有和观众见面就认定了自己将拥有辉煌的明天。

话剧《十五桩离婚案的调查剖析》是当时上座率较高的探索戏剧，颜振奋的评论称"这是一出内容比较严肃的话剧，它从婚姻爱情的角度提出了一个值得深思的道德、法律和思想情操的问题，从

---

① 宫晓东：《关于〈挂在墙上的老B〉演出的一点想法》，《上海戏剧》1985年第3期。

② 同上。

而吸引了观众"。他对该剧的肯定部分说明这部作品的思想道德倾向毫无出格之处,他说,该剧"通过艺术形象揭示了这样的思想:婚姻固然是真正的爱情的结合,但在我们社会主义社会中,婚姻还要遵循我国法律和社会主义的道德准则,反对见异思迁,喜新厌旧、不负责任的资产阶级思想。《十五桩离婚案的调查剖析》通过不同的离婚案的剖析,比较正确地体现了我国婚姻家庭政策和社会主义道德、法律准则。它不是像不久前出现的有的文艺作品那样,脱离道德和社会责任,孤立、片面地去宣传婚姻与爱情的关系;也不是流于世俗观念,对需要离婚的夫妻过多地责备,对首先提出离婚的一方不表同情"。所以,如果说这部戏有什么新意的话,主要就在于"在艺术形式上做了有益的探索,采用了男女两个叙述者来连贯剧情,并同时扮演不同角色。演员在舞台上当场化装,变换形象,一会儿是剧中人物,一会儿又是剧情的叙述者。一个演员在一台戏中先后扮演了七、八个角色"。还有"只用一台布景,却能表现多场景、多层次的舞台时空"①,这些得到他肯定的。都只是戏剧表面化的舞台手法。而康洪兴对这一时期话剧创新的观察与总结,指出了问题的关键:

    大家可能都已看到了这样一个事实:近几年来凡是可以称为创新的剧作,思想性和艺术性结合得很好质量较高的作品,为数不多;能够作为一个历史时期的代表作而流传后世的作

---

 ① 颜振奋:《对〈十五桩离婚案的调查剖析〉的剖析》,《戏剧报》1983年第12期。

品，似乎没有。这是为什么呢？我以为原因是多方面的，但首要的原因，当是剧作家们更多地注重于形式的创新，而较少地注重于内容的创新。似乎一说"创新"，必然是打破传统的结构方式，必然是时序的颠倒、空间的自由转换，必然是意识流的运用和电影手法的借鉴……个别剧作，如《路，在你我之间》，更是五花八门，凡是能想到的各种"新"手法，几乎都用上了。一部戏剧，成了各种艺术手法的大杂烩，而人物和内容却被淹没在其中。而且，滥用新手法的结果，等于扼杀新手法。记得有这样一句名言："形式主义是没有找到真正的形式。"这是再正确不过了。因为形式主义反映了作家在寻找形式时的主观随意性和鉴赏能力的低下。这样的形式，不可能烘托内容，突出内容，与内容珠联璧合，相反，只能伤害内容。

诚然，形式也是重要的，因为没有一定的形式就无法表现一定的内容。新时期新的生活内容、生活方式、生活节奏，需要有新的形式来表现。因此，形式的创新是话剧创新的一个方面，今后仍然要重视这方面的有益探索。但是，创新决不只是为了追求"新形式"。单纯追求"新形式"的创新，是持久不了的。因为它失去了创新的目的和意义。

我们创新是为了什么呢？是为了更深刻地反映我们时代的生活的本质，更有力地表达我们的时代精神，更好地表现我们人民的美好心灵和他们伟大的创造力。这才是我们创新的真正目的。[①]

[①] 康洪兴：《对话剧剧作创新的思考》，《戏剧创作》1984年第5期。

所以，他反对那种"迷信技巧，生吞活剥地把外国各种流派和其他姊妹艺术的表现形式、艺术手法照搬过来"的做法，当然，他也肯定清楚地知道，这样的现象在当时极为普遍。武汉市京剧团创作演出的京剧《洪荒大裂变》，也是这个时期有影响的实验戏剧作品。有评论指出：

> 武汉市京剧团青年实验团《洪荒大裂变》的创作人员有感于戏曲界的"沉闷"空气，大胆推出了一台与以往京剧的任何演出形式都不同的上古神话剧《洪荒大裂变》，力图进行全方位艺术改革的尝试。《洪》剧以当代意识改造了上古大禹治水的神话故事，抹去了后世人加在大禹身上的伦理色彩，强调了他在改"堵"为"疏"的治水方法中所表现出来的叛逆精神和个性色彩。《洪》剧的舞台艺术追求"原始、古朴、粗犷、雄浑、悲壮"风格，使这一题材，找到了一种和谐的表现形式。它淡化了京剧的传统程式和韵味，揉和了各种艺术形式。舞美、服装设计彻底摒弃了传统的"一桌二椅"和不分朝代的宽袍大袖而代之以象征布景，变幻无穷的灯光显示出大自然的神秘莫测，演员在肉色紧身衣裤外披上网状衣片以示洪荒蛮人以布裹身的史实；在表演上，《洪》剧融汇了戏曲、民间舞蹈、芭蕾等舞蹈语汇和古岩画、壁画中的人物造型；在唱腔音乐上则突破了传统 10 字句、7 字句的格式而突出古语单音节的特征，大量的民歌、号子、流行音乐素材也被溶化到京剧音乐中。《洪》剧这种突破京剧传统的歌舞化倾向，被称之为"京

第三章　先锋与探索

剧大裂变"和"中国式的音乐剧"。①

在这个实验性作品层出不穷的年代，在一部作品里加入了如此之多的实验性元素还唯恐不够前卫，这是中国要跟上想象中的"世界"前进步伐的强烈愿望在戏剧领域的深刻体现，然而，这个"世界"依然是想象的成分多于现实，中国向世界打开了窗户，然而还遮有厚厚的窗帘，真正能够从中看清真实的外部世界的人还非常之少。而且外部世界的光线照进窗户，是否都有助于丰富室内的环境，不同的人还有非常不同的看法。不过诸多争议，都无法阻挡开放的潮流，戏剧正在跌跌撞撞地改变自身，在其中戏剧评论的主导倾向是鼓励与赞同的，反对的意见经常显得很简单和浮浅，极易反驳：

> 实验戏剧多以怪异、变形、夸张等方式表达人类生存的善，荒诞感、孤独感等这些从未表达过的戏剧主题、文学主题出现了。有人对此看不惯，而斥之为"伪现代派"，认为眼下的中国文艺没有资格称为"现代主义"。我认为，荒诞感、孤独感从本质上说，它是人类弄不清"我是谁？我从哪里来？我要到哪里去？"这些根本问题所产生的一种焦虑。因而，荒诞感、孤独感是人类所共有的感受，不仅具有高度物质文明的西方人有，刚刚吃饱了肚皮的中国人也有。"中国文艺不可能有现代

---

① 柴俊为、张鸣：《模式化·兼容模式·超越模式——京剧新剧目汇演漫评》，《上海戏剧》1989 年第 2 期。

主义"一类话是站不住的脚的。主掌艺术的缪司并不在乎谁口袋里的钞票多，谁的口袋里钞票少。①

但真正的问题仍在于戏剧所表现的内容，是否真正随着实验而深化。作者承认"实验戏剧就是从玩形式开始的"，他并不同意有关这些实验戏剧"形式大于内容"的判断，他认为戏剧的形式和内容同等重要。至于当时人们面临着现代意识和传统心理的选择时的诸多痛苦、迷惘和无可奈何，恰恰是戏剧最好的题材。他认为"戏剧的探索，无论是形式还是内容，都仅仅是开始。如果我们预测一下实验戏剧的未来的话，我斗胆说，它将朝着'形象的现代心理分析'的方向发展"②。不过，实际情况似乎并非如此，而实验戏剧的寿命是如此之短，它完全来不及朝某个既定的方向"发展"就几乎夭折。那些凭借思考取胜的作品在政治环境发生变化时也难免受到挫折，然而终究有机会重现舞台，可惜大量在形式上的探索却如过眼烟云，转瞬即逝。

在有关实验的各种观点争论中，很难得地有评论强调要尊重戏剧艺术的本体，认为："由于戏剧的不景气，迫使编导者们挖空心思寻找新的出路。其中不乏有益、成功的探索。但有的却远离戏剧本体。诸如把其他姐妹形式改头换面地搬过来，对戏剧进行涂抹，以便获得某种新鲜感。"作者所指的离开戏剧本体的现象，包括"把小说代替戏剧者有之，把电影代替戏剧者有之，并冠以堂而皇

---

① 卫中：《对实验性戏剧的未来的一种揣测》，《中国戏剧》1988年第10期。
② 同上。

之的理论依据：散文体结构等等"，他也谈到"一个时期以来，淡化情节、强调理念之风盛行。致使许多编导者不注重整体构思，也缺乏统帅戏剧之魂，恣意成篇，使剧本不伦不类"①。他的批评切中时弊，但无法改变现状，探索与实验在当时的时代背景下，更被关注的是它的冲破禁锢的功能和动力，至于作品的艺术质量与成就，还不是重点，要等到更合适的时机，对戏剧本体的尊重才有可能成为戏剧家们的自觉追求。

二 《绝对信号》和车站

新时期探索戏剧的大潮中，无论是从那些有悠久历史和深厚传统的大型剧团里杀出来的年轻编导还是大学生剧社里的戏剧爱好者，对西方现代主义的了解都相当有限，其中只有极少数曾经阅读过内部发行的简单介绍外国文学艺术动态的书籍，大多数人对西方现代主义的思潮与艺术作品，往往只有字面上望文生义的了解。从事探索戏剧创作的编导，多半只不过在他们所知的非常之有限的范围内，刻意地模仿西方现代派的某些手法。高行健可能是这个群体里的一个异数，他毕业于北京外国语大学法语系，他和其他探索戏剧的创作者们最大的区别，不是因为他有幸被分配到北京人艺这个中国当代话剧殿堂级的剧团工作，而是由于他对西方现代戏剧熟悉与喜爱，并没有停留于一些简单的理论和口号，他是当时极少数对

---

① 宋存学：《戏剧本体不容伤害》，《中国戏剧》1988年第10期。

西方现代主义有比较深入的"了解"的人,当然,要谈"理解",或许还有一段距离。

无论如何,风云际会,他很快成为这一时期话剧领域探索的先锋人物,由他和刘会远编剧、林兆华导演的话剧《绝对信号》是这一时期出现的探索戏剧里最值得关注的作品,它也因之成为中国当代小剧场戏剧运动的发端。

《绝对信号》于 1982 年 11 月在北京人艺楼上的餐厅里上演,它的演出形式比起剧本的内容更具突破性。有评论对该剧的导演给予很高的评价:

> 导演的创新精神不仅表现在对人物心理刻画的探索上,还表现在对舞台布景、灯光、效果的艺术处理上。全剧无场次,不闭幕,地点在一辆守车上,但是一到回忆的场面,地点随之变化为河边、结婚的新房……这在戏曲舞台是屡见不鲜的,可是,话剧舞台上却还在探索。这个戏的导演和舞美设计家依据"假定性"的原理,采用了框架式结构的布景。这种布景设计极有利于突出人物,雕空了的车厢,使观众清晰地看到各个角落的人物行动。这与剧本力求把人物内心挖掘出来和盘托给观众的意图和创作风格相一致。舞台上那辆守车,只是几条方框架子,给观众以形象的提示。因为布景的虚处理,打破了时空的传统观念,地点的假定性就很强了,演员可以把它假设为各种场所,可以从各个方向投光,为制造各种舞台气氛,调动各种舞台手段创造了条件。

第三章 先锋与探索

灯光和效果,在北京人民艺术剧院的舞台演出中,历来就有严谨、逼真、和谐等特点。在这个戏里,按导演的要求,灯光和效果要为表现人物的心情服务,要成为全剧第六个"登场人物"。各种节奏的列车声音,忽而单调沉闷,忽而风驰电掣。演出运用追光所形成的特写,衬托了人物欢乐、激动、苦闷、向往等各种情绪,造成了不同的气氛和情调。我们从中确实可以看到北京人艺布景、灯光、效果设计家们的杰出创造。①

评论认为:"《绝对信号》的演出新颖而不奇诡,巧妙而不怪诞,绝无光怪陆离之感,形式的创造是从剧本的内容需要出发的,是为表现我国人民的现实生活服务的,这一点确实给人以启示。"《绝对信号》当然是与当时流行的探索戏剧的方向一致的,剧本的结构上的独特之处,非常之明显。曲六乙指出该剧采取的许多手法突破了话剧写实主义的束缚,实与中国古典美学有关:

> 从《屋外有热流》等剧到《绝对信号》,它们在编剧方法上,不同于我们习见的写实型的话剧,似乎可以名之曰写意型的话剧。写实剧在结构上多属团块结构,时空固定,故事集中,结构严密。戏曲剧本多属线条结构,时空自由变幻,故事有头有尾,恰似行云流水一般。《绝对信号》有别于两者,但又吸收、溶化了两者之所长。它的结构介乎两者之间,具有自

---

① 张仁里:《话剧舞台上的一次新探索》,《人民戏剧》1982年第12期。

由穿插、缀嵌的特点。它无场次，一气呵成。回忆、梦幻、幻象的处理手法打乱了剧情的正常时序，但又分别镶嵌在总的故事发展线上。同时又经常把不同的场景，在观众的感觉里同守车这唯一可视的固定场景连缀在一起。中国古典艺术很讲究布局中的"空灵"，"空灵"并非"空白"，而是要求在虚与实、疏与密、淡与浓的精巧布局中，创造出一种特殊的艺术境界。《绝对信号》分明运用了这种传统的手法。①

《绝对信号》在表现手法上的独特性，一方面固然源于西方现代主义戏剧，但它与那些生吞活剥地机械搬用现代主义概念的剧目之所以有根本的区别，就在于编剧高行健和导演林兆华在合作之初就有共同的艺术理想。有趣的是，对西方艺术包括西方美术史和现代戏剧比同时代人更了解、却没有编剧经验的高行健和毕业于中央戏剧学院表演系、一直在北京人艺担任话剧演员和导演的林兆华，他们同时都决定，要"走戏曲的路子"（林兆华语）、"最大限度地借鉴戏曲"（高行健语），共同在舞台上营造一个舍弃外在动作的表面张力，充分展现人物心理活动和心理逻辑的剧目，让人物的心理时空与现实时空相互交织，把人物的内心世界外化为舞台场面。

《绝对信号》对新的表演风格与舞台形态的探索，还有它所开创的小剧场演出模式，都赋予《绝对信号》开拓性的意义，使之成为新时期戏剧探索的最重要的代表。而该剧的创作路径的独特性，

---

① 曲六乙：《吸收·溶化·独创性》，《人民戏剧》1982年第12期。

第三章 先锋与探索

还表现在对戏曲手段的借鉴与运用上，如前所述，高行健和林兆华不约而同地要做一台戏曲化的话剧，正是这样的思路使得《绝对信号》在形式上既与西方现代主义相通，骨子里却又深蕴民族戏剧的精华。当然，只有睿智的评论家才能看到这一点并巧妙地从这个角度肯定《绝对信号》：

> 我觉得从《绝对信号》的创作中可以明显地看出，除了汲取传统戏曲美学的真谛，包括对戏曲舞台时空概念的创造性运用外，还力求借鉴外国戏剧艺术流派于自己的笔下。倘说这戏的成功，在于对"意识流"手法的运用，那是贬低了这个戏，抬高了"意识流"。在我看来，它的主要艺术成就是，在中国话剧艺术发展中，把民族戏曲美学精华同当今外国戏剧某些表现手段，比较和谐地溶化于生动感人的舞台艺术形象之中。众所周知，外国戏剧艺术和中国传统戏曲，属于两种不同的体系，戏剧观也有明显的区别。现代派的糟粕，我们不能也不应接受。但它们的某些具体艺术手法，却是可以批判地加以吸收的。中国民族戏曲艺术一个重要的审美特征是抒情性。为了"透入世情三昧"，它充分运用舞台的假定性，并善于把人物的内心世界，通过特殊的艺术处理，"外化"成直观的（即可视的）、鲜明的舞台形象和舞台动作。《绝对信号》的导演，尝试着运用戏曲舞台的假定性，以创造人物形象为中心，把解剖了的人物心灵，通过角色的主观幻象和"内心的对白"（导演把它叫做"心灵的二重奏"）等艺术手法，"外化"或"幻化"

成直观的形象，直接诉诸于观众的视觉和听觉，从而使观众受到情感的振荡。正是在这一点上，他把民族戏曲独特的时空处理手法和现代派探索心灵奥秘的某些艺术手法，统一在舞台艺术形象里，从而显示了导演艺术的独创性。①

如果仅仅从戏剧内容的角度看，这样一出基本上"弘扬正气"的戏，不应该在当时的社会中引起任何的非议，但是表现手法与艺术风格的问题在20世纪80年代初的中国戏剧界，还很容易被泛政治化。幸有当时的北京人艺院长曹禺大力支持，《绝对信号》才得以在人艺投排并且获得巨大成功。

但是这个时代的文化主管部门中只有极少数人真正接触过西方现代派戏剧，数十年的闭关锁国，让他们仍然视西方戏剧尤其是现代派戏剧为洪水猛兽。因此，除了早年深受欧美现代戏剧影响的曹禺等少数人以外，多数戏剧主管领导都不能、也不敢在意识形态层面上认同西方现代派。赵寻的意见是非常具有代表性的。他说现代派给他留下了很深的印象。"为什么印象较深呢？因为我没有看懂。""他就是这样不让你懂。将这样一些东西搬过来，行不行？……前些时，存在主义热闹过一阵子，特别是在有的大学里，萨特成了很时髦的人物，他的《肮脏的手》这个内容反动的剧本，居然在有的地方演出大受欢迎，这也说明了我们思想的混乱，辨别能力多么差。"他接着说：

---

① 曲六乙:《吸收·溶化·独创性》,《人民戏剧》1982年第12期。

第三章　先锋与探索

最近一段时间，文学界很热闹，提出了现代派文艺的问题，有的文章公开提出，中国需要现代派。关于现代派的介绍和讨论，已经发表了数以百计的文章，出版了十多本书，这对戏剧创作和戏剧评论不能说没有影响。有的同志就认为，过去我们以革命现实主义为指导的这样一种创作方法过时了，这是蒸汽机时代的产物，现在是电子时代，还用那样的创作方法太陈旧了，现在需要与电子时代相适应的现代派那样的艺术。①

通过戏剧手段表现某种哲理，是20世纪80年代初戏剧界非常普遍的追求；所谓"创作方法"也是在当时的戏剧界为许多人所关注的问题。新一代追求哲理的戏剧家并不只想停留于哲理本身，他们首先想到的是要借鉴现代派艺术，通过这一途径实现"创作方法"上的突破，简言之，就是突破一直在话剧理论界占据主导地位，而且在很大程度上也对各地方剧种产生影响的"现实主义原则"。这里所说的现实主义，并不是具有标志性的北京人艺所形成的独特风格，更多场合，它还暗含了政治内涵，在这种场合它更准确的表述方式是："社会主义现实主义"。

话剧界努力要挣脱这种创作方法的束缚，其中包括要突破从苏俄接受的舞台上的"第四堵墙"理论，让舞台上下有更多的交流的可能性，由此在不改变剧场结构的前提下，拓展演剧的空间；突破比社会主义现实主义理论更早的欧洲古典戏剧的"三一律"原则，

---

① 赵寻：《怎样开创戏剧工作的新局面》，《戏剧论丛》1983年第1期。

实现舞台时空的大幅度跳跃；打破戏剧以事件为中心的叙述方法，通过舞台实现人物内心世界的深层次的开掘与探讨，让内心活动形象化；还有，在戏剧结构上摆脱传统话剧的模式，探索新的可能性。这些形式上的探索，虽然多数都只停留于表面，而且往往表现得非常夸张，然而它们给观众带来的新鲜感，无疑是吸引观众进入剧场的有效手段之一。

高行健另一部作品《车站》的出现，就处于这样的背景下。《车站》在北京人艺小剧场的演出效果令人十分激动，但这种效果很大程度上并不是源于编导所营造的剧场气氛，而在于剧本中的个别字句，许多观众会因为听到《车站》里批评现实社会的片言只语而兴奋异常。就像当时流行的许多社会问题剧，对现实社会某些人物、某些现象的尖锐嘲讽往往最易于取悦观众，《车站》时代的话剧，喜欢让人物在舞台大声地斥责社会中存在的阴暗面，批判社会上形形色色的丑恶现象，以此营造轰动性的剧场效果。自然，也会有一些官员受剧中人物的言辞刺激感到愤怒，火冒三丈，因此它的遭遇可想而知。尤其是正逢"清除精神污染"的运动，《车站》不幸成为"精神污染"的标本之一，居然出现了所谓"《车站》比《海瑞罢官》还《海瑞罢官》"的说法。

《文艺报》和《戏剧报》都发表了长篇评论，对《车站》开展严厉批判。何闻的文章《话剧〈车站〉观后》最为重要。犹如当时《车站》里的戏剧人物那些非常之平常的牢骚被读成编导对社会的批判，而努力想摆脱易卜生主义阴影的《车站》，颇具反讽意味地被视为一部易卜生式的社会问题剧，何闻这样写道：

全剧如此强烈地表达乘客们由于等不上汽车而产生的愤怒、痛苦、屈辱和绝望，这难道只是在批评我们现实生活中某个交通运输部门存在的问题吗？显然不止于此。《车站》在表现人们等车而陷于绝望的同时，还通过各种人物之口，说出了我们现实社会的种种弊端和不正之风……舞台上的演出使人感到，我们的生活是一片混乱，而且也看不到前途和希望。

我们当前的生活中，的确有许多严重的弊端，许多重大的困难。我们正在为此进行艰巨的斗争，我们的斗争正在逐步取得成果，虽然困难重重，但是我们的前途是充满希望的，中华必将振兴，社会主义事业必将取得更大的胜利，文艺创作应当真实地反映这场斗争和斗争的趋向。我们的创作自然应当揭露生活中的阴暗面，这种揭露，不仅在于引起疗救的注意，而且应当增强疗救的信心。然而，《车站》却不但不能达到这种效果，反而有可能助长人们失去信心……也许有人会说，难道不准揭露生活的阴暗面吗？我以为，《车站》的问题完全不在于它揭露了生活中的阴暗面，而在于这样的"揭露"，它所"象征"的东西，是对我们现实生活的一种扭曲。借用这出戏里一句台词来概括，就是："谁都看着，就是没治！"既然"没治"，一切还有什么希望呢？①

这篇官方色彩浓厚的文章，是"清除精神污染"的组成部分。

---

① 何闻：《话剧〈车站〉观后》，《文艺报》1984年第3期。

何闻的文章对《车站》的批判还把它和当时的中国戏剧对西方现代派的容纳与模仿联系起来,认为现代派的引进与当时社会上出现的所谓"资产阶级自由化"思潮有明显的因果关系:

> 《车站》的产生不是偶然的,它是当前某种错误的社会思潮在文艺创作上的反映……由于十年动乱的后遗症和外来资产阶级思想的侵蚀,一部分人的思想长时期地陷在迷乱和动摇中,他们的个人主义、自由主义、无政府主义发展起来,逐渐形成用一种消极、悲观、冷漠的眼光看我们的现实,直至对共产党的领导和社会主义的前途产生怀疑。
>
> ……
>
> 一个时期以来,在文艺空前繁荣的形势中,也出现了一些有错误倾向的作品,它们颠倒历史、歪曲现实,散布各种各样消极悲观、腐朽庸俗的思想情绪,宣扬各种资产阶级唯心主义、利己主义的世界观,对读者和观众起了有害的作用。在文艺理论上,一些同志热心鼓吹西方现代派文艺,企图把西方现代派作为我国文艺发展的方向。他们在"借鉴"、"创新"、"崛起"的名义下,在盲目地把西方现代派鼓吹得天花乱坠的浪潮中,要把西方现代派的世界观、艺术观也一股脑儿地"移植"过来,作为我们文艺创作的指导思想。《车站》就是一个明显的例证。①

---

① 何闻:《话剧〈车站〉观后》,《文艺报》1984 年第 3 期。

第三章　先锋与探索

对《车站》的批判是对《假如我是真的》等作品的批判的自然延续。《车站》中被指出的所谓"思想缺陷",也即所谓只写阴暗面不写光明面的问题,再次为戏剧家选择题材划定了禁区。在艺术作品中如何处理阴暗面与光明面的关系,如何安排两者的相对比例,是延安时代就曾经是划分"敌我"阵营的重要标准。恰逢"文化大革命"突然结束,意识形态领域的真空状态引致社会上普遍且严重的信仰危机,这一深藏杀伐气息的标准,又重新回到戏剧领域。尽管在1983年的社会环境里,有更多人可以认同"我们的生活中还存在着某些阴暗面"的判断,但是如何表现这种"阴暗面",如何在表现"阴暗面"的作品里让人"看到生活的希望"以免致使人们对生活对未来失去信心,仍然是一个敏感的话题。时代确实有了进步,现在这样的问题已经可以公开讨论,然而结论却仍然要由政治家们来做。

三　当代社会的反思

从探索戏剧和高行健的创作中看到的新时期戏剧,形式方面的突破仍然是主要的。高行健的《绝对信号》的题材处理,实际上也并不为所有人认同,有评论指"戏的结尾似乎是个败笔,因为又回到易卜生式的戏剧观了。与戏的风格也不一致",其实不一致的远远不止于风格,其实包括人物关系及其处理,说它"回到易卜生式的戏剧观"[①],实在是很含蓄的批评。新时期戏剧创作演出中的"思

---

① 陈中宣:《话剧的创新——看〈绝对信号〉有感》,《陕西戏剧》1983年第3期。

想失重"现象,很快就引起了批评的注意,当然,一个较具代表性的解释,就是认为思想失重的根源,是在于戏剧界过于片面地注重于形式的创新:

> 造成思想失重的另外一个原因也许是前些年在戏剧观念的讨论中对于形式问题的关注偏重过多,而忽略了思想内容的研讨。当时可能看不太清楚,遗患流于现今,我们争论来争论去偏重于是表现还是再现、怎么表现和怎么再现,却不太注意再现什么和表现什么。对于剧作思想内容的创新、社会哲学观念的嬗变缺乏足够的审视。因而,形式大于内容的弊病至今未除。例如前些年的《野人》,谁都不否认它在舞台演出形式上的创造,但它所负载的"人类生态平衡"的思想究竟有多重的份量,却难得有人细加评论。在有的剧作中,我们满足于若干思想的简单组合,缺少恢宏而深邃的思想深化。①

既然形式方面的探索超过了观念上的突破,于是就不可避免地造成构成戏剧的不同部门之间的失衡现象,尤其是导演、舞台美术等方面的创新与突破,远远走在了剧本创作前面:

> 从话剧自身来看,剧作的整体水平落后于导演、表演、舞台美术水平。演出形式的承载力与思想容量明显地呈现出不平

---

① 张健钟:《思想的失重——话剧创作隐忧之我见》,《中国戏剧》1988年第9期。

第三章 先锋与探索

衡的状态。导演艺术家已经走上了兼容和综合的道路，在演出观念与表现技巧上有了整体的突破，例如《桑树坪纪事》的导表演舞美水平都是值得高度称赞的，而其剧作水平还是依赖于小说原作的基础。首届中国艺术节上，《中国梦》令人叫绝，更多的也在导表演与舞美的精湛和创新上，所谓剧作内容上的东西方文化比较，是缺乏说服力的。《搭错车》受到欢迎，更多的是它歌舞剧表演样式，剧本内容则是台湾电影尽人皆知的道德模式。《天下第一楼》在剧作上取得了现实主义的成功，演出家据此做出了一桌五味俱全的京菜。但与《茶馆》相比，思想内涵就显出了单薄。我们一些剧院、团，仍在为找不到好剧本而犯愁，甚至重金征聘也未能尽如人意。以至一些著名导演不无感叹地说："因为没有合适的剧本，我的导演潜能发挥不出来。"①

对新时期戏剧发展的这一评价，可能是过于苛刻了，历史地看，这一时期恰是戏剧创作演出领域在思想上的探索最具成就的年代。因为就在这一时期，相继出现了《狗儿爷涅槃》《桑树坪纪事》和《曹操与杨修》等一系列真正有思想力量的作品。

如果从思想内容角度看，锦云编剧、北京人艺演出的话剧《狗儿爷涅槃》显然是新时期最具现实主义批判精神的剧目。当田本相说《狗儿爷涅槃》是在那个年代"继承和弘扬鲁迅所开拓的革命现

---

① 张健钟：《思想的失重——话剧创作隐忧之我见》，《中国戏剧》1988年第9期。

实主义"的重要代表作品时,他的意思就是这样的,他认为该剧的成功正"昭示着现实主义的强大的生命力。我们的作家,只要把自己的艺术生命深深置根在现实的泥土之中,我们的戏剧创作就不难出现伟大的作品"。田本相把锦云创作该剧放到和鲁迅写《阿Q正传》相同的地位,从这里出发,他充分肯定了话剧《狗儿爷涅槃》对鲁迅为代表的现实主义传统的继承和开拓:

  《狗》剧所提供的新东西,也是最成功的,是狗儿爷的艺术形象。这是一个具有相当思想深度和历史容量的形象。如果把它放到中国现代话剧文学发展史里,可以说它是截至目前为止最出色最有份量的一个农民的悲剧形象。国内外有着各色各样的戏剧流派,它们都以自身的价值丰富着戏剧的宝库。而倾心于人物塑造,以塑造舞台艺术典型为美学追求的戏剧,仍然有着强大的艺术生命力和艺术魅力。不管人们称《狗》剧是"象征主义和现实主义融合"也好,是"新现实主义"也好,是"现实主义深化"也好,甚至说不能用什么主义来框架它也好,但都无法否认狗儿爷这个巨大艺术形象的客观存在。作家把他对现实和历史的艺术沉思都凝结在这个形象之中。
  现实主义是不断发展和丰富的创作原则。只要是一个伟大的作家,他的社会良心和真诚,他的创作灵感和创作动力都来自他所生活的现实之中。荒诞的、浪漫的、魔幻的……种种色彩斑斓、诡谲变幻的外衣,都不能掩盖住那种源于现实的情愫和思索……我们仍然需要现实主义,像鲁迅说的那样,敢于直面人生,直面现实。我们一度割断了"五·四"以来为鲁迅所开拓的现实主义传统,《狗》剧则继承和接续上鲁迅的现实主义精神;在戏剧方面,它也接续着以曹禺等为代表的戏剧现实主义传统。但它又有自己的时代特色。①

田本相还指出,五四以来的新文学始终关注着中国农民的命运,这是其现实主义特色的重要组成部分。鲁迅的小说就是其代表,他"十分尖锐而深刻地把中国农民的问题提出来,并把农民的不觉悟问题呈现在读者面前"。当然,他并不认为《狗儿爷涅槃》已经达到了《阿Q正传》那样的高度与深度,不过他看到了两者之间的关联,而他把这就看成"现实主义传统"的关联和"现实主义精神的相通"。

同样从《狗儿爷涅槃》看到了它和《阿Q正传》的精神关联的还有阎纲,他题为"狗儿爷向土谷寺走去"的评论指出,"农民翻身向往地主,正像农民起义想当皇帝一样"。因此疯了的狗儿爷"疯得却相当清醒、有尊卑、通人性"。他"丢了魂。他的确疯了,狂言乱语,假语村言,内心独白不择地倾出,说的全是真心实话"。他赞扬"作者刘锦云不无风趣、深沉,而且机敏、灵悟。他借一个疯子之口机智地、妙语连珠地撕开历史的帷幕。他是疯子、狂人,世代贫雇农,合作化'揭膏药'的老功臣,你能把他怎么样了?"

---

① 田本相:《我们仍然需要现实主义》,《文艺研究》1988年第1期。

他指出,在剧中"祁家门楼是个象征:土地的象征、权力的象征;祁家门楼被焚是农民理想的毁灭,同时也是农民阶级神圣的涅槃"①。

对《狗儿爷涅槃》所体现的现实主义精神的解读,还有另一重含义。王蕴明指出,"就创作方法而言,不论从戏剧矛盾的设置、人物性格的塑造和导演的总体构思与演员的舞台体现,该剧的主调无疑仍是现实主义的。但又不局限于此,而是引进了意识流"②,诚然,他在这里所说的"现实主义"是从舞台艺术呈现的角度加以定义的。叶廷芳表达的也是同样的意思。他说:

> 在我国,现实主义文艺迄今仍没有得到充分的发展。尤其是我国的传统戏剧和美术,历来主要遵循的是表现论美学。直到本世纪初话剧开始"进口"以后才有较像样的现实主义作品出现。但在一个相当长的时间内,我们的现实主义不但没有得到深化,反而弄得十分肤浅,成了公式化、概念化与粉饰现实的招牌和抵制别的创作方法及其艺术风格的拦路虎,从而使文艺失去了它的"自我"或本性。《狗儿爷涅槃》的成就深化和丰富了现实主义美学,找回了艺术的本体,对于我国戏剧创作的发展和舞台艺术的繁荣将起推动作用。但我们切不可因此而

---

① 阎纲:《狗儿爷向土谷寺走去——〈狗儿爷涅槃〉观后》,《戏剧报》1986年第12期。
② 王蕴明:《〈狗儿爷涅槃〉在导表演艺术上的突破》,《文艺研究》1988年第1期。

扬此抑彼，以为只有现实主义才是唯一的康庄大道，别的方法和风格都不可取。这样又会使我们的文艺回到"独尊一格"的老路，从而使现实主义本身再度枯萎。既有前车之鉴，我们切不可再重蹈覆辙了。①

在这里，"现实主义"既指剧本的文体、指戏剧的叙述方式，也是指演员的表演风格。当王蕴明和叶廷芳用"现实主义"评价该剧时，王蕴明谈的是"创作方法"，因此他把剧中加入了意识流，看成是对现实主义主调的补充；叶廷芳谈的同样是"创作方法与风格"，是指在这些方面，依然具有支配性影响的苏俄斯坦尼式的"社会主义现实主义创作方法"。因此，只要涉及艺术表达与舞台呈现的层面上，用"现实主义"这个词汇定义《狗儿爷涅槃》，是需要重新定义和特别说明的。不过，假如要说该剧是否揭示了中国当代社会经历过的许多令人沮丧的事件，并且对这些历史地存在过的明显而严重的社会问题和政治倾向提出尖锐批评，那么，它依然无疑应该被看成是"现实主义"的。

话剧《狗儿爷涅槃》获得的高度评价中，对主演林连昆的表演的普遍而充分的肯定极具重要性。有评论指出："林连昆创造的狗儿爷，仿佛是一个我们一见如故的老乡亲，在用大半生的生活际遇，向我们讲述他那亦悲亦喜、喜中有悲的生活故事。林连昆表演艺术的魅力，首先在于真实自然中见功力。"评论指出，林连昆之

---

① 叶廷芳：《一曲动人的挽歌》，《文艺研究》1988年第1期。

所以能够取得如此高的艺术成就,是由于焦菊隐在北京人艺推行的正确而深刻的表演理念,赋予他极强的人物塑造能力:

> 准确掌握人物自我感觉,属于演员的心理技巧、内部技巧,是演员进行形象创造的根基和灵魂。林连昆认为焦菊隐先生"生活—心象—形象"学说中,从心象到形象的通道和桥梁,就是寻找到人物的自我感觉。有些演员一辈子进入不了创作状态,就在于这个通道和桥梁是阻塞着的。而林连昆近年来连续扮演了洪人杰、老车长、崔书记、刘家祥、郑二伯等一系列有光彩的人物形象,成功率如此之高,不能不归功于他创作方法的正确。
>
> 狗儿爷这个典型形象的塑造,标志着林连昆现实主义表演艺术的进一步成熟,标志着他心理技巧、外部技巧的更趋完美。我们由衷地为这位表演艺术家的成熟而高兴。①

话剧《桑树坪纪事》的上演,在新时期话剧创作演出中是另一个具有重大意义的事件。

1988年2月6日,《中国戏剧》编辑部与《人民日报》《文艺报》《戏剧》编辑部联合召开了有50多位专家、学者出席的话剧《桑树坪纪事》座谈会。《中国戏剧》发表的座谈会纪要集中反映了多位重要的专家学者对该剧的高度评价:

---

① 育生、宏韬:《如饮甘醇——赞林连昆演狗儿爷》,《戏剧报》1987年第1期。

有些发言认为，《桑》剧反映的是十年内乱时期的生活，却能引起人们对历史的反思。黄宗江说，这个戏给人以奋进的力量，看完戏，你会得出这样的结论——我们的民族、国家必须改革。江晓天认为：《桑》剧虽然只字未提改革，但它比某些肤浅的正面描写改革的作品要深刻得多。这是一台强烈呼唤改革的好戏，形象地说明了愚昧、狭隘、闭锁、保守的封建主义余毒就像一具无形的枷锁束缚着我们民族的腾飞，只有通过改革才能消除历史遗留的病疾。大家认为，《桑》剧的出现，是近年来提倡更新戏剧观的结果，没有理论上的探讨和准备以及近几年戏剧的创新实践，不可能有今天《桑》剧这样成功的实践。童道明说，《桑》剧是一个集大成的舞台创作，几十年来中国现实主义戏剧传统和近十年来的中国话剧革新、探索的成果在这里都得到验证。它的艺术完整性是令人信服的。几乎所有戏剧实践家面对这个戏的艺术创造，都能产生"深动我心"的认同感。从《狗儿爷涅槃》到《桑树坪纪事》标志着中国新时期话剧的成熟。

专家们还对《桑》剧的导演二度创造给予高度评价。认为导演兼容了舞蹈、音乐、电影等多种艺术手段，并总结了近年来现实主义戏剧与创新戏剧的成功经验，兼收并蓄，为我所用，使演出获得巨大成功。如麦客过场，月娃出嫁，福林寻妹，金明杀牛等场面，都体现了导演匠心独运的创造。导演将火热的激情巧妙地隐藏于外在的冷峻之中，使这个戏形成特有的高亢、激越、悲壮、雄浑的艺术风格。曹禺称赞"导演的巨大功力是少见的"，他认为这个戏的出现说明了我们的戏剧正向着新的深度和更高的艺术水平发展。①

尽管在座谈会上的专家发言涉及《桑树坪纪事》的诸多方面，然而它之所以得到极高评价，首要的原因还不是剧本所表现的内容，而是导演的创作。该剧导演徐晓钟曾经说道："我一直想通过一台戏的演出（甚至包括剧本创作）表述自己这几年对戏剧发展的思索继承现实主义戏剧美学传统，在更高的层次上学习我国传统艺术的美学原则，有分析地吸收现代戏剧（包括现代派戏剧）的一切有价值的成果，辩证地兼收并蓄，以我为主，孜孜以求戏剧艺术的不断革新。"② 他积多年的思考与探索，几乎完全通过这部戏展现在人们面前，使之成为新时期话剧导演领域的高峰。

王敏的评论指出，话剧《桑树坪纪事》在导演艺术上取得了极高的成就，它"不仅为近年来颇显沉寂的戏剧舞台带来了强烈的震撼和巨大的活力，而且也被公认为新时期的'戏剧十年'的最重要收获之一。《桑》剧的演出已远远超出了自身的意义，它在戏剧观念的变革、表现形式的创新、导演主体意识的弘扬和演员精湛演技的结合等诸多方而都为我们提供了至为宝贵的经验"③。评论回顾了

---

① 《四报刊联合举办盛大座谈会，交口齐赞话剧〈桑树坪纪事〉》，《戏剧报》1988年第3期。

② 徐晓钟：《在兼容与结合中嬗变——话剧〈桑树坪纪事〉实验报告》，《戏剧报》1988年第4期。

③ 王敏：《生活、哲理、诗情与美的形式——试论话剧〈桑树坪纪事〉的导演艺术》，《文艺理论与批评》1988年第4期。

第三章 先锋与探索

导演徐晓钟从20世纪50年代直到"文化大革命"之前的一系列作品,认为这些作品都"反映出了他对现实主义艺术的挚爱,但与此同时,立志于在现实主义的基础上将表现主义戏剧的美学原则及富有表现力的语汇与民族传统的美学原则相结合,拓展话剧新语汇的试验从未停止过"。《桑树坪纪事》就他多年思考的新的结晶,尤其是文本"无论从人物性格、语言、冲突,还是揭示的思想,无疑是一个现实主义的构架,但它那丰厚的思想内涵又为二度创造者提供了纵横驰骋的天地,为晓钟导演'想通过一台戏的演出表达自己这几年对戏剧发展的思索'提供了坚实的基础。《桑》剧所体现出的生活、哲理、诗情与美的形式的完美结合,正表达了这位导演多年来孜孜以求的戏剧美学理想"①。但是也有批评对徐晓钟的导演提出不同意见,认为他在该剧中运用了如此多样的手法,其实显示了"戏剧的贫困":

> 这种贫困并不是导演无招可使。相反,这种贫困是被大量使人眼花缭乱的戏剧手段所掩盖的,是丰富中的贫困……大师级的艺术家都善于做减法。晓钟老师在《马克白斯》、《培尔金特》中,极具创造性,极其准确、简练、干净地展现了这两部名剧复杂深邃的内涵。然而,作为中国大师级的戏剧导演,他在《桑》剧中却大做加法。他集话剧形式探索之大成,采用了十多种表现性、象征性的及旋转舞台等假定性戏剧处理手段,

---

① 王敏:《生活、哲理、诗情与美的形式——试论话剧〈桑树坪纪事〉的导演艺术》,《文艺理论与批评》1988年第4期。

力图为这个贫困中国的农村戏寻找到一个丰富多姿的演出样式。但是，这种过高的热情、过激的执著，使该剧的整体平衡被打破，探索的轨道出了偏差。①

作者同时指出了徐晓钟理论与实践之间的矛盾："他在理论上显得过于正统和拘谨，但他的创作实践却是很现代甚至是很激进的。"比如在理论上，他坚持戏剧是演员为中心的艺术，但他的作品却表现出"不可抗拒的导演为舞台中心的趋势"；在涉及导演在戏剧创作中的实际作用、剧本在戏剧中的功能等重要问题上，他在理论上和在实践中，也是完全背离的。②

无论这样的批评是否得当，徐晓钟在导演中试图混杂中西戏剧完全不同的理念与方法，这一点是无可怀疑的。他自承："在《纪事》改编和舞台呈现的再创造中我想实验的是：使这个戏兼有叙述体戏剧及戏剧性戏剧的特征，追求表现与再现两种美学原则的结合，情与'理'的结合；实验在破除现实幻觉的同时，创造诗化的意象，在表演上把斯坦尼斯拉夫斯基和布莱希特所主张的美学特征区分开，然后把它们加以结合……"他说自己试图追求的是"为情感所推动的理性思索，伴随着情感撞击的理性思索和不脱离哲理思索的情感激荡"。③ 所以，当评论指出"导演的创作意图是要在有限

---

① 古榕：《贫困的桑树坪——谈话剧〈桑树坪纪事〉导演创作上的某些失误》，《中国戏剧》1989 年第 7 期。
② 同上。
③ 徐晓钟：《反思、兼容、综合》，《剧本》1988 年第 4 期。

第三章　先锋与探索

的形象中开拓出无限的、永恒的、具有哲理意味的东西。编导者的主导精神仍然是一种现实主义精神,既不舍弃真实的、具有典型意义的具体人物和场景,又要从具体的人物场景中开发出超越形象本身的精神意义",看到导演"大胆地借鉴了现代戏剧的表现手法,在对戏剧情节提供的具体人物命运激起的苦思之后,又借助意象的创造和歌队的上场,引导观众进行更高层次上的整体思索"① 时,他对徐晓钟导演的解读,是符合其本意的。而布莱希特确实就是对该剧影响最明显的西方著名导演,在新时期的话剧创作中,布莱希特差不多是最受青睐的西方导演,他成为抵抗斯坦尼的重要理论工具,对他的研究与引进,也因此获得了超越其本身的意义。

京剧《曹操与杨修》的出现,是让京剧界的批评家们激动的重大事件,刘厚生先生罕见地用"大作出现"形容该剧,他认为:"《曹操与杨修》的创作和演出可以毫无愧色地登上京剧大作的凌烟阁"。他从剧中看到了作品所塑造的两个主要人物之间"性格碰撞的火花与光采得到充分的体现,其中涵蕴着丰富的戏剧性。选择这样的题材编为戏曲有典型意义又有独创性,作者(陈亚先)大有眼力,有胆识"。他写道:

　　《曹操与杨修》作为京剧剧本,具有特殊的价值。传统京剧,除了极少数例外,人物都是平面或接近平面的。传统京剧中的曹操,例如,《群英会》《捉放曹》《打鼓骂曹》等等,大

---

① 许文郁:《理性的支点——桑树坪的反思》,《文艺理论与批评》1989年第2期。

都是《三国演义》的片断，离不开"奸雄"的框子。新的京剧古代戏和现代戏，则多是公式化概念化作品。这样的作品立意要教育观众，其主人公或是历史上人民英雄、民族豪杰，或是现代革命中的领袖、烈士，观众只能正襟危坐，虚心受教。他们的行为单纯，性格简单，虽然在历史上曾经是活人，在现在活的舞台上却往往活不起来。京剧革新数十年来，特别是文学上的进展不大，缺少生动深刻高度性格化的人物形象是重要原因。有些新戏，结构、语言等等都很漂亮，但人物性格的塑造不丰满，终难获得较长的艺术生命。这其中反映了作者的思想境界的局限。文学形象——包括历史人物，其性格内涵的发掘和体现，当然要受到作者的观察能力、艺术想象、社会分析以及表达功力等等的制约。我们有一些新编的或大改编的历史剧，例如写杨家将的戏，其主要人物的性格刻划，同传统剧目相比，大都还只是量的差别，很少突破樊篱，出现新的人物形象。而《曹操与杨修》中对两个主角的塑造，其复杂性、深刻性与真实性，在以往京剧中是极少见的。这是对京剧革新的一大贡献。①

刘厚生还充分肯定"这个戏的导演艺术也闪烁着强烈的创造激情；因此才出现这样一个宏大硕果"。他说，"应该注意研究这个戏的导演艺术中京剧本体和话剧电影因素的结合问题"。"尚长荣塑造

---

① 刘厚生：《京剧大作出现——评〈曹操与杨修〉》，《上海戏剧》1989年第3期。

的曹操形象不仅是这个中年大净创造历程中的一座高峰,也是多年来京剧舞台上难得一见的杰作……看尚长荣的表演,最令人兴奋的是体现在角色身上的那种创造激情。"正因为此,尚长荣所塑造的"这个曹操才显得丰富、饱满、有厚度,才活了起来,是个立体的人物"。而言兴朋的言派杨修,也与之铢两匹敌,"言兴朋对杨修角色形象处理得很好。杨修的形象站起来了。同曹操相对,够份量,顶得住,对于艺术经验较少的言兴朋来说,很是不容易。我为用言派艺术创造新角色而且获得成功感到高兴"①。

《上海戏剧》编辑部以极其兴奋的笔触,评价京剧《曹操与杨修》历史价值。曾经一直呼唤戏剧家要有"大作意识"的《上海戏剧》满意于呼唤了"不过一年光景"就看到"大作骤降","欣喜与振奋"之情溢于言表:

> 作为一部成功之作,《曹操与杨修》至少在以下几个方面颇为引人注目:首先是对历史生活的新发现。《曹》剧虽取材于史书与演义中为许多人所熟知的曹操杀杨修的故事,但其作者并没有用传统观念而是以当代意识去审视这两个历史人物和围绕着他们所发生的一系列悲剧事件,剧本从求贤切入,到用贤生疑,再发展到忌贤杀人,历史上的官本位思想与制度昭然若揭。作者正是从这方面巧妙地找到了历史与现实的契合点,从而使整个戏具有一种崭新的超越历史的意义。其次是剧本具

---

① 刘厚生:《京剧大作出现——评〈曹操与杨修〉》,《上海戏剧》1989年第3期。

有比较丰厚的内涵。《曹》剧的观众甚多，对其题旨、内涵的议论也很多。有人称它为"愤世之作"，有人说它"具有很强的政治性"，还有人讲它是"两个智能人物的悲剧"……优秀的剧作，都具有比较丰富的内容和比较深刻的哲理性，因而主题常常是多义的。不同年龄、经历、教养的人观《曹》剧而得出自己的结论，正表明该剧内涵的丰厚性。再次是艺术上的创新。《曹》剧的编、导、演、舞美、音乐等创作人员，都具有某种革新和创造精神，作为古老剧种的京剧，既有丰富的表现手段，又有一定的凝固性。《曹》剧的创作者们不拘前规，不固成法，他们东张西望，左顾右盼，一方面吸收传统京剧中还有用的表现手段，另一方面吸收现代戏剧及姐妹艺术中崭新的艺术表现手法，由于吸收得当，消化得好，这就使得该剧给人以整体上的美感，使人耳目一新。①

霍大寿的兴奋，一点也不亚于《上海戏剧》的编辑们，他指出：

《曹操与杨修》编演者们，不露声色地按照历史的本来面目再现一片残酷的历史人生，让今天的观众真实地看到那狭隘、落后、愚昧的封建制度及其观念对于历史、对于人性的扭曲这一历史的悲剧，从而引起我们对于我们民族文化心理结构

---

① 编者：《大作骤降》，《上海戏剧》1989年第2期。

第三章 先锋与探索

的深沉反思。因此,我们说,《曹操与杨修》的出现,一反许多传统剧目对于历史和历史人物的简单化的描写,大大提高了我们京剧艺术的文化品位。

毫无疑问,《曹操与杨修》那惊心动魄的艺术感染力,与导、表演艺术家成功的二度创造分不开的。著名的导演艺术家马科高屋建瓴,融古今中外的艺术手法于京剧艺术的独特个性之中,为我们铸冶了一台崭新的、但是充满着京剧神韵的新京剧。不论是从全剧那沉雄的格调、磅礴的气势的总体把握中,还是从一些具体场景的设计与调度上,我们都感到了一种古典美与现代美的和谐统一。①

尤其是他非常感慨地写道:"这些年,文学、电影、话剧、舞蹈、美术都走在我们戏曲的前头。他们曾经不止一次地讥笑我们戏曲陈旧、落后与浅薄。如今,我们有了《曹操与杨修》,应该说我们也开始有我们的骄傲了吧!"

翁思再从曹操性格的塑造角度,揭示了《曹操与杨修》人独特性,如他所说,历史上戏剧舞台上的曹操形象,都是定型化的,但尚长荣在《曹操与杨修》中塑造的曹操则不然:

他忧国忧民,求贤若渴,有统一中华的宏伟理想,于雄健威严之中,兼备儒雅和人情味;同时,他又宠信小人,奸诈多

---

① 霍大寿:《当今菊坛的骄傲〈曹操与杨修〉》,《中国戏剧》1989 年第 3 期。

疑，唯我独尊，忌贤妒能，凶暴残忍……他是封建时代的典型政治家，又是一个有血有肉的人，质言之，他是伟大和卑微的性格组合体，尚长荣在舞台上向我们呈现的，是别开生面的"活曹操"。

如此别开生面的"曹操戏"，显然前人积累的表现手段是不够用了。尚长荣的改革实验是从化妆开始的。他把曹操脸谱的底色，由阴白改为暖白，赋之以"人"气，把三角眼改成浓眉大眼，变得疏朗些，把鼻唇之间"彩旦"般的"媒婆痣"移到额头，成为健美的"朱砂痣"，并在前额中央加画一条"硬膛红"，增加了人物的英气。①

翁思再还把《曹操与杨修》里新创造的曹操形象与历史上的曹操相比，指出："如果说，传统戏中的曹操是鬼，郭老笔下的曹操是神，那么，尚长荣饰演的曹操则是人——一个血肉丰满的矛盾统一体。这正是尚长荣塑造形象的优长所在。尚长荣在塑造曹操这个人物的过程中，使我们看到与过去很大不同的是，首先他没有陷入历史造成的艺术陷阱之中，摒弃了长期以来传统京剧曹操戏中那些过分简单草率，定型了的脸谱化、概念化的表演方法，而是通过曹操这个本身充满矛盾的人物，非常细腻、生动地刻画了人物潜在的极为复杂的内心世界，即使错杀无辜，也找出其可信的内在逻辑，显示出人物内在的复杂的心理活动，这样的表演人物就活了，成为一个有血有肉的人物，

---

① 翁思再：《别开生面的"活曹操"——评尚长荣在〈曹操与杨修〉中的表演》，《当代戏剧》1990 年第 4 期。

这样就与观众接近了，成为一个可以接受与理解的艺术形象。"① 确实，《曹操与杨修》塑造了全新的曹操，但是与郭沫若的重写最关键的差异是，该剧的努力方向是让人物更具立体感与丰富性，而不是为之洗白与翻案，作者对曹操整体的否定，一点也无法掩饰。

如同翁思再一样，沪上的评论家柴俊为等则把京剧《曹操与杨修》和湖北京剧院创作演出的京剧《膏药章》放在一起，指出这两部作品都取得了非常高的成就：

> 《曹操与杨修》和《膏药章》的超越则在于它们内在的深度：前者主要是舞台艺术的超越，后两者主要是剧本文学的超越。这两出戏在文学上摆脱了传统"惩恶扬善"的道德模式和"文以载道"的政治功利模式，步入了审美的层次。这两个剧本都不单是写故事，而是花了大量的笔墨写人。《曹操与杨修》写出了两个独特人物的伟大和卑微，通过这两个独特性格的悲剧性冲突，流露了一种沉重的孤独感。《膏药章》可以说是以喜剧形式表现了一种与《曹》剧同样的悲剧精神。这出戏的喜剧性就在于膏药章与革命党之间那种莫名其妙的既摆脱不掉，又相互隔膜、毫无理解可言的关系之中。那张什么病都治，什么病也治不好的"狗皮膏药"救不了革命党，而神乎其神的"革命"一旦成功对膏药章也毫无意义。这种以喜剧、幽默形式表现出来的悲剧意识在某种程度上更令人感到沉重和绝望。有人说

---

① 翁思再：《别开生面的"活曹操"——评尚长荣在〈曹操与杨修〉中的表演》，《当代戏剧》1990 年第 4 期。

"审美与艺术都不是和谐,而是冲突以及由此而来的无穷尽的苦难"。京剧文学能摆脱千篇一律的"大团圆",而开始给人以痛苦与绝望,则可以看作是这个剧种向现代化迈出的第一步。①

戏剧评论界对《曹操与杨修》的编导和演员们所表现的"创新精神"赞不绝口,普遍认为它就像《狗儿爷涅槃》和《桑树坪纪事》一样,代表了新时期以来思想解放的成果,更是"文化大革命"结束后戏剧界同人们多年探索与思考的可贵结晶。如果我们把这些思想与艺术均相当成熟的优秀剧目看成是戏剧界的现代性追求的主要组成部分,或许比该时期林林总总的探索剧目的形式创新,更令人信服。

四　张继青和晓艇

无论是在"戏改"时期还是改革开放之后,人们在讨论戏剧的振兴与繁荣时,总是自然地将主要的注意力放在新剧目创作上,而演员这个戏剧最直接的载体,其实是被忽视的。《戏剧报》和《戏剧论丛》编辑部显然意识了这一现象,1983年,两家杂志联合在北京举办"戏剧推荐演出",前两次推荐演出的对象,分别为江苏省昆剧院的优秀演员张继青和四川成都川剧院的优秀演员晓艇。

江苏省昆剧院著名演员张继青是非常优秀的表演艺术家,朴实

---

① 柴俊为、张鸣:《模式化·兼容模式·超越模式——京剧新剧目汇演漫评》,《上海戏剧》1989年第2期。

低调，中规中矩，戏剧界对她并不陌生。但是直到 1982 年前，戏剧界对她的表演才华的评价，与她的同事及其他剧种优秀演员的评论相比，还看不出有什么特别的地方。1980 年丁修询曾经撰文肯定她表演昆曲经典剧目传奇《烂柯山》中《痴梦》一折中的崔氏，"相当完满地发挥了戏曲表演的现实主义的特色"，当然，张继青的表演是有其长处的，他写道：

> "淡处做得浓，闲处做得热闹"，这是十分精辟的演剧辩证法。《痴梦》这折戏，单从文字看，似乎是个"淡"戏，无甚热闹之处。然而张继青演来，却是神采飞动，千姿百态，观者无不动容。崔氏一角，昆剧由正旦应行。正旦大多是不苟言笑的正面人物。可是崔氏此人梦中还很痴狂，归根结蒂又是个悲剧人物，这一具有多面的独特个性的人物，如何统一在一个形象之中呢？沈传芷老师在教授此戏时曾指出，崔氏这个人物，要很好运用"雌大花脸"的特点，她不似闺门旦那样娴雅文静，也不像贴旦那样活泼天真，而要在旦角的柔婉的同时，兼有浑、健、刚、厚。更要演出梦中的痴狂，在回忆出嫁前父母叮嘱到夫家后要"争口气"时，还要有瞬间老生的声容。这出戏里的崔氏，不仅没有受到行当的限制，而是博采各行之长，用来成为表现角色内外动作的有效手段。这也是一个优秀演员可以把冷戏演得十分热闹的"秘诀"吧。①

---

① 丁修询：《洗尽铅华 光彩夺目——评张继青演出的昆剧〈痴梦〉》，《人民戏剧》1980 年第 11 期。

客观地看，与张继青同一年龄段有多位优秀昆曲旦行演员，她们的共同点在于都是 20 世纪 50 年代中叶上海和江苏的戏曲学校培养的，从整体上看，都较好、较完整地传承了昆曲"传字辈"的表演经验，在中国的各戏曲剧种里，像昆曲这样完好地传承了历史上形成的表演体系的剧种极为罕见；她们和上海的昆曲演员又略有区别，上海昆剧团的演员有更多机会得到前辈指点，却又由于在上海那样的特定环境里，尤其是在样板戏创作演出最主要的两个根据地之一上海的艺术氛围中，表演理念与风格不可避免地受到过或大或小的冲击。经历大演现代戏和"文化大革命"的波折，这一代演员重新回到舞台上时，昆曲表演的宝贵遗产是否依旧得到较好的保留；经历对"封建主义"传统全盘否定的十多年时间后，她们的演出还能够保持昆曲原有的风范吗？

在张继青身上，张庚看到的仍然是这样的风范。张庚在评论张继青的表演时是这样说的，尽管他评论的重点仍在张继青表演的分寸感：

> 她唱得好，表演动作也好，但她既不卖弄唱，也不卖弄表演，而是恰如其分，适合于人物。我们有许多演员的表演，就是想要人家觉得他的嗓子好，唱腔好。这样的演员没有艺术。昆曲的唱如果不是很有功夫，观众听了很快就要烦，但听张继青的唱好听，她的表演非常浑成，达到这样的水平不容易。有了这样高度的基本功，但不卖弄，不炫耀，而是拿内心的节奏去掌握表演的尺寸。没有内心的节奏，这一切技巧就不能够准

确地运用了,也就创造不出人物来了。①

其实,张继青也曾经演过现代戏《活捉罗根元》里的发姑、《山乡风云》里的刘琴和《红霞》的女主人公,这些角色的演出也获得专家和同行交口称赞。1982 年她参加江苏、浙江和上海两省一市昆剧会演时,专家们高度评价了她根据现实主义原则,"对角色的深刻理解和细腻表现",所以很好地塑造了戏剧人物。尤其是她演出《牡丹亭》时:

> 《写真》和《离魂》是两个新排的折子戏。张继青在姚传芗先生和导演的帮助下,继承和发扬昆剧艺术的现实主义传统,在表演上作了出色的创造。
> 张继青所塑造的杜丽娘形象,何以如此真实感人?主要在于对剧本的正确理解,在于对角色的深刻体验和准确体现。在《寻梦》中,她曾以满腔热情唱出了杜丽娘的美好理想,当然,在杜丽娘生活的时代,这个美好的理想是不可能实现的,所以张继青在表达杜丽娘的一颦一笑、一喜一悲时,都没有忘记这个时代背景,没有忘记女主人公所处的环境、身份和教养,从而真实地、令人信服地揭示了这个爱情悲剧的深刻涵义,给人以强烈的艺术感染。张继青在表演艺术上的可贵之处,是不仅给人以美的享受,而且经得起咀嚼,耐人回味。如果说,名画

---

① 张庚:《从张继青的表演看戏曲表演艺术的基本原理》,《戏剧报》1983 年第 7 期。

不仅可以看，还可以"读"，那么，我以为好戏也应该是可以"读"的。看张继青的《牡丹亭》是如此，看她的《痴梦》也是如此。①

在这里我们看到被命名为"现实主义"的表演理论是如此深刻地影响了此前十数年的戏剧批评。王朝闻对张继青的表演有极高的评价，但是他同样未必能够理解张继青。他曾经在文章里讨论张继青扮演杜丽娘和崔氏这样两个反差极大的戏剧人物的体会：

> 《牡丹亭》里的杜丽娘，和剧作《烂柯山》里的崔氏，一个是名门闺秀，一个是再嫁的贫妇；一个怀春，一个失意，入梦和出梦都各有其独特的心理内容；但就患得患失这一点来说，两人的心理特征有共性。和扮演这两个角色的张继青交谈，只听她说过用什么身段表演这两个角色；我没有来得及问她，怎样分别体验这两个性格与处境都不同的角色。从她对这两个角色的梦境的描绘这一点看来，崔氏心理特征的表现较为夸张，杜丽娘心理特征的表现较为含蓄，分明可以看出演员体验这两个角色时有各自不同的着重点，表演艺术不单纯依据演员对前辈艺人的师承。②

---

① 梁冰：《一生爱好是天然——著名昆剧演员张继青》，《人民戏剧》1982年第8期。
② 王朝闻：《以虚为实以实为虚——看张继青演"三梦"》，《文艺研究》1982年第4期。

张继青只谈她运用的身段,因为对她而言这才是最重要的,王朝闻却想追究她的心理体验,他认为这才是张继青同样精彩地演绎了杜丽娘和崔氏这两个大相径庭的人物的关键。王朝闻若有所失的落寞,最典型不过地体现了这个时代理论家与艺术家之间的隔膜。我相信张继青对王朝闻这位美学大家一定无比敬仰,但她或许对那些揭示她表演中的艺术手法的评论更加会心,因为只有这些评论,才能让人们看到张继青在表演上最核心的追求。除了在传统戏《惊梦》《寻梦》《痴梦》里的精湛表演外,人们也看到她在演出《活捉罗根元》里的发姑时"运用了昆剧六旦的某些台步、指法、身段,通过泼辣、灵巧的动作,明快的唱念,朴实的情感,生动地表现了发姑巧于周旋、善于斗争的个性。在擒贼激战中,她把昆剧四旦的武打身段和现代战士搏斗的动作融为一体,显露了女红军的英武善战的英姿"。尤其重要的是,"她从不追求那些廉价的剧场效果,她塑造的艺术形象,质朴自然,淡语幽香见真功,凡是看过她演出的观众,都认为张继青演的昆剧能给人以美的享受"①。

张庚对张继青的表演的评论还谈到了更多。他借着评论张继青的表演,深入探讨戏曲表演的美学规律,并且借此对此前若干年斯坦尼体系对中国戏剧复杂的影响做了客观的辨析与反思:

> 中国戏曲这样一种体验和表现紧密结合的戏剧体系,在世

---

① 刘卫国:《淡语幽香见真功——谈张继青的表演艺术》,《戏剧报》1983年第4期。

界上是独有的。现在欧洲有很多表演体系。但这些体系,除了斯坦尼斯拉夫斯基体系以外,从表演艺术的角度来看,是纸上谈兵的多。什么原因呢?就是在表演上缺少一种一贯地训练演员表演的有效办法。苏联曾经有几个大师,像梅耶荷德、泰依洛夫,都是很好的……中国戏曲最可贵的就是它有自己的一套有效的训练演员的办法。经过这种办法训练以后,就能拿到舞台上去,不管你这个演员是多么不行,你到了台上,总不至于一点没办法,总能过得去。这是中国戏曲的好处。但是,我们的戏曲也有缺点,就是在如何体验角色这一点上没有一套有效的训练办法,要完全靠演员的天才。当然我们从斯氏体系那里可以得到启发,但是硬搬斯氏体系也不行,我们中国学了四十多年的斯氏体系,得到个结论,就是硬搬斯氏体系对我们的传统表演艺术起了一些破坏作用。但你不能不承认,斯氏体系在心理技术上真是有一套的。①

张庚之所以说西方表演理论中的各流派多为"纸上谈兵",是由于他看到了因为这些戏剧流派,包括斯坦尼在内,实际上都"缺少一套有效的外形训练方法"。他写道:"斯坦尼斯拉夫斯基后来也讲究身体训练,但这种训练是训练肌肉如何松弛。真正有效地把生活中的动作提炼成舞台上的东西,而且是提炼出一套训练方法,他们没有。梅耶荷德、泰依洛夫也有训练演员的方法,好像布莱希特

---

① 张庚:《从张继青的表演看戏曲表演的基本原理》,《戏剧报》1983 年第 7 期。

第三章　先锋与探索

没有,还有最近波兰的一个导演格洛托夫斯基提出来的'穷干戏剧'也有训练演员的方法。但这些办法都跟舞台上的表演技巧无关。所以,外国人搞个体系非常容易,但没有他的实行办法,这样搞,无论理论上有多高,对于演员来说,它在舞台上却没有实践意义。"①

张庚的观点和阿甲对晓艇的表演的评论相映成趣,阿甲特别肯定晓艇"通过技术来表达思想感情,表演角色"的特色,他说:"有些演员搬用了话剧的表演方法,比如酝酿感情等等,费了很大力气,演员本人的感情很浓,但演出来的角色没有感情。什么道理?这是因为个人的自然感情达不到戏曲程式情感的高度。演员本人是一个创作者,潘必正是个作品,情感不能停留在演员本人的身上,它必须表现到作品上去。这一点,晓艇处理得好。他演戏很舒展,他用的感情比较虚,他是通过脑子去想,去琢磨,再通过程式表现出来,所以说,晓艇是虚实结合的。"②

在某种意义上,这些对张继青和晓艇的表演的评论,远远超出了对他们个人表演水平的评价,这些评论都在努力朝一个重要的方向,即重新确立戏曲表演的价值坐标和美学原则。

张继青和晓艇都是正处中年的优秀演员。他们主要通过对传统经典剧目的忠实传承,分别成为昆曲和川剧表演艺术的重要传承

---

① 张庚:《从张继青的表演看戏曲表演的基本原理》,《戏剧报》1983 年第 7 期。其中提及的"穷干戏剧",现在通译"贫困戏剧"。
② 郭永江:《要扶中年演员"上战马"——首都戏剧界人士举行座谈盛赞晓艇的表演艺术》,《戏剧报》1983 年第 8 期。

者，但这些代表了一个剧种的优秀演员，和代表这些演员表演艺术最高水平的经典剧目的演出一样，在当代戏剧批评中很少得到重视与肯定。从20世纪60年代始日益增多的各类调演、会演活动，以及此后的各种评奖活动，几乎完全是新剧目的天下，少量传统戏也只有在经过较大幅度的改编的前提下才有可能参加。多年来的戏剧批评主要是新剧目创作的批评，演员及其表演一直被置于从属的位置，传统戏的演出更是批评的盲区。然而戏剧是舞台的艺术，而通过优秀演员的演绎，把戏剧史上那些经过长时间和千百万观众检验的经典剧目高水平呈现在当代舞台上，才是最能代表一个时代戏剧水平的戏剧。

在戏剧界多数人还仍然痴迷于观念与方法的"创新"的背景下，张庚、阿甲等戏剧理论和评论家通过邀请张继青、晓艇进京演出并组织有全国影响的表演艺术座谈会，通过对他们精湛的表演水平的评价，努力呼唤戏剧批评的重心转向，让戏剧批评的重心从稚嫩粗糙的新创剧目的评论，回归对经典剧目的当代演绎的关注；从戏剧文本的思想内容的争辩，回归表演艺术的研究与讨论；从对戏剧人物形象的分析与解读，回归演员必须掌握的技术手段的阐发。这本应成为当代戏剧批评发展进程中关键性的转折，然而十分遗憾的是，这一趋势有了良好的开端，却未能持续推进。而戏剧演出市场整体上的崩坏及随之而来的"戏剧危机"，迅速转移了戏剧界的注意力，顿时让戏剧的生存变成更为迫切的问题，其他所有研究与评论，与之相比都显得失去了重要性。

第三节　戏剧危机和生存之道

一　"戏剧危机"

改革开放之初,"文艺的春天"是戏剧评论对于解放了的戏剧景象最为常见的描述。然而只不过几年时间,从20世纪80年代中期起,有关戏剧危机的呼声就渐渐出现并越来越响,尽管有关这场危机的程度、性质以及原因,人们从一开始就有着截然不同的认识。在20世纪80—90年代,相关的争论一直是戏剧批评的重要话题。

林涵表的观点代表了对这场危机之原因的一种解读。如他所说的那样,"无论持什么观点的人,都说近年来戏剧有'危机',但对'危机'的内容和解决办法,却有根本不同的分析和回答"。他的回答是这样的:

> 从根本上说,所谓"戏剧危机",是戏剧发展方向出了问题而引起的。
> 一些坚持资产阶级自由化的人大讲戏剧危机。按照他们的说法,危机是由于坚持戏剧的社会主义方向、坚持革命的戏剧传统引起的,是强调戏剧的社会效果引起的;是强调思想性引起的;是强调民族特色引起的。很自然,他们打出解决"危机"的旗号就是反传统、反理性、反注重社会效果、反教育意

义、反英雄化、反现实主义，等等。基于这种理论导向，他们提出的解决"戏剧危机"的办法，便只能是全盘西化，跟在西方现代主义的屁股后头亦步亦趋，搞中国的现代派，从戏剧观念、表现生活的方法、到政治观和哲学思想，都照搬西方现代主义的一套。有人认为强调社会主义方向是不能"走向世界"的。有人到处演讲，说什么建国以来话剧为"工具论"所统治，根本出不了"真正的戏剧"，至于戏曲，1949年以来的戏改是"改坏"了，倒不如解放前的戏曲发展得好。持这种思想的人在谈论"戏剧危机"时，常常抑制不住对政治的高度"关心"，而不是像他们扬言的那样"审美第一"。有一位戏剧作家认为我们的社会对创作是"紧箍咒"，对"大部分人"进行着"阉割"。有人在报刊上说，"作家以不服从为天职"，中国根本没有什么半封建、半殖民地，我们没有真真正正搞过资本主义，"不存在复辟的问题"。

在资产阶级自由化思潮的冲击下，一个是"全盘西化"，一个是—"全盘商品化"，这两个"化"给戏剧艺术带来的祸害是深重的。不少戏剧团体一切向钱看，以"创收"为最高目的，不顾社会效果，只讲经济效益。于是，一些严肃的剧目难得上演，低级下流、迎合落后趣味的东西充斥于舞台之上。更有甚者，有些演员不务"正业"，忙于"走穴"，有些团体把正常的创作演出活动放在一边，投入大量的人力物力去做生意；有些演员去伴舞，甚至过起神女生涯……戏剧界不少同志谈起这种状况，都感到痛心疾首。

第三章　先锋与探索

> 要切实反对资产阶级自由化，坚持四项基本原则，巩固和发展社会主义戏剧阵地，我以为应该刻不容缓地着手抓紧戏剧队伍的思想教育和组织建设。目前特别是戏曲团体那种普遍存在的，思想杂乱，组织涣散，不务正业，纪律松弛等现象，必须通过整顿，切实解决。①

林涵表一方面认为有关"戏剧危机"的描述是"一批坚持资产阶级自由化的人"的渲染，另一方面又认为这一"危机"实际上是"全盘西化"和"全盘商品化"这两个"化"导致的，认为它们"给戏剧艺术带来的祸害是深重的"，认为这些令人"痛心疾首"的现象，必须通过"戏剧队伍的思想教育和组织建设"解决。②

但是，多数批评家并不愿意从这样的角度讨论戏剧危机问题，对戏剧危机的认知与原因剖析，均与此大相径庭。1986年4月上旬，中国戏曲学院组织召开了"戏曲的现状与未来"研讨会。"戏曲观众从数量上看日益减少，局面萧条。从年龄上看明显老化，后继乏人"③，就是与会人员普遍承认的现实。而就在林涵表的文章发表一年前，吴戈曾经撰文指出：

> 戏剧"危机"闹了好几年，几乎引起了全社会的关注，其

---

① 林涵表：《从"戏剧危机"谈起》，《文艺理论与批评》1989年第5期。
② 同上。
③ 焦克：《探索革新前进——记"戏曲的现状与未来"研讨会》，《戏曲艺术》1986年第3期。

间,痛切的呼吁不绝于耳,艰辛的努力和大胆的探索如波澜迭起,但时至今日,"危机"的势头似乎有增无减,戏剧若困兽,左冲右突,却仍难摆脱"危机"阴影的笼罩。

起于83年、延续了五年之久的"戏剧观念"的讨论,除了对戏剧返本清源的理论觉醒之外,也有对戏剧"危机"进行"会诊"的积极意义。这次"会诊",认为戏剧"危机"的产生原因,主要来自三方面:一是陈旧、单一的表现形式限制、束缚了新的、丰富多元的内容;二是戏剧本体的"美学错位",即长期以来,戏剧功能代替了戏剧目的;三是对戏剧特性的忽视,造成了戏剧独特魅力的丧失。①

英若诚在东北地区话剧观摩研讨会上的讲话,同样承认戏剧危机是存在的,尽管他说所谓"话剧危机"已经"嚷嚷好几年了",而且认为"从总体上看,话剧已经开始有了转机",然而也认为"要说一点危机也没有,我看不能那么说。一个时期以来话剧确确实实碰到不少问题,有些问题今天在某些地方也还存在",其中主要的问题,就是话剧"和现实政治的潮流、动荡有时结合得太紧了一点。换言之,文学艺术的宣传作用,在话剧身上既是优点又是缺点"。他肯定"现在我们的话剧在题材方面比过去广泛得多,也不是那样亦步亦趋地为当前的政策服务。尽管如此,仍有提醒一下的必要:不要由于片面地看到话剧最能紧密配合形势,最有战斗性,

---

① 吴戈:《在"戏剧危机"背后》,《南方文坛》1988年第3期。

第三章　先锋与探索

就产生一种单纯地把话剧作为宣传工具来用的作法"。英若诚还谈到提高话剧质量的问题：

> 对话剧来说，最重要的是不能放弃对高质量的要求。在高质量中，思想质量是个很敏感的问题。我们不需要重复那些人人都说的、陈腐的、嚼烂的思想。话剧特别需要新鲜的、深刻的思想。而做到这一点并非易事。有些戏，看起来新鲜，其实经不住琢磨，实际上是哗众取宠的东西；有些戏貌似深刻，其实提出的问题作者自己也没有想清楚。一定要避免把自己的思想或意图向观众直接宣读。①

东北两位作者通过一个戏剧现状的小规模抽样调查得出的结论是，"戏剧危机不仅确实存在，而且达到了令人忧心的程度"。"目前不是某一个剧种，而是整个的戏剧艺术面临着严重的挑战"，他们认为，只有改革才是戏剧的出路：

> 首先应该明确戏剧的作用，不能再把戏剧当作图解改革的工具，图解生活的手段，应该注意戏剧的娱乐审美作用。其次，要注重提高演出的水平，特别是现代剧的创作。我们现在上演的现代剧，大部分过于注重事件的交待和情节的铺陈，而忽略了人物个性的塑造和细节的再现，过于注意表达思想观

---

① 英若诚：《谈谈话剧问题——在东北地区话剧观摩研讨会上的发言》，《文艺评论》1987年第2期。

念,而忽略了人物行动的性格逻辑,剧中人离开演员本人,就无法做一个文学形象独立地站立起来。我们还应大力开展戏剧争鸣活动,进行各种探索。同时还应总结一下,为什么我们的会演年年举行,节目却年年丢,花了许多钱,会演过后,仍是"熊瞎子掰苞米",到头来剧团仍无戏可演。对古老的传统戏曲应该重新整理,精选出有价值的部分,编成折子戏集锦,而目前的戏曲剧目过于陈旧。戏曲演出还应该产生新的程式,唱腔应有突破性的发展,不久前电视转播的"南腔北调大汇唱",许多观众普遍反映不错,看来不失为是一种探索和借鉴。①

他们提出的这些对策,未必是多么石破天惊的新见解,然而从他们的角度看到的戏剧市场的不景气,却是无可否认的。

郝国忱的看法几乎与之完全一样,他认为"戏剧正面临着危机,这是谁都不能不承认的事实"。但他更指出这种危机感对戏剧发展的实际推动作用,尤其是"危机促使着人们思索问题,改弦更张,寻找出路。创新,就成了最符合人心的口号。人们首先想到的是形式上的创新:斯坦尼热换成了布莱希特热,话剧戏曲化,戏曲话剧化。戏剧舞台上一时活跃起来了,热闹起来了。僵死的教条被冲毁,清规戒律被打破,勇敢的探索者们的功绩是不容抹杀的。但是,我格外喜欢那些不只形式新,而且内容也非常新鲜的作品。一个作品如果内容是陈旧的,不论形式上如何新,它也还是陈旧的东

---

① 黄安、鄢辑吾:《观众的反映与戏剧的思考——关于戏剧现状的调查》,《文艺评论》1987年第2期。

西。只有内容的新,才称得上是真正的新"。作者认为,戏剧危机的关键原因"并不在于戏剧形式本身的新与旧,而在于我们创作思想的陈旧。从建国到现在,庸俗社会学一直十分顽固地统治着剧作家的头脑。戏剧文学一直没有找到它自己的文学属性的位置",其结果就是,剧作者每年创作,剧院每年排戏,却很少有能够成为艺术品而被长期保留下来的剧目。他写道:

> 庸俗社会学对戏剧创作的影响主要表现在这样两个方面:一是紧跟宣传中心,配合各个时期的政治运动,以为这就叫紧紧贴近时代,或曰与时代同步。二是眼睛紧紧地盯着社会问题,把精力用在发现和揭露社会的阴暗面上,似乎谁揭得越狠,谁的作品就越深刻。前者,要把戏剧当成宣传工具;后者,则要把戏剧当成改造世界的武器。这种尖锐的社会问题剧刚刚出现的时候,观众们也为之欢呼过。但过了一段,他们终于发现了剧作家们手中的武器是软弱无力的,只能冒烟出火,并无有弹头。你的议论该咋发就咋发,社会并无变化。于是,他们不再热烈地鼓掌了,甚至开始厌恶了。
>
> 这种时候,不能不促使我们对戏剧文学到底有怎样的功能,有个清醒的认识了。①

作者的答案是,我们应该着眼于研究人,而不是把戏剧当成工

---

① 郝国忱:《危机中的思索》,《戏剧报》1986年第9期。

具,假如戏剧家"不是去研究人,不是去研究人的各式各样的微妙的深层心理,而是下力气去寻找能给政策做注脚的事例;再么就去寻找最尖锐、最让人气愤的社会问题。用庸俗社会学的思想去搞创作,其结果就是,只能满足于当时的政治功利的要求,而没有任何艺术价值可言"。"戏剧不应该成为宣传的工具,更不可能给社会改造开什么药方。这样说,决不是反对戏剧创作要切近时代,更不是不要社会责任。戏剧的社会责任,只有充分发挥戏剧文学的独特的方式才能承担起来,也就是说,只有通过对人的精神的改造和提升才能完成。"[1]

无论对戏剧危机的原因有多少种解释,20世纪80年代中期之后,戏剧界确实出现了许多令人不安的现象,并且,看起来可以用"危机"来描述这些现象,基本上也是戏剧界和评论界的共识。似乎是对林涵表的文章事先准备好的回应,吴戈反对把"商品化"看成是戏剧危机的原因,相反,他认为远不只是戏剧遇到了危机,其实文学艺术产品在整体上都与消费需求产生了脱节现象。就在民众的文化消费意识日益觉醒时,文艺界却没有认识到这一点。他指出:"今天的文化尴尬,就在于没有或不愿去正视文化消费市场的供、求关系的不和谐,没有校准文学艺术在文化市场中的真正位置,没有切实地去调整那些不和谐的环节。把产品移向'消遣'层次又嫌'俗',但消费者又不愿或无法进入'雅'的'审美层次',于是,初级阶段的文化只好倾诉着'贵族式'的失意尴尬着⋯⋯其

---

[1] 郝国忱:《危机中的思索》,《戏剧报》1986年第9期。

实,只需正视问题,文化的这种尴尬是可以摆脱的。"① 当然,他也并不同意把戏剧危机看成来自"陈旧形式对内容"的束缚的观点,因为新时期戏剧形式的探索是如此多元,说形式依旧束缚内容,就显得很不公道。

除了在整体上描述戏剧危机的存在以及提出对策之外,也有云南的作者写的评论,认为云南戏剧的危机原因在于受"峡谷意识"的影响,"由于云南山高谷深,交通闭塞,与外界信息交换少,交换慢,总认为天就只有头顶上那么大的一块,因而观察思考问题容易固守旧的传统,参照系少;思维模式凝固单一,不仅不容易接受新鲜事物,还容易产生一种'夜郎自大'的思想。近年来,随着改革开放的不断深入,这种'峡谷意识'开始受到冲击,但要彻底冲破这种'峡谷意识'还需要下一番功夫"。他所指的这种妨碍戏剧繁荣发展的意识,包括"用政治意识取代审美意识",主要表现形态是"云南的戏剧创作往往都是自觉或不自觉地围绕政策转。编一个故事,安几个人物,叙述一下事件经过,以'证明'某一政策好。这样的作品往往只停留在生活现象的表面,深入不下去,也容易造成题材一窝蜂的现象,形成'撞车',造成公式化,概念化,使戏剧作品丧失了作为艺术的审美特征,变成了政策的廉价宣传品"。"由此而来的是作者主体意识的丧失";"由于作者要对上面的'宣传口径',就不得不一再限制自己情感、意志的自由发挥,去符合某些领导的意图。这样的作品只有事件的过程,没有生动的人物

---

① 吴戈:《在"戏剧危机"背后》,《南方文坛》1988年第3期。

和情节，也缺乏作者对生活的独特理解与评价，结果主题单一，人物干瘪概念，冲突表面热闹，然而却是千人一面，千部一腔，作者不愿写，观众不愿看。""缺乏深层的文化意识"和"创作方法上，表现手段单一，不能适应时代与观众的要求"也是主要原因，他指出："长期以来，我省的戏剧界都是以传统现实主义的创作方法为正宗，极少其他的创作方法和艺术表现手法。近年来，在艺术形式和表现手法上有了一些新的尝试，但还只停留在模仿阶段。"作者指出，要改变这一现象，就必须"继续解放思想，变革戏剧观念"，"突出作者的主体意识"，并且"提倡多元化的戏剧，以适应新的时代和新的观众的多层次需要"，才能彻底改变云南戏剧的落后局面，让云南丰富的民族艺术文化遗产放射出时代的光彩。① 文章所指出的对戏剧创作的束缚相信都是现实存在的，唯一的问题是类似的现象，远不只是出现在"峡谷"中的云南，其实在全国各地都具有相当的普遍性。

在戏剧危机中，戏曲的危机具有特殊性。新时期大量传统戏曲剧目重新回到舞台，激起了演出市场的巨大回响，然而一时火爆的市场，很快就被看成"自由化"的表现形式，成为"商品化"代名词，因而受到来自诸多方面的打压。另一方面的问题却依旧存在，那就是人们对传统戏的态度，尤其是戏曲专家们的态度，早就发生了微妙的变化，对传统的各种"反思"也在摧毁戏曲的市场。对戏曲传统的反思固然是必要的，但是正如柴俊为所说：

---

① 何箭芸：《冲破"峡谷意识"——云南戏剧创作现状的思考》，《民族艺术研究》1988年第4期。

第三章　先锋与探索

新文化运动诞生以来,古老的戏曲艺术不断受到冲击,戏曲自身也不断在反思。只是以往的反思过多地集中于戏剧文学,过多地注意戏曲剧作文字上的鄙陋和思想内容中的封建意识。"五四"是这样,建国初期也是这样,这次戏曲危机感的发端仍是从戏曲文学开始的。我不否认这种反思的必要性。但是,戏曲艺术毕竟不是纯文学,它是一种舞台艺术。就整体而言,戏曲剧作中并不缺乏丰富的人性和较为深沉的人道主义精神,恰恰是我们那种缺乏个性、照本宣科的演出磨灭了它们的光芒。因此,我们很有必要转移我们的理论目光,变"文学的反思"为"舞台的反思",以期从舞台上找回古典戏曲丧失了的艺术魅力。①

"戏曲消亡"论是有关戏曲危机的讨论与争辩的升级版,文学评论家李洁非的《死与美》在充分肯定传统戏曲的精美与价值前提下,认为戏曲已经丧失了在当下继续生存发展的可能。戏曲界对此反应强烈,几乎没有多少人从中读出作者尖锐的言辞下的善意。然而,戏曲界内部并不是没有对现实清醒冷静的认识,《戏剧报》发表化名"古望岩"(想必是"姑妄言之"的谐音)的虚拟对话,剖析了戏曲不景气现象中的复杂因素:

很长时间以来,人们一直抱怨戏曲界的不景气。但,人们

---

① 柴俊为:《古典戏曲的魅力在哪里失落——戏曲改革的困境》,《上海戏剧》1987年第3期。

观察问题的角度不尽相同：有人从好演员不多、剧目贫乏出发，有人从舞台面貌暗淡、演出质量下降出发，有人从戏曲界领导不力、内部混乱出发，有人从新剧目难产、老剧目陈旧、上座率减少出发，也有人从社会学角度出发，认为老戏中的封建道德伦理观已失去其积极意义，也有人从老戏的节奏缓慢、程式僵化、故事简单等等现象中看到了戏曲界的不景气……"戏曲"与"戏曲界"是两个概念。戏曲是指戏曲表演艺术体系，戏曲界则是指从事戏曲工作的领导、创作人员、演出人员和这个群体所创造出来的精神产品。"消亡论"者是说戏曲表演艺术体系行将死亡是大势所趋。而我们则认为戏曲表演艺术是永放光芒的……我们说的"不景气"大都是指"戏曲界"而不是"戏曲"本身。就是说由于戏曲界的工作没能做好，才使得戏曲艺术的光彩受到理所当然的影响。至于戏曲本身所显露出来的某些局限及时代性等问题，恰恰是等待戏曲界同心协力解决的。①

但无论如何，"消亡论"总是令人不快。有评论认为"危机论"能"促使人们了解现状而激发人猛省奋起"，因而是积极的，"消亡论"却是消极的。"戏曲要改革，这是时代的要求和总趋势，但落实到具体的改革中，由于看问题的角度不一样，具体做法也不会一样。人民需要的是新时期的多样化，而不是单一化，戏曲改革也不

---

① 古望岩：《戏曲兴亡辨》，《戏剧报》1986年第5期。

能是一种做法和一种模式。"戏曲改革的基本原则,应该是"立足于自我的广泛吸收"和"立足于开拓的破格发展",文章认为汉剧《弹吉他的姑娘》就是"在破格与守格、创造与实践的对立统一过程中取得成功的,这种求时代之新、时代之美的精神应大力提倡"。因此:

> 有人主张把传统的艺术积累只当作创作过程中的素材,或是以横向借鉴为主的方式去进行新的创造,虽然这种设想下取得的成绩还不大,成果还不多,但这种敢于设想的精神是难能可贵的。在这种指导思想下出来的作品,初期可能非驴非马,一时在风格上不完整,对此也不应作过多的指责和挑剔……不过,艺术是有个从初级阶段到高级阶段的过程,如果不总结,不积累,不发展,即使是新的东西仍然会陈旧。①

有关戏曲危机和消亡的争论,需要面对的是如何看待戏曲的丰富遗产以及当下如何发展这两个相互关联又互相纠缠的问题,而至少这位作者的结论是"戏曲决不能满足于现状,不能躺在已有的成果上坐吃山空,更不能把过去本来就不怎么样的东西翻出来滥竽充数,甚至还津津乐道地标榜为丰富人民的文化生活",他认为"无论是旧的改造和新的创造,都是可以在继承的基础上进行的"。而且他也强调,戏曲界经常有要求新剧目保持剧种特色,要"姓京、

---

① 徐大树:《"戏曲危机"与戏曲改革》,《戏剧报》1987年第6期。

姓汉、姓楚"和"戏曲要戏曲化",等等,这些观点都"不是为了阻止进步,而只是为了讲究独特的自我个性",所以"不能把这种提法简单地称之为保守"①。这些看法都逐渐产生了一定的共鸣,给创作与评论以多种多样的启发。

戏曲危机的表现形态与话剧危机不同之处在于,除了从中心城市到中小城镇普遍呈现出剧场门可罗雀的悲凉景象外,还有相当多剧种濒临灭亡,尤其是一些传播范围较小的剧种。这个问题在20世纪80—90年代已经非常明显。然而,就像林涵表对有关"戏剧危机"的提法表现出的毫不掩饰的反感一样,在最初的几年里,小剧种大范围陷入濒危状态的现象,仍然是戏曲界不受欢迎的话题,因而虽有讨论,却并不普及。有关戏剧思想内容的讨论,仍是评论家们最关注的核心问题。

当然,在整体上,20世纪80年代中期直至90年代的戏剧危机,是评论界较为一致的共识。其后的若干年里,这一危机始终如梦魇般笼罩在戏剧界,挥之不去。

二 小剧场运动

在解决戏剧危机的各种努力中,小剧场戏剧是被看成缓解乃至于解决这一危机的有效路径的。这就决定了1989年之后陆续成型的小剧场运动,呈现出特定时代背景下的特殊形态。

---

① 徐大树:《"戏曲危机"与戏曲改革》,《戏剧报》1987年第6期。

第三章　先锋与探索

小剧场运动是从北京人艺上演的《绝对信号》开始的,1982年,北京人民艺术剧院以三面舞台的形式,在排练厅演出了《绝对信号》,它与其说是一种新的尝试,还不如说是1927年田汉草创的小剧场演出的接续,在中国中断了几十年的小剧场实验戏剧重新回归,成为对镜框式舞台和写实主义戏剧大一统局面的挑战与有力反叛。但是此时它还只是被看成是探索戏剧的一部分,直到南京小剧场戏剧节的举办,新时期的小剧场运动才正式开始。

戏剧创作者们尽管抱着强烈的热情投入小剧场运动,但是他们对"小剧场"多半只有字面上的了解,甚至连著名戏剧导演黄佐临也坦言他对小剧场的了解非常之有限。在小剧场戏剧节上他做了重要发言:

> 据我有限的理解,"小剧场"运动是西方话剧界由于反对商业化而发动的。所以,法国有安图昂的"自由剧场"及(20世纪)50年代维拉的"国家大众剧团",纽约有"外百老汇","外外百老汇",伦敦有"独立剧团"和外省业余演出等等。它们的共同特点是:生命力充沛,演出质朴,不受票房支配,创作活动是面向青年一代——这一切,我认为,在目前我国话剧低谷中该是最有疗效的催化剂。我们要大力拥护,全身心地投入。因为在经济发达国家的小剧场运动,之所以能得到发扬光大,还有另一个原因——经济原因。在他们的剧场林立区,娱乐捐特别高,而在外百老汇、外外百老汇,则几乎是免税。有的地方,如维也纳、布达贝斯特,凡是100个座位以下的剧场,

则可免税；于是，这些地方的剧场往往都只有99个位子。①

黄佐临介绍说，他们上海人民艺术剧院组织了三个小剧目《童叟无欺》《棺材太大洞太小》《单间浴室》参加小剧场戏剧节，"这三个小戏，题材不同，人物各异，但有个共同点，就是每个戏都只有一个演员，都不用布景，不用灯光、化装、道具乃至舞台"②。

就像黄佐临所说的一样，即使是在南京小剧场戏剧节上，"小剧场"这个名称仍然是被想当然地误解的，很多人把"小剧场戏剧"简单地混同于时间短、演员少的小戏；而更少有人知道，数十年前，田汉的南国社就专门办过一个只能容纳五十名观众的小剧场，但田汉的动机，不仅是由于要建这样一个规模小的剧场，更是为了"进行各种实验演出，明确地提倡与官方主流戏剧不同的'在野的戏剧'"③，而这才是"小剧场"运动的真谛。指出这一事实的林克欢，也是对小剧场戏剧有最深刻理解的戏剧批评家，林克欢的《反叛、超前的青年戏剧》是这场小剧场运动中最重要的理论收获。通过这篇重要文章，他在那个年代就罕见地全面认识且揭示了小剧场戏剧之特点与价值：

小剧场戏剧反对一切艺术教条和一切艺术模式，不以自我

---

① 黄佐临：《"小剧场"艺术之我见——在南京小剧场戏剧节上的发言》，《上海戏剧》1989年第4期。
② 同上。
③ 林克欢：《反叛、超前的青年戏剧》，《戏剧艺术》1989年第3期。

第三章　先锋与探索

为中心,也不承认有任何艺术中心的存在。不重复古人,不重复同时代人,也不重复自己。不承认有某种永恒的戏剧,认为对戏剧性和剧场性的理解,主要取决于不同戏剧家所处的时代。彼得·布鲁克认为,戏剧永远是一种自我摧毁的艺术。林兆华则把戏剧演出比喻作闪光之后转瞬即逝的焰火表演……探索性、超前性是小剧场艺术的另一重要品格。小剧场艺术总是从不同的角度、不同的层面,对多种多样的戏剧样式、舞台形态、叙述方法、艺术表现进行广泛的实验,不断地探索舞台表现生活的无限可能性和舞台表现无限的艺术可能性。它总是探索新的语汇、新的手段、新的媒介、新的综合、新的视听呈现方式;探索演员与观众、作家与作品、艺术家与时代的新的关系……小剧场艺术是反叛的戏剧。反传统、反体制、反模式,是小剧场艺术最可宝贵的品格。小剧场在世界各地普遍涌现,直接原因可能略有不同,但反对戏剧的商业化倾向,反对僵化、板滞、脱离时代的戏剧模式,始终是一批又一批立志献身艺术的戏剧家投身小剧场实验演出最主要的原因。①

因此,小剧场戏剧天然具有的探索性,是其与那些总是想以成熟的面貌示人的主流戏剧或商业戏剧格格不入的最重要的特点。林克欢也指出:"尽管探索性是一切文学艺术的本质属性,但小剧场的探索总是或多或少具有超前意识。对传统而言,它不是趋同,而

---

① 林克欢:《反叛、超前的青年戏剧》,《戏剧艺术》1989 年第 3 期。

是求异，对观众而言，它不是追求适应，而是不时地对观众的伦理观念、价值标准、艺术趣味、欣赏习惯提出挑战。它总是将观众引向一个新奇的、陌生的世界。"而正由于人类艺术的发展，是如此需要且得益于这些探索性的艺术追求，这些新颖的实验性的戏剧样式"在初始阶段，总是在产生巨大震动的同时，引起众多的非难，然而他们的实验成果：新的戏剧观念、新的舞台语汇、新的表现手段，总是被后人所吸收，甚至被极力反对它们的通俗戏剧、商业戏剧所吸收，成为人类共同的艺术财富"。当然，小剧场艺术的探索不会只限于形式方面，对现实社会中的残酷与虚伪的揭露，包括对当代文化以及戏剧的激烈批判，也是其中的题中应有之义。林克欢借用台湾小剧场运动中他们将此视为"小众艺术"的观点，也介绍了将小剧场戏剧看成实验的、先锋的、非专业的、非商业性的、非主流的等定义，说明人们对一个世纪以来的小剧场运动虽然并无明确的共识，不过反叛性、探索性、超前性、开放性（不确定性），等等，终究是较被普遍接受的看法，因此他把小剧场戏剧看成是"反叛、超前的青年戏剧"。

  林克欢对南京小剧场戏剧节的参演剧目，有视野开阔且宽容的介绍与评价，因为在他看来，"小剧场是开放的、自由的。它没有禁忌，没有限制，一切奇思异想，一切自觉或不自觉，完善或不完善的艺术追求，都可以拿到小剧场来实验"。所以他指出："在这次小剧场戏剧节中，就存在两种截然不同的探索方向。如中国青年艺术剧院的《火神与秋女》、《社会形象》，南京市话剧团的《链》、《家丑外扬》，伊春林业文工团话剧团的《欲望的旅程》

等，主要是使演出逼近观众，或者把戏剧空间扩展到观众席中来，使整个剧场成为戏剧展开的场所，让观众感到剧情发生在自己身旁，造成炽热的戏剧氛围，增加观众的临场感与参与感，探索在狭小的共存空间中观演关系的变化所引起的表导演艺术，舞台美术等相应的变化，追求写实戏剧在新形势下的发展、变化与自身的精致、圆满。上海青年话剧团演出的《屋里的猫头鹰》，则打破了现实主义戏剧忠实于客观世界的细致描绘和'讲故事'的叙述方法，尽量减弱情节因素，使戏剧场景情绪化，以充满悖逆的台词，变形的舞台语汇和非自然调度，造成一种非理性的、扑朔迷离的戏剧氛围，在大量的暗示、烘托、对比、象征、仪式化和任意性背后，表现编导者对虚妄的幸福的嘲弄和对人类生存处境的哀叹。"他并没有简单化地肯定或否定哪一类，然而他最不满意的，不是这些演出本身，而是戏剧批评家们对"小剧场"这一概念的无知，他指出："由于大多数小剧场活动都是小规模、小制作、空间较小、观众较少，因此在这次研讨会上，不少发言者都将剧场的'小'（指演员与观众处于一个狭小的共存空间）当作小剧场活动最主要的特征，虽不无道理却极不准确。因为，从宽泛性上，它不能涵盖所有小剧场活动的空间形式，如环境戏剧、社会行动戏剧，从艺术倾向、艺术特征上，也未能概括出小剧场活动最主要的本性。旧时代戏曲艺人的唱堂会，东北农村民间艺人在炕头表演的二人转，无论从哪一意义上，都不是小剧场艺术。甚至就这次戏剧节上展出的剧目来说，有的可以说是非常传统的，几乎是将在大剧场上演出过的剧目，原封不动地搬到小剧场来演出。不能说演出空间缩小了，它就变成小剧场艺术。"①

　　林克欢的这些分析，并不是在提醒当时从事小剧场戏剧创作演出的青年戏剧创作群体厘清小剧场戏剧的边界，更重要的是在激励他们在反叛的道路上走得更坚定与更自信。这个时代还有更多戏剧理论家和评论家，与林克欢一样在支持与鼓励青年人参与到小剧场戏剧创作演出中。尽管他们未必像林克欢这样熟悉小剧场的定义，但是却表现出对小剧场同样相同的态度。

　　麻淑云指出，小剧场演出的空间特性，对表演艺术风格的变化和水平的提升，提出了新的要求，由于观众的近距离欣赏，迫使演员必须找到"逼真表演的合适尺度"：

> 几乎所有看过小剧场演出的观众都有一个切身的感受：不能接受处理得夸张过火、舞台腔十足的语言，不能容忍夸张的形体动作和面部表情。鉴于此，许多实践家以逼真、自然的表演作为小剧场表演艺术的一把尺子。胡伟民先生在排《母亲的歌》一剧时，曾要求演员要"低调表演"、"没有表演的表演"。林兆华先生在排《绝对信号》时，要求演员：这个戏要极朴素、极生活、极自然；表演、导演、布景、灯光、效果、服装、道具等一切表现手段都要洗练、单纯化，奔的目标是毫无雕琢感。"②

---

① 林克欢：《反叛、超前的青年戏剧》，《戏剧艺术》1989 年第 3 期。
② 麻淑云：《小剧场戏剧表演二题》，《中国戏剧》1990 年第 10 期。

第三章 先锋与探索

并不是所有批评都对小剧场戏剧的出现持有如此乐观和肯定的态度。汤逸佩和林克欢一样,都清醒地看到了在这些冠名以"小剧场戏剧"之外的演出中,实际上存在大量与原本意义的"小剧场"的精神明显不相吻合的剧目和演出。他肯定了在南京小剧场戏剧节期间上演的部分剧目后,尖锐地指出了它的明显不足:

这次戏剧节中,上述这样实验性很强的演出,由于种种原因却显得有些孤单,更多的是实验性不强或者根本没有实验性可言的演出,如南京市话的《天上飞的鸭子》、《人生不等式》。即使像《火神与秋女》、《社会形象》这样较为优秀的剧目,也只是在运用传统方法上显得技高一筹,在创新方面却是谨小慎微,显得过于保守,没有小剧场戏剧在实验中应该有的虎虎生气。值得注意的是,上述这些剧目仍然有重视商业价值的倾向,或者叫纯粹以一般观众的需求为转移的倾向,他们习惯于把目光投向曾经有效的传统手法,甚至在内容上有意通俗化、道德化,以招徕观众。这恰恰是目前我国许多大剧院的路子,我认为不少缺乏实验性的小剧场戏剧演出,和他们受大剧院领导,并承担经济责任有关。可是,刚刚起步的我国小剧场戏剧,如果没有反传统的精神,刻意求新的实验,就不会吸引更多才华横溢的青年戏剧家,就不会有更多的新颖独特的戏剧构想的出现,实验戏剧也就得不到顺利的发展。反过来,只有在大力发展实验戏剧中才能表现出自己独特的价值,并真正成为大剧院商业化倾向的对立面。我国小剧场戏剧的逐渐萎缩,影响了整个国家的戏剧水平的提高。因此，我认为，要发扬小剧场戏剧敢于反传统、刻意求新的精神，就不能把希望全部寄托于职业化的小剧场戏剧演出，而更加应该大力发展独立于大剧院的非职业化的小剧场戏剧的演出。①

汤逸佩击中了中国新时期的小剧场戏剧的软肋，同时也看到了这场运动先天的不足。他指出的解决方案未必是最有效的，然而对问题的剖析，却有其独到之处。小剧场戏剧是作为商业戏剧的反叛而出现在近代戏剧领域的，但是至少在中国，它却一度被看成是拯救话剧市场萎缩的一剂良方。然而几年之后，小剧场运动的倡导和支持者们就开始从另一个方向阐释这一新的戏剧现象，在演出市场的激荡中出现的所谓"雅文化"和"俗文化"的对峙中，小剧场艺术被奇怪地称为"高雅艺术"，至少在第二届小剧场戏剧节举办之际，主办方就是这样定义它的：

> 小剧场戏剧是属于高雅的艺术，本世纪以来，在国际上广为流行。我国新时期的小剧场戏剧，是在80年代初开始兴起的，之后不断有所发展。到1989年4月在南京举行了全国第一届小剧场戏剧节达到一个高潮。进入90年代以来，又有新的势头、新的特点，受到观众青睐。上海人艺演出的《留守女士》连续上演了300多场；上海青年话剧团演出的《情人》，在国

---

① 汤逸佩：《实验戏剧的摇篮》，《戏剧艺术》1989年第3期。

内外都产生了很大反响。由此可见,尽管近年来我国的"雅文化"受到了"俗文化"的冲击,话剧的总体景况并不甚佳,但是,作为高雅艺术的小剧场戏剧,却越来越显示出适应当代人们新的欣赏趣味和审美需求的发展趋势,具有蓬勃的生命力。这正为本次活动奠定了良好的基础。①

所以,当田本相把小剧场运动说当时的戏剧发展具有"迫切的现实意义和战略意义"时,他一点也没有夸大其词。田本相看到了小剧场戏剧发展"可喜的势头和成就",同时也清醒和客观地指出,它们"还没有真正形成一场运动,无论在理论或实践上都还存在一些值得解决的课题,缺乏一种更自觉更具后继力的普遍推广,表现为此起彼伏,时兴时歇,又多集中在几个大城市里。"但是他仍然在整体上给予这一趋势中出现的"新的探索、新的思路、新的特点、新的自觉"以具体的总结,指出这些戏剧家的探索,"不是从先验的小剧场理论观念出发,而是从实际出发,在争取话剧生存的奋斗中,去作不同的探索实践,不拘一格"。这些从事小剧场戏剧创作演出的群体,通过"较之大剧场戏剧演出人数较少,组织灵活,更为经济,行动便捷,每场观众也少等特点",在追求艺术质量与探索的同时更趋于追求一定的经济效益,尽管他们的演出离真正实现商业化目标,还有明显的距离;同时也有另外一些确实是在"坚持小剧场戏剧的宗旨,依然在小剧场戏剧艺术进行顽强探索"

---

① 《小剧场戏剧的空前盛会:"93 中国小剧场戏剧展暨国际研讨会"即将举行》,《中国戏剧》1993 年第 11 期。

的戏剧家，如林兆华、孟京辉等。他认为，"这种在确保资金有来源的条件下，不懈的戏剧探索精神，也是难能可贵的"。小剧场戏剧的出现，还起到了促使原有的剧团体制产生分化的意外效果，各类跨剧院团的组合的出现，"可能是对大剧院（团）僵硬体制的一个摆脱，一种挑战，它有利于执著于戏剧艺术探索的艺术家更好地投身小剧场戏剧的实践"，因而为戏剧来了新的活力。① 田本相说：

> 从中外戏剧发展的历史经验来看，小剧场运动的兴起，都是在戏剧面临危机、僵化和困境的情况下发生的……我们呼吁大力开展小剧场运动，不但是希望借此来解救持续已久的话剧危机，而且希望能够把80年代话剧艺术的探索革新的未尽的历史任务持续下去，使开始迈向新阶段的话剧艺术走向成熟。小剧场戏剧不应当是分散的、局部的、断断续续的，它应当成为整个话剧的一个组成部分，成为每个大剧院演出体制中的一个组成部分，也应当成为一种自觉的有计划的艺术实践。真正形成小剧场和大剧场戏剧互补互动的机制和局面，并由小剧场戏剧牵动大剧场戏剧艺术的发展。②

小剧场戏剧的实践者熊源伟完全认同这一看法，他认为："小剧场戏剧的重要特征是它的非主流性与非正统性——着眼于意识形

---

① 田本相：《促进小剧场戏剧的繁荣——写于"93中国小剧场戏剧展暨国际研讨会"召开之际》，《中国戏剧》1993年第11期。

② 同上。

态的反叛与戏剧观念的反叛。这一国际通行的观念与我国近年来纷纷呈现的小剧场戏剧颇有距离。"① 但是他同样认为在中国当时的语境里，这一差异恰恰产生于戏剧家们对现实的强烈不满，因而有很强的针对性。

20世纪90年代的小剧场运动究竟在中国戏剧界产生了多大的动荡，究竟对戏剧发展具有什么意义，这个问题从小剧场演出一开始就被提出，结论却是人言人殊。对这一貌似运动的戏剧潮流给予最多期望的是曹小磊的文章，至少他认为这一潮流将彻底改变上海的剧坛：

> 近二十年来的上海话剧，从"文革"中的英雄史诗开始，经由内容的变化阶段、形式花样的翻新的阶段，直到剧场的革命，已经越来越趋近话剧本体，小剧场的出现，预示着大剧院模式的瓦解。我想，在本世纪末，上海的戏剧将完成这一最后的蜕变。②

作者用"全军覆没"来描述20世纪90年代的中国话剧，认为在这一时期，"尽管有一些上佳的演出，也不过是职业剧团的业余活动。相反，游离在大剧院边缘的小剧场却改变了话剧艺术徘徊的步履"。他看到了包括《留守女士》和《情人》在内的一些作品在票房上的成功，也指出这样的成功"并不能掩饰其表演上的缺陷。

---

① 熊源伟：《一个实践者的絮语》，《戏剧艺术》1994年第1期。
② 曹小磊：《小剧场：金蝉脱壳》，《上海戏剧》1993年第2期。

换句话说,先锋戏剧在这里的出现,并没有相应的演员训练手段的支撑"。他对奚美娟的表演有极高的评价,但是指出这只是罕见的个案。他指出:"小剧场的崛起,并不意味着这种艺术形式已得到了有效的把握和运用。迄今为止,能够合理地开发出小剧场的空间的作品并不是很多。即便是《留守女士》,它的演区实际上只是降低了镜框舞台的水平高度,而未能向观众提供更多的面,也未能更大胆地采用贴近观众的手段。"尽管如此,他依然深信小剧场有无限的发展空间。

在这些林林总总的小剧场戏剧创作演出中,只有包括董健在内的少数批评家,看到了这些戏剧活动内在的革命性。他指出:

> 在商品经济大潮的冲击下处于困境和困惑中的中国话剧并没有"冬眠",它在进行着"悄悄的革命",而小剧场戏剧一马当先,为戏剧开辟着新的生路。概而言之,就是从小剧场看到了大希望,我之所以称之为"悄悄的革命",是因为这场小剧场戏剧运动,一没有政府的大力号召和推动,二没有大规模会演和评奖活动的鼓励,三没有打出什么诱人的旗号,它是全凭着一批痴迷于戏剧艺术的人士的热情苦干精神而偷偷地兴起的。
>
> 这场"革命"不是来自外部的发动,而是来自戏剧内部的要求。它适应了我国社会转型期文化生态调整的需要,适应了戏剧观众审美心理的变化,适应了戏剧艺术自身发展的规律,也适应了我国戏剧与世界剧坛接轨、对话的开放趋势。唯其如

此，它是有生命力的；唯其如此，它代表着我国戏剧的希望。①

董健并没有满足于对这些小剧场戏剧抽象的肯定，他还从中看到了一个"好的兆头，就是热心此道的中国戏剧家们已经或正超越对西方小剧场戏剧的模仿阶段，开始探索具有中国特色、符合中国观众审美要求的小剧场戏剧"。他看到，小剧场戏剧节的一些优秀参展剧目"使观众感到一股清新芳烈的青春气息、迎面扑来，这是艺术生命力的表现。没有艺术上的大胆探索不会获得这种艺术的'冲击力'；同样，没有对社会人生的新思考和新感悟并使之与中国观众的审美心理相契合，也不会获得这种效果。离开这两个支点，小剧场所特有的演出空间与观演关系便不能充分发挥其艺术功能，甚至会成为空洞的外壳；离开这两个支点，小剧场的前卫性、实验性和戏剧美学上的'反叛精神'，也不可能得到合理的发扬。而此次演出的一些优秀剧目，如《思凡》、《情感操练》、《泥巴人》、《留守女士》等，恰恰在这两点上做出了独特贡献，因此赢得了观众的热烈掌声。正是这样一些小剧场戏剧在执著地呼唤着戏剧艺术的新生命，重新拉回了观众的心"②。

谭霈生把这一时期的小戏剧演出放在特定的历史语境中评价，并且从这一特殊角度，给予小剧场戏剧充分肯定。他指出：

> 在我看来，就这些作品内在意义的深度和艺术的完美度而

---

① 董健：《小剧场，大希望》，《戏剧艺术》1994 年第 1 期。
② 同上。

言，它们亦未达到新时期戏剧的探索中已经取得的最高水准；不过，其中部分作品却展示着一批戏剧家目前的追求，而这种追求却代表着一种趋向：经过对前几年大量剧目不被观众接受这一严酷事实的反思，试图建构起与当代普通观众的欣赏需求相沟通的桥梁。①

他尖锐指出，在此前的一段时间里，在大量"晋京演出"的戏剧中，20世纪80年代中国戏剧界曾经有过的那种现实主义精神，实际上被抽空了，所谓"贴近生活""贴近现实"的口号被"应时性"或"时事性"所替换，因而"虽有宣传教育的功能，却未必能适应当代普通观众的欣赏趣尚"。把观众请回剧场来，为赢得观众而进行通俗化的追求，冲破旧的演出体制，都是这些小剧场戏剧难能可贵的品质。而且他更发现，这些作品体现其社会意义的途径，并不一定是政治性的，相反，编导者"并不把人物置于政治生活、经济生活的矛盾关系之中，而是侧重于家庭、爱情、友谊这类个人私生活的领域，其主旨在于展示情感内容和情感意义"②。

多数批评家都清醒地看到，无论是在1989年和1993年的小剧场戏剧节上，还是平时各地经常出现的小剧场戏剧演出，多半都没有真正意义上的实验性，然而其中却包含了巨大的潜能。因此，这可以称为具有鲜明"中国特色"的小剧场运动。对小剧场运动的充分肯定，是这一时期戏剧批评领域的基本取向。

---

① 谭霈生：《评93小剧场戏剧展》，《中国戏剧》1994年第2期。
② 同上。

三　小百花和《西厢记》

京剧《曹操与杨修》是新时期戏曲创作演出领域具有里程碑意义的新作品，在文本与表演两方面达到的成就，都堪称新经典。戏曲界下一个引起普遍关注的新剧目，就是浙江小百花越剧团创作演出的越剧《西厢记》。20世纪50年代，上海越剧院把元代王实甫的《西厢记》改编为越剧，产生了非常大的影响。浙江小百花的演出在此基础上做了大幅度的改编，因此被戏称为"浙西厢"。

刘厚生再一次用"辉煌大作"定义这部新的越剧《西厢记》，而且特别指出，"浙江小百花越剧团演出的《西厢记》所取得的卓越成就，再次无可辩驳地证明，在新戏曲的建设中，编导制度和优秀编剧、导演的极端重要性"[①]。他认为没有曾昭弘的剧本改编和杨小青的导演，就肯定没有这部"辉煌大作"的出现。刘厚生认为改编本"在主题思想上已比以往某些改本有了某些新的开掘"，尤其是把原著从"通过一对青年男女争取恋爱和婚姻自主的故事以揭示反封建礼教的重要意义"升华为"通过一个反封建礼教的恋爱故事来体现青年男女争取个性解放，敢爱敢恨敢斗的精神"，两者之间的差异看似细微，在"反封建"的方面却更进了一步，"更积极，更是改革开放的时代精神的折光反映。也更把以写思想为主发展为以写人物为主"。当然，他最主要的肯定，还在舞台呈现方面：

[①] 刘厚生：《越剧的辉煌大作——小论〈西厢记〉的编导艺术》，《中国戏剧》1993年第12期。

"浙西厢"作为完整的舞台作品，我认为称得上是新越剧50多年来继许多前辈创造的某些里程碑作品之后的又一座光芒四射的新的里程碑作品。在舞台艺术上，更应该说是导演好，演员演唱好，舞美设计好，音乐设计好，无一不好。——请注意，我说的是"无一不好"，我没有、也不会说"好到不能更好"。

无一不好的关键是导演好。杨小青把"曾西厢"导演得如此光彩熠熠，看起来如同满天花雨，五彩缤纷，而又充实丰满，如同浑金璞玉。

我理想的导演艺术，是要让观众在看戏时只觉得处处合适，就象宋玉描写的东邻美女那样，"增之一分则太长，减之一分则太短，著粉则太白，施朱则太赤"，一切都是必要的、恰当的、流畅的、自自然然的，而且在这样的过程中让你认识了人，通过他们的外在形象感受到复杂的内心感情，理解了他们的思想，欣赏了美。同时，又能够强烈地感受到导演的作用，感觉到"没有这个导演就没有这个戏，没有这个样子的戏"。"浙西厢"的导演杨小青做到了这一点。①

刘厚生也指出，小百花版本的"浙西厢"，"在舞台艺术完整性上的成就值得所有戏曲艺术家们参照借鉴"。他借机阐述了他对戏曲现代化的理解：

---

① 刘厚生：《越剧的辉煌大作——小论〈西厢记〉的编导艺术》，《中国戏剧》1993年第12期。因剧本的改编者为曾昭弘，所以文中又戏称其为"曾西厢"。

第三章　先锋与探索

　　什么是戏曲现代化？除了某些先进思想和艺术观念的引进、创新之外，在演出中追求整体美就是其重要的内容。这就需要充分认识编导的作用，克服那种以一两个主要演员代替一切的旧习，充分而恰当地运用当代的艺术和技术手段，创造出富有时代精神的古今人物形象，形成高品位、高趣味的、只有在舞台上才能显示光彩的戏曲作品。①

　　他对"浙西厢"的赞扬，似乎有借题发挥的意味，然而却多少有些离题。20世纪50年代戏剧界全面推行编导制时，刘厚生担任上海市文化局戏剧副处长，直接参与了上海越剧在实行编导制方面的经验总结工作，因而对编导在戏曲领域的作用深有感触，"浙西厢"恰好就是他们当年想通过推行编导制去改变的"一两个演员代替一切的旧习"的再现，如果看不到主演茅威涛在"浙西厢"中起的核心作用，恐怕很难真正地找准这一作品成功的秘密。数十年来，戏剧界之所以提倡编导制，部分原因就是因为要改变中国戏剧"演员中心"的传统，但"浙西厢"在有意无意中重新接续了这一重要的传统，这部作品就是为茅威涛度身打造的，在剧本改编之所以要把全剧的第一主人公从崔莺莺改为张生，就是为了让主演茅威涛有更突出的作用。所以，绝大多数评论家都把焦点对准茅威涛，他们十分清楚，茅威涛在表演上的突出成就，才是"浙西厢"最光彩的亮点，甚至有专家认为茅威涛的表演通过"对人物的准确理解

---

① 刘厚生：《越剧的辉煌大作——小论〈西厢记〉的编导艺术》，《中国戏剧》1993年第12期。

和把握"和"细腻的表演",弥补了王实甫原著在张生形象塑造上的不足。薛若琳认为茅威涛的表演最重要的文化意义,就是融古典与现代为一体:

> 《西厢记》从原著到历代的演变,直到今天的改编,反映了传统文化如何更好地适应社会需要的问题,目前,也反映了传统文化的现代化问题。传统文化并非专指文人典籍的文化,更重要的是民族大众、社会体制中的文化现实。文人典籍文化中"活"下来的,延续至今并成为人们言行特征和喜闻乐见的,才是传统文化。所以,传统文化一是文化,二是现实。而惟有深入地认识现实的文化,才能更好地认识传统文化。茅威涛在塑造张珙时,以今人遇到的"压力"去理解古人遭受的"压力",这样就把古今衔接起来,把古代的张珙与今天的青年人衔接起来,因此,茅威涛塑造的张珙,既是古典的,又是现代的。①

童道明认为:"茅威涛对于张珙的精神生活的揭示,达到了在戏曲舞台上罕见的心理艺术的高度。她不仅能用水袖、踢褶子等程式动作细腻地表现人物的思想感情,而在非程式化的静态中,茅威涛也能让观众相信,此时在她的人物心中还掀动着情感的波澜。我们不仅欣赏且歌且舞时的茅威涛的张珙,我们也欣赏木然不动时的

---

① 薛若琳:《独特的改编,精彩的表演——谈越剧〈西厢记〉》,《中国戏剧》1993年第12期。

茅威涛的张珙；我们不仅欣赏她的张珙的潇洒，也欣赏她的痛苦着的张珙。"①周传家认为，由于茅威涛的精彩表演，越剧《西厢记》里的张生已经改变为一个"书卷气很浓，但意志坚定、自主意识很强、美雅秀真的古代书生形象。张珙时时感到一种压力，这压力来自封建礼教、世俗势力，也来自自我。这压力来自爱情，也来自事业。这种人性的觉悟和人生的困惑，具有鲜明的理性色彩，很能引起当代人的思考和共鸣。尽管越剧《西厢记》对张珙的压力还没有令人叹服的形象化阐释；但无论如何，这是一个崭新的张珙，是个既有历史感又有现代感的张珙，一个内心世界极其丰富的张珙"②。著名导演徐晓钟把越剧《西厢记》成功的原因，归之于戏曲艺术本体的魅力，尤其是演员在舞台上的卓越表现：

> 正当许多戏曲家为戏曲改革寻找新面貌时，我们在这里为越剧《西厢记》的艺术魅力而陶醉。"小百花"的《西厢记》为什么会在广大观众中具有大"雅"、大"俗"的魅力？固然，在"小百花"《西厢记》演出中导演运用了诸如舞队、干冰烟雾，甚至转台，这些被认为是新的舞台手段，然而我想，"小百花"《西厢记》主要的魅力并不是来自这些手段的运用！
>
> 我以为，构成"小百花"《西厢记》艺术魅力的主要原因是这个戏有着戏曲艺术本体的魅力：它的文学，它的音乐和表

---

① 童道明：《〈西厢记〉的喜剧意蕴》，《中国戏剧》1993年第12期。
② 周传家：《格调高雅意沉淀——越剧〈西厢记〉成功原因初探》，《中国戏剧》1993年第12期。

演艺术。这些构成艺术魅力的主要因素,在这台演出中获得和谐的表现;而一批有着吴越秀美的青春气息的演员,使得演出闪耀着光辉!①

他还对该剧有更多方面的肯定,如认为:"音乐有新的腔韵,即保持着越剧音乐的秀丽、委婉、动情,由于音乐家的努力,在原有的缠绵悱恻中透出清新,渗出新意,有些唱段,经茅威涛唱来竟透出俊秀的阳刚之气!好几段清丽的乐引子,按照曲词文学'景中含情'的特点,引出一幅幅情趣盎然的图画,然后转入对人物情感的尽情渲染。音乐秀美、煽情,十分诱人!"他评价该剧导演手法时,谈到他"特别赞赏杨小青在组织舞台调度和运用舞台综合艺术手段时,突出了演员的表演,注意给演员留下表演的余地。她重视营造以展现演员表演魅力为核心的舞台综合美",最后他再次强调,该剧之所以有独特的艺术魅力,"还因为她有着一支充满青春气息的年轻的演员队伍,这支队伍的成员,有较好的艺术素质,有较好的戏曲基本功,有很良好的歌舞表演能力。作为一个年轻的演员,茅威涛在气质、审美和风韵上与当代新观众的审美相沟通,构成她在表演上说得清楚,有时又难以完全说清楚的舞台魅力"②。

尽管两部作品都是刘厚生所说的"辉煌大作",但如果把"浙西厢"与京剧《曹操与杨修》相比,不难发现浙江小百花的越剧

---

① 徐晓钟:《诗情袅袅画意悠悠——"小百花"〈西厢记〉的美质》,《中国戏剧》1993年第12期。
② 同上。

《西厢记》其实引起许多争议,《上海戏剧》等刊物几乎是马上就发表了资深《西厢记》研究专家蒋星煜和著名学者夏写时教授对该剧的激烈批评。蒋星煜的批评题为"金玉其外",认为该剧过多的外在包装遮掩了其内在的不足,自然是暗指其"败絮其中";夏写时认为"浙西厢"所强调的"现代意识",只不过是在强调人物"性之大胆","现代人在性的问题上当然比古人通达多了,明智多了。但这种对性的通达亦必须与现代人的卓越智慧与理智、情感汇集于一人之身,否则所谓性通达与古人的放荡又有什么区别呢?又有什么理由称之为现代意识呢?"[①] 他也认为茅威涛扮演的张生实过于张扬,背离了王实甫原著的精神。"浙西厢"在剧本文学改编过程中的缺失与疏漏是显而易见的,只是由于观众和戏剧批评家们为茅威涛的精彩表演及唱腔所陶醉,忽略了剧本和其中唱词的粗糙而已。

在茅威涛的表演以及"浙西厢"的舞台呈现的精彩背后,当代人改编古代经典的动机和态度,才是更具普遍性的问题。从20世纪50年代甚至更早的时间以来,所有古代戏剧经典都被看成是"精华与糟粕"的共存体,而对其中所谓"糟粕"的揭示与批判,是几代戏剧评论家的强项。这种文化氛围培养了对经典的轻薄与鄙视的态度,在某种意义上,这是"浙西厢"的剧本率性更改王实甫的原意,还自以为是在让原剧获得"时代意义",是在拯救古代经典,使之能够继续存活于当代的善举。

"浙西厢"舞台呈现与文学改编之间巨大的反差,给戏剧批评

[①] 夏写时:《什么是"现代意识"?——评小百花本越剧〈西厢记〉》,《上海戏剧》1994年第1期。

界提供了一个绝佳的范例,引起了另一个更具文化价值的话题,那就是经典应该如何改编,进而是如何认识与评价中国戏剧传统。在某种意义上,有关经典改编的原则与取向的讨论,开启了此后若干年里有关戏曲传统的继承与创新关系的旷日持久的重要讨论,如何看待和评价传统,如何定义传统的现代化,如何认识传统在当代价值等问题,都逐渐进入了人们视野,其影响远远超出评价"小百花"《西厢记》这一具体作品的得失。

安葵是20世纪80年代以来最活跃的戏剧评论家之一,他在为浙江小百花的《西厢记》辩护时写道:

> 小百花的《西厢记》确实丢掉了或削弱了王《西厢》的某些精彩之处,但它却使更多的观众知道了《西厢》和更热爱《西厢》。比如对照原著,改编本对某些情节、场次的缩减合并,似乎并不很好,但却适应了演员的创造发挥,形成了舞台整体的美。①

如安葵文章中所指,他的辩护针对的是傅谨在《中国戏剧》同一年发表的《面对一种"不可修补的存在"——对改编古典戏曲名著的非议》,该文从"浙西厢"的文本出发,批评了对经典随意改编的态度,更强调经典继承在民族文化进程中的重要价值,强调文化经典在民族文化整体中的特殊意义。傅文指出:

---

① 安葵:《批评,应从当代舞台演出整体着眼——也谈古典戏曲名著与当代的改编演出》,《上海戏剧》1994年第3期。

第三章 先锋与探索

  经典构成了一个民族的文化范型,在这个意义上说,经典一旦被文化所确认,它就已经是不可变易的,或者更准确地说,哪怕它必然地存在着某些缺陷,尤其是从发展了的后人的眼光看来它必然是不完美或不够完美的,它也已经是一种"不可修补的存在"。越是离我们身处的时代久远的文化遗产就越能向文化呈现出它"不可修补"的神圣,而这种"不可修补的存在"之所以具有它的文化意义,不仅因为它所拥有的无法替代的审美价值,同时也因为它所包含着的那些代表了特定时代的文化缺陷,它所具有的这些特定的审美价值和文化缺陷都是文化本身持续发展的刺激,因而,一种真正意义上的古典对于文化保持它的生命力具有至关重要的作用。于是,它既具有作为"文化之根"的那种象征性的意义,同时也还具有作为"文化之源"的实际操作层面上的意义。①

傅文指出,晚近数十年来人们对经典大量和大幅度的改编,背后的动力实际上源于一种令人堪忧的文化态度:

  对古典剧目的改编并不是孤立的现象,它意味着一个文化转型的时代,民族艺术领域出现了对民族文化整体上的价值危机,人们希望通过用异域文化的长处来弥补本土文化的缺陷,从异域文化的视角来改进本土文化的方法,来挽救本土文化的

---

① 傅谨:《面对一种不可修补的存在——对改编古典戏曲名著的非议》,《中国戏剧》1994 年第 3 期。

颓势。从根本上说，这也意味着我们这几代人不再怀有对民族文化中的经典发自内心的深厚的崇敬之情，它非但不能使古代经典杰作赢得新的生命，使文化获得新的活力，反而使我们成为一代自动放弃了作为民族文化之象征的经典的文化流浪儿。①

保护与抢救古代经典，恢复对经典的敬意，是文章的核心见解，该文与同一作者在《中国戏剧》1994年11期发表的《站在文明与野蛮边缘的思考——从浙江昆剧团访台谈起》一起，在戏曲领域引发了有关如何认识与评价以经典剧目为核心的戏曲传统的新话题。在后文中，作者回应了从"浙西厢"的评价引发的争议，指出"继承经典"不能停留于口号与认识上，不能止于某种空泛的精神向往，更为重要和迫切的工作，就是像浙江昆剧团访问台湾时以"原汁原味"的要求演出《牡丹亭》那样，在对民族戏曲的本体具有深切体认的基础上，尽可能让古典名剧有更多的机会重现它的本来面目。文章指出中国的戏剧传统正面临断裂的严重而迫切的危机，而缺乏"文化自觉"就是最关键的原因。所以，文章呼吁戏剧界恢复重新正视戏剧传统与经典的价值，因为哪怕它们已经成为"博物馆艺术"，也具有无法替代的重要的文化价值。

或许这是有关越剧《西厢记》的讨论的意外收获。这一讨论继续了有关戏曲危机的讨论，它逼得我们把古代戏剧经典与当代创作放置于同一平台上加以权衡与比较，深化了对中国戏剧文化传统的

---

① 傅谨：《面对一种不可修补的存在——对改编古典戏曲名著的非议》，《中国戏剧》1994年第3期。

认识。从1949年以来的半个世纪，对中国戏剧的认识从欲全方位地改造传统的"戏改"起步，在世纪末进入了又一轮对传统的重新估价，颇有轮回之意。

尾声　重建戏剧价值体系

如果我们只把 2000 年看成纯粹的时间概念，那么，世纪变换对中国戏剧及其评论的影响，其实是很难具体描述的。然而在 21 世纪，中国戏剧及其批评领域，确实呈现出了与此前截然不同的风貌。其中最重要的现象，就是戏剧生态逐渐得到修复，重建戏剧价值体系的呼吁逐渐成为共识。

21 世纪以来，中国戏剧批评出现了许多新课题，发生了一些新变化，戏剧界对当代戏剧之命运的普遍关注，产生了重要的推进作用。戏剧发展演变的重心从理念与文本转向舞台表现形式，尤其是演出市场逐渐复苏，都是这一时期的新现象。而传统戏剧美学得到更多尊重，传统戏在剧场演出中获得越来越多的肯定，戏剧价值体系的重建，戏剧批评在其中都起了至关重要的主导作用。

一　戏剧命运的讨论

21 世纪初，在经历了十多年的困难与窘迫后，中国戏剧的命运成为戏剧界普遍关注的问题。著名剧作家魏明伦发表在《中国戏

尾声　重建戏剧价值体系

剧》的文章《当代戏剧之命运》，成为重新激起人们讨论中国戏剧命运之热情的导火索。

魏明伦尖锐地指出："当代戏剧，面临戏剧史上从未有过的奇特处境。奇就奇在台上振兴，台下冷清。"① 他的文章里还有一个表述非常之新颖的论断，是说现在已经进入了"居室文娱"或者说"斗室文娱"时代，戏剧因此成为时代的弃儿，它既然不再是当下人们在文化娱乐方面的主流，衰落就是时代的必然。

魏明伦有关"斗室文娱"时代的说法，将戏剧的衰落归因于电视这一新兴娱乐形式的崛起，进而，又将戏剧危机的原因延伸到多元文化娱乐方式的冲击。类似的看法已经流传了很多年，当魏明伦找到了"斗室文娱"这种形象的手法予以表述时，戏剧危机的性质与原因的这种表述显得格外通俗易懂。

但是魏明伦简单地将戏剧危机看成是"时代"的必然产物，并且将电视（或者更粗陋地称之为"影视"）的兴起、乃至于所谓的多元娱乐形式的出现看成戏剧跌入困局的原因的看法，这样的论断并不具有足够的说服力。傅谨的《工业时代的戏剧命运——对魏明伦的四点质疑》迅速对他的观点从多方面提出异议，其中最重要的视角，是将中国当代戏剧放在世界性和历史性的戏剧格局中加以考察：

> 中国目前文化娱乐行业的多样化仅仅处于一种水平很低的

---

① 魏明伦：《当代戏剧之命运》，《中国戏剧》2002年第12期。

雏形时期，民众的文化娱乐生活丰富程度，不仅远远不能和工业化国家相比，甚至还远远比不上20世纪30—40年代的上海。要说民众的文化娱乐生活仅仅有了那么一点点的丰富多样性，戏剧就因此衰落了，那也未免太小看了戏剧的力量。

实际上，除了从世界范围看，中国戏剧面临的困难原因并不在于电视的崛起以及娱乐形式的多样化以外，在中国内部，不同剧团的境遇也有极大差异。要说现在不是戏剧的黄金时代，我倒也没有异议，但要说中国只有大城市有戏剧，"县乡一级很多地方就没有戏剧了"，完全不是事实。一方面是大量国营剧团生存十分困难，却有数倍于此的民营剧团活跃在演出市场，尤其是在县乡一级的演出市场。我跟踪研究民间剧团多年，清楚地知道东南沿海一带县乡一级戏剧演出的盛况；另一方面，同样是国营剧团，既有部分能够常年演出并且得到相当好的收益，也有超过12%全年一场不演出的剧团，而这样的剧团大城市有，地县也有。没错，中国戏剧真正奇怪的现象就在于有那么多常年不演出的"剧团"，以及那么多几乎不演出或很少演出、一演出就要赔本的剧团，当人们说中国戏剧的危机的困境时，我猜主要是就这些剧团而言的，而这些剧团面临的最大的问题，并不在大环境，而在于体制。①

这一场大讨论由此拉开序幕，在《中国戏剧》为主的杂志上发

---

① 傅谨：《工业时代的戏剧命运》，《中国戏剧》2003年第1期。

表十多篇文章后，2004年12月，《中国戏剧》杂志在广东佛山召开了专题研讨会，就这一争论继续展开研讨。会后出版的论文集收入了有关这次讨论的文章62篇，这部由姜志涛、晓耕主编的文集《叩问戏剧命运——"当代戏剧之命运"论文集萃》的"内容简介"指出，从2003年起《中国戏剧》开辟专栏，共发表相关的文章38篇，"一些文章被多家报刊转载，上至中宣部、文化部等主管部门，下至普通戏剧院团都十分关注……大讨论叩问当代戏剧之命运，直面现实，摒弃虚夸浮躁，痛陈时弊，务去媚语陈言，是近年来戏剧批评乃至文艺批评少有的旗帜鲜明、痛快淋漓的思想交锋"[1]。

马也与魏明伦一样，他是趋向于从大众文化的角度解读戏剧危机的原因的，他认为无论我们是否愿意，多元的文化格局和多元的文娱方式使戏剧观众分流的现象是时代的必然，尤其是电视"挤压了几乎所有的传统文化形式，几乎'通吃'了所有的传统传播渠道"，在这一现象的描述与总结方面，他不仅是与魏明伦一致的，而且更为悲观。他认为，印刷品、经典文学作品、戏剧都具有某种专门化的"编码"特点，没有专门的文化"解码"能力是不能完全解读的，而电视"使用每个人都能理解的简易编码，使不同文化不同阶层不同等级的人群都能轻易理解并接受它的信息"，然而由于戏剧是有"文化代码"的，观赏时不但费时费力，更需要文化能力甚至是专门的"解码"能力；不便捷，不浅显，所以才被冷落。"大众文化依然风靡全球。戏剧的困境，它所遇到的冲击、威胁来自时代

---

[1] 姜志涛、晓耕主编：《叩问戏剧命运——"当代戏剧之命运"论文集萃》卷首，中国戏剧出版社2005年版。

大变迁,来自社会大转型。这是人类社会自身的发展,伴随着现代化过程和全球化过程而出现的必然的文化碰撞、文化变迁、文化整合、文化选择。"因此,"我的基本结论或基本看法是,'当代戏剧的命运'——非常不好的命运,从根本上说是,时代(大众)'不选择'戏剧,'不选择'是因为'不需要'。当然不是说选择戏剧的一个都没有,戏剧当然还有它的(哪怕多小的)地盘和市场,这一点千万不要误解;我只是'从根本上说'或说是'根本的原因'。这根本的原因,也可以换一种说法,那就是:我们今天这个时代是一个——背离艺术精神的更是背离戏剧精神(尤其是悲剧精神!)的——时代"。在做了如此悲观的结论后,他提出了解决之道:

> 当代戏剧的命运有外部的问题也有内部的问题,更多时候内外是交织在一起的。而且不同地区、不同剧种、不同剧目、不同剧团的命运也不尽相同。讨论中各位专家已经提出了无数医治的药方,诸如市场问题、体制问题、管理问题、创作问题、比赛问题、评奖问题,等等,其中确有很多高见,这里不必重述。
>
> 我要强调的是国家或政府的政策问题。因为我认为戏剧(命运)受到的威胁主要来自外部,政策主要是解决外部(环境)问题的。对于政策我也只想谈一点:保护政策。保护,对于话剧来说是"保护",对于戏曲来说就是"保命"。①

---

① 马也:《当代戏剧命运之断想》,《中国戏剧》2003年第6期。

但是政策的保护或保命无法改变大众文化的发展趋势。不过，马也在大众文化面前的颓唐并不彻底，他引卢那察尔斯基的话说，"由于同样个别的和暂时的条件，古典艺术的灿烂光辉过去了。马克思坚决地证明了，在无比高超的发展阶段上，重新导向社会和谐的某种形式的条件必然要到来；到那时候，艺术的光彩夺目的微笑将再度呈现"。那就是戏剧的希望，所以他真正的结论是"我们等着"①。

在数月后发表的又一篇文章里，傅谨反驳了马也的观点，指出马也夸大了电视的出现对戏剧的冲击，而从人类文化史的角度看，"娱乐行业的发展过程中，虽然会有某些艺术门类遇到某种程度的冲击乃至威胁，但是工业化时代以来的人类文化发展史，还鲜有哪个艺术门类因科学技术的发展而完全丧失其生存空间的例证，也没有哪个国家的戏剧，曾经因为电视的出现与发展而衰亡，更没有出现过哪个民族断然地'不选择'戏剧的景象"。傅文同意戏剧面临的问题主要在"外部"而非内部，但他指的内部仅限于"表演艺术领域"：

> 传统戏剧遭遇的困难，并不是或主要不是表演艺术领域的问题。从文化的角度看，对部分国家、尤其是后发达国家的戏剧形成现实的冲击与威胁的，并不是电视以及网络这类代表了人类通讯与传播技术之新成就的新媒体，而是随着这些媒体技术的飞速发展，在新媒体日益扩大其对公众文化娱乐生活的影

---

① 马也：《当代戏剧命运之断想》，《中国戏剧》2003年第6期。

响的同时，掌握了这些先进技术的发达国家的文化，正伴随着技术的扩张影响与改变着后发达国家公众的文化娱乐选择与审美趣味。如何利用现代传媒影响与引导大众的审美趣味，这才是传统戏剧真正需要解决的关键。①

文章强调当代戏剧的根本问题在于"戏剧国家化程度过高"，并且呼吁戏剧人要"站在戏剧的立场上，为了整个戏剧界的利益，认清剧团国家化体制对戏剧繁荣发展的窒息性影响，并且努力促使这一严重阻碍戏剧事业繁荣发展的体制能有所松动"②。编剧刘云程也撰文参加讨论，他承认一部分剧团和剧种将会被淘汰，但是并不同意戏剧将会消亡的看法。他并且结合现实，透彻地谈论了剧团体制改革的必要性和复杂性以及这一改革迟迟不能推进的原因，指出："第一，我国目前还缺乏健全的文化市场。第二就普遍而言，目前戏剧在多元文化市场上还缺少自我生存的保护能力。这大概就是文化主管部门迟迟下不了剧团体制改革决心的原因。但是不改是不行的，目前剧团体制只能维持三种功能：一是养人，二是应景（节假日演出），三是应付可以争取荣誉的赛事，这样下去，总不是个办法。目前只有少数剧团还比较活跃，大部分剧团都处于瘫痪或半瘫痪状态，名存实亡。"他还指出，面对戏剧现状，"我们要理解观众，不要总认为我的戏好得不得了，观众不爱看，那是因为观众

---

① 傅谨：《媒体与当代戏剧发展策略——再谈工业时代的戏剧命运》，《中国戏剧》2003年第8期。

② 同上。

不懂戏剧，需要加强对他们的培养"①。李祥林的文章同样指出体制问题是妨碍正确与客观地认识戏剧现状的重要原因，他指出："多年以来，在某种思维定势的支配下，人们在讨论这个问题时，最习惯也最容易做到的就是把研究目光投向国营剧团和官办戏剧；相反，对于戏剧的民间存在，往往不是心存疑虑就是关爱有欠。"他认为从民间戏剧的普遍且活跃的存在这一角度出发，对"当代戏剧命运"的判断和回答，就会有不同的答案：

> 毋庸置疑，对于当今乃至未来的中国戏剧事业，戏剧的民间存在和兴盛是不可漠视的。因为它沐浴着改革开放春风而复活，实实在在地体现了真正有情于戏剧事业者所高呼的"还戏于民"。不过，也应看到，毕竟我们刚刚从习惯了数十年的计划经济模式下走出来，研究者的视野也难免受到固有思维定势的束缚，以至到了今天，步入新千年后的今天，市场经济已成为传媒中复现率极高的字眼的今天，人们在讨论戏剧生存和剧种发展的问题时，仍然常常自觉不自觉地把关注目光锁定在官办戏剧和国有剧团身上。因此，有必要再次提请主管者和研究者注意：在当前中国无论是进行全国剧种状况调查还是研究地方戏生存发展，都不能像过去多年习惯的那样仅仅将注意力放在国营剧团上，还应当把目光投向民营剧团，去关注戏剧的民间存在。②

---

① 刘云程：《理解观众，正视现实，反思调整自我》，《中国戏剧》2003 年第 2 期。

② 李祥林：《也谈当代中国的戏剧命运》，《中国戏剧》2003 年第 10 期。

确实如此，当人们泛泛地讨论"戏剧危机"时，往往忽视了中国不同地域以及城乡戏剧分布的极度不均衡，而如傅谨所说："如果我们看到农村目前戏剧演出的状况，在某种意义上说，至少是在一部分地区，由于民营剧团的组建已经不再受到基于意识形态原因的限制，它们已经不再被视为'黑剧团'，这使得这些局部地区的剧团数量终于能够渐渐恢复到1949年前民众可以完全自由地组建剧团时的规模，因此可以说，就这些局部而言，现在反而是1949年以来戏剧最繁荣的时期。"① 但是，这些视角在讨论中，其实很少受到关注。

魏明伦的文章里另一个主要论断，是"当代戏剧的特征是观众稀少。不是没好戏，而是戏再好，也少有观众上门"。对此傅谨的回应是：

> 我有保留地同意魏明伦有关戏剧危机的关键不在于作品、"戏剧观众少，不完全是戏剧的水平问题"的看法，我的基本观点是：中国戏剧目前面临的最关键或最迫切的并不是创作领域的问题，而是传播手段的问题。我们拥有许多优秀的戏剧作品——尤其是拥有丰富的传统剧目这一宝库、拥有无数优秀的演艺人员，却缺乏在目前这样多变的社会背景下将作品与名角介绍给大众的途径与手段，这是戏剧在电视和流行音乐等艺术

---

① 傅谨：《一个现实主义者眼里的"戏剧危机"》，载姜志涛、晓耕主编《叩问戏剧命运——"当代戏剧之命运"论文集萃》，中国戏剧出版社2005年版，第487页。

尾声　重建戏剧价值体系

门类面前打了败仗的主要原因。确实，戏剧界很不善于运用现代传播媒介为戏剧的市场化运作开路，在这个方面，还需要好好向20世纪30—40年代的前辈艺人和剧场经理、以及90年代以来崛起的小剧场话剧的制作人学习。①

这是一场没有结论也形不成共识的讨论，因为中国戏剧的现实境遇如此严峻，又如此分化，任何简单化的措施都不可能成为真正解决戏剧面临的重重困难的灵丹妙药。但有一些观点是得到越来越多业内人士认同的，那就是，中国戏剧确实存在危机，一方面是悠久深厚的戏剧传统只有很微不足道的一部分得到了较好的传承，另一方面是经过"文化大革命"前后十多年的断层，演艺人员的表演艺术水准出现了大幅度的下降。这些历史造成的原因，加上戏剧长期处于非市场化的体制之中，很难吸引一流人才（优秀编导人才的流失也是出于同样的原因），这些都决定了目前中国戏剧的艺术水平很难达到一个比较理想的高度。这样一些带根本性的问题，确实都不可能在一夜之间解决，但是戏剧界不能被动地等待某个根本解决的办法出现，因为时间并不站在中国戏剧一边。尽快推进国营剧团的市场化改造，同时像其他经济领域那样，推进戏剧表演行业的"对内开放"，给民营剧团以"国民待遇"，通过多种所有制的表演艺术团体的公平竞争激活市场，或许是逐渐缓解乃至让戏剧逐步走出危机的路径。文化部在演出经纪领域陆续推行了相关政策，并且

---

① 傅谨：《工业时代的戏剧命运》，《中国戏剧》2003年第1期。

一度下决心要在剧团的体制改革方面,推出有力度极大的改革方案。

改革迅速牵动了很多人的利益,尤其是在戏剧演出市场尚未有明显复苏迹象的背景下,戏剧界相当一部分人对改革的前景很难抱持乐观态度。如果说在20世纪80年代,戏剧理论与批评界曾经大力倡导与推动戏剧体制的改革,那么,现在他们中的大多数,正在以沉默的方式回避与拒斥新的改革。戏剧界最强烈的愿望就是等待政策的救赎,然而,缺乏主动开拓自我生存发展空间的愿望与能力,所有政策都无法让中国戏剧真正走出危机。

二 濒危剧种与非遗

从19世纪末20世纪初话剧传入中国,中国戏剧改变了戏曲一统天下的局面,但戏曲仍然是主体。戏曲又因为有不同地域特征而分为数以百计的剧种,在20世纪后半叶,大量戏曲剧种已经濒临消亡危机,但是在有关戏曲危机的呼声中,这一重要现象并没有得到充分与及时的重视。在1980年召开的全国戏曲剧目工作座谈会上,就有参会的湖南专家指出:"这次会上,几位领导的讲话对于一些地方大戏濒于消亡绝种的问题,只字未提。再从《光明日报》关于戏曲推陈出新讨论的编者按语与所发文章中,倾向性很明显……我们也希望报刊在开展戏曲推陈出新讨论时,各方面的文章,都发表一些,为濒于绝种危机的剧种,说几句话,造点舆论,使有关领导和同志重视起来,给以支持……否则,我们现在所侧重做的抢救、

尾声　重建戏剧价值体系

继承戏曲传统的工作，必须会遇到阻力。"[1] 在这之后长达20年时间里，这一现象不仅没有根本改变，反而因为戏剧界对此迟未给予重视，而导致情况越来越严重。

在世纪交替之时，大批剧种尤其是小剧种濒临消失的现象，终于引起戏剧批评界越来越强烈的关注。《中国稀有剧种的命运与前景》在大量实地调查基础上提出了这一严峻问题：

> 几乎所有省份，都有数个类似西府秦腔这样的已经衰亡的剧种，像赛戏这样已经基本绝迹的剧种，以及像正字戏、西秦戏和宁海平调这样岌岌可危的剧种。据不完全统计，目前仅有60—80个左右的剧种还能保持经常性的演出和较稳定的观众群，这就意味着只有1/4到1/5的剧种，目前还算活得正常；虽然从整体上看，戏剧的观众还是一个相当庞大的数字，但无可否认的事实是，多数剧种都在不同程度上陷入了困境。其中有上百个剧种，目前只剩最后一个剧团，仿佛只是为了象征着剧种仍然存在，而这些剧团中相当一部分早已不能演出，只剩下一块牌子；即使那些还能偶尔见到演出的剧种，也多在生死线上挣扎。[2]

在此之后的几年里，因为传统戏剧的文化与艺术价值越来越受

---

[1] 范正明：《千万不要一刀切》，载中国戏剧家协会研究室编《戏曲剧目工作座谈会文集》，第116—117页。

[2] 傅谨：《中国稀有剧种的命运与前景》，《中华读书报》1999年12月8日。

重视，濒危剧种的困境和抢救，引起了戏剧批评界和学者们强烈关注。2001年5月18日，联合国教科文组织通过授予昆曲人类口头与非物质文化遗产代表作这一荣誉称号，对中国戏剧尤其是传统戏剧的发展，起到了重要的催化剂作用。尽管在当时，无论是政府还是昆曲界，对这一荣誉的历史与文化意义，都还没有与之相称的认知；不过，大约一年之后，从文化部到各地方政府，陆续开始有比较正式的、大规模的庆祝与纪念活动，与昆曲有关的宣教活动渐渐升温，有关昆曲的抢救与保护的讨论，成为戏剧批评的新领域。

然而，传统戏剧的保护与抢救的紧迫性，还有待于达成共识。在昆曲成为非遗代表作之后的几年里，昆曲界依然延续着原来的发展轨迹，文化部实施了"国家昆曲艺术抢救、保护和扶持工程"，但是并没有把政策的重心转移到抢救与保护上来。在全国各昆曲院团长联席会议上，文化部的意见及提出的措施，仍然希望通过创新来推动与实现昆曲的"发展"。这里涉及对国家"拯救、保护和工程"的理解，更深层次的理论支撑，就是如何理解和处理"遗产"与"创新"的关系：

> 作为一项演艺建设的国家工程，我们对昆曲艺术实施的是抢救、保护和扶持"三并举"的方针。抢救，是抢救濒临消亡的；保护，是保护陷入困境的；而扶持，是扶持浴血奋战的……在我看来，与抢救、保护有别，"国家昆曲艺术工程"的"扶持"主要是"扶持创新"。作为"非物质文化遗产"的昆曲艺术是否需要创新、可否进行创新、能否实现创新，其实

也是一个不仅令昆曲界自身,而且令知识界群体困扰和争议的问题……通过近年来的实践,我们可以把"国家昆曲艺术工程"的"扶持创新"理解得更全面也更深入些。

作为一个阶段性的工作,对于创新昆曲艺术的扶持可以从创新本体和创新机制两个方面来认识:就昆曲艺术的本体创新而言,又可分为案头文本和场上演艺两个部分。我去年所谈的"剧目创新",基本上是着眼于案头文本的。我以为,古曲新翻、子艺新植和应时新作都可以构成"剧目创新"的内涵,但我们多做的还是"古曲新翻"而忽略了另两类做法。今年,因为剧团建设定位的考虑,浙江昆剧团将移植京剧《徐九经升官记》,此举将开创昆曲艺术对晚出于己的"子辈演艺"加以移植的历史。我以为,这是有助于昆曲艺术突破自身的演剧范型和表演程式,从而丰富其表演手段并充实其演剧内涵的有效举措。①

如其所述,对于昆曲这项人类非物质文化遗产而言,政府主管部门的基本思路,重点在通过"剧目创新"使之有更大的"发展",而大量的资源也主要投放于新剧目创作方面。

昆曲青春版《牡丹亭》的出现,为21世纪以来的中国戏剧批评提供了最重要的同时也是全新的对象。2004年4月,著名作家白先勇先生策划和主导制作的昆曲青春版《牡丹亭》开始全球巡演,

---

① 于平:《昆曲艺术的抢救、保护、扶持与创新》,《中国文化报》2006年3月11日。

八年之后该剧已经演出超过 150 场,傅谨作为白先勇荣获"太极传统音乐奖"的推荐人是这样说的:

> 白先勇先生通过他的青春版《牡丹亭》向我们证明了传统艺术在当代社会中仍然有强大的生命力,证明了古老的昆曲艺术仍然可以唤起今天的青年人的热情,证明了人类优秀的艺术一定是永恒的。面对全球化,面对社会很多的冲击,我们身处一个浮躁的社会,人们对经典艺术的价值和意义经常心怀疑虑,但是青春版《牡丹亭》告诉我们那样的怀疑是不对的,古老的艺术、传统艺术、优秀的艺术永远有它不朽的价值。①

不过,青春版《牡丹亭》刚刚问世时,戏剧批评家们并不这么看。青春版《牡丹亭》成为戏剧界和媒体的热门话题经历了一个过程。如赵忱所说:"汤显祖伟大的文学想象力简直空前绝后,而且,是昆曲,对《牡丹亭》完成了在优雅中登峰造极的演绎,于是我们,几代幸运的观众才有了荡气回肠般的艺术享受……可是,我们如何才能知道,古老的《牡丹亭》将被怎样青春起来呢?或者,青春版会不会只是一个试图要吸引人的说法。可能,青春版的提法,与《牡丹亭》永恒的爱情主题有关,与适当的现代化手法有关。"② 赵忱的疑问极具代表性,《牡丹亭》毕竟一直是古典艺术的范本,当它以"青春版"的名义出现在当代舞台上时,戏剧界还没有准备

---

① 傅谨:《青春版〈牡丹亭〉的成功之道》,《文艺争鸣》2013 年 7 月号。
② 赵忱:《昆曲〈牡丹亭〉如何青春》,《中国文化报》2004 年 9 月 25 日。

好合适的批评话语。

诚然,青春版《牡丹亭》从上演之初就获得极高的评价,但是这些评价还主要是从其创新的角度着眼的。何西来是最早发表对该剧重要评论的著名文学评论家之一,他首先阐明《牡丹亭》演出的这个新版本与白先勇的关系:

> 青春版《牡丹亭》的创意,源于白先勇先生的青春梦,源于他对汤显祖《牡丹亭》原作的会心,源于他对中国昆曲艺术的热爱与痴迷,源于他的生命价值观,源于他对青春、对爱情的诗意想象与膜拜。

正如何西来所说,白先勇不仅是青春版《牡丹亭》的演出发起人,还是该剧自始至终的推动者,因此业内人士戏称这一版本的《牡丹亭》为"白牡丹",一点也不为过。在何西人谈及青春版《牡丹亭》的艺术特色时,他所称赞的是"青春版《牡丹亭》排得青春、靓丽、优雅、美轮美奂,回响着活泼的生命的律动。充溢着青春的气息……这既表现为它的艺术特色,也表现为它的艺术风格"。同时他指出:"《牡丹亭》是古老的剧目,昆曲是古老的剧种,但在青春版的制作中,既承续了传统,又融进了现代人的审美精神,以现代的舞台装置和艺术方式把它呈现在舞台上,取得了整体上的和谐、流畅和细部的尽可能完善。总之,在白先勇的强势整合下,找到了传统与现代的成功对接,这里有深刻的文化课题和美学课题可供研究与探索。"曹树钧对该剧的评论指出:"青春版《牡丹亭》创意立足于青春,面向青年,它便自觉地将《牡丹亭》的古典美与现代青年观众的审美情趣有机融为一体。主创人员尊重原著又不拘泥于原著,找到古典美与现代美的交合点,这是青春版《牡丹亭》能够赢得当代青年观众青睐的重要原因。"① 邹红是最早对青春版《牡丹亭》做出深入细致的艺术剖析的重要评论家。她从观众欣赏的角度指出了该剧所体现的"现代意识":

  青春版《牡丹亭》毕竟不是传统演出的简单重复。为了适应现代剧场演出的需要,为了吸引更多的年轻观众,以及为了昆曲能走出国门,产生更大范围的影响,在坚持以传统为本位、保留其古典精神的同时,不能不引入现代元素。剧本可以只删不改,而舞台演出却不能完全照搬,尤其是舞美、灯光、音乐等,显然更多现代意味。所以,如果说"只删不改"集中体现了制作者们对古典的尊重,那么,"利用现代而不滥用现代",则可以说是不"因循古典"的另一表述,同时也是青春版《牡丹亭》对重振昆曲艺术的一大贡献。

  对于很多初次接触昆曲的年轻观众来说,青春版《牡丹亭》给他们的第一印象该是一种强烈的视觉冲击:演员绚丽多彩的服装,众花神摇曳生姿的舞蹈,灯光和布景变换所产生的奇异效果,甚至舞台上书有"牡丹亭"三个大字的彩屏,都给人赏心悦目之感。确实,注重视觉效果是青春版《牡丹亭》在

---

① 曹树钧:《青春版〈牡丹亭〉的艺术成就》,《戏剧文学》2006年第2期。

表现形式上的突出特点。如果说，传统演出更多的是诉之于听觉，那么现代舞台则是视听并重，尤其是在所谓"读图时代"的今天，视觉之美与听觉之美孰重孰轻差不多成了现代与古典的区分标志。因此，视觉冲击正是青春版《牡丹亭》引入现代元素的重要表现。当然，这种引入是有限的，是利用而非滥用，所以青春版《牡丹亭》在总体风格上既沿袭了昆曲的雅淡之美，却又于雅淡中流光溢彩而表现为清丽秀婉；在舞美、道具方面较传统演出有了很大的丰富，却又不是将立体的苏州园林整个搬上舞台。简言之，在引入现代元素，注重视觉效果的同时，制作者并没有违背中国古典戏曲美学以简驭繁、以虚涵实的审美原则，仍保留了昆曲固有的写意、象征之美和灵动流转的韵致。①

对青春版《牡丹亭》的性质与意义的认识是逐渐清晰化的，2007年廖奔指出，白先勇先生的青春版《牡丹亭》和此前几年里出现的上海昆剧团演出的简本《牡丹亭》、旅美华人导演陈士铮执导的林肯戏剧中心版全本《牡丹亭》、美国导演彼得·塞勒斯执导、昆曲演员华文漪参演的歌剧、话剧、昆曲三合一版《牡丹亭》相比有完全不同的面貌与价值，如果说"前三个版本的意义集中在传统继承、学术探讨和文化借鉴上，仍局限于小众和既往，青春版则获得了借助流行与时尚深深楔入当代青年精神生活的价值——至少是

---

① 邹红：《曲高未必和寡　源远还须流长——昆曲青春版〈牡丹亭〉高校巡演之意义》，《北京师范大学学报》（社会科学版）2008年第6期。

当代大学生这部分人的精神生活，而正在获得开放式的影响，面向大众与未来"。他写道：

> 我认为，对古典艺术的欣赏需借助于现代时尚的审美趣味与眼光，缺少了时尚的托举，古典艺术不容易在现实社会里升空。而时代的青年人、大学生们是时尚的追逐者、参与者与推波助澜者。也许是在圣芭芭拉大学任教的缘故，白先勇先生重视大学，他领着《牡丹亭》走进许多大学，中国的和美国的大学，到处都一样风行。因为他在大学工作，随时感受到青春的激情，他懂得大学生，懂得现代艺术，懂得大学生与现代艺术的心灵契合。于是对《牡丹亭》注入青春要素——其实更应该说是注意激发《牡丹亭》原有的青春要素，古典的《牡丹亭》就成为时尚的艺术，成为现代艺术。[①]

王馗的评论不仅从昆曲发展历程的角度指出了青春版《牡丹亭》的特点，并且力图就此为例，矫正此前戏曲创作与批评领域经常简单化地将声光电之类的技术手段看成"现代"表征的误解：

> 青春版不是声光电的种种堆砌，也不是只展示身容唱念的舞台俗套，更不是摆脱了原著意蕴的误读错解，而是用现代人的眼光、现代人的表达形式，体味、挖掘传统的魅力并使之与

---

① 廖奔：《昆曲与青春版〈牡丹亭〉现象》，《人民日报》2007年11月22日。

当代时尚恰当结合的典型。喜欢传统的观众看到了符合昆曲程式标准的唱念做打，喜欢时尚的观众看到了符合时代精神包装的人情物理，而这些无不经过了现代视角的层层过滤，成为具有鲜明时代特征的艺术创造，这应该是青春版之所以"青春"的重要内涵……青春版《牡丹亭》的再次青春，实际是对传统与现代之间的结合作了一次尝试，同时也让人们更加强烈地反观当前戏曲舞台创作的种种误区和弊端。那些以声、光、电作为包装，并以此作为时尚而取媚大众的作品，难免因为舍本逐末而变得空洞无物；那些试图再现原貌、原生态的尝试，并以此作为传统而招徕观众的作品，难免因为漠视时尚而变得面目可憎，只有深切理解传统和现代的作品，才能在永远发展、永远转型的时代变迁中，成为这个时代的独特创造。显然，白先勇《牡丹亭》的尝试做得更加完美了，这保证了它能够如此"青春"。①

从戏剧批评的角度看，青春版《牡丹亭》最初引起许多误解，包括剧团遴选了一批非常年轻的演员提纲全剧演出这一无奈之举的意义，都被提升到不切实际的地步，被看成剧目获得成功的主要原因。而《牡丹亭》在整理改编过程中努力保持原剧的古典韵味的态度，也并不符合当时戏曲理论的主流倾向。20世纪50年代以来，戏剧理论家和艺术家们一直都坚定不移地认为，像昆曲这样的传统

---

① 王馗：《不到园林，怎知春色如许——青春版〈牡丹亭〉：在传统与现代中》，《艺术评论》2006年第6期。

艺术，在思想内容上和艺术表现手法两方面，都必须经过大幅度的改造，才能够使之切合当代人的思想感情与美学趣味，才能够融入当代人的生活，得到当代观众的欢迎与喜爱，这种看法根深蒂固，影响深远。因此像青春版《牡丹亭》这样要力图让传统剧目以古典艺术原来的面目呈现在舞台上，力图呈现古典艺术本来的美的观念与看法，这种创作与演出的模式，在戏剧理论和评论界，不仅不被理解、不受欢迎、不被看好，而且一直是备受批评的。

面对演出的巨大成功，学者和媒体论及青春版《牡丹亭》的成功之道，多认为是由于白先勇在传统经典《牡丹亭》中倾注了"现代意识"，是对传统经典大幅度"创新"和改造的产物，或者宁可相信是由于演员年轻而富于"青春"气息。然而，实际上从青春版《牡丹亭》排演之初，白先勇就始终在努力恢复并重现昆曲传统的表演美学。就如同20世纪80—90年代大陆的昆曲剧团应邀赴台湾地区演出时，邀请方始终强调要让观众看到"原汁原味"的昆曲和《牡丹亭》一样，白先勇对青春版《牡丹亭》的要求，也是在剧本处理上坚持最大限度地保持原著的面貌、只删不增。并且，鉴于昆曲表演传统在当代渐次失落，他特别聘请了汪世瑜、张继青等一流的昆曲表演前辈艺术家手把手、一招一式地训练和指导年轻演员。青春版《牡丹亭》在舞台美术上尝试着用了一些新手法，然而并不成功，只不过这些手法用得还算节制，因而没有妨碍演员的表演，所以，与其说这些舞台手段为青春版《牡丹亭》添了光彩，还不如说它们幸运地没有给这部杰作减分。因此，无论从哪个角度看，青春版《牡丹亭》都不是什么戏曲"创新"的典范，相反，如果说它恰是这个时代戏曲界少有的尊重与切合传统昆曲表演美学的范本，恐怕更符合实际。

青春版《牡丹亭》与其说是艺术领域的一个成功个案，还不如说是传播学领域的一个成功个案。青春版《牡丹亭》既有赖于昆曲艺术和《牡丹亭》原著的精美，同时附加了白先勇先生的个人声望，又恰遇传统艺术逐渐复苏的特殊契机，风云际会，共同造就了这个传奇。昆曲艺术的悠久传统和难得的时代机遇，加上白先勇以及他的团队对昆曲当代传播的杰出贡献，这些最终形成一股合力，才有青春版《牡丹亭》今天的成就与影响。

21世纪昆曲界真正具有标志性的作品，当然不是青春《牡丹亭》，而是上海昆剧团的全本《长生殿》。上海昆剧团重新演出的全本《长生殿》之重要，不仅仅是由于它意味着全本《长生殿》在阔别北京三百年后重新回到这座古老城市，更由于它代表了一种我们阔别已久的文化态度重新回到这个社会，回到我们的生活。持这种曾经稀缺的文化姿态对待经典，我们才有可能看到上昆的《长生殿》所呈现出的"严守昆曲格范的古典美"。相对于用青春或奢华为招牌的昆曲创作，上昆的全本《长生殿》切合传统风范，把焦点凝聚在昆曲本身，凝聚在昆曲的传统表演格范上。如同对珍贵文物的修复必须严格遵循"整旧如旧"的原则，为了让《长生殿》完整地呈现出"严守昆曲格范的古典美"，上海昆剧团的编创人员小心翼翼地"修复"这部古典戏曲的精粹。

青春版《牡丹亭》到上昆全本《长生殿》产生的巨大影响，与文化部门对昆曲的抢救保护政策的改变相呼应，大约在2010年前后，文化主管部门对昆曲仍然高度重视，但是关注的重心已经转到经典折子戏的传承方面，不再像此前仅偏爱新剧目创作。

同时，昆曲的传承还激发了当代戏剧理论与批评的强烈兴趣，21世纪以来，昆曲成为戏剧领域最受关注、研究文献最集中的剧种之一，围绕昆曲展开的戏剧批评十分活跃。重要的是大多数昆曲评论与研究把主要的注意力，从昆曲创作新剧目转向了昆曲的传统表演，尤其是被称为"大熊猫"的代表中国当代表演艺术水平的优秀昆曲演员，体现出这一时代戏剧批评的全新指向。

三 孟京辉和孟冰

新时期的小剧场话剧运动中，孟京辉以他的《思凡》引起戏剧批评家高度关注，并且成为小剧场戏剧新的出发点。孟京辉持续推出他的小剧场戏剧新作，并且找到了他在当代中国特有的独立戏剧模式，尤其是因其在前卫与商业两方面找到了极佳的结合点，在演出市场中获得持续的成功，成为新世纪最受关注的话剧导演。

陶子认为，孟京辉的《恋爱的犀牛》标志着"商业戏剧在小剧场的春天"。她认为："比起孟京辉之前的作品，《恋爱的犀牛》有两个新鲜的要素：一是这部作品的编剧廖一梅是一位女性，一是前期还在参加演出的演员戈大力正式做起了制作人。廖一梅以一位女性的细腻中和了孟京辉的横冲直撞，以一种情感的走向平衡了前期作品中的社会情绪，并以温暖的情感、细腻的表达、多情的词句和柔美的歌声，成为小资们的宝典及当时青年男女的情爱宣言，而穿插其中的孟京辉所擅长的对抗性言辞，也就成了善意的嬉闹。由于戈大力承担起了宣传推广这部戏的责任，随着孟京辉在各个大学的巡演，以及网络、广播、平面媒体的轰炸性宣传，一种话剧领域的宣传推广模式正式登场。在那之后的 2000 年，小剧场的商业性得到了极大的扩展。"①

如同陶子所说，孟京辉从 20 世纪末开始走红小剧场，在这个时代的戏剧界，他既是个异数，又有无数追慕者，对他的评价日益提升。有评论写道："在当代中国话剧的发展过程中，孟京辉是一个至关重要的人物，他不仅是 20 世纪 90 年代中国先锋戏剧的一面旗帜，更是中国先锋戏剧孕育新变的一座桥梁：一方面，他抛弃了高行健'用自己感知世界的方式来创作'却根本上不能忘情于社会问题的矛盾状态，以旗帜鲜明的反叛精神，彻底把个性主义的作风发展到了淋漓尽致的地步；另一方面他又从极端个人化的艺术创造中走了出来，以诗意融合世俗的方式把先锋戏剧引向了大众，在很大程度上改善了先锋戏剧的生存状态，使先锋戏剧在获得剧场性和观众的同时迈向了新的发展阶段。"②

对孟京辉的研究逐渐推进，黄爱华探讨了孟京辉戏剧的创作方法：

> 孟京辉倾向于批判现实主义，不过，正如他自己所说的，他不喜欢"细节现实主义"，他认为自己是"诗意现实主义"。

---

① 陶子：《小剧场在北京》，《商业文化》2008 年第 5 期。
② 牛鸿英：《孟京辉与中国当代先锋戏剧》，《当代戏剧》2004 年第 3 期。

虽然，孟氏戏剧是否属于"诗意现实主义"，还有待商讨，但"诗意"确实是他戏剧的本质特征。有人说他的戏剧风格是"社会反讽和诗意浪漫"，有人说他的戏剧风格是"融残酷于诗意幽默"，都是深中肯綮的。实际上，这"诗意浪漫"、"诗意幽默"的背后，深掩着的正是理想主义精神。

孟京辉是一位现实主义者，同时更是一位理想主义者……孟京辉的理想主义以平等、自由为内核，是源于对人类的信心和热望，具有草根性、自发性。如何为自己的社会理想服务？孟京辉选择了戏剧，因为在他看来，"戏剧作为理想的现代艺术总是站在最高处向人类心灵的最阴暗面宣战"，戏剧人可以"用另一种眼光注视世界，从永不丧失的执著热爱中，从喷发着情欲的灿烂阳光中，找到能够奔跑、跳跃以至自由飞翔的凭借"，使"心灵里高贵的东西在自由的空气中畅快地呼吸。"因此，借助戏剧这一"理想的现代艺术"样式来表达理想，表达"心灵里高贵的东西"，也就成了孟京辉的必然选择。故先锋形式仅仅是他的戏剧的外壳，其内质则是批判现实的理想主义。孟京辉常用充满破坏欲的理想主义者来形容和标榜自己，而理想主义的坚守，使他能够在任何境遇中保持永恒不息的热情，使他对戏剧的理解也充满理想主义色彩。这样的戏剧理想，也使他的戏剧自然地生发出了一种理想主义的光辉。

怎样解读孟京辉作品中的理想主义？孟京辉曾说："理想主义是我们内心最柔软美好的部分。"因而孟京辉大量地表现对理想、对美好事物的执著坚持。像《我爱×××》、《恋爱的犀牛》，就是表达在困惑中对理想的"坚持"的主题。《我爱×××》……嘲弄道貌岸然、虚伪矫饰，但又崇尚创造，张扬个性，富于理想情怀，深刻地表现了知识分子群体在十年浩劫中对理想的坚持。《恋爱的犀牛》表达的是"物质过剩"时代对理想和爱情的寻求。主人公马路对邻居女孩明明的苦恋，既是对爱情的执著，也是对理想的苦苦寻求的表现。马路是傻的，固执的，但他对爱情和理想的"坚持"精神，深深地感染了观众，特别引起了年轻观众的强烈共鸣。[①]

孟京辉打着"先锋戏剧"旗号的创作演出，仅仅几年之后，就激起了人们讨论与探索他的作品的浓厚兴趣。有评论从1998年《一个无政府主义者的意外死亡》在北京上演产生的强烈剧场效果出发指出，"这出戏使戏剧导演孟京辉获得了观众极大的认同感，更多的人开始接受他和话剧。或者说，他的话剧使更多人迈进剧院。这出戏轻松、诙谐、流畅，间或也有发人深省的思想碎片。但问题是，新的因素出现了"[②]。他引述该剧改编者黄纪苏对孟京辉的评论：

> 孟的风格由理想主义热情和游戏感组成。游戏感赋予孟氏

[①] 黄爱华：《孟京辉先锋戏剧论析》，《文艺争鸣》2009年第11期。
[②] 王音洁：《是"先锋的品格"，还是"先锋的技巧"？——评孟京辉与高行健的"先锋戏剧"实践》，《浙江学刊》2004年第1期。

舞台生香活色,《思凡》、《我爱×××》的剧场里流光溢彩,充满了荷尔蒙气息。理想主义若能意味着对过去的现在的世道的反思和批判精神,是能为游戏感注入新的生命力的。可惜孟信手拈来的属于(20世纪)60年代西方的反叛姿态像裤子,对于改革开放后的中国形势已觉勒脚,到了世纪末,就更连季节都对不上了;只是成为时髦的另类标签,最终只能堕落为商业社会的卖点。①

从这里出发,文章指出:"某种程度上说,《一个无政府主义者的意外死亡》这出戏大受欢迎这一事实,不是什么先锋艺术的成功,倒更像是……'粗俗文艺'与通俗文艺交合发生的现象。"就如同20世纪60年代之前粗俗文艺所包含的"先锋性"一样,当粗俗文艺"变成一种更加公开、更富于大众感性和一种主流的时尚"时,在人们眼里,"粗俗文艺开始等同于通俗文艺,然后是后现代。通俗文艺从最广义上来讲,是后现代概念最初形成的语境。它首肯日常文化流行的价值,但拒绝接受一小撮精英人物的存在和指导,也拒绝接受认为物体具有内在美的价值观念。看起来似与粗俗文艺不同,但正是通俗艺术的流行,反为粗俗文艺欣赏的主流化创造了条件"。评论举孟京辉导演的法国剧作家热内的作品《阳台》为例,在指出热内对孟京辉的影响的同时也指出,在演出中"孟京辉强化了热内笔墨中笑闹的部分,观众们沉浸在该戏放肆的玩笑中,这些

---

① 黄纪苏:《水流云在回首时———我所参加过的几次戏剧活动、所接触过的一些朋友》,《新剧本》2000年第4期。

很有直接冲击力的破坏性部分,人们领会起来十分容易,尤其是某些政治色彩较浓的段落。但剧本里具有建设性思想光芒的部分却被淹没了,恣肆的笑闹将一切危险的想法推入笑的虚无"。作者将孟京辉的创作与高行健对比,认为高的作品"背后显然有更深厚的积淀与更强大的支撑……比之于高行健,九十年代的先锋戏剧实验者们显然是不太着意于传统的积累的,他们的营养源往往只有一个——西方现代主义的各种思潮,并且是非系统性的形式主义的支离破碎的片段",所以孟京辉对传统文化不仅隔膜甚至难免曲解,"极其浅薄的理解只能使不幸被先锋看中的传统文化元素成为被消费的产品,变厚重为轻薄,使多维成平面。缺乏历史感的审美意趣,和缺乏纵深结构能力的形式拼贴,使他越来越远离戏剧的本质"①。

孟京辉的戏剧包含了大量对现有经典的借用、挪用的拼贴,这种新的戏剧化叙述手法产生的效果,得失互见。穆海亮这样评价孟京辉:

> 正是在传统题材中发掘出的崭新视角,以及在改写经典过程中有意运用的文本策略,才体现出孟京辉特立独行的戏剧观念和与众不同的美学追求,才真正体现先锋戏剧之"先锋"特质所在。所以,仅从题材和主题的角度而言,孟京辉先锋戏剧对传统题材的改写就有其意义和价值所在,更何况

---

① 王音洁:《是"先锋的品格",还是"先锋的技巧"?——评孟京辉与高行健的"先锋戏剧"实践》,《浙江学刊》2004年第1期。

孟京辉在为传统名剧寻找当代舞台形式方面取得了更加明显的成就，使先锋戏剧从思想表达到舞台呈现方面都展示出前卫姿态。

当然，互文性手法的采用经常会导致文本的杂陈，所以孟京辉戏剧中表面看起来杂乱无序的情况并不少见，在消解原作的理性主义和崇高意蕴的同时把原作结构的谨严和叙事的逻辑也一并消解掉了，人物的单薄、叙事的混乱、噱头的拼凑和自我重复成为孟京辉某些作品存在的明显缺陷。①

穆海亮也分析了其原因："这一方面是以他为中心的改编者的艺术修养所限，另一方面也是采用互文性手法经常导致的必然结果。孟京辉从事戏剧实验有着艺术追求和个人功利的双重色彩，早期的孟京辉新奇而颇具创造性的戏剧实验确实体现着他试图改变戏剧的雄心壮志，但成名后的孟京辉则在戏剧商业化的道路上越走越远，其创作中的媚俗和时尚姿态、人为制造的噱头和对观众的低俗讨好也越发明显。"②

继孟京辉之后，田沁鑫的作品引起戏剧界新的关注。如同邹红对田沁鑫导演的国话版《赵氏孤儿》的评论所说，"舞台造型、氛围、意境"等方面，都是田沁鑫导演着意追求的艺术特色。"田沁鑫并不特别在意故事的叙述和语言的表意功能，而更倾向于一种诗意的传达，台词的音乐性、动作的舞蹈性、舞美的写意性共同营造出

---

① 穆海亮：《论孟京辉戏剧的互文性文本策略》，《戏剧文学》2008 年第 5 期。
② 同上。

了浓郁的诗意氛围。"① 这一特色也表现在她的多部作品里。当然，对她的戏剧作品的整体评价以及内在的矛盾，也有重要评论指出：

> 在创作思潮纷呈的剧坛，许多戏剧作品有意回避、淡化乃至消融了政治环境和时代氛围，田沁鑫反其道而行之，自觉地将自己的作品放置于主流文化的行列之中，开始为现实社会需求寻找历史文化支持。她的创作集被命名为"新主流戏剧"。何谓"新主流"？或许是怀着重塑经典的愿望，或显或隐地阐释、宣喻了占据主流地位的意识形态，并以内在的价值取向确证了缺席而在场的主流话语的意志。或是潜意识地遵循一种阅读经典的模式进行阅读，惯有的思维主动驱使她寻找复杂内涵中能够映照经典观念的种种"蛛丝马迹"……或是有如《生死场》般弘扬民族精神和爱国主义精神，或是有如《狂飙》般的高蹈国歌精神、宣扬革命理想，抑或是有如《赵氏孤儿》般在诚信缺失的时代呼唤信义道德。田沁鑫着力塑造具备时代高度的戏剧精神，主动贴近主流意识形态建构需要的自觉意识，始终贯穿着宏大主题，使得她的作品在一定程度上摆脱了新时期话剧拘于个人一隅的创作局限，为九十年代的权威话语提供了生动形象的艺术表象，使意识形态话语得以幻化为活动的、可触摸的戏剧化历史场景。
>
> 但是，无论剧作者是否意识到，诸如"爱国主义"、"诚信

---

① 邹红：《在历史与现实之间》，《北京师范大学学报》（社会科学版）2006年第2期。

精神"、"革命理想"这种迎合主流文化建构的努力总是在肯定既成秩序的前提下进行的,是在当下承担的现实合理性的总体秩序内部加以表现的。因此,她仍然是围困于现状的一分子,无法怀疑既成的规范,也就无法超越这个封闭的总体秩序,在向抽离现实的主旋律戏剧贴近的过程中,一定程度上削弱了此类作品本应具备的现实批判精神。①

孟冰的重要性,是逐渐被戏剧批评所认识的,他的《黄土谣》《这是最后的斗争》直到《白鹿原》,将现当代历史的深刻思考寓于复杂敏感的戏剧冲突中,引起批评家对他日益提升的关注。刘彦君指出:"大境界、大视野、大手笔,恢弘、壮阔、崇高……看孟冰的戏时,脑海中经常晃动着这些字眼。军人的身份和使命感,总是能带给他的作品一股阳刚之气,总是能让人领略到一种'乱石穿空,惊涛拍岸,卷起千堆雪'的壮观和豪迈。"②她把孟冰剧作中"对于宏大叙事和崇高形态的偏爱"的特色与其军人身份联系起来,认为通过一系列作品,"孟冰不止一次地证明着自己在处理这些重大事件和人物时的气魄不凡和强悍有力。他的目力所及,往往不限于事物的一角,而是全景。时代生活的完整性,革命历史的纵深感,广袤开阔的创作视野,赋予他的作品以一种规模感"③。2011

---

① 潘超青:《有意识误读的背后——从〈生死场〉改编看田沁鑫话剧的主题倾向》,《东方论坛》2007年第3期。
② 刘彦君:《孟冰的意义——读孟冰剧作选》,《解放军艺术学院学报》2008年第3期。
③ 同上。

尾声　重建戏剧价值体系

年，全国 12 个城市举办"红旗飘飘——剧作家孟冰戏剧作品展演"活动，推出孟冰 12 部作品；2011 年 11 月，文化部艺术司、总政宣传部艺术局和中国戏剧家协会联合主办的孟冰戏剧作品研讨会在北京举行，与会的 50 多位戏剧界专家学者，对孟冰创作的《红白喜事》《郝家村的故事》《白鹿原》《桃花谣》《野火春风斗古城》《黄土谣》《这是最后的斗争》《毛泽东在西柏坡的畅想》《生命档案》《寻找李大钊》等作品给予了高度评价：

> 孟冰的戏剧作品具有鲜明的时代性、人民性和强烈的社会责任感。他以艺术家的大情怀大思考，站在时代的高度，关注历史、关注现实、关注国家和民族的命运及社会发展中人的命运，塑造了众多血肉丰满的革命领袖、时代英雄和民族英雄的光辉形象，弘扬了爱国主义、革命英雄主义，充满人间正气，充满情感和思想的力量，警策人心，催人向上。孟冰亦以出色的创作成绩，成为主旋律戏剧、军旅戏剧的重要领军人物，堪称当今中国剧坛最具标志性、代表性的艺术家之一。①

廖奔这样评论孟冰的作品：

> 孟冰是位才华横溢的剧作家，创作上不时会有奇思异想，鼓捣出一些风格或热烈或抒情或冷峻或怪异的剧本来，引起人

---

① 卞振：《孟冰戏剧作品研讨会在京举行》，《解放军报》2011 年 11 月 7 日。

们的刮目相看。孟冰又是位负有强烈使命感的剧作家,他供职军中,经常会政治任务压身,处理好"题材决定"与"独特风格"的关系就成为他永远探讨的课题——如何能够在"规定情境"中既完成任务又释放个性。①

廖奔曾经指出,在他的《黄土谣》里,"戏剧的舞台形式感是孟冰一直重视的,用他的话说就是'要结合传统文化和地域文化'来构建舞台面貌。在他那里,形式感同时就是剧作的文化感和真实感,而不仅仅是一个环境背景而已"②。傅谨则从该剧深蕴其间的传统文化内涵及作者的态度评价话剧《黄土谣》逼人的真实:

> 这样的真实,主要缘于它通过一个小村庄,以及通过这个村庄里的一个家庭,折射出中国农村乃至于中国传统社会的一种极具代表性的精神选择,以及蕴含在这一选择背后的伦理道德与价值观念。在这个意义上,孟冰笔下的凤凰岭村,就是传统中国;而当孟冰试图将他剧中的父子两代塑造成感人的道德楷模时,他所选取的精神路向,依据的并不是一般主旋律作品创作时所遵循的党章或军人条例的标杆,更重要的,是中国传统社会对一个村落中的长者,以及对他的长子的要求。通过这样的表现角度,孟冰找到了中国传统社会的精神诉求与当代主

---

① 廖奔:《解读话剧〈黄土谣〉的创作》,《解放军艺术学院学报》2008年第3期。
② 同上。

流意识形态之间的联结点，通过这样的途径，孟冰将当代社会中人们的精神追求，与传统社会的伦理规范有机地融为一体，他努力从传统的社会结构以及体现着这一结构特征的人，以及这些人的行为方式中发掘人性的光芒，以形象的方式让我们体会到传统社会具有的正面价值。在"传统"这个词仍然被涂抹着浓重的负面色彩的时代，孟冰的努力对于我们民族与国家的意义，自不待言。①

孟冰和孟京辉体现了21世纪话剧两个截然不同的方向，但两者并不矛盾。然而，戏剧评论家对他们的评论差不多是趋于两极的，而且几乎分裂成两个不同的群体。新世纪戏剧评论在这里出现的分歧，不仅是美学的，还涉及更复杂的因素；这是当代戏剧评论的多元，同时还有更多的无奈。

四 传统戏剧的新生命

21世纪中国戏剧的发展，最重要的现象还在于传统戏剧获得了新的生命，在戏剧评论界，对传统的认知与评价，与20世纪相比，出现了翻天覆地的变化。1949年之后的数十年里，对戏剧传统的批判始终是其主轴，尽管也经常有学者和艺术家强调要继承其中或有的某些"精华"。直到20世纪末，这一现象仍未有根本改变。不过

---

① 傅谨：《透过孟冰之眼的黄土地》，《剧本》2004年第9期。

20世纪90年代中后期开始,戏剧界开始有另一种声音,持续数十年的非理性地强调对传统的批判精神的态度,至此才开始受到公开的质疑。1992年,上海学者柴俊为针对有人批评当时京剧武戏表演的"保守"现象,做了这样的回应:

> 闻一多先生曾说:"我们这时代是一个事事以翻脸不认古人为标准的时代。"有的学者更指出,"反传统"已成为二十世纪中国文化学术中最大的"传统"。事实上,尽管京剧具有深厚的艺术传统,但是在今天的京剧界传统的声音不是太强大了,而是太薄弱了。各种激进革新的论调充斥着报刊舆论。传统艺术被当作流行艺术来要求"顺应潮流"、"跟上时代的步伐"。人人讳言传统,唯恐被划入"保守派"的行列。保守艺术传统的独立声音失去了应有的地位。祖先生文章的观点就是这种"反传统"思潮在具体问题上的反映。他的许多主张和话语都是近十年来在各种座谈会和报刊言论中常听见的"口头禅"。对这种思潮进行历史的、全面的理论反省,不是本文的任务。而针对祖先生文章的某些具体观点,我想说明两点:第一,激进的反传统实际上未必能真正跳出传统。祖先生的武戏发展观表面上极为开放自由,"求新求难"成了主要的艺术目标。甚至为了追求扑跌难度,传统规范也可以不管不顾。这种观点,连同他所津津乐道的《盘丝洞》、《真假美猴王》之类,又何尝跳出了传统?这种审美趣味不就是当年海派京剧和杭、嘉、湖戏班的武戏传统吗?从一种传统走向另一种传统,甚至

还是一种不甚完善的传统，很难说是一种进步。第二，在传统艺术领域，脱离传统规范来进行艺术批评，带来的往往不是艺术上的自由，而是认识上的混乱……去年的京剧电视大赛，有武生演《拿高登》翻"虎跳前仆"，也引起了同样的争论；反对者认为"不符合人物"不可以翻；赞同者认为"符合人物"可以翻。对一个艺术细节问题从同一角度，以同样的标准，竟然得出如此针锋相对的结论。这种争论表面上是彻底摆脱了束缚的"畅所欲言"，实质上却意味着我们在一些基本问题上已失去了起码的共识。它将把我们引入一种无所适从的、极不自由的状态中去。试想，如果有一天我们突然对穿衣服的传统也疑惑起来了，连上大街是穿衣服，还是光屁股都要"百家争鸣"了，这将是一种什么状态？

在京剧的艺术传统中，不仅有欣赏习惯、审美趣味等等的表层传统，更有关于剧种个性、剧种本质的深层传统。后者实际上也是这个剧种得以生存的依据。如果我们不希望这个剧种更快地灭亡，那么，保守传统就是一种不可没有的声音；而大胆的革新也不能不受传统的制约。①

确实，"保守"这个贬义词逐渐获得了新的意义，戏剧界对传统的基本态度发生了质的变化。在这样的基础上，中国戏剧的价值重建恰逢其时，其中最重要的载体，就是对福建戏剧创作演出的评

---

① 柴俊为：《对传统的傲慢与偏见——读祖荣祺的〈我看"武戏文唱"〉》，《中国京剧》1992 年第 6 期。

论,尤其是对梨园戏《董生与李氏》及其主演曾静萍的评论。

福建戏剧界在 21 世纪体现出极高的整体水平,成为中国当代戏剧当之无愧的精神高地,创作与演出的水平和成就均遥遥领先于其他省市。可以毫不夸张地说,从文学、表演、评论等多个方面,都代表了中国当代戏曲的高度。以王仁杰、郑怀兴等为代表的福建当代戏曲作家,代表了当代中国戏曲文学的高度;曾静萍等卓越的表演艺术家,代表了当代中国戏曲表演的高度;当然,福建还有王评章这样优秀的戏曲理论、评论家,代表了当代中国戏曲理论评论的高度。他们共同创造了梨园戏的繁荣与卓越成就,因此才出现了《董生与李氏》这样杰出的作品,才有曾静萍这样优秀的表演艺术家。如季国平所说,"一个剧种要有优秀的剧作家,优秀剧作成就了优秀演员,而优秀演员成就了一个剧目,当然,优秀评论家的参与则推动了优秀剧目的成长。编剧、演员、评论三者的互为因果、相互促进,也就成就了丰富多彩的优秀剧目,成就了一个剧种的繁荣发展。"季国平更阐述了曾静萍表演艺术的成就对于戏曲的传承发展的借鉴意义和梨园戏的当代发展对于当代戏曲创作的启示作用。① 他认为正是曾静萍的表演让王仁杰精彩的剧本放出异样的风采角度:

> 同样是王仁杰的剧本,由其他演员去演,很难有曾静萍的出神入化、千娇百媚、魂牵梦绕、动人心魄。如果不是看过曾

---

① 季国平:《曾静萍的意义》,《中国戏剧》2011 年第 1 期。

尾声　重建戏剧价值体系

静萍的演出，可能会误以为王仁杰的剧本也不过尔尔呢！熟悉仁杰兄的都知道，他的剧本内涵深厚、文采高妙，为演员的二度创作留下了广阔的创造空间，但他惜墨如金，行文极简，只有如曾静萍这样的知音，才能于简约处见精神，无字处得风流，加上她本人深厚的梨园戏传统的积淀，再经过她成竹在胸的艺术创造，才能有《董生与李氏》等堪称现代新经典的佳作问世。由此来看，王仁杰成就了曾静萍，曾静萍又何尝不也成就了王仁杰，成就了当代的梨园戏。①

马也对曾静萍的表演中梨园戏传统科范的意义有极深刻体会，他把这些传统手法比喻为让曾静萍有如此精彩的表演的粮食：

> 她的每一个眼神、每一个手势、每一个台步、每一句唱腔、每一句道白，都美不胜收，都芳香四溢。梨园戏向来被誉为中国戏曲的活化石，古老古典、古色古香，调用曲牌，动如雕塑，举手投足皆为程式。但是看曾静萍的表演，你一点程式的痕迹都看不到，一点技艺的痕迹都看不到，你只看到鲜活的人物，看到生动的形象。在美酒里面是找不到粮食的。②

崔伟同样惊叹于曾静萍的表演，他说："曾静萍的表演成就之奇特，首先就在于她恰恰以一个语言非常不'大众化'（闽南方

---

① 季国平：《曾静萍的意义》，《中国戏剧》2011年第1期。
② 马也：《魔女曾静萍》，《中国戏剧》2011年第1期。

言），表演风格上非常不'现代化'（极古典的表演）的艺术形式——梨园戏，却能吸引住那么多现代观赏者的眼球，激发起大家发自内心的兴趣并赢得由衷赞叹。这的确有些让人匪夷所思，不能不说是一种耐人寻味的欣赏现象。"他指出曾静萍的表演的秘密，就在于她将戏曲艺术的"四功五法"运用到了通神的境地。"她似乎天生就是古典表演的天才，与一般演员不同的是，传统表演手法在她身上不是死的，而是活的；不是习摹的，而是水到渠成的自然情感流露。她这样优秀的演员，能耐就在于能把古人创造并形成程式化的表演手段，通过她的演绎而呈现出熨帖自然的，在艺术上迷人，在情感上感人的鲜活状态与浓烈效果。"① 他认为曾静萍"将梨园戏的剧种表演特点演绎到了美的极致"。

　　传统戏曲表演从来都是以美与感人为最高境界的，而美与感人的基础都首先要塑造出生动的人物形象。曾静萍固然以一种极为传统和具有强烈形式感的表演吸引我们，但她更加出色的是能通过艺术的演绎最终上升为人物性格、命运、情感的立体表达，并使观者产生铭心的感动。看她的戏，每每使我们记住并感动的绝不是孤立的技巧与形式，她总是以传神精当的表演，对剧中人物性格与命运有着动人心魄的刻画，细腻称绝的展示。这种本领与追求，在当今的戏曲演员中可谓凤毛麟角。这得益于曾静萍对传统戏曲表演的精髓、剧种风格特质与戏曲

---

① 崔伟：《用生命与情感点燃古典戏曲表演的鲜活魅力》，《中国戏剧》2011年第1期。

程式化表演的终极目的等都领会到本质、掌握到极致，并已能信手拈来，极为熟稔地把自身的表演理念，运用到文本提供的人物形象的塑造中去。她的表演之精绝，恰恰是能使文字的形象变得立体，使纸上的情感变得浓烈，使作家笔下流泻出的人物的命运具有了更加打动人心的鲜活感与冲击力。从而，曾静萍也在传统中升华，在古人的肩头傲然于今世。①

单跃进则指出："曾静萍在二十世纪末，将缄默千百年的梨园戏带入了新的巅峰，带入了现代人的视野，其意义不止于梨园戏自身。而是为当下戏曲界提供了一种几近失落的古典范式：中国戏曲的抒情精神与诗意境界。她的表演昭示给今天，戏曲不只一倾歌喉，博人一快，而是可以温润、从容与诗意的，这是一种古已有之的境界，依然值得我们去追寻，这便是曾静萍作为演员的伟大。"②

王评章对曾静萍的评论，当然是最能切中其要义的。他深刻揭示了曾静萍的表演与梨园戏传统有如水乳交融的关系，笔触深情而诗意：

  曾静萍以她日益精湛的演技在舞台上愈加夺目。原因不只是日益丰富、成熟的才华和经验。而主要的是她从剧种深

---

① 崔伟：《用生命与情感点燃古典戏曲表演的鲜活魅力》，《中国戏剧》2011年第1期。
② 单跃进：《梨园问茶——品味曾静萍》，《中国戏剧》2011年第1期。

处不断去汲取灵感和智慧。看她新旧版的《节妇吟》、《董生与李氏》，能明显地感到青春的逼人和才气的锋芒，已经回敛为温润和精致，动作程式的富于想像和特殊魅力，唱腔的运腔润腔的考究，似乎完全是由"技"而"道"的领悟和追求了。

她越来越体会到传统剧目"其音乐的舒缓、科范的合理、结构的张弛，近乎完美"；越来越琢磨到"原本规范的程式组合；但是在排练中我们不断地在发现，枯燥程式的发源绝对有它潜在的生命力，只不过我们在受用的同时没有去发现它、挖掘它，并充分认识和丰满它"；越来越领悟到"科步的张力"、"程式的律动"、"曲牌的音律"，与情感的渗入有着怎样的"有机的联系"、"合理的施展"、"舒畅的吻合"。她意味深长地说，这是需要品位、智慧和文化的。她越来越走入剧种的深处，并由此获得力量……她的成就，当然有她个人的才华和天分的功劳。而且她用这才华和天分点燃了传统，激活了传统，使传统重泅新鲜的血色，显示不可蠡测的可能性，爆发出前所未见的活力。有了她，梨园戏在这特定的阶段，形成一个高潮，达到一个高峰。但是话又可以辩证地说回来，没有她，梨园戏还照样是梨园戏，正如没有汤显祖、没有《十五贯》，昆曲还照样是昆曲，只是艺术成色的增减。因而又可以说是梨园戏成就了她，梨园戏赋予她优雅和精美，赋予她灵魂和才华，赋予她魅力独特的艺术想像力和表现力。梨园戏借助她展示自己之魅之魂。她是梨园戏在某个时代选择到的寄附魂灵、展示魅力的人。①

这一系列有关曾静萍的评论不仅是对这位优秀的表演艺术家的高度肯定,更重要的是在这里,几乎所有人都注意到她的艺术成就与梨园戏悠久而深厚的传统之间密不可分的联系。因此,这些评论的意义,远远超越了对具体的作品与演员表演的肯定,体现出新世纪戏剧评论的价值坐标发生了根本变化。

这是现代中国的社会文化核心价值体系的重大转折,它意味着我们对中国戏剧传统,应该和可以有全新的认识与评价,因而也是今天讨论中国戏剧的价值重建的理论基础。而有关价值重建对中国戏剧健康发展之所以十分重要而且十分迫切,恰恰就是由于在此前相当长的一个时期内,包括民族戏曲在内的中华优秀传统文化的结晶,不仅没有得到忠实传承和弘扬,相反,它经受了一轮又一轮的铺天盖地的批判。

从五四时期以《新青年》杂志为代表的激进知识分子对传统戏曲的全盘否定,到20世纪50年代的"戏改"运动,更不用说声称"彻底反封建"的"文化大革命",再到"改革开放"以后西方现代艺术冲击下的"文化反思",对中国戏剧传统的态度一脉相承。这些包裹着"反思"外衣的激烈批判对社会产生巨大影响,中国几千年的传统文化、包括深厚的戏剧传统和丰富的传统剧目,被贴上了负面的标签,而对传统文化包括传统戏剧中所谓"糟粕"的批

---

① 王评章:《曾静萍:泉腔神韵,梨园精灵》,《中国戏剧》2011年第1期。

判，被看成中国戏剧发展的最主要的动力。对传统批判与改造的立场，成为中国戏剧领域的理论建构的基础。

中国现当代戏剧近百年的历史进程中，对中国传统戏剧的整体认知里，负面的批判远远超过了正面的肯定；虽然有关对传统应该"继承其精华，扬弃其糟粕"这类貌似公允的理念始终高悬，但是对"糟粕"的所谓扬弃，远多过对"精华"的继承。尽管在理论上，人们总是说艺术既要继承也要发展，可是作为整体的传统戏剧从未得到起码的尊重，而且几乎从未认真地讨论传统戏剧中那些正面的价值，更遑论继承与弘扬。几代人就在批判传统的气氛的熏陶中成长，对传统的菲薄成了人们可以率性为之的时尚。

在整个中国戏剧的框架里，应该把传统放在什么位置，包括把传统剧目放在什么位置；进而如何从整体上评价戏曲的美学价值与历史积淀，是中国戏剧价值重建的关键。而重新认识传统戏剧的积极价值，认识戏曲深厚的艺术积累和丰富的人文内涵，认识到传统对于当代戏剧发展不可或缺的意义，其中，包括努力发掘传统文化和传统戏剧的那些久负盛名的经典的正面价值，则是它的最主要的内涵。

戏剧是人类恒久的精神需求，是人类最具魅力的创造。戏剧的魅力与创造，首先源于人的思想、感情、心灵与命运；但是这些精神内涵的表达需要特殊的技术手段。支撑着戏剧特定表现手法的技术手段，是人类戏剧演进过程中留下的最重要的非物质文化资源与财富。戏剧的积累与价值，首先是技术的积累与价值。然而在中国戏剧的价值体系中，技术对戏剧的意义并没有得到充分重视。戏剧界多年来对于身体技能的重要性、对于技术的重要性强调得太少，导致了价值观的混乱，诱使某些在技术上不成熟或不愿意经受艰苦的技术训练的人，认为戏剧表演有捷径可走，一旦确实有些投机取巧者获得了成功，就形成极不健康的导向，令后继者误以为只要注重创意就可获成功，于是不再注重严格的身体训练，甚至怀疑技术训练的必要性。一代甚至几代人没有经历扎实的技术训练，戏剧表演的整体水平必然下降，后果是难以弥补的。

戏剧是人类的精神创造，不仅是每个戏剧艺术家的创造，同时还是历代戏剧家的共同创造，是无数人技术探索的结晶。戏曲拥有的技术手段，是在五千年文明的基础上，多少代艺人经历了上千年积累下来的珍贵文化遗产。而中国戏剧传统的价值，尤其是各剧种特有的技术手段的意义和价值没有得到充分肯定，就没有完整地传承的可能。对技术的重视其实就是对传统的珍惜，对历史的尊重，也是对民族艺术文化的精心呵护。

在这个意义上，福建戏曲创作与演出的成就，为丰富中国当代戏曲舞台做出了杰出贡献，更为戏曲的当代发展提供了深刻启示。

在整个20世纪，中国戏剧遭遇太多的冲击与困扰，因而价值错置的现象积重难返。从梨园戏《董生与李氏》的评论中，我们欣喜见到中国戏剧的价值重建正在成为现实。

经历十多年努力，戏剧缓慢与艰难地走出了它的最低谷，整体状态开始逐渐回升。但我们还必须继续推进历史的认真反省。戏剧要避免重蹈覆辙，保证未来的健康发展，价值重建就是最重要的理论保障。而纵观当代戏剧理论与批评，正呈现出这样的趋势。

参考文献

著作资料

《天津市第一届戏曲导演学习班讲稿汇编》第 1 辑,天津市文化局 1956 年编印,内部发行。

《田汉全集》(共 20 卷),花山文艺出版社 2000 年版。

《张庚文录》(共 7 卷),湖南文艺出版社 2003 年版。

《中国戏曲志》,文化艺术出版社、中国 ISBN 中心出版。

《中华全国文学艺术工作者代表大会纪念文集》,新华书店发行, 1950 年版。

第一届全国话剧观摩演出会筹备委员会编:《首届话剧会演会刊》, 1956 年印行,内部发行。

董健、胡星亮主编:《中国当代戏剧史稿》,中国戏剧出版社 2008 年版。

傅谨:《20 世纪中国戏剧史》(上下册),中国社会科学出版社 2017 年版。

龚和德、黎中城主编:《京剧〈曹操与杨修〉创作评论集》,上海文化出版社 2005 年版。

姜志涛、晓耕主编：《叩问戏剧命运——"当代戏剧之命运"论文集萃》，中国戏剧出版社 2005 年版。

刘厚生、顾颂恩主编：《小百花〈西厢记〉创作评论集》，百花文艺出版社 1994 年版。

余丛、王安葵主编：《中国当代戏曲史》，学苑出版社 2005 年版。

张庚主编：《当代中国戏曲》，当代中国出版社 1994 年版。

中国戏剧家协会研究室编：《戏曲剧目工作座谈会文集》，中国戏剧出版社 1982 年版。

报纸期刊

《北京日报》

《光明日报》

《人民日报》

《人民戏剧》

《上海戏剧》

《文艺报》

《文艺研究》

《戏剧报》（《中国戏剧》）

《戏曲报》

《新戏曲》

后　记

　　二十多年来，我的学术研究虽然偶有旁涉，但重心始终是中国当代戏剧史，不过从戏剧批评的角度审视中国当代戏剧发展历程，却是一个新的角度。

　　在这项研究中我最深切的感受，就是批评在戏剧发展过程的影响和作用，实超出了它本应该有的地位。记得十多年前我在参加某届中国评剧节的研讨会时，应邀为参与演出的同行做讲座，我讲的题目就是对戏剧理论在当代戏剧发展中所起的作用的反思。我认为在中国当代戏剧史上，理论和批评对戏剧发展的误导和伤害，必须予以正视，而且，这样的反思首先应该由我们这些戏剧理论与批评从业人员来做。在某种意义上，理论与批评的强势介入，尤其是一种并非从中国戏剧实际中总结与升华而来的理论及其指导下的批评的强势介入，破坏了中国戏剧的自然进程。但是近年来，我在进一步的研究中也看到了很多积极的和正面的努力，看到在一个非常艰难的环境里，有许多卓越的和有智慧的戏剧理论与批评家，试图矫正那些明显有害于中国戏剧健康发展的倾向；看到了在似乎不得不附和与迎合那些不符合戏剧自身规律的理论和教条的表达背后，还

后 记

有许多有识之士执着和顽强地倡导正确的戏剧观念，努力让戏剧回归其本体价值坐标。而这些极具思想和理论意义的努力，随着政治环境的变化，有时比较明显，也有时较为隐晦，揭示这些努力的存在，才有可能理解当代戏剧的完整进程；进而，才有可能给予21世纪以来尤其是近年来中国戏剧的复苏合理的解释。

感谢中国社会科学院原副院长张江的邀约，让我有机会参与丛书"当代中国文学批评史"的写作，第一次系统地梳理与总结中国当代戏剧批评的过程与脉络，更加深了我对这一阶段戏剧理论与批评的认识，并且可以让我的同行以及戏剧爱好者们，分享我的总结与认识。我唯一心存疑虑的是，从事史的研究，最好的视角是旁观的，然而在晚近二十多年的戏剧理论与批评发展进程中，我个人的介入程度实在太深。所以我很难保证这一部分的叙述的客观性，读者诸君在涉及这一部分时，必须自己寻找独立的视角。

感谢中国社会科学出版社赵剑英社长、总编辑助理王茵博士，感谢出版社的编辑团队，尤其是张潜博士。

本书是"当代中国文学批评史"丛书之一，在写作过程中，深受同一项目的其他学友启发，收获颇丰。唯因担忧影响全套丛书进度，成书略嫌仓促，疏漏在所难免。但该书的写作为我打开了一个新的研究领域，通过这一角度我又看到了中国当代戏剧更丰富的内容，期待来日能够回到这一话题，用新的更加充实与鲜活的叙述，让同行和读者有更多收获。

傅 谨

2017年11月5日完稿于巴黎